La memoria de las olas

MIRTA OJITO

LA MEMORIA DE LAS OLAS

Traducción de Lara Agnelli

ESPASA

Obra editada en colaboración con Editorial Planeta – España

Título original: *Deeper than the Ocean*

Bajo el sello editorial ESPASA M.R.
Avenida Presidente Masaryk núm. 111,
Piso 2, Polanco V Sección, Miguel Hidalgo
C.P. 11560, Ciudad de México
www.planetadelibros.com.mx

Primera edición impresa en España: junio de 2026
ISBN: 978-84-670-8260-9

Primera edición impresa en México: julio de 2026
ISBN: 978-607-39-4310-9

Impreso en los talleres de Corporación en Servicios Integrales de
Asesoría Profesional, S.A. de C.V.,
Calle E #6 Parque Industrial Puebla 2000,
C.P. 72225, Puebla, Pue.
Impreso en México – *Printed in Mexico*

A mi madre, Mirta Muñoz Quintana,
la narradora original.
Y a su madre, la verdadera Catalina de mi vida.

En mitad de la noche, con el cielo cubierto,
el viento me sacude hasta que me despierto.
¿Por qué se empeña siempre en transportar
el lejano y espantoso bramido del mar?

SARA TEASDALE, *The Sea Wind*

Primera parte

Mi generosidad es tan ilimitada como el mar,
mi amor tan profundo; cuanto más te doy,
más tengo, pues ambos son infinitos.

William Shakespeare,
Romeo y Julieta

Mara

Santander, España, julio de 2019

He vuelto a pasarme la noche buscando a mi hija.

La angustia era tan palpable que, en una de las muchas vueltas que di en la cama, la lámpara de la mesilla de noche fue a parar al suelo. En sueños corría tras ella en lo que parecía ser un viejo caserón. Iba de una habitación a otra a toda prisa, sin encontrarla. Mientras corría, descalza, sentía la tarima pulida bajo los pies y la textura del papel pintado —muy suave, como de vinilo— en la punta de los dedos. Aun así, el estampado floral me puso nerviosa; tuve la sensación de que mi hija estaba atrapada en ese campo infinito de flores amarillas silvestres, y acabé arañándolo con rabia una y otra vez para encontrarla.

Cuando el teléfono me despertó y alargué la mano hacia él, noté que había estado aferrada a la manta con tanta fuerza que me dolían los dedos. Reconocí enseguida el estridente tono de llamada pasado de moda que le había asignado a mi jefe en el periódico, y vi en la pantalla que eran las 4:02 de la madrugada. Una llamada en mitad de la noche no suele ser una buena noticia para nadie, pero para aquellos que nos ganamos la vida informando, casi siempre indica que hay una nueva historia a la vista.

—Mara, dígame. —Traté de sonar profesional, que no se notara que acababan de despertarme.

—Mara —me saludó Carl, mi editor, y su tono de voz me dio toda la información que necesitaba.

En alguna parte de este lado del Atlántico alguien estaba recibiendo muy malas noticias.

—Sí, ¿dónde es?

—No te queda lejos. —También trataba de sonar despierto y animado, aunque en Nueva York, a más de seis mil kilómetros de distancia de aquí, eran ya las diez de la noche.

No me estaba resultando fácil mantener los ojos abiertos, porque aún notaba los efectos del calmante que me había tomado a medianoche. Llevo ya unos diez años sufriendo dolores cervicales, pero últimamente el resto de la espalda se ha unido a la fiesta. Al parecer, a los cincuenta y cinco años mi cuerpo ha decidido que al fin es hora de empezar a desmoronarse.

—¿Dónde? —repetí mientras desviaba la mirada a las dos mochilas preparadas al pie de la cama. La pequeña era para viajes cortos; la otra contenía lo necesario para pasar una semana fuera de casa, incluso más tiempo si hiciera falta.

Tomé nota de los crudos detalles de la noticia: habían encontrado una embarcación frente a la costa norteafricana con siete cadáveres a bordo, incluido el de un niño. De momento Carl solo quería un artículo corto, pero un periodista *freelance* de Costa de Marfil le había avisado de que un grupo numeroso de personas se había echado a la mar durante los últimos días.

—Podría ser una repetición de 2015, quién sabe —dijo Carl.

—¿Tú crees?

Me arrepentí enseguida de haber usado un tono tan sarcástico, pero por suerte el bueno de Carl no pareció darse cuenta. Cuatro años atrás, la llegada de una oleada de refugiados había abrumado a la población de las islas Canarias, un archipiélago español más cercano a África que a la península ibérica. Cientos de personas murieron en el mar. Las desgarradoras imágenes que ocuparon las portadas de casi todos los periódicos resultaban imposibles de olvidar.

—Sigue el tema con atención, hazme el favor —me pidió antes de despedirse.

Dejé el teléfono sobre la cama y cerré los ojos, tratando de recordar los detalles de la recurrente pesadilla que me angustiaba. Estaba dispuesta a anotarlos, tal como me había aconsejado mi terapeuta, pero nunca llegaba a hacerlo y al final siempre se me olvidaba. Esta vez había tenido la sensación de estar corriendo en busca de algo o de alguien... ¡Sí, mi hija! Pero la cuestión es que no tengo ninguna hija, tengo un hijo... ¿Es posible que mi subconsciente anhele de alguna forma a esa niña que nunca tuve? Me extrañaría, pero tal vez se trate de eso. Lo que estaba claro era que ya tenía tema de conversación para la próxima vez que acudiera a terapia.

Era absurdo intentar volver a dormir. La pesadilla se iba desdibujando, pero el encargo que acababan de hacerme se cernía sobre mí. Cuando te encomiendan algo así, se sobreentiende que debes entregarte a la misión cuanto antes y con toda el alma. Me deshice de las sábanas que se me habían enredado en el cuerpo y, desde el teléfono, compré un billete de avión para ir de Santander —la ciudad en la que resido— a Madrid, y de allí a Tenerife, en las islas Canarias. El precio me hizo arrugar la nariz. Sabía que el periódico cubriría los gastos, pero siempre he sido una persona frugal, y más desde que no estoy en plantilla. Como reportera *freelance* tratas de gastar lo mínimo posible, para que te sigan llamando.

Después contacté con mi amiga Nina Blau, una reconocida fotógrafa israelí con la que trabajo a menudo. Nina reside en Madrid y ya estaba al corriente y preparada para viajar. La información le había llegado a través de un contacto, y en cuanto se enteró del incidente decidió reservar un billete en el mismo vuelo.

—Estaba a punto de llamarte —me dijo, más alerta de lo que yo me sentía.

Tras una breve charla, acordamos reunirnos en el aeropuerto de Barajas.

Colgué y llamé a mi madre, Lila, y conecté la función manos libres. Siempre la he llamado «Mima», porque se parece a su nombre y es un modo mucho más dulce de llamarla «madre». Tiene setenta y nueve años y, desde que murió mi padre hace ya una década, vive sola en Miami, en la espaciosa casa que compraron poco después de que yo me independizara. Soy hija única y lo único que me pide es que hablemos todos los días. Si me olvido, ella se encarga de recordármelo, sea la hora que sea.

Le conté a toda prisa lo del nuevo encargo y le dije que estaba a punto de salir de viaje hacia las Canarias. Guardó silencio unos instantes. La pausa me resultó tan inusual en ella que tuve que preguntarle si seguía al teléfono mientras dejaba la ropa sobre la cama y me dirigía al baño.

—Sí, sí —me contestó—. Es que llevaba tiempo queriendo pedirte un favor, pero sé que estás muy ocupada con el trabajo y no quería molestarte. Ahora por fin puedo pedírtelo, porque te resultará más fácil.

Para mi madre un favor puede ser comprarle un tubo de leche condensada —de los que, según ella, solo se encuentran en España— o conseguirle pastillas contra la osteoporosis o un conjuntito de bebé para la nieta de su amiga. Es inútil recordarle que en Miami puede comprar la misma ropa de bebé; para ella, los únicos productos de calidad se fabrican en España.

Pero esta vez no buscaba nada parecido y lo que necesitaba, según me aseguró, era sencillo. Quería que encontrara el certificado de nacimiento de su abuela materna, ya que el Gobierno español había promulgado una ley que permitía solicitar la nacionalidad a los hijos y nietos de ciudadanos españoles si tenían algún documento que acreditara el origen de sus ancestros.

Mi bisabuela, Catalina Quintana Cabazas, había nacido en la ciudad de Santa Cruz, en las islas Canarias. Viajó a Cuba en barco a principios del siglo xx, pero los detalles no estaban muy claros. Catalina crio a mi madre y, aunque no teníamos ninguna foto suya, Mima afirmaba que lo único que debía hacer para ver el rostro de su amada abuela era mirarse en el espejo, ya que, además de ser tan alta como Catalina, había heredado su cabello rizado y pelirrojo, sus ojos castaños de aspecto adormilado y una piel tan pálida que un día en la playa le resultaba un tormento.

—No será fácil conseguir un certificado de nacimiento tan antiguo —protesté—. ¿Sabes al menos en qué año nació?

Mi madre se lo quedó pensando.

—Por supuesto —respondió al fin—. Nació el veintinueve de abril de 1900.

—¿Sabes algo más? —Por fuerza de hábito, cogí la libreta, dispuesta a anotar los detalles—. ¿Tienes algo suyo?

—No, claro que no. Ya sabes que salimos de Cuba con lo puesto, pero recuerdo cómo se llamaban sus padres, lo mencionó una vez.

—¿Una vez? —exclamé en tono burlón.

—Con una vez basta si se trata de algo importante, Mara. Ya sabes que no solía hablar del pasado.

—Sí, supongo que tienes razón. —Me di cuenta de que el tema la angustiaba de verdad, pero traté de no desconcentrarme—. ¿Y bien, cómo se llamaban sus padres?

—Inés María Cabazas y José Ángel Quintana.

—Vale, pues a ver si con esto es suficiente. Si recuerdas otro detalle, avísame; cualquier cosa puede resultar útil.

Me alegraba que se hubiera decidido al fin, pero también me hizo gracia que, a tres meses de cumplir los ochenta, mi madre hubiera decidido rescatar el pasado. Le pregunté que por qué ahora y ella respondió que en la vida era mejor tener dos pasaportes que uno.

—Nunca se sabe lo que puede pasar —añadió antes de colgar.

Me quedé contemplando el espejo del lavabo, y solo entonces me di cuenta de que no le había contado nada de la pesadilla. Los detalles empezaban a desvanecerse, como si fueran las imágenes espectrales que aparecían en las bandejas de revelado de los fotógrafos en los antiguos cuartos oscuros. Aun así, al entrar en la ducha caliente, todavía no me había librado de la sensación de miedo.

Catalina

Tenerife y La Palma, islas Canarias, febrero de 1888-octubre de 1903

Todo empezó con una ráfaga de viento que arremolinó la hojarasca ante sus ojos. Al momento, Inés María sintió que le picaba la garganta, como si se le hubieran incrustado granos de arena en los recovecos de la boca, la nariz, los oídos, incluso en los ojos. Temió ahogarse, ya que las ventanas de la nariz se le contrajeron y la dejaron sin aire cuando más lo necesitaba. Buscó a su madre con la mirada, incapaz de hablar, pero doña Elena tampoco sabía qué hacer. El aire amarillento que las rodeaba cambió de color y pasó a ser de un tono marrón arcilloso. El viento, que parecía soplar desde todas las direcciones al mismo tiempo, las sacudía como a marionetas en una danza macabra. Doña Elena Cueto de Cabazas sujetó a su hija por los hombros y, de un empujón, la lanzó a los brazos de la primera persona que vio en el puerto de Tenerife: un hombre alto de rostro afable, que se inclinaba para enfrentarse al viento y se sujetaba el sombrero con las dos manos. Al soltarlo para recibir a la joven, el sombrero de fieltro gris cayó al suelo y voló hacia el mar.

Antes de desmayarse entre los brazos del hombre

que acabaría siendo su esposo, Inés María vio que el mundo se volvía de color rojo.

Y así fue como Inés María Cabazas y José Ángel Quintana contarían a sus hijos el inicio de su relación.

—No me quedó más remedio; cuando me di cuenta estaba entre mis brazos. ¿Qué más podía hacer? —solía contar José Ángel con un brillo travieso en la mirada.

Para cuando Inés María recobró el conocimiento —bajo la protección de la marquesina de un café cerrado, cerca del puerto—, José Ángel ya había decidido que no podía dejarla escapar. En aquella época, ella tenía dieciocho años y él veinticuatro, pero la diferencia de edad resultaba imperceptible, porque Inés María —con sus ojos oscuros y tristes, la espalda ligeramente encorvada en un vano intento de disimular su estatura y la melena tan rubia que desde lejos parecía blanca— aparentaba al menos la misma edad que José Ángel, un pelirrojo de complexión fuerte nacido en las Canarias, que tenía los ojos azules, la nariz larga y un hoyuelo en la barbilla.

Sus ancestros eran guanches, hombres y mujeres que habían llegado a las islas desde la costa norte de África y habían encontrado refugio en las cuevas de Tenerife, la mayor de las islas Canarias, surgidas de las profundidades del océano millones de años atrás debido a la actividad volcánica. Como si se tratara de árboles milenarios, las cimas de las islas son verdes pero sus raíces permanecen temblorosas. Al menos una vez cada siglo esas cimas entran en erupción, lo que altera la topografía y sacude las vidas de sus habitantes, que confían en que la tierra y Dios los mantengan con vida.

Para vivir en esas islas, uno debía estar en sintonía con el entorno: ser capaz de detectar hasta la más mínima vibración del suelo, prestar atención a los vientos que parecían surgir de la nada, a las olas, en especial a sus crestas, al crujido de las hojas de los árboles y a los patrones de vuelo de las aves autóctonas. Cualquier temblor podía señalar que un volcán estaba activo. Una súbita ráfaga podía marcar la diferencia entre la vida y la muerte. Una bandada de pájaros que alzara el vuelo de repente podía indicar que se acercaba una tormenta de dimensiones catastróficas. A veces llegaban desde África plagas de langostas, que caían sobre las islas como un granizo mortal, con el poder de devorar miles de hectáreas de terreno cultivado en cuestión de horas.

José Ángel era uno de esos hombres: fuerte y observador, de los que nunca perdían el optimismo. Muy devoto, pero confiado en sus propios recursos para resolver cualquier situación. Creía que el destino estaba en sus manos y tal vez por eso nunca las dejaba ociosas. Cuando lo asaltaba alguna preocupación, alzaba la vista a los cielos buscando a Dios, pero también miraba hacia el este, en dirección a África, que quedaba a unos trescientos kilómetros de las islas. No necesitaba evidencias científicas para saber que debía su fuerza y el resto de sus características a sus ancestros, hombres valientes, capaces de domesticar el suelo rocoso de las islas y de repeler los ataques de varias oleadas de invasores hasta que perdieron su independencia contra España, a finales del siglo XV. Esa es la razón por la que los descendientes de los guanches, como José Ángel, hablaban español como el resto de los habitantes de la isla, pero con un deje y un acento que a Inés María, nacida en el norte de España, le resultaba fascinante.

Ella había llegado a las Canarias a bordo del *Coruña*, un barco que una vez al mes transportaba pasajeros y mercancía desde varios puertos de la España peninsular y sus islas hasta Puerto Rico y Cuba. Por desgracia, antes de que el barco llegara al puerto de Tenerife —última escala antes de cruzar el Atlántico—, el padre de Inés María, don Carlos Cabazas, sufrió un fulminante ataque al corazón durante la cena. Las dos mujeres se aferraron al cadáver durante un día, pero al final doña Elena se vio forzada a admitir ante el capitán que no tenía dinero para pagar un entierro en condiciones con el que honrar al que había sido su marido durante veinte años, ya que se habían gastado todos sus ahorros en los pasajes para viajar en aquel nuevo y reluciente barco con destino a Cuba. En la isla caribeña, considerada el lugar más hermoso contemplado por ojos humanos, planeaban forjarse una nueva vida.

Cuando el capitán ordenó que prepararan el cadáver para el funeral en alta mar, doña Elena le lavó las manos y la cara con todo su amor y le quitó los zapatos, pero no le cambió la ropa. Don Carlos merecía ser enterrado con su mejor traje, un tres piezas de lana de color gris marengo que se había hecho a medida para el viaje, y que se había puesto todas las noches en las cenas de a bordo. Durante la breve ceremonia, el propio capitán se encargó de arrojar al mar el cuerpo del difunto, envuelto en una mortaja y con trozos de carbón atados a los tobillos con sogas. El fardo desapareció rápidamente bajo las aguas, mientras Inés María y su madre se abrazaban, horrorizadas.

—Que Dios le perdone... —le dijo doña Elena al capitán, con la vista fija en las olas que se habían tragado el cuerpo de su marido. Y aunque tenía los dientes apretados, todos la oyeron terminar la frase—: Porque yo no lo haré.

Esa fue la última vez que habló con un hombre, exceptuando a su futuro yerno o al sacerdote durante la confesión. Madre e hija se retiraron al pequeño camarote de segunda clase, y no volvieron a subir a cubierta hasta que oyeron que el barco atracaba en el puerto.

Inés María y doña Elena llegaron a Tenerife desoladas, avergonzadas y sin un solo céntimo. El mar no las había llevado al Nuevo Mundo, como esperaban; en vez de eso, les había arrebatado al hombre que era el puntal de sus vidas. La calima, una tormenta de arena procedente del Sáhara, las sacudió a su llegada, selló su destino y las salvó.

José Ángel Quintana no era un hombre rico, aunque había heredado una granja en otra de las islas del archipiélago, La Palma, un trozo de tierra en forma de corazón con un volcán dormido pero latente en el centro y vertiginosas montañas que lo protegían del océano. Sus abuelos habían vivido y criado a su familia en esa tierra, pero sus padres se habían mudado a Santa Cruz de Tenerife después de casarse y no tenían intención de regresar a La Palma —más rural y aislada— de modo permanente. Para ellos habría significado dar un paso atrás.

José Ángel, sin embargo, lo veía de otro modo. Para él La Palma significaba un regreso a las raíces y un salto adelante. De hecho, cuando la calima depositó a Inés

María en sus brazos, iba a comprar el billete para el viaje. Tres días más tarde, cuando el cielo recobró su azul inmaculado, José Ángel regresó al puerto a comprar su billete para La Palma, pero esta vez compró dos billetes adicionales.

—Tú te vienes conmigo —le dijo a Inés María antes de besarle los dedos de la mano izquierda.

Nunca se le ocurrió preguntarle si estaba de acuerdo, así que se tomó su silencio como una forma de mostrarle su conformidad.

Inés María y José Ángel se casaron el 11 de marzo de 1888, exactamente doce días después de conocerse. En circunstancias normales, doña Elena se habría opuesto a una boda tan apresurada, pero las circunstancias no eran normales. Sin su marido, sintió que José Ángel Quintana era la única persona de la que podía fiarse, aunque no tenía muy claro de dónde venía esa sensación. Vio amabilidad en su rostro y su nombre parecía confirmar su bondad y su fe. Doña Elena era una mujer muy devota, lo que la llevó a pensar que Dios había puesto un ángel en su camino. Una noche, al detectar dudas en los ojos de su hija, la tomó de las manos y le preguntó:

—¿Quién sino alguien con el nombre de Ángel podría habernos salvado de la penuria y de un cielo que casi parecía cuajado de sangre?

Inés María, que no solía compartir sus pensamientos y que iba por la vida a la sombra de su progenitora, no encontró una respuesta a esa pregunta y pensó que, aunque su madre era una exagerada, probablemente tenía algo de razón.

La boda se celebró en una pequeña iglesia de Tenerife, cercana a la pensión donde las dos mujeres se habían refugiado a su llegada. José Ángel se ofreció a pagar el alojamiento, pero doña Elena, mujer orgullosa y prudente, prefirió vender su anillo de boda y correr ella con los gastos. Inés María se casó con el sencillo vestido de color azul cielo con escote alto y mangas tres cuartos que había pensado ponerse al llegar a Cuba, complementándolo con la mantilla negra que su madre había metido en la maleta para el viaje. No tenían dinero para el ramo, pero José Ángel se encargó de ello y le puso uno de flores silvestres en las manos cuando ella se reunió con él frente al altar, acompañada de su madre.

Ninguno de los dos tenía estudios, por lo que los novios firmaron el certificado de matrimonio con cruces, como si Dios guiara sus manos, tal vez incluso sus vidas. Cuando Inés María pronunció el «sí, quiero», el cura le pidió que hablara más alto. Avergonzada, la novia se volvió hacia su madre, que repitió las palabras en su nombre. El sacerdote se dio por satisfecho con la respuesta que oyó, y ni siquiera se fijó en que no había salido de los labios de Inés María. Hasta el día en que murió de un susto —sola en su habitación, pero muy querida por su familia—, José Ángel bromeaba con su suegra diciéndole que, en realidad, estaba casado con ella y no con su hija.

Después de la boda, los recién casados se dirigieron a La Palma con doña Elena a cuestas, y cuando Inés María vio por primera vez la parcela que José Ángel había heredado sintió que había cometido un error y que tal vez por eso había perdido la voz durante la ceremonia. Debería estar en Cuba, la tierra de los sueños y las oportunidades, y no en este árido y desolado rincón del mundo. En el valle del norte de España donde se había criado, un lugar tranquilo cerca de la antigua ciudad portuaria de Santander, la tierra fértil producía manzanas en abundancia gracias a la bendición de las casi continuas lluvias. Y no solo manzanas, sino también judías verdes, tomates, cebollas, lechugas, puerros, peras, coles, coliflores y acelgas. Aquí en La Palma, la tierra era dura e irregular y el sol la azotaba de manera brutal. Le costaba imaginar que este terreno pudiera producir alguna cosa.

Pero José Ángel tenía un plan.

—No tengo intención de vender cebollas ni plátanos —dijo mientras regresaban juntos hacia la casa—. Mi objetivo es más ambicioso.

Le contó que pensaba plantar moreras, cuyas hojas —de color verde oscuro y grandes como abanicos— eran el único alimento de los gusanos de seda, los diminutos tejedores que hilaban las hebras más finas y que, en manos de las expertas hilanderas y tejedoras de la isla, se convertirían en prendas de ropa para el clero y las clases adineradas de toda Europa.

—¿Y por qué no lo hacen los demás? —preguntó la sensata Inés María antes de agacharse y hundir los dedos en la tierra sedienta.

Al levantar la vista hacia José Ángel, lo vio desde una perspectiva distinta. Mientras él seguía hablando sobre sus sueños, le pareció más alto y más guapo. Su corazón se expandió, y el amor hundió sus raíces en un órgano que, hasta ese momento, se había limitado a bombear sangre. De pronto, sintió una oleada de calor que se originaba en su pecho y se extendía hasta alcanzar todos los rincones de su cuerpo. Inés María se ruborizó. José Ángel le ofreció las manos y la ayudó a levantarse con delicadeza. De pie, eran de la misma estatura.

—No todo el mundo puede plantar esos árboles tan delicados —le explicó con amabilidad—, pero nuestra tierra ha sido bendecida con el tipo de suelo, la elevación y la luz que necesitan para crecer bien.

José Ángel lo sabía porque su abuelo le había transmitido la información como si fuera un secreto familiar. El anciano no se había atrevido a plantar los codiciados árboles por miedo al fracaso, pero sabía que su nieto solo le temía a Dios. Y José Ángel estaba convencido de que Dios estaba de su lado, sobre todo desde el día en que Inés María cayó en sus brazos.

—El truco para que prosperen está en plantarlos en el lugar adecuado —le contó a su esposa—. Si les da demasiado el sol, las hojas se caen al suelo, secas y quebradizas, pero si les da demasiado poco se marchitan en la sombra.

La respuesta de Inés María fue apretarle los dedos, y José Ángel se sorprendió al notar la fuerza de aquella mano cálida que apenas dos semanas atrás no sabía ni que existía.

A partir de ese momento, sus esperanzas se centraron en las moreras. No aspiraban a hacerse ricos, solo a que los árboles les proporcionaran lo suficiente para llevar una vida digna y tranquila.

Restauraron la vieja casa de sus abuelos con el dinero que les prestó un tío y los escasos ahorros que tenía José Ángel. Por aquel entonces, sus únicas pertenencias eran los pocos muebles que pudieron rescatar: una cama con somier metálico y colchón de paja que usaba la pareja, y otra cama más antigua aún, con colchón de muelles, que le ofrecieron a doña Elena. También tenían una mesa de madera maciza para la cocina, cuya superficie mostraba las cicatrices dejadas por los años de cortar verduras y carne, cuatro sillas cojas que José Ángel enderezó a martillazos, tres ollas negras de hierro colado, diez reales y las quince semillas de morera que habían comprado para plantar. Un mes más tarde, diez de las quince semillas habían brotado y, con el tiempo, siete alcanzaron la madurez. Más adelante, José Ángel hizo esquejes de madera blanda con ramas leñosas de sus árboles y fue plantando otros más.

José Ángel sabía que las moreras estaban íntimamente ligadas a los gusanos de seda. Aunque no era científico, estaba convencido de que las hojas desprendían una sustancia que alteraba a los gusanos a nivel químico y los volvía dependientes de esas hojas para su supervivencia. Tal vez esa misma sustancia impedía que otros insectos se alimentaran de sus hojas, y tal vez esa fue la razón por la que ninguna plaga de insectos u otros animales atacó a los árboles de los Quintana. Aun así, José Ángel temía otros castigos que pudiera enviar Dios de la mano de la naturaleza: el viento, sobre todo cuando los retoños eran poco más que plantones, o un incendio, una preocupación común en este rincón del mundo, donde una colilla mal apagada o un rayo podían destruir un bosque entero en cuestión de horas.

Desde el alba hasta el anochecer, José Ángel trabajaba en la granja, donde cuidaba del huerto y, especialmente, de los árboles, a los que trataba como si fueran sus hijos. Y en cierto modo lo eran, porque, ¿qué son los hijos si no la esencia del optimismo? Los hijos, como esos árboles, extenderían su vida hacia un futuro que no podía imaginarse, pero que intuía excepcional.

Por desgracia, mientras las moreras crecían y se multiplicaban, Inés María se marchitaba al comprobar que su cuerpo rechazaba las vidas que tanto anhelaba. Cada vez que se quedaba embarazada, la pareja rezaba pidiéndole a Dios un hijo varón, un niño fuerte que los ayudara en el negocio creciente de las hojas de morera. Pero en cada una de esas ocasiones los bebés se escurrían de su cuerpo demasiado pronto, a menudo durante la noche, y dejaban las sábanas empapadas en la sangre que los había alimentado en el vientre a lo largo de semanas o incluso meses. Desesperada y avergonzada, Inés María buscaba consuelo en su madre, cuyas manos sanadoras siempre habían tenido un gran talento para elaborar tinturas y tisanas con las que curar las dolencias de su hija desde que era pequeña.

—¡Madre, madre! —gritó petrificada cuando el primer aborto la sorprendió en la cocina, con una cuchara de madera en una mano y el mango de un cazo hirviendo en la otra.

La segunda vez que llamó a su madre estaba sola en la cama y trató de usar las sábanas como paño, en un intento vano de obligar a los coágulos de sangre a regresar al útero. La tercera vez la sorprendió descansando al sol, con la espalda apoyada en el tronco de un árbol. En esa ocasión ya no llamó a nadie. Esperó a que los coágulos acabaran de salir y, cuando el dolor le permitió levantarse, se dirigió al dormitorio para asearse. Luego se arrodilló bajo el crucifijo de madera que habían colgado frente a la cama matrimonial y rezó pidiendo un milagro.

Doña Elena no podía hacer gran cosa por su hija. Todavía no se había familiarizado con las costumbres de las islas Canarias, y sus oraciones norteñas, susurradas sobre el vientre redondeado de su hija, se perdían en el aire como humo que se elevara por encima de sus cabezas sin posarse en el objeto de su obsesión compartida: un vientre sano donde Inés María pudiera albergar a sus bebés hasta que llegaran a término.

Los dos últimos bebés que perdió, dos niños gemelos, permanecieron tanto tiempo en su cuerpo que, cuando lo abandonaron, Inés María se incorporó en la cama apoyándose en los codos y examinó los cuerpecillos sin vida que habían quedado entre sus piernas. Aunque eran diminutos, estaban completamente formados. Tenían las uñas trasparentes y las orejas más suaves que la seda. Uno de ellos mostraba una marca de nacimiento rosada en un párpado. Inés María hizo la señal de la cruz con una mano mientras cubría el cuerpecillo entero con la otra. El otro bebé parecía un ángel en reposo. Si hubiera permanecido un poco más de tiempo en su vientre, estaba segura de que habría sobrevivido. Había visto mujeres que habían dado a luz de forma prematura y que envolvían a sus hijos en hojas de plátano y los llevaban pegados al cuerpo durante meses. Los alimentaban como si fueran pajarillos en el nido, hasta que Dios y todos los santos decidían conferirles un alma y permitir que salieran adelante. Pero Inés María no tuvo tanta suerte. Cuando su madre la ayudó a quemar la placenta, también echó al fuego las hojas de plátano que había recogido en cuanto notó los primeros dolores. Luego se vendó los pechos con una larga tira de tela hasta que dejaron de lactar.

Odiaba decir que había perdido a sus hijos, porque no era verdad. Sabía exactamente dónde se encontraban. Inés María había insistido en enterrarlos ella misma. Había envuelto sus cuerpecillos en seda blanca y les había puesto una tira de algodón en los párpados para sellar unos ojos que nunca llegaron a contemplar la gloriosa luz que bañaba ese rincón de mundo. Tampoco vieron el dolor que consumía el rostro de su madre, cuyas mejillas se ahuecaban mientras sus labios carnosos se volvían finos y macilentos.

Tras cada aborto, Inés María cargaba la pala al hombro y se dirigía al rincón más sombrío de la finca, bajo el magnolio, una zona rodeada por unas flores llamadas «pico de paloma», cuyos capullos de color rojo y naranja intenso brotaban silvestres en primavera y en verano. Con cada golpe de la pala en el duro suelo sentía que todo su cuerpo se convulsionaba, como si, una vez más, los bebés estuvieran abandonando la seguridad de su vientre.

Durante los primeros tres años de matrimonio, cinco cruces brotaron de la tierra para que no pasara ni un día sin acordarse de su fracaso y su tristeza. Cuando se aventuraba fuera de la finca, algo que solo pasaba muy de tanto en tanto, sentía los ojos de los vecinos clavados en ella y los murmullos que viajaban de boca en boca sobre su vientre estéril o la impotencia de su esposo. En el río, donde se unía a las demás mujeres una vez a la semana para lavar la ropa de trabajo de su marido o las sábanas blancas contra los bordes rugosos de las piedras de la orilla, las vecinas dejaban de hablar o de cantar al ver que se acercaba. Sabía que ellas tenían miedo de que su destino fuera contagioso, como si su mera presencia pudiera dejarlas yermas, secas, incapaces de formar una familia y de conservar a sus maridos. Porque, al fin y al cabo, ¿cuál era el propósito de la unión entre un hombre y una mujer sino el de llenar sus manos y corazones con los dulces y regordetes cuerpecillos de los bebés?

Una noche, tras cenar un potente guiso de alubias estofadas y carne de cabrito a la brasa acompañada de una ensalada de pimiento, cebolla y aceitunas, Inés María esperó a que su madre se retirara de la mesa para implorarle a su esposo que le trajera el río a casa.

—La furia me ahoga —se sinceró, mirándolo a los ojos—. No quiero volver a verlas nunca más.

—¿A qué te refieres? —José Ángel ya lo sabía, pero necesitaba oírselo decir.

—Las mujeres —respondió con rencor—. No quiero volver a verlas, ni a ellas ni a sus hijos.

José Ángel agachó la cabeza, como si se sintiera avergonzado, pero hizo lo que le pedía. Al día siguiente, antes del alba, construyó un pedestal bajo el mirto con madera sobrante y colocó sobre él una piedra de río cóncava. Cuando tocaba lavar la ropa, acarreaba cubos de agua del pozo y la vertía en la piedra, que había pulido con las herramientas de la granja para proteger las manos aún delicadas de su esposa.

Escondida en la casa con su madre y su esposo, que la adoraba, Inés María cuidó de su dolor como si fuera un jardín. Lo atendía y lo alimentaba con recuerdos, expectativas y esperanzas truncadas. Mientras se ocupaba de sus tareas diarias —cuidar de los animales, arrancar las malas hierbas del huerto, ayudar a su madre en la cocina y la limpieza de la casa, lavar la ropa y alisarla con una plancha de hierro calentada con brasas—, cada vez estaba más triste y taciturna. Se decía a sí misma que Dios la estaba castigando, pero no sabía por qué; se consideraba una mujer virtuosa y una buena cristiana. Se había vuelto ya devota de la Virgen de la Candelaria, patrona de las islas, y de la Virgen de las Nieves, venerada en La Palma. Con el tiempo se convenció de que, por mucho que le rezara a Nuestra Señora, no volvería a quedarse encinta. La idea le desgarraba el alma, ya que, en medio de la soledad y los infortunios, se había enamorado de su esposo. Le encantaban su tozudez en lo referente a la tierra, su optimismo, su sentido del humor y su bondad intrínseca, pero lo que más le gustaba era la gratitud que brillaba en sus ojos cada vez que se entregaba a él. En su mirada veía reflejado el mismo deseo creciente que sentía ella por su marido y por la familia que Dios les había negado.

Solo había una cosa que podía hacer, una única opción razonable: empezar a rechazar a su esposo. Por las noches, cuando José Ángel estiraba sus fornidos brazos hacia ella y trataba de acomodarla bajo su cuerpo, Inés María le daba la espalda, ignoraba sus besos ardientes y cerraba las piernas como le había ordenado su madre que hiciera antes del matrimonio. José Ángel no se rindió y, durante ocho años, la abrazó y le secó las lágrimas mientras se secaba las suyas, porque lo suyo era amor auténtico.

Pero un día, cuando ya se preparaba para acostarse, Inés María se dio cuenta de que su marido cada vez llegaba más tarde a casa. En realidad, no fue ella quien se dio cuenta, sino su madre. Mientras ponía la mesa para dos, lo que cada vez era más habitual, le había preguntado:

—¿Por qué sigue trabajando tu marido, si ya es de noche?

Inés María no había contestado porque respetaba mucho a su madre, pero también porque no sabía qué decir. El trabajo en una granja era agotador y muy esclavo, pero ¿se había vuelto más exigente en los últimos tiempos? No recordaba si José Ángel llegaba siempre a esas horas.

Esa noche lo esperó despierta en la oscuridad del dormitorio y, al notar su presencia, se volvió hacia él.

—No quiero hacerte sentir incómodo —empezó con timidez—, pero ¿cómo es que trabajas hasta tan tarde?

Al sentir los ojos oscuros de su esposa clavados en él, José Ángel decidió contarle una versión de la verdad.

—No estaba trabajando, mujer. Estaba tomándome una copa. A veces mis huesos necesitan un trago; no la boca, ni la garganta, ni la cabeza, sino los huesos.

Inés María se limitó a asentir. Sabía que él no la vería, pero creía que notaría su comprensión. Y, sin embargo, tenía un agudo sentido del olfato y no había detectado en él el repugnante olor del alcohol. Lo que sí notó fue un olor distinto en su cuello cuando se acercó a darle un beso, como hacía siempre antes de darse la vuelta para dormir; era un olor acre, a cebollas, con un toque de lavanda y un rastro de limón. Pero en su granja no crecía la lavanda...

Por eso, esta vez, antes de que se diera la vuelta, Inés María se aferró a él. José Ángel, sorprendido pero exultante, la abrazó como si se estuviera ahogando y ella fuera el último bote salvavidas del océano.

Nueve meses más tarde, cuando el nuevo siglo había cumplido solo cuatro meses, dio a luz a una niña tras un glorioso embarazo que devolvió a su esposo a sus brazos y un propósito a sus vidas. La llamaron Catalina, porque nació el 29 de abril, festividad de santa Catalina de Siena. De segundo le pusieron Candelaria, para honrar a la Virgen de la que Inés María era tan devota.

Desde el momento de su nacimiento, Catalina de la Candelaria Quintana Cabazas se convirtió en su bebé milagro, tan fuerte y sana que llegó al mundo llorando y apenas dejó de hacerlo durante un año. A Inés María y a José Ángel no les importaba. Catalina había salvado su matrimonio y había roto la maldición que se cernía sobre ellos. Trece meses después nació Simona de las Nieves, seguida de Lucía Hilaria, tres años y medio más tarde.

En la granja de los Quintana vivían ahora tres preciosas niñas, pero nadie en la familia dudó jamás de cuál de ellas sería la que un día les rompería el corazón.

Mara

Santander, España, julio de 2019

Como de costumbre, la charla con mi madre me había dejado tristona. «Nunca se sabe lo que puede pasar», me había dicho, y en eso estábamos de acuerdo. La vida nunca deja de sorprender.

En otro tiempo, en otra vida, hace ya trece años de eso, vivía con mi familia en un piso elegante construido antes de la guerra en el Upper West Side de Manhattan. Trabajaba en uno de los periódicos más prestigiosos del mundo, donde me ocupaba de cubrir temas relacionados con la inmigración, lo que significa que me ganaba la vida escribiendo acerca de los pobres y los desplazados. Mi marido, Nelson Salas, productor de informativos de una cadena audiovisual, estaba más ocupado que yo, que ya es decir, y muchas veces tenía que viajar sin apenas preaviso. Teníamos un hijo, Dylan, un niño feliz y espabilado que, desde el primer día, se convirtió en el centro de nuestras vidas.

En aquella época yo soñaba con llegar a ser corresponsal en África. Sin saber por qué, me había sentido atraída por ese continente desde pequeña, y saber que todos los corresponsales a los que admiraba habían trabajado allí en un momento u otro de sus carreras me hacía desear la posición aún más. Pero el sueño se truncó cuando mi marido murió, de un modo inesperado y devastador, de un infarto de miocardio masivo mientras cruzaba Central Park de camino al trabajo. Tenía cuarenta y dos años. En el momento de su muerte, llevábamos veinticuatro años juntos, desde el último curso en el instituto.

Mi Nelson era de esos novios detallistas. Me traía flores cada vez que me pasaba a recoger en su viejo Volkswagen destartalado. Me escribía poemas que me dejaba en la cartera y me grababa cintas de casete con canciones que le gustaban y que esperaba que me gustaran a mí también. A su lado aprendí mucho sobre música clásica, poetas ingleses y tango argentino. Durante los años que vivimos juntos, nunca se olvidó de sacar la mantequilla de la nevera cada mañana para que, a la hora del desayuno, estuviera blanda, tal como me gusta. Y todos los días sin excepción me preparaba un capuchino con espuma y canela. La mañana en que me avisaron desde el hospital, todavía no había lavado la taza. No la lavé durante mucho tiempo, porque había sido el último objeto que Nelson tocó en nuestro hogar. Esa mañana se marchó mientras yo estaba en el baño y no pude despedirme de él con un beso, como de costumbre.

A pesar de todo me considero afortunada, porque pocos llegan a experimentar en toda su vida sentimental lo que yo tuve con Nelson. Sí, sin duda deberíamos haber envejecido juntos, pero la vida tenía otros planes. Por suerte me dejó el más valioso de los regalos: Dylan, nuestro hijo. De no ser por su presencia tangible, probablemente habría acabado pensando que mi relación con Nelson había sido un espejismo, un charco resplandeciente en medio del desierto de mi corazón. Los años que pasamos juntos fue la única época de mi vida en la que me sentí entera, cuando todas las piezas de mi vida encajaron a la perfección bajo el manto de nuestro amor.

Estaba medio paralizada por el dolor, pero la obligación de cuidar de un niño de seis años impidió que me desmoronara del todo. El día en que Nelson murió, fui directamente del hospital al colegio de Dylan. Quería estar con él y llevarlo un rato al parque para que jugara, mientras me armaba de valor para contarle que papi ya no estaba con nosotros. Dylan era demasiado pequeño para entender la muerte, pero lo bastante mayor como para imitar mi comportamiento. Si yo estaba triste, él también lo estaba y, si lloraba, él se unía al llanto con tanto sentimiento que detenía mis lágrimas a base de sollozos. Tenía miedo de que mi hijo quedara marcado por la ausencia de su padre, así que, ya en esos días confusos que siguieron a su muerte, me juré que seguiría viviendo con alegría, como si la vida fuera una aventura, tal como Nelson habría querido que hiciéramos.

Aun así no fue fácil, porque sin él me sentía perdida. Por las mañanas no sabía qué ropa ponerme, porque él me leía la previsión del tiempo antes de que abriera el armario. Era el sociable de la pareja, el que conocía a todo el mundo en el edificio, incluso en el resto de la manzana. Al caminar por el barrio, después de su muerte, me sentía invisible, como si alguien hubiera apagado un interruptor y me hubiera dejado en medio de la oscuridad más absoluta.

No hubo funeral ni entierro, porque a Nelson no le habría gustado. Su cuerpo fue incinerado y sus compañeros de trabajo organizaron una emotiva reunión en la gran pradera de Central Park para celebrar su vida. Hubo música, poemas y no faltó el vino tinto. Sin duda alguna, a Nelson le habría encantado. Por supuesto yo también asistí y me llevé a Dylan conmigo, pero nos fuimos pronto. Mi dolor era tan intenso y Dylan tan pequeño que no tenía sentido que siguiéramos allí. ¿Qué podían decirnos que no supiéramos? ¿Qué anécdotas o recuerdos podían compartir que fueran mejores que los nuestros? Había perdido al amor de mi vida, y mi hijo había perdido a su padre. Nada iba a mitigar mi tristeza, ni todo el vino del mundo ni el concierto de violín que se celebró en el parque aquel día.

Durante años, conservé sus cenizas en una caja de cedro que guardaba en el armario. Más tarde, cuando Dylan ya era adolescente, comentamos más de una vez qué hacer con las cenizas. Esperé a que Dylan creciera para que me ayudara a decidirlo, pero el momento pasó y no llegamos a ninguna conclusión, así que la preciada caja sigue conmigo, guardada en el último cajón de la cómoda.

Cuando mi hijo se fue a la universidad, los días volvieron a perder la forma y el orden. Ya no quería ni cocinar. Había sido una cocinera entusiasta cuando éramos tres y luego cociné con amor para dos, pero al quedarme sola ni siquiera era capaz de ir al mercado. La leche se estropeaba, la lechuga se ponía mustia en la bolsa y las peras se pudrían en el frutero. Pasaba los días aturdida, en una montaña rusa de emociones que iban desde la euforia por haber recobrado la libertad al pánico a estar sola. De repente, el apartamento de dos habitaciones me parecía enorme.

Mi madre me llamaba varias veces al día, pero yo ignoré sus llamadas hasta que tuve que admitir que necesitaba ayuda.

—Lo que necesitas es un novio —sentenció ella tras haber escuchado mis desvelos.

Me aparté el teléfono del oído y estuve tentada de colgar, pero antes conté hasta diez en mi francés oxidado, para tardar más. Desde la muerte de Nelson había tenido varias citas, pero nunca había repetido con el mismo hombre. A todos los medía tomándolo a él como referencia y ninguno salía bien parado, porque carecían de su sentido del humor, de su calidez, inteligencia y buena presencia. Ninguno de ellos, además, olía como mi Nelson, a esa sutil mezcla de su olor corporal —como de hojas de árbol tras una tormenta— y del penetrante aroma de su colonia favorita. La botella verde de Brut seguía en el tocador del dormitorio. La abría con frecuencia para aspirar un poco de Nelson, pero la cerraba enseguida por miedo a que se evaporara y perdiera el aroma de mi marido para siempre.

—¿Sigues ahí? —me preguntó mi madre.

—Sí, sigo aquí, y sigo de luto por Nelson. ¿Alguna idea más?

—Han pasado doce años, Mara —insistió ella—. Y estoy convencida de que Nelson no habría querido que vivieras así. Además, eres una viuda relativamente joven. No sé qué es lo que buscas, pero tú siempre sabes...

Mi madre siguió hablando, pero yo ya había dejado

de escucharla tras su comentario sobre mi momento vital. Aunque me dolió lo de «una viuda relativamente joven», su definición se ajustaba a la realidad. Ya no era joven, era «una viuda relativamente joven». Si tenía intención de hacer cambios en mi vida, había llegado el momento.

Estaba segura de que el periódico ni se plantearía enviarme al extranjero como corresponsal —mis antiguos colegas se habían retirado, habían muerto o habían cambiado de ocupación—, por lo que dejé el empleo y negocié un contrato que me permitiera seguir escribiendo como colaboradora externa. Me quedé sin trabajo a jornada completa, pero no me importó porque no tenía créditos que pagar y el seguro de vida de Nelson cubría los estudios de Dylan y nos permitía vivir a los dos sin estrecheces. Cuando Dylan nació, Nelson había insistido en hacerse un seguro de vida, pero yo me negué. Le dije que me parecía innecesario y que tal vez incluso nos traería mala suerte. Lo que yo quería era la seguridad de que él viviría tanto tiempo como yo, a ser posible por escrito. Lo que necesitaba era saber que su lado de la cama nunca estaría impoluto y que siempre iba a encontrar su mano en la oscuridad. Él se rio de mis miedos y me abrazó para que dejara de preocuparme. Ahora, por supuesto, doy gracias por su previsión.

Poco después, le subarrendé el piso a un colega y yo también volé del nido. Solo me llevé unos cuantos libros, una maleta llena de ropa práctica —en su mayoría de color gris— y una foto enmarcada y en blanco y negro de un faro de Cayo Vizcaíno al anochecer, una imagen que Nelson había capturado cuando era un joven fotógrafo y que siempre había colgado cerca de la cama. Era lo primero que veía al despertar y lo último, antes de cerrar los ojos todas las noches.

Al final no fui a África, pero de un modo que nunca habría imaginado, África vino a mí.

Catalina

La Palma, 1905-1913

Con tres hijas sanas y cinco cruces de madera en el jardín, los padres de Catalina perdieron la esperanza de tener un hijo, pero se sentían satisfechos con sus hijas, que eran altas y de ojos oscuros como su madre, y que habían sacado el pelo rojo y la vitalidad de su padre. Desde pequeñas empezaron a ayudar en la finca, sobre todo con el cuidado de los gusanos de seda, que habían sido incorporados al negocio familiar de la granja desde el nacimiento de Catalina.

Después de que ella viniera al mundo, un vecino les había regalado una caja de gusanos de seda, quince ejemplares. Les pareció que el gesto y la coincidencia con el número de semillas que plantaron al llegar era un buen presagio. Al principio, Inés María los llevaba en el delantal, como si fueran cachorros de algún tipo de mascota, pero pronto asumieron que los gusanos necesitaban un lugar estable en el que vivir, así que los instalaron en una cabaña que José Ángel construyó cerca de la casa.

Las ágiles manitas de las niñas eran perfectas para manipular los frágiles gusanos y los delicados capullos de seda, y Catalina era la que lo hacía mejor. A base de paciencia, conseguía hacer comer hasta al más reacio de los gusanos. Cuando era ella la encargada de cuidarlos, estaban a gusto y crecían hasta volverse rollizos en sus camas, unas bandejas de madera acolchadas con hojas de morera y almacenadas unas sobre otras en la cabaña, como si fueran cajones.

Tanto en su pequeño pueblo de La Peña —el único municipio sin acceso al mar de La Palma— como en el resto del archipiélago, su granja se hizo famosa por ser la productora de las mejores hojas de morera de las Canarias. Se corrió la voz de que los gusanos alimentados con las hojas de los Quintana ponían más huevos que el resto, vivían más de ocho semanas y producían hilos de seda fuertes y resistentes.

Mientras las niñas cuidaban de los gusanos, su madre aprendió a hilar y a tejer. Por las noches, al terminar las tareas domésticas, la familia al completo, incluida una doña Elena ya achacosa, se sentaba en el salón bajo la única bombilla que José Ángel había instalado cuatro años después de que llegara la electricidad a la isla. Doña Elena y las niñas se dedicaban a bordar, y José Ángel, siempre tan conversador, charlaba sobre los árboles, la granja, el tiempo o el viento, mientras Inés María se sentaba frente a su telar de mano en silencio —seguía siendo muy callada, aunque ya no estaba triste— y tejía metros y metros de tela ondulante.

La seda que producía no era para vender, ni se le habría pasado por la cabeza, sino para hacerles vestidos a sus hijas. También guardaba algunos metros color marfil para las bodas que algún día llegarían. El de Catalina fue el primer vestido de novia que confeccionó y el único que se arrepintió de haber cosido.

Catalina conoció a Juan Cruz Cruz a los cinco años, durante su primer día de escuela, e inmediatamente sintió como un tirón en el estómago, una sensación extraña, casi dolorosa, que no comprendía pero que hizo que quisiera estar a su lado en todo momento. Eran vecinos, pero sus caminos no se habían cruzado todavía porque él era tres años mayor. Sabía de su existencia, igual que sabía que había mulas o vacas en las granjas vecinas. Era el chico que vivía en la única casa que se veía desde la ventana de su habitación, pero nunca se había fijado en él de verdad hasta que se sentaron en la misma aula, la única que había en la escuela.

Juan entró vestido con unos pantalones cortos que le quedaban pequeños, descalzo y con una sonrisa traviesa que anunciaba al mundo que le daba igual lo que los demás pensaran de él. Una niña, con la que compartía rasgos y pelo moreno y rizado, se agarraba con fuerza de su mano. Él le susurró algo al oído y le dio un empujoncito en dirección a la silla vacía que quedaba al lado de Catalina. Cuando Juan se sentó tras ellas, Catalina se dio la vuelta para echarle un vistazo. Tenía un rostro abierto, receptivo, y sus ojos pardos iban de lado a lado, como si quisiera memorizar las caras de todos los alumnos nuevos o animarlos a hablar. Aunque solo tenía ocho años, era muy maduro para su edad. Parecía saber lo que quería y cómo conseguirlo y, a partir de ese día, lo que siempre quiso fue a la niñita pelirroja con pecas que se sentaba delante de él.

Por suerte para Juan, no tuvo que esforzarse mucho. El maestro permitió que su hermana Ana permaneciera sentada junto a Catalina, que simpatizó al instante con la niña tímida que era tan alta como su hermano a pesar de que tenía solo seis años. Las dos se hicieron inseparables. Durante los recreos, mientras Juan las observaba a distancia, ellas se sentaban en el suelo de tierra y jugaban a lo primero que se les ocurría, que era a ser madres. Como no tenían muñecas, envolvían ramitas en trozos de tela de saco y las apretaban contra sus pechos planos, como si estuvieran amamantando a sus bebés.

Después de la escuela, regresaban juntas a casa y Juan siempre las seguía de cerca. En la polvorienta bifurcación del camino frente a la granja de Catalina, ella se dirigía a la derecha mientras los dos hermanos seguían su camino hacia su casa, más pequeña, sin árboles frutales pero rodeada de flores silvestres. Desde aquel punto, no se veía ningún animal.

—¿Qué comerán? ¿De dónde sacarán la leche? —se preguntó Catalina en voz alta.

Aunque ella adoraba a Ana, fue Juan quien prendió su imaginación. Se sentía fascinada, aunque también un poco intimidada por su manera de enfrentarse al mundo. Juan no recogía flores, sino que arrancaba plantas de cuajo; perseguía a los lagartos, trepaba a los árboles y se dejaba caer rodando ladera abajo. Cada día le mostraba a Catalina sus nuevos cortes o arañazos en las rodillas, codos o dedos. Se sentía orgulloso de sus cicatrices. Tras unos meses de limitarse a observar, Catalina trató de unirse a sus correrías, pero era imposible seguirle el ritmo. Cada vez le resultaba más difícil no pasar a su lado las largas horas de la tarde, cuando volvían de la escuela, o los inacabables fines de semana. Cada domingo lo buscaba en misa o en el mercado, las únicas actividades en las que se reunía casi todo el pueblo, pero Juan y Ana nunca iban a la iglesia. A veces, Catalina tenía la sensación de que no eran reales, de que su imaginación los había creado para que la escuela le resultara más llevadera.

Un fin de semana, cuando el verano se aproximaba y, con él, el final de curso, Catalina le preguntó a su madre si podía ir a jugar a casa de Ana. Se encontraban en la cocina, donde Inés María —con un delantal atado a su cintura, que crecía día tras día— cortaba verduras mientras Catalina recogía los trozos sobrantes para preparar un caldo, tal como le había enseñado su abuela. Su madre esperó a terminar la tarea antes de dignarse a responder. A Catalina la espera se le hizo eterna.

Inés María abrió la boca como si fuera a hablar, pero cambió de idea. Cuando al final respondió, lo hizo mirando por la ventana y no a su hija.

—Hoy no es un buen día. Tu abuela no se encuentra bien, mejor otro día.

Al ver que se dirigía hacia los fogones, Catalina supo que no serviría de nada preguntarle qué tenía que ver que su abuela no se encontrara bien con que ella no pudiera ir a jugar con su mejor amiga. Lo volvió a probar al día siguiente, y al siguiente, y lo siguió intentando hasta que llegó a la edad en que entendió por qué no podía visitar a Ana y por qué su madre nunca se lo iba a explicar.

Casi nadie del pueblo se relacionaba con la familia Cruz. Se decía que su padre, un hombre llamado Aureliano Cruz, de quien nadie quería acordarse, era un borracho que abandonó a su mujer, Manuela Cruz, cuando los niños todavía eran pequeños. Al no tener un hombre en su vida, Manuela se convirtió en una rareza en La Peña, un lugar anclado a la tradición, el deber y el temor a Dios. Sin el respaldo de un marido, quedó en una situación muy precaria, pero no totalmente desamparada. Para sobrevivir, Manuela se dedicó a lavar la ropa de otras personas. Pasaba muchas horas a solas en el río, cuando las demás mujeres habían vuelto ya a casa huyendo del sol del mediodía. En cuanto sus hijos tuvieron edad suficiente para manejar un machete o una hoz, dejaron la escuela para trabajar como jornaleros, arrancando cebollas, escarbando patatas o quitando malas hierbas en las extensas plantaciones de tabaco. El día en que empezó a llevar pantalón largo, Tomás, el hijo mayor, se hizo pescador, con lo que la situación de la familia mejoró un poco. Pero por aquel entonces Manuela se había convertido ya en foco de burlas y habladurías, porque mucho después de la desaparición de su marido dio a luz a una hija, Ana. Con el tiempo, el estigma de haber dado a luz a una hija sin padre reconocido se fue desvaneciendo, igual que pasa con los recuerdos, pero la mala reputación se quedó pegada a la familia, en especial a Ana, como la melaza se pega a los dedos.

Nada de eso hizo mella en el amor que Catalina sentía por Juan. Ni siquiera ella sabía el momento exacto en que se enamoró de él. Si la hubieran obligado a elegir, habría dicho que fue el primer día de verano del año en que cumplió los seis. Estaba jugando fuera, sola, tras haber ordeñado a la cabra y haber ayudado a su abuela a arrancar las malas hierbas del huerto. De pronto, oyó un silbido que llegaba de los árboles cercanos. Al principio pensó que se trataba de un pájaro y, aunque su canto la intrigó, decidió ignorarlo. Aun así los silbidos continuaron, y a Catalina le pareció que transmitían un mensaje bonito pero triste. Nunca había oído silbar de ese modo, ni a personas ni a pájaros.

Se dirigió al límite de la propiedad, donde empezaba el bosque de pinos, pero cuando llegó allí el silbido se detuvo. Al darse la vuelta para regresar a la casa, volvió a oírlo de nuevo. Esta vez se dijo que el autor era humano, ya que el silbido sonaba como las tonadillas que su padre entonaba de vez en cuando. Volvió la cabeza rápidamente, y distinguió la inconfundible silueta de un niño moreno y flaco que bajaba saltando de un árbol y echaba a correr. No dudó en ningún momento de que se trataba de Juan.

El estómago se le cayó a los pies, como si se hubiera tragado una piedra. Se desplomó en el suelo y se quedó allí sentada, observando cómo Juan se alejaba corriendo en dirección a su casa. No era capaz de describir lo que sentía. Pero desde ese día, cuando no estaban juntos, las horas se le hacían eternas y aburridas, y le costaba encontrar una razón para sonreír.

Catalina fue tres años a la escuela y, al final del verano del último curso, su padre anunció que no volvería a clase porque necesitaban que cuidara de los gusanos de seda.

—Pero, padre, estoy aprendiendo números y palabras. Seré de más ayuda si voy a la escuela —protestó entre sollozos, aunque parte de ella sentía alivio por no tener que volver a pasar las mañanas en un aula, fingiendo prestar atención a cosas que no le interesaban.

A José Ángel le resultaba muy duro ver llorar a sus

hijas, especialmente a Catalina, que lo había seguido a todas partes como un cachorrito desde que aprendió a caminar. Cuando la familia iba a alguna parte en el carro tirado por mulas, ella insistía en sentarse a su lado en el pescante. En cuanto empezó a reconocer palabras y a hilar frases, leía el periódico en voz alta para deleite de su padre. Si se encallaba en alguna palabra o la pronunciaba mal, él hacía ver que no se daba cuenta. Catalina le enseñó a firmar con su nombre y a leer palabras importantes, como «semillas», «árboles» o «precio». Cuando le dolían las rodillas por la noche, era Catalina quien le aplicaba un ungüento de aloe que cultivaban en el huerto familiar. Si había que reparar una valla, Catalina estaba a su lado con el mazo para ayudarlo. Pero no podía ceder; necesitaba que su hija colaborara en el negocio familiar.

—Ya sabes sumar, restar, leer y escribir —replicó José Ángel—. Eso es todo lo que necesitas aprender en la escuela. El resto te lo enseñará tu esposo algún día.

Esas palabras parecieron calmar a Catalina, que ya había decidido que su marido solo podía ser Juan. Si se había disgustado era porque, al pasarse todo el día en casa, le resultaría más difícil volver a ver a Juan y a Ana. Pensaba que sus amigos volverían a la escuela en otoño, y en el caso de Ana acertó, pero no en el de Juan. Fue él mismo quien decidió que había llegado el momento de dejar la escuela y empezar a trabajar. A pesar de la pobreza de su familia, Ana siguió yendo a clase tres años más. Se había convertido en una niña seria y responsable que cuidaba de su madre cada vez que enfermaba, lo que era bastante frecuente. También se encargaba de cocinar, limpiar y lavar la ropa de toda la familia. Sus pequeñas y suaves manos se le ensancharon y encallecieron muy pronto, y le salieron dos arrugas prematuras en la frente, como si se estuviera preguntando constantemente qué más podría salir mal en su desoladora vida. Y, a pesar de todo, sus ojos pardos brillaban con una luz especial, que a Catalina le parecía preciosa y relajante.

Ana iba siempre cargada de libros, y los cuidaba como si fueran tesoros que hubiera encontrado escondidos bajo una roca. No era raro encontrarla leyendo, con la espalda apoyada en el tronco de un árbol tras haber acabado las tareas del día. Si alguien, Catalina incluida, se acercaba y la interrumpía, Ana levantaba la cabeza con educación, pero con la mirada desenfocada y el dedo señalando el punto en que se encontraba antes de la interrupción. Poco a poco las dos amigas se fueron distanciando. Ana prefería perderse en los libros durante el poco tiempo libre que le dejaban las tareas, y Catalina cada vez estaba más obsesionada con Juan.

A los doce años, finalmente decidió compartir los síntomas que la aquejaban con su hermana Simona, que era también su confidente. Fue ella la que puso nombre a su enfermedad.

—Creo que estás enamorada —diagnosticó con una sonrisa cómplice—, pero será mejor que no se lo digas a nadie. Ni se te ocurra decírselo a padre o a madre... Y sobre todo que no se entere Juan. No sería apropiado y, además, he oído que a los chicos no les gustan las chicas que se enamoran de ellos.

Catalina se lo prometió. Le gustaba la idea de tener

un secreto, y no con cualquiera, sino con su hermana, a la que adoraba. Aunque era un año menor, Simona siempre había sido más espabilada que ella, y su breve conversación le confirmó lo que ya sospechaba. Sin embargo, su hermana se equivocaba en una cosa: Catalina estaba segura de que Juan también estaba enamorado de ella, aunque nunca se lo hubiera dicho.

Para poder verlo, Catalina aprendió a mentir. Sabía que era pecado, pero esperaba escapar de la ira de Dios y de todos los santos a los que su madre les rezaba, porque sus intenciones eran nobles. Pensaba que Dios mejor que nadie iba a entender la fuerza del amor. Los viernes Juan vendía el pescado que su hermano Tomás capturaba durante la semana, y Catalina siempre se ofrecía para ir con sus hermanas al mercado a comprar pan, pescado y cualquier otra cosa que su madre necesitara. A Lucía, la menor de las hermanas, no le llamaba la atención que Catalina pasara más rato de la cuenta en el puesto del pescado. Al contrario, le gustaba porque así tenía más tiempo para jugar con otros niños del pueblo. Pero Simona sabía lo que pasaba y, desde una distancia prudencial, vigilaba a sus dos hermanas: a la mayor, que suspiraba por el amor de su vida, y a la benjamina, que correteaba con sus amigos cerca de la iglesia.

—¿Qué vas a llevarte hoy, Catalina? —le preguntó Juan mientras se metía una mano en el bolsillo de los pantalones de algodón, de color ocre.

Llevaba un delantal sucio que lo protegía de cintura para abajo, pero la camisa blanca ya estaba llena de escamas y manchas de sangre. Durante el último año había crecido en estatura y se le habían ensanchado los hombros, y sus manos, hábiles y callosas de tanto trabajar, parecían un tanto desproporcionadas con respecto al cuerpo, lo que marcaba su paso de la adolescencia a la edad adulta. A Catalina le fascinaban esas manos: las palmas ásperas, surcadas por cicatrices causadas por los cuchillos o las espinas; los meñiques, perpetuamente encogidos como si estuvieran a punto de cerrarse en un puño. Una vez le preguntó sobre ellos y él respondió que los había heredado de su padre, igual que su habilidad de silbar y su espíritu temerario.

—Lo de siempre —respondió ella al fin.

Expectante, esperó a que él eligiera el ejemplar más hermoso de vieja, uno de los peces preferidos de la zona. Juan le cortó la cabeza y la cola, consciente de que Catalina no comía nada que tuviera ojos. Ella se encogió un poco cuando el cuchillo se clavó en el bloque de madera y admiró su habilidad para lanzar la cabeza y la cola en el cubo que tenía a sus pies. Luego él puso el bonito pescado de color rojo y gris sobre una hoja de papel de estraza y, justo antes de envolverlo, deslizó dentro la nota que se había sacado del bolsillo.

Catalina se sintió aliviada, ya que esa era la auténtica razón por la que se ofrecía a ir al mercado. Juan siempre incluía una nota para ella en el paquete del pescado. En su caligrafía infantil, copiaba un poema de amor que sacaba de alguno de los libros de su hermana, aunque la copia quedaba salpicada de faltas de ortografía de su propia cosecha.

Cuando Catalina tenía trece años y Juan dieciséis, la nota que encontró en el paquete de pescado resultó no ser un poema, sino un ruego: «Reúnete conmigo en la Roca al anochecer». La Roca, como la llamaba todo el mundo en el pueblo, era una piedra gigantesca que se alzaba en el extremo oeste de la finca de los Quintana. Cuando eran pequeñas, Catalina y sus hermanas jugaban a ver quién llegaba antes a la Roca, corriendo entre las hileras de árboles de morera. Simona siempre era la primera; Catalina siempre llegaba la última.

Su corazón se desbocó al leer la nota de Juan. ¿Cómo iba a salir de casa sin que se enteraran sus padres? Pero Juan ya lo había previsto. Esa noche había una reunión en la iglesia para dar la bienvenida al nuevo párroco, el padre Jacinto, que llegaba para sustituir al padre Manuel, el sacerdote que había bautizado a todos los habitantes del pueblo y casado a la mayoría, y que había fallecido de manera inesperada hacía una semana.

Cuando los padres de Catalina se fueron a la iglesia después de cenar, dejándola a cargo de sus hermanas, ella les dijo que se marcharan a su habitación y cerraran la puerta, con la excusa de que quería ir a dar de comer a los gusanos antes de acostarse. Sus hermanas obedecieron y Catalina se escabulló por la puerta trasera, pero en vez de ir al cobertizo fue corriendo hasta la Roca. Y fue allí, con la espalda apoyada contra la inmensa piedra, donde Juan la besó por primera vez.

Llevaban un rato sentados, charlando, con las espaldas apoyadas en la pared de piedra, cuando Juan le tomó la mano y se la besó sin dejar de mirarla a los ojos.

—¿Cuánto me quieres? —preguntó Catalina, tal como le salió del alma.

—Demasiado. —Juan se levantó y tiró de ella.

—¿Cuánto es eso?

—No se puede medir. —La atrajo hacia su pecho.

—Seguro que sí —insistió ella, juguetona—. ¿Tu amor es tan grande como mi casa?

—No, mucho más grande. —Juan le rodeó la estrecha cintura y la acercó más a él.

—¿Tanto como el cielo?

Los ojos pardos de Catalina fingían sorpresa, pero brillaban de deseo. Cuando Juan se inclinó hacia sus labios, ella entreabrió la boca y su aliento lo animó a seguir. Deslizó la lengua entre sus labios, al principio con delicadeza y, al no encontrar resistencia, de manera salvaje, como si hubiera cruzado un desierto a pie y acabara de encontrar un manantial. Catalina también lo abrazó y dejó que él amoldara su cuerpo al suyo.

En sus recuerdos, ese beso duraba una eternidad. Antes de apartarse, él le murmuró al oído:

—Mi amor por ti es más alto que el cielo y más profundo que el océano.

Catalina todavía no había visto el mar, pero sabía que un gran océano rodeaba la isla como si esta fuera un gigantesco capullo de seda, y que ellos estaban a salvo, atrapados en medio de su enormidad.

Mara

Santander, julio de 2019

Cuando el sol empezó a asomar tras las montañas que rodean la ciudad, estaba ya duchada y ataviada con mi uniforme de viajera: pantalones negros y una camiseta gris lo bastante holgada para disimular los cinco kilos que no había manera de quitarme de encima. Me eché una sudadera color azul claro sobre los hombros, me recogí el pelo en una coleta floja y me calcé las viejas y sufridas botas de piel, prácticas y cómodas. El vuelo a Madrid salía a las ocho, pero mi apartamento estaba a pocos minutos del aeropuerto.

La ciudad en la que vivo, en la costa norte de España, aún no ha sido descubierta por los turistas internacionales, que tienden a concentrarse en el sur y en las grandes ciudades. Espero que las cosas sigan así, y por eso no he escrito ni una palabra sobre ella en la sección de viajes de mi periódico. Santander queda a solo cuatro horas de Madrid en tren o en coche, pero parece que se encuentre en otro país. Los turistas suelen visitar el museo Guggenheim en Bilbao, que queda a una hora de mi casa, pero luego regresan a Sevilla o a Barcelona y se deshacen en alabanzas sobre lo especial que es el norte, sin saber que se han perdido algunas de las zonas más bonitas de esta tierra.

Dos veces a la semana llega un ferri cargado de turistas ingleses hambrientos de sol, convencidos de que, al llegar a España, se encontrarán con playas soleadas. Muchos de ellos regresan a casa el mismo día, decepcionados, ya que Santander tiene el mismo clima que Irlanda: veranos frescos, con mucha lluvia, e inviernos fríos, neblinosos y también lluviosos. Esa es, de hecho, la clave de su belleza, lo que lo convierte en un lugar tan verde, exuberante, limpio y solitario. No importa lo que pasó el día anterior, la lluvia de la mañana arrasa con todo.

Hay otra razón que me impulsó a venir a vivir a Santander. Me dan ataques de pánico y he llegado a desmayarme si estoy cerca de aguas profundas. Cuando se lo comenté a mi terapeuta, me dijo que tenía talasofobia. Yo asentí, porque mi orgullo no me dejó admitir que no sabía lo que era, y acepté la prescripción que me hizo, aunque no tenía intención de tomarme ninguna pastilla. En cuanto salí de su despacho, busqué la palabra en el móvil y vi que no era más que una manera sofisticada de llamar a una dolencia que me había acompañado toda la vida: miedo al mar.

Aunque es algo con lo que he convivido desde que tengo uso de razón, el año pasado, cuando mi hijo se fue a la universidad, decidí afrontarlo de una vez por todas. Mi terapeuta me aconsejó terapia de exposición, lo que implicaba exponerme a mis miedos de manera gradual y controlada. En Manhattan no me resultaba fácil, ya que los ríos que lo rodean no cuentan. Además, mi mundo era muy reducido en aquella época y ni siquiera me acercaba a los ríos.

Tras unos meses de mirar fotos, vídeos y documentales de océanos, me mudé a España, un país que me enamoró desde la primera visita, cuando empecé a salir con Nelson y descubrí que era ciudadano del mundo: argentino de nacimiento, estadounidense por elección y judío sefardita por sus ancestros. Los antepasados de mi esposo fueron expulsados de España después de 1492, como casi todos los judíos. Huyeron a Italia y, cuatro siglos más tarde, algunos emigraron a Argentina. Tras jubilarse, los abuelos paternos de Nelson decidieron regresar a la tierra de sus ancestros en el montañoso norte de España, y se compraron un piso con vistas al mar en el Santander de finales de los setenta. Cuando ellos murieron, Nelson lo heredó. Por aquel entonces había solicitado ya la nacionalidad española gracias a su linaje sefardí, nacionalidad que luego adquirí yo como su esposa. Estaba entusiasmada con mi pasaporte rojo, que valoraba como solo saben hacerlo los que, como yo, hemos sido refugiados sin un país al que regresar. Íbamos a Santander cada verano, una tradición que continué con Dylan tras la muerte de Nelson, cuando heredé el apartamento, y siempre me negué a alquilarlo el resto del año. No podía permitir que otras historias diluyeran la nuestra.

Ese piso acabó convirtiéndose en mi hogar. Las ventanas de la fachada delantera enmarcaban el mar Cantábrico —casi siempre revuelto pero majestuoso—, que es el nombre con que se conoce la parte del golfo de Vizcaya que bordea la costa norte española. En los días buenos, el mar sereno centelleaba bajo el sol y el ligero oleaje era una montaña rusa de agua por la que subían y bajaban los surfistas. En los días malos, los lugareños salían de casa y, al olfatear el aire, sacudían la cabeza y refunfuñaban porque el viento venía del sur. Todo el mundo sabía que, si uno no quería acabar empapado, esos días más valía mantenerse lejos del paseo marítimo que daba a la bahía.

La terapia de exposición gradual parecía estar funcionando. Trataba de no acercarme demasiado a la playa mientras paseaba por la ciudad, pero admiraba la vista desde las ventanas de casa. Por las noches, el sonido de las olas me acunaba —con la ayuda del ibuprofeno cuando tenía dolor—, y por las mañanas me despertaba la luz del sol.

Con el paso del tiempo, el sol había desteñido la tapicería verde del viejo sofá, sobre todo en los brazos, y el resultado me parecía acogedor. Aunque mi gusto y el de los difuntos abuelos de Nelson eran distintos, cuando me instalé aquí no me vi capaz de desprenderme de los muebles y los cuadros que habían acumulado a lo largo de su vida, de modo que decidí no traer los míos desde Nueva York. La verdad es que no me veía con fuerzas para cambiar nada. Por primera vez en la vida, me pareció bien ponerme en la piel de otras personas. La mía estaba frágil y gastada, aunque nunca lo habría admitido ante nadie.

Cuando no trabajaba, procuraba mantenerme ocupada y seguir una rutina para no perder la razón. Los lunes iba al mercado a comprar pescado en una plaza del centro de la ciudad, donde las mujeres de los pescadores se encargaban de vender el botín capturado por sus maridos. Los martes y jueves iba a clase de yoga y hacía algunos recados. Los miércoles visitaba museos o galerías de arte. Los viernes iba al cine, y los fines de semana exploraba los pintorescos pueblos desperdigados por este precioso rincón del mundo. No tenía amigos, pero tampoco hacía gran cosa por cambiar la situación. Pasaba casi todo el tiempo sola, esforzándome en reparar mi alma y mi corazón con la ayuda del tiempo y la monotonía. Solía tener un par de encargos al mes de mi periódico, y también proponía ideas para reportajes que mis editores acostumbraban a aprobar. Tenía la sensación de haber vuelto a los días en que me ocupaba de la inmigración en Nueva York, con la diferencia de que en Europa escribo sobre fronteras abiertas y uso más el francés que el español para entrevistar a los recién llegados. Pero, en temas migratorios, resulta sorprendente lo similares que son los relatos: una mezcla de dolor, esperanza y miedo que me resulta muy familiar.

El nuevo encargo en las islas Canarias me intrigaba, pero también me asustaba. No tenía claro qué era lo que me daba miedo, pero mi cuerpo se había puesto en alerta desde el momento en que recibí la llamada de mi editor. Tal vez se debía a la geografía de las Canarias. Pensar en trozos de tierra tan diminutos rodeados de tantísima agua me había impedido visitarlas, aunque siempre había querido hacerlo. En esta ocasión, sin embargo, no tenía excusa. No estaba en mi naturaleza rechazar un encargo, por mucho que me asustara.

Me detuve un instante en la puerta del dormitorio, dudando sobre qué mochila llevarme. Mi editor había dicho que no quería un gran reportaje, pero también había comentado que el tema quizá diera más de sí. Un impulso me hizo coger la más grande, lo que acabó siendo la elección correcta. Y, como hago siempre antes de emprender un viaje, murmuré una oración con la mano apoyada en la *mezuzá* del marco de la puerta. La *mezuzá* ya venía incluida con el piso. Yo no soy judía ni especialmente religiosa, pero sí soy cubana y, por tanto, muy supersticiosa.

Esa misma mañana, mientras buscaba a Nina en el aeropuerto de Madrid, mi teléfono empezó a sonar con el tono de grillos que tenía asignado a mi madre. Lo saqué del bolso y respondí.

—¿Cómo estás? —le pregunté sin pensar.

—Ahora estoy bien, pero mientras hablaba contigo antes me entró ese dolor de barriga tan fuerte que tengo de vez en cuando. ¿No te diste cuenta de que colgaba muy rápido? Supongo que no, porque no me devolviste la llamada. Casi no podía respirar... —dijo sin hacer una sola pausa para preguntarme cómo o dónde estaba, como de costumbre.

Mi amiga Nina apareció en mi campo de visión justo en ese momento, y me dirigió una de sus sonrisas resplandecientes. Bajita y muy delgada, con el pelo corto y rizado, podría pasar por un adolescente, pero en realidad tiene sesenta años y es una fuerza de la naturaleza.

Vocalicé en silencio las palabras «mi madre» y ella frunció el ceño. Me conoce lo suficiente para saber que más vale no molestarme cuando estoy al teléfono con mi progenitora. Con los ojos azules muy abiertos, Nina me rodeó y se dirigió a la cola de seguridad mientras yo hablaba con mi madre o, mejor dicho, mientras la escuchaba.

—¿Prefieres colgar, descansar un poco y llamar más tarde? —le propuse con paciencia, porque no era la primera vez que teníamos conversaciones de este tipo.

—No, no —respondió al momento, por miedo a quedarse sin público—, creo que ya estoy bien.

Pero yo no lo estaba. Tenía que subir a un avión y se lo hice saber.

—Oh, ¿por qué no me lo has dicho antes? Pensaba que seguías en casa. Necesito contarte algo.

—Ya me lo has contado antes, ¿no? —le dije mientras Nina le entregaba el pasaporte y la tarjeta de embarque a la agente.

Mi tarjeta de embarque estaba en el móvil, por lo que tenía que colgar.

—Mima, tengo que dejarte.

Mientras me apartaba el móvil de la oreja, que ya echaba humo, oí a mi madre gritar:

—¡Espera! Esto puede ser importan...

Le entregué el móvil a la agente con una sonrisa de disculpa, y ella misma colgó con una uña tan larga como falsa antes de comprobar mi identidad y de escanear la tarjeta de embarque. Nina me esperaba al otro lado, con una sonrisa idéntica a la que me había dirigido al saludarme.

—Ni una palabra —le advertí.

—Yo también me alegro de verte. —Se puso de puntillas para darme dos besos.

Cuando mi teléfono volvió a cantar puse los ojos en blanco, y Nina se encogió de hombros mientras yo respondía.

—Como iba diciendo... —siguió mi madre, incansable como siempre.

—Mima, de verdad. ¡Estoy en el aeropuerto!

—Seré breve, te lo prometo. —Y, por una vez, cumplió su promesa—. Antes me has preguntado si recordaba algo más sobre mi abuela, si tenía alguna foto o algo, y te he dicho que no. Pero luego me he acordado de algo, aunque no sé si te servirá de mucho... En realidad, estoy casi segura de que no servirá de nada, y a veces me pregunto si no lo habré soñado.

—Mima, no entiendo nada. ¿A qué te refieres?

—A una carta —respondió, hablando más deprisa—. Una vez leí una carta, una que no querían que leyera, y estoy casi segura de que mencionaba unos árboles. Sí, eso es. Decía que las moreras habían rebrotado.

—¿Las moreras? ¿Y por qué no querían que leyeras la carta? —le pregunté mientras avanzaba hacia la puerta de embarque, pero no recibí respuesta; me había quedado sin señal.

Catalina

La Palma, 1914-1918

Un día de julio de 1914 su padre llegó a la granja con la noticia de que el mundo estaba en guerra, y lo primero en lo que Catalina pensó fue en ir a abrazar a Juan.

Aprovechó el momento de caos para escapar y dirigirse a su casa. El sol estaba a punto de ocultarse, pero quedaba luz suficiente para ver por dónde iba. El corazón le latía desbocado y los arbustos de lavanda le lastimaron los tobillos cuando tomó un atajo, pero Catalina no prestó atención a esas molestias intrascendentes. Se apoyó una mano en el cuello, como si quisiera calmar los latidos con los dedos, y con la otra se levantó el vestido, en un vano intento de mantenerlo limpio y no tropezar con él. Al acercarse, la casa de los Cruz le pareció aún más pequeña que de lejos: una puerta y dos ventanas cubiertas por un tejado que parecía una letra «A» con las piernas bien abiertas. Florecillas silvestres blancas y azules le daban un toque de color a ese trozo de tierra yerma donde no crecía nada más.

Como si lo hubiera conjurado con la mente, justo en ese momento Juan salió de la casa y se encendió un cigarrillo. Catalina vio la llama y aminoró el paso para observarlo. La luz de la cerilla iluminó su rostro por un instante, y ella pensó que no había nada ni nadie a quien amara más en el mundo que a ese chico de manos cálidas y mirada traviesa. Pero cuando él apagó la cerilla y su rostro se desdibujó en el atardecer, una súbita tristeza la caló hasta los huesos. Tuvo el presentimiento de que, un día, él desaparecería como la luz de esa llama y la dejaría sola y a oscuras. La idea le resultó tan insoportable que contuvo el aliento, y fue entonces cuando él se dio cuenta de su presencia. Tiró el cigarrillo al suelo, corrió hacia ella y la estrechó entre sus brazos.

—¡Catalina! —exclamó—. ¿Qué haces aquí? ¿Qué ha pasado?

—Guerra —fue todo lo que logró decir, porque le pareció más fácil eso que explicarle sus miedos—. El mundo está en guerra.

Juan todavía no se había enterado, pero trató de consolarla diciéndole que probablemente España no intervendría, que estarían a salvo, que él no se marcharía a ninguna parte. Le secó las lágrimas con delicadeza y posó un brazo en sus hombros para acompañarla hacia el camino que llevaba a la Roca.

Una vez allí, Juan se sacó la navaja del bolsillo y empezó a marcar la piedra.

—Mira —le dijo al terminar—. Así siempre estaremos juntos.

En la oscuridad creciente, Catalina observó las iniciales de ambos, una junto a la otra: «JC». La «J» y la «C» estaban tan pegadas que parecían el tronco de un árbol retorcido. Eso la hizo sonreír y, cuando él la besó, se olvidó de la guerra y de los malos presentimientos.

Los siguientes cuatro años se desdibujaban y mezclaban en la mente de Catalina, que pasó buena parte del tiempo ayudando a su madre a alimentar a su familia con la poca comida que tenían, básicamente lo que cultivaban y poco más.

Aunque Juan acertó y España se mantuvo neutral durante la guerra, gran parte del país —en especial las islas— se empobreció mucho. El comercio se vio muy afectado por los barcos y submarinos alemanes que buscaban presas en el mar. Algunos días, cuando los adultos hacían la siesta después de comer, Catalina se escapaba a la Roca con la esperanza de encontrar a Juan. Sin otra manera de comunicarse con él, lo único que podía hacer era cerrar los ojos y desear con todas sus fuerzas que él estuviera allí. A menudo su deseo se cumplía y lo encontraba esperándola, como si supiera que ella iba a aparecer. Cuando no estaba, se conformaba con acariciar las iniciales grabadas en la piedra y soñar con él. A veces oía su melancólico silbido cuando pasaba cerca, y sabía que estaba pensando en ella. Pero no era suficiente; nunca lo era.

Un día de primavera, cuando Catalina acababa de cumplir dieciocho años, Ana se presentó en su casa llorando y le contó que su hermano mayor, Tomás el pescador, había muerto a causa de un resfriado que había pillado en el mar y que acabó llevándoselo en cuestión de días. Catalina consoló a su amiga, pero no podía dejar de pensar en Juan y en que iba a tener que cargar con la responsabilidad de cuidar de su familia.

Ana se marchó tan pronto que, para cuando la madre de Catalina apareció en la puerta, ya se había ido.

—¿Qué quería esa boba? —le preguntó Inés María, incapaz de disimular lo poco que le gustaban sus vecinos, aunque se aplacó un poco cuando Catalina le contó lo sucedido y le pidió permiso para asistir al funeral y acompañar a Ana.

—Puedes ir, pero con tu abuela y tus hermanas.

—Por supuesto —se apresuró a aceptar Catalina, ansiosa por volver a ver a Juan.

Doña Elena acompañó a sus nietas, que parecían mayores con sus vestidos largos de luto. Tras la ceremonia, Catalina les dijo a sus hermanas si no les importaba que se quedara un rato más con Ana.

—¿Con Ana? —preguntó Simona en tono burlón.

Ante la mirada de súplica de Catalina, Simona transigió y las dos hermanas menores acompañaron a una exhausta doña Elena de vuelta a casa. Poco después, Ana se marchó también, llevándose a su desolada madre con ella.

Cuando Juan y Catalina se quedaron solos en el cementerio, se sentaron a la sombra de un almendro, y ella, convencida de que nadie los veía, apoyó la mano sobre la de Juan y descansó la cabeza en su hombro. Había sido un día despejado hasta ese momento, pero ahora estaba cambiando rápidamente. Aunque no hacía viento, las nubes cruzaban el cielo a toda prisa, como si el viento las persiguiera. El aire de principios de otoño olía a lavanda y a melaza. Juan, despeinado como siempre, iba vestido con la ropa de trabajo —pantalones de color ocre y una camisa de algodón que en otro tiempo fue blanca— y, aunque desprendía un ligero aroma a cebolla y estiércol de vaca, a Catalina no le importaba; estaba acostumbrada a su olor.

—Mis padres dicen que soy demasiado joven para sentir algo por un chico.

Catalina no sabía cómo explicarle que su padre empezaba a sospechar de sus continuas escapadas, y que le había advertido que debía mantenerse alejada de «esa gente». Ni siquiera tuvo que especificar a quién se refería. Hacía tiempo que en su casa estaba prohibido hablar de Ana, mientras que el nombre de Juan no se había mencionado ni una sola vez fuera del dormitorio que Catalina compartía con sus hermanas.

José Ángel siempre se había opuesto a que su hija se viera con Juan por razones que a Catalina le resultaban absurdas. Si bien era cierto que provenía de una familia rota y muy pobre, sin apenas tierra ni dinero, le parecía que precisamente su padre debería respetar a un joven que había cuidado de su madre y su hermana mientras su hermano mayor permanecía en alta mar. Pero su padre se aferraba con obstinada tozudez a la idea de que la familia Cruz estaba maldita, y aseguraba que «ese chico» —así llamaba siempre a Juan— cargaba con la vergüenza de su madre y algún día repetiría los pecados de su padre.

—Te mereces algo mucho mejor —solía decirle—. Solo trato de protegerte.

Catalina no podía contarle nada de esto a Juan, ya que no quería herir sus sentimientos ni su orgullo.

Sin soltarle la mano, él cogió un palo del suelo y se puso a trazar sus iniciales en la tierra.

—Di algo, por favor... —lo apremió ella mientras le apretaba la mano.

—No es eso lo que piensan en realidad. Lo que no quieren es que estés conmigo por mis orígenes y porque no tengo nada que ofrecerte. Y tienen razón.

Catalina no supo qué responderle. Era cierto que la guerra había traído penurias para todos, pero estaba segura de que las reticencias de su padre no se debían a la pobreza de Juan. Al fin y al cabo, él también había sido pobre y, tras el estallido de la guerra, ya no era el hombre próspero de antaño. Para José Ángel el problema era y siempre había sido la familia Cruz.

Al notar su confusión y su vergüenza, Juan le dirigió una mirada tierna mientras le apartaba un rizo que le caía sobre la frente. Los nubarrones habían detenido su carrera y ahora se cernían sobre ellos.

—Va a llover —anunció él, levantándose—. Vete a casa, mi amor. Encontraré la manera de verte pronto.

—¿Cómo? —Catalina no podía disimular su desesperación—. Cada vez me cuesta más encontrar una excusa para que me dejen salir.

—Silbaré y sabrás dónde encontrarme.

Le ofreció la mano para ayudarla a levantarse, pero Catalina mantuvo las suyas inmóviles a los lados, sin saber muy bien por qué, y se arrepintió en cuanto vio que Juan la dejaba caer lentamente y se la metía en el bolsillo.

—Vete ya —insistió él, señalándole el camino con la barbilla—, te vas a quedar empapada.

Cuando llegó a casa, los nubarrones se habían dispersado tan deprisa como habían llegado. Ni una gota cayó del cielo sobre el suelo requemado. En los años venideros, a pesar de todo lo que pasó o tal vez debido a ello, de vez en cuando se reprendía por no haberle dado la mano y no haber salido huyendo con él aquel mismo día.

Mara

Tenerife, julio de 2019

Estaba agotada. Tras dos días trabajando sin descanso, me costaba mantener los ojos abiertos, pero Nina insistía. Sentadas en una cafetería, señalaba el mapa que había extendido sobre la mesa y enumeraba los sitios que podríamos visitar durante el día libre que nos quedaba antes de regresar a Madrid. Le llamaba la atención especialmente el santuario de la patrona de las islas, la Virgen de la Candelaria, que quedaba a unos veinte kilómetros de donde estábamos.

—Te gustan las iglesias, ¿no? —me preguntó.

Aunque sentía aversión por las religiones organizadas, Nina compartía mi interés por la arquitectura, especialmente por los antiguos lugares de culto.

—Aquí pone que se apareció a los habitantes originarios de estas islas en algún momento entre 1392 y 1401. ¿Qué te parece?

Me miraba con los ojos inteligentes de una persona que no ha perdido la curiosidad, a pesar de haber presenciado las peores facetas de la humanidad a través del objetivo de su cámara.

—Me parece que suenas como el doctor Seuss —respondí con esfuerzo, y todavía me quedó energía para añadir, haciendo comillas con los dedos—: ¡Oh, cuán lejos llegarás!

Nina soltó un gruñido.

Llamé al camarero mientras bostezaba. Necesitaba otro expreso. Por muchas variedades que probara en mis viajes, ninguno podía compararse con el café cubano, negro, intenso y azucarado, que tomaba en Miami. Me eché hacia atrás y dejé caer la melena sobre el respaldo, usando la silla para darme un masaje cervical exprés.

Estábamos sentadas mirando hacia el puerto, y en el horizonte se distinguían unas montañas. El paseo marítimo era el lugar elegido por familias con niños tan bien educados como bien vestidos, y estaba lleno de gente paseando o montando en patinete, a la sombra de las palmeras datileras que me recordaban a las palmas reales que crecían en Cuba. La brisa cálida proveniente del océano y la luz, no tan inclemente como la de Cuba o Miami, parecían envolverlo todo en un filtro velado. Uno podía llegar a imaginarse que todo el mundo era así, bello, suave y amable.

Tenía claro que Nina pretendía que la visita sirviera para relajarnos un poco. El trabajo había sido brutal, las jornadas, inacabables, y yo llevaba toda la mañana de mal humor.

El primer día, sin tiempo ni de buscar un hotel, entrevistamos y fotografiamos a los supervivientes de un naufragio que habían sido rescatados por las autoridades españolas. Con la ayuda de un intérprete de akan, logré entrevistar a Akuba, una mujer que dijo que debía de tener unos veinticinco años y que era madre de tres hijos, de cinco, tres y un año de edad. En el viaje desde Ghana había perdido a los dos más pequeños, y aún seguía aferrada al cuerpo sin vida de su hija mayor cuando los encontró el equipo de rescate, que tuvo que arrancársela de los dedos helados. Cuando nosotras llegamos, los cuerpos estaban ya en la morgue. Insistí en ver a la hija de Akuba, a pesar de que Nina no quería fotografiar a una niña muerta. Pero, aunque sabía que el periódico no publicaría una foto así, sentí la necesidad de ver a la pequeña, a la que me negaba a considerar «un cuerpo». Su madre me contó que le había puesto de nombre Piesie Afua, porque era su primogénita y había nacido en viernes. El intérprete me explicó que se consideraba que los nacidos en viernes eran personas viajeras.

En la morgue, sobre la fría camilla de acero inoxidable, la vi por primera y única vez. Piesie Afua, vestida con una blusa verde y una falda beis con volantes, ya no viajaría más.

De repente, me asaltó un recuerdo:

«Cuando me fui de Cuba, cuatro décadas atrás, llevaba los pantalones acampanados de poliéster rojo que me había hecho mi madre, junto con mi blusa favorita de cuadros rojos, blancos y azules, que se abotonaba por delante e iba adornada con cintas azul marino en el cuello. La blusa también me la había hecho mi madre...».

Tuve que apartar el recuerdo de mi mente a toda prisa o no habría sido capaz de realizar mi trabajo.

«Concéntrate», me dije a mí misma.

Tomé nota de las diminutas uñas de los pies, pintadas de rosa mate. ¿Zapatos? No, claro que no; los debía de haber perdido en el mar.

«¿Qué zapatos llevaba yo? No me acuerdo de qué zapatos llevaba. Ha pasado tanto tiempo...».

Para cuando Nina y yo llegamos al hotel aquella noche, estábamos tan agotadas que no fuimos capaces de procesar lo que habíamos visto y oído. Me dirigí directamente a mi habitación para escribir y archivar el primer artículo a toda prisa. Le envié una copia a Nina, que mandaría las fotos por separado. Todavía no habíamos hablado de lo que habíamos visto ese día. Justo antes de dormirme, recibí un mensaje suyo: «Hola, ¿estás despierta? Solo quería comentarte que lo que has hecho hoy ha sido importante. Por eso eres tan buena en lo tuyo. Los detalles que has incluido han humanizado a esa niña. Me refiero a que ¿quién se pone volantes para emprender un viaje así?».

Yo también me había hecho esa pregunta, aunque, en el fondo, entendía por qué se había puesto una falda con volantes para montarse en una barca destartalada. Acerqué los dedos a la pantalla del móvil, pero no le respondí.

A los quince años, yo también me puse mi ropa favorita para salir de Cuba. No me la puse para subir a una barca y pasar una eternidad en el mar, sino pensando en mi llegada a Estados Unidos. La ropa simboliza tus aspiraciones, quise decirle a Nina. Lo importante no es lo que dejas atrás, sino el lugar al que esperas llegar. Lo importante era el sueño, aunque en ese caso el sueño de la familia de Piesie Afua había muerto ahogado en el Atlántico.

A la mañana siguiente, cuando Nina y yo salimos para realizar el seguimiento de la historia, nos encontramos metidas en medio de una operación de rescate. Mientras subía a bordo de una embarcación que tenía escritas en el casco las siniestras palabras SALVAMENTO MARÍTIMO, iba casi paralizada por el miedo. Cuando uno de los miembros del equipo de rescate empezó a colocarme el chaleco salvavidas por la cabeza, estuve a punto de echarme atrás.

«Todo sea por el reportaje —me dije—. Va a salir bien, ya verás».

A medida que nos alejábamos de la costa, me vinieron a la mente las palabras del primer editor para el que trabajé:

«En el periodismo solo importan tres cosas —solía decir con su marcado acento de Misisipi, levantando un dedo por cada palabra y sosteniendo la mano en alto para conseguir un efecto dramático mientras recorría la redacción con sus centelleantes ojos azules—: Detalles, detalles y detalles».

Había llegado el momento de olvidarme de los miedos y de empezar a tomar notas de todo lo que pudiera contar, ver, oír, oler, sentir o incluso probar.

El capitán recibió un aviso y puso rumbo a las nuevas coordenadas a toda velocidad. De repente, aparecimos casi encima de una barca volcada. Todo sucedió tan deprisa que no fui capaz de anotar nada, ya que necesitaba toda mi atención para no caerme al mar revuelto. En la barca que encontramos viajaban dieciséis inmigrantes. Fueron rescatados y subidos a bordo de uno en uno, temblando y asustados, pero vivos. Los miembros del equipo de salvamento, exultantes, me confesaron que estaban hartos de sacar cadáveres del agua; que un equipo de rescate se dedica a salvar vidas, no a recoger cuerpos inertes.

Durante el regreso, mientras la tripulación trataba de hacer entrar en calor a los náufragos con mantas térmicas, empecé a marearme y desorientarme al contemplar las olas que golpeaban contra el casco de la embarcación. No podía dejar de pensar en la otra barca, la que nos llevó a mi familia y a mí desde Cuba a Estados Unidos muchos años atrás. Miraba a mi alrededor en busca de mi padre, pero no lo encontraba. Me agarré a Nina como si fuera mi madre, y no la solté. Respiraba cada vez más deprisa, mientras todo daba vueltas a mi alrededor.

Cuando recobré el sentido —un minuto más tarde, según me contó Nina—, me encontraba en brazos de un joven marinero que no tenía ni idea de por qué una mujer de mediana edad se había desmayado en la cubierta de su barco. En realidad no fue un desmayo, sino un ataque de pánico. Lo reconocí enseguida porque no era la primera vez que me pasaba. Era una de las razones por las que solía rechazar los reportajes que me obligaban a embarcarme, y la razón principal por la que nunca había ido de vacaciones en un crucero.

El mar me aterrorizaba, y no solo por mi experiencia al salir de Cuba, me daba miedo desde siempre. Mi madre, a la que le pasaba lo mismo, estaba convencida de que yo sufría un trauma familiar heredado. En una ocasión, se visitó con una psicóloga que le dijo que el dolor y los traumas podían pasar de una generación a la siguiente, que se graban en el código del ADN, como el color del pelo o algunos gestos. La idea me resultó intrigante, pero preferí tomármelo a risa. «Ah, ¿sí? —le pregunté—. Y entonces, ¿por qué no he heredado tus maravillosos rizos rojos?». No supo responderme a eso, y tampoco a cuál sería el supuesto trauma heredado.

Fuera cual fuera la razón, el miedo era muy real.

Y, sin embargo, aquí estaba, a salvo en una cafetería de esta hermosa isla, con el sol en la cara y el mar a media manzana de distancia. Debería estar agradecida, pero en realidad me sentía... inquieta, distante, cansada, con ganas de volver a casa.

En otra época de mi vida, no demasiado lejana, me tomaba cada encargo del periódico como una oportunidad de explorar y aprender cosas nuevas. Hablaba con desconocidos en los aviones, entablaba conversaciones con los taxistas, me sentaba en mesas comunes cuando iba a un restaurante y charlaba sobre el clima o incluso de política con mis compañeros de mesa... Cada vez que viajaba, lo que sucedía a menudo, aprovechaba al máximo el tiempo, como si nunca fuera a regresar a ese lugar.

Pero las cosas han cambiado. Ya no tengo la energía ni la curiosidad necesarias para hacer más de lo estrictamente necesario. Hago mi trabajo y los editores parecen contentos, pero me siento vacía por dentro; he perdido la chispa. A veces me preocupa un poco, aunque no lo suficiente como para comentárselo a mi terapeuta.

El camarero me trajo el café y se quedó a mi lado, como si esperara una propina. Pensé que sería mejor que pagara ya y empecé a rebuscar el monedero en el bolso de cuero marrón.

—No, no hay prisa —comentó él mientras me dirigía una dulce sonrisa. Antes de irse, incluso me tocó el brazo.

Sorprendida por aquel inesperado contacto, busqué algo ocurrente que decirle, pero Nina se me adelantó.

—Lleva todo el rato coqueteando contigo y no te has dado ni cuenta. Los hombres van a tener que enseñarte un certificado de matrimonio si quieren que les hagas caso.

Iba a responderle cuando, de repente, una idea me sobresaltó.

—Un momento, ¿qué día es hoy?

—Lunes —respondió Nina distraídamente, sin apartar la mirada del mapa.

—No, qué día del mes. Necesito un número.

—Ah, estamos a veintitrés. Veintitrés de julio de 2019. ¿Por qué? ¿También has perdido la memoria?

—No. Es que acabo de darme cuenta de que es el décimo aniversario de la muerte de mi padre.

Justo en ese momento, el teléfono sonó con el tono de llamada de grillos que hasta Nina reconocía.

—¡Oh! Nos vemos en el hotel —se despidió Nina mientras doblaba el mapa a toda prisa.

Cogí el teléfono y le hice un gesto al camarero —imitando el movimiento de llevarme una taza a los labios— para que me trajera otro expreso, el tercero de la mañana. La llamada prometía ser larga.

Mi madre, que parecía baja de moral, me preguntó cómo estaba. Le respondí que bien. No le hablé de la historia en la que estaba trabajando y tampoco mencioné el ataque de pánico ni las pesadillas en las que aparecía la niña. No vi la necesidad de preocuparla, pero tampoco la vi especialmente interesada, ya que al oír mi concisa respuesta pasó al tema que le importaba de verdad. Lo normal en ella.

Quería hablar sobre mi padre, sobre lo mucho que lo echaba de menos y en lo distinta que sería su vida si el cáncer no se lo hubiera llevado a los sesenta y ocho años. Habría viajado con él a las Canarias para ocuparse ella misma del asunto, en vez de pedirme a mí un favor para el que no tenía tiempo y que probablemente nunca le haría.

—¿Has podido? —me preguntó tras interrumpir su monólogo, con el que había logrado, de un modo indirecto, echarme la bronca una vez más.

—¿Si he podido qué?

—¿Has podido hacer lo que te pedí, encontrar la partida de nacimiento de mi abuela?

Oh, oh. Ya estábamos otra vez. ¿Cómo explicarle lo que había estado haciendo en estas últimas cuarenta y ocho horas? ¿Cómo hablarle de la niñita con volantes y las uñas pintadas de rosa, y de las emociones que había removido en mí? No dejo de preguntarme si mi madre habría pasado miedo cuando cruzamos nuestro propio mar. ¿Sería la noche que pasamos en el estrecho de Florida tan oscura como en la tajada de océano que separa África de las islas Canarias?

—No, Mima. No he tenido tiempo.

—Lo sabía. Siempre soy la última en tu lista de prioridades.

—No es verdad. Bueno, sí, pero porque me guardo lo mejor para el final, como en las películas. Lo haré hoy, te lo prometo.

Mi promesa pareció calmarla, al menos por el momento. Instantes después, añadió:

—Todavía lo oigo silbar.

—¿A quién? —pregunté, aunque sabía perfectamente a quién se refería.

—A tu padre... —Se dispuso a contarme la historia que me sabía de memoria—. Cada día, hacia las dos, cuando estaba en la cocina preparando la comida porque sabía que estaba a punto de volver del trabajo, él silbaba para que supiera que ya estaba en casa.

Conocía bien aquel silbido que yo también había oído muchas veces, pero no se lo dije, porque entonces habría tenido que contarle que lo había oído desde siempre, desde antes incluso de tener voz o recuerdos.

Catalina

La Palma, junio de 1918

El día en que Catalina se enteró de que su vida estaba a punto de cambiar de manera drástica empezó como cualquier otro. Por la mañana, ordeñó a las cabras y dio de comer a los gusanos. Barrió la casa, ayudó a su padre con los árboles y luego trató de leer un rato, pero las letras se desdibujaban ante sus ojos. Con el libro abierto en su regazo, no dejaba de pensar en Juan, con quien se imaginaba viviendo en una casita lejos de sus padres, sus hermanas e incluso de su querida abuela.

Después de comer fue a dar un paseo con sus hermanas con la esperanza de ver a Juan, aunque fuera de lejos. Llevaba un mes sin verlo, desde el funeral de su hermano, pero, a pesar de que se alejaron tanto como sus padres les permitían, no hubo suerte. Cuando volvieron a casa, todas las luces estaban encendidas y había jarrones por todas las superficies con flores del jardín, rosas y amarillas.

Las hermanas se miraron preguntándose si se habrían olvidado de alguna fecha importante. ¿Sería el cumpleaños de alguien? Catalina había cumplido dieciocho años un par de meses atrás, pero no lo habían celebrado porque la hambruna provocada por la guerra y una enfermedad contagiosa que había cruzado el océano estaban diezmando a las tropas y aniquilando familias enteras. Todo el mundo estaba preocupado y nadie estaba de humor para celebraciones. A Catalina no le había importado. Los dieciocho no eran una fecha importante en la vida de una mujer, ya que todavía no había alcanzado la edad de tomar sus propias decisiones.

Su madre las recibió en la puerta y, en silencio, indicó a sus hermanas que subieran a sus habitaciones mientras agarraba a Catalina del brazo y le susurraba que la siguiera.

—Esta noche tenemos un invitado especial —anunció mientras le retiraba a su hija el pelo de la frente y la examinaba de arriba abajo—. Deberías cambiarte, pero no hay tiempo.

Antes de que Catalina pudiera protestar, su madre la había arrastrado hasta el salón.

Su padre ocupaba su silla favorita, de espaldas a la chimenea, y doña Elena esperaba con expresión preocupada en un viejo canapé que nunca usaba nadie. Un desconocido estaba sentado frente a su padre y su abuela. Entre ellos, sobre la mesa reluciente de tanto frotarla, había una bandeja con dos vasos de ron casero. Don José se había puesto una camisa blanca que contrastaba con el traje oscuro que llevaba en las bodas, los funerales y las reuniones de negocios importantes. El visitante, vestido también de manera formal y con un pantalón de paño marrón, mantenía sus grandes manos extendidas y apoyadas sobre los muslos.

Su padre se lo presentó. Antonio López no era tan mayor como él, aunque le sacaba muchos años a Catalina. Al estrecharse las manos con timidez, ella notó su calor, pero también los callos de un hombre al que no le asustaba el trabajo. Eran más o menos de la misma estatura, aunque él le sacaba dos o tres centímetros. Tenía los brazos delgados y un torso peculiar, robusto, que le recordó a un grueso tronco con ramas finas. Se fijó en su pelo castaño, en sus ojos verdes que parecían no perder detalle de nada y en la barba, en la que habían aparecido ya algunas canas de manera prematura. Aunque durante la reunión mantuvo la vista en el suelo, Catalina siguió sintiendo la intensidad de su mirada, de esos ojos que casi le ordenaban que levantara la cara. Pero ella se negó a hacerlo.

Antonio López. El nombre le sonaba de algo. Era el amigo de un pariente, le aclaró su padre, un conocido de toda la vida. Como muchos otros canarios, había partido hacia Cuba diez años atrás en busca de fortuna. Y ahora, a punto de cumplir los treinta, tras años de trabajar duro en una plantación de caña de azúcar, se enorgullecía de ser el propietario de una tienda de ropa en una próspera localidad costera del centro de Cuba.

—Un lugar que me recuerda a este —añadió.

Aunque no dejaba de mirarla fijamente, Catalina no entendía qué tenía que ver ella con todo aquello. Sin embargo, escuchaba con curiosidad, ya que nunca había salido del pueblo.

Más tarde, Catalina llegó a pensar que Antonio la había elegido porque confundió esa curiosidad por interés, pero no era el caso; había venido a España expresamente a por ella.

Mientras Catalina escuchaba, los hombres comentaban el desastre que la pérdida de Cuba había supuesto para España dos décadas atrás.

—Si esos dichosos estadounidenses no hubieran intervenido en 1898, aún conservaríamos la joya del Caribe. ¡Como si no bastara con perder Puerto Rico y las Filipinas...! Lo de Cuba fue una auténtica debacle.

Cuando hablaba, Antonio gesticulaba, cortando el aire con sus pálidas manazas antes de posarlas sobre sus muslos con un golpe seco, como palomas al caer de un árbol.

—¿Sabía que mi esposa se dirigía a Cuba cuando nos conocimos? —comentó don José para cambiar de tema, ya que Antonio se estaba alterando demasiado—. Menos mal que la guerra con los estadounidenses no la pilló ahí.

—Sí, supongo. —Antonio pareció deshincharse con el cambio de tema—. Aunque lo cierto es que las cosas no han cambiado demasiado. Los españoles siguen llegando a diario desde todos los rincones del país y, aunque al principio no lo tienen fácil, todos acaban prosperando. Tal vez no tanto como yo ni tan deprisa, pero al final todos lo consiguen.

El silencio se alargó tras estas palabras, y don José se apresuró a llenarlo con temas que conocía bien, como la crisis del negocio de la seda, la epidemia que había matado a tantísimas personas, la miseria que había traído la Primera Guerra Mundial o la hambruna que castigaba a las islas, donde los productos de primera necesidad como el azúcar, la harina o el aceite escaseaban.

Los Quintana salían adelante gracias a su modo de vida austero, aunque de vez en cuando —más a menudo de lo que les parecía prudente— debían echar mano del dinero escondido bajo el colchón por si llegaban tiempos inciertos. Catalina temía que, si la guerra se alargaba mucho más, tendrían que empezar a trocear y vender la tierra, lo que supondría un mazazo para su padre. Solo de pensarlo se estremecía.

—¡Ochenta naves! —exclamó Antonio López, sacando a Catalina del bucle de pensamientos en el que se había adentrado—. Los submarinos alemanes han hundido la cuarta parte de la flota española, con lo que se han perdido unas doscientas cincuenta mil toneladas de mercancías. ¡Perdidas! Pasto para peces en el fondo del océano, mientras la gente se muere de hambre.

Antonio parecía enfadado, pero era buen conversador y, al darse cuenta de que don José no compartía su indignación por el coste de la guerra, cambió de tema con destreza a uno menos comprometido. Los siguientes minutos los dedicó a hablar de la creciente emigración de jóvenes hacia América, no solo a Cuba y Puerto Rico, sino también hacia Venezuela, México, Argentina, e incluso Luisiana y Texas.

Mientras veía cómo los labios de los demás se movían y trataba de mostrar interés observándolos desde un segundo plano, Catalina empezó a divagar de nuevo. En comparación con el fanfarrón de Antonio, su padre resultaba mesurado, amable y considerado. ¿Para qué había traído a ese hombrecillo a casa? Supuso que no era algo accidental, pero, hasta ese momento, siempre que su padre tenía una reunión de negocios, su presencia no era bienvenida. Se imaginó que la necesitaban para algo, aunque no lograba imaginar para qué.

Antonio seguía hablando sin parar y parecía un poco nervioso, por lo que Catalina se obligó a escucharlo. Estaba hablando del tiempo en Cuba. Les contó que las temperaturas eran cálidas durante todo el año, con solo unos cuantos días de frío en los inviernos suaves, y que la tierra era muy fértil.

—Lanzas una semilla al suelo y al día siguiente ha crecido un árbol —comentó riendo, y volvió a golpearse el muslo con la mano para dar énfasis a su afirmación.

—¿Cultivan moreras? —preguntó Catalina, mirándolo por fin a los ojos.

—¿Disculpe? —Él pareció descolocado por la interrupción.

—Moreras. Son necesarias para criar gusanos de seda.

Antonio se echó a reír, como si fuera un adulto en presencia de una niña con mucha imaginación. A Catalina le disgustó de inmediato.

—No, no, hace demasiado calor para las moreras —respondió al fin—. Además, en Cuba nadie usa la seda. Esos tejidos tan finos les resultan desconocidos. Pero tenemos otras cosas —añadió, antes de empezar a dar detalles sobre su casa, el jardín, el almacén, el dinero que poseía, sus amigos y las cabezas de ganado.

A Catalina le pareció que debía de ser el dueño de la isla entera, pero entonces Antonio aclaró que le faltaba algo que deseaba mucho y que esa era la razón por la que había regresado a las islas.

En ese momento, y tras unos instantes de titubeo, Catalina soltó:

—¿Y qué es lo que le falta?

Su padre se volvió hacia ella con brusquedad, y ella se arrepintió de haber sido tan directa y trató de arreglarlo de inmediato:

—Si no es mucho preguntar, claro. —Bajó la vista al suelo, ruborizada por haber disgustado a su padre.

Pero Antonio no pareció darse cuenta de nada y la respuesta fue tan rápida y directa como la pregunta:

—Una esposa.

El rubor de Catalina ganó en intensidad, pero al menos ya tenía la respuesta que buscaba, el motivo de la visita. Sin apenas levantar la vista del suelo, volvió la cabeza hacia su madre, en una súplica muda.

Inés María, que estaba de pie cerca de su hija, decidió intervenir:

—Catalina, deberíamos ir preparando la cena. ¿Se quedará a cenar, don Antonio?

—Acepto encantado su invitación —respondió con una sonrisa que hizo que Catalina se encogiera.

Esa noche, después de que Antonio se hubiera marchado y la casa hubiera recuperado el nivel normal de ruidos y murmullos, Inés María entró en la habitación de sus hijas y se sentó al pie de la cama de Catalina. Simona y Lucía ya dormían.

—¿Madre?

—Catalina, hija, siento no haberte avisado de la visita de don Antonio, pero no estábamos seguros de cuándo llegaría.

—Lo entiendo, madre —dijo ella con cautela.

—No, me temo que no acabas de entenderlo, pero si me dejas, te lo explicaré.

—Sí, por favor. —Catalina nunca se había sentido tan alarmada en su vida.

—Don Antonio estuvo casado, pero su esposa murió al dar a luz a un niño que murió poco después, en brazos de su padre. El dolor le hizo tomar la decisión de no volver a casarse con ninguna mujer de aquella isla, así que ha regresado a casa para encontrar aquí a su nueva esposa.

La primera esposa de don Antonio no era como ellos. Había nacido en Cuba, y él creía que eso marcaba la diferencia. No era lo bastante fuerte, y además rechazaba la medicina tradicional. Cuando enfermaba, se negaba a dejarse tratar por los curanderos llegados de las Canarias, que usaban los remedios y oraciones de toda la vida. En vez de eso, confiaba plenamente en una mujer nativa a la que todos llamaban «la bruja Enriqueta», y cuando bebía las pócimas que le preparaba caía en una especie de trance extraño. Don Antonio le había contado a Inés María que hacía responsable a esa mujer de la muerte de su esposa.

Para cuando su madre acabó de hablar, Catalina se sentía al mismo tiempo horrorizada y fascinada por ese lugar lejano donde una mujer podía morir por el hechizo de una bruja; un lugar donde no había volcanes, moreras ni gusanos y, por lo tanto, no había seda; donde el tiempo era siempre cálido y la tierra, generosa.

—Creemos que allí serás feliz, hija mía. Verás mundo y, algún día, regresarás como ha hecho él y podrás ayudar a tus hermanas. No pienses en nosotros, piensa en ellas y en lo que está pasando en el país. Ya sabes que tu padre no confía en que el negocio de la seda vuelva a ser el mismo. Si las cosas no mejoran pronto, al menos sabremos que a ti no te faltará de nada.

Catalina no pudo contener las lágrimas por más tiempo. Su madre le acarició las mejillas y le apartó el pelo alborotado de la frente.

—Pero ¿por qué yo, madre? ¡Ni siquiera me conoce!

—Oh, sí que te conoce, mi niña; lo que pasa es que no te acuerdas, pero un día, hace mucho tiempo, te prometió que vendría a buscarte.

Catalina sintió que la sangre se le helaba en las venas al recordar algo que había sucedido tiempo atrás. Cuando tendría unos nueve años, habían recibido la visita de un primo lejano que iba de camino hacia Cuba y que les traía una carta de otro pariente. Lo acompañaba un amigo que viajaba con él en el mismo barco. Catalina, siempre curiosa, los bombardeó a preguntas para las que no tenían respuesta. En ese momento cayó en la cuenta de que el amigo era don Antonio, que le había prometido que un día le mostraría la isla.

—Al parecer es un hombre de palabra —comentó Inés María.

—¡Pero, si era una niña! —Catalina no pudo contener la rabia por más tiempo.

—Sí, pero ya no lo eres. Y tu padre y yo pensamos que será bueno para ti.

Catalina entendió al momento a qué se refería. Querían apartarla de Juan, el único hombre al que amaba y al que siempre amaría.

—¡No quiero ir a Cuba!

Se echó a llorar como un bebé enrabietado, lo que hizo que sus hermanas se despertaran alarmadas. Inés María cerró los ojos y empezó a rezar en silencio, sin duda pidiendo fuerzas, como hacía siempre que sus hijas ponían a prueba su paciencia.

El alboroto despertó a su padre, que entró en la habitación y se quedó al pie de la cama. Al verlos allí a los dos juntos, Catalina se dio cuenta de que sus padres ya habían aceptado la proposición de don Antonio en su lugar.

—No pienso hacerlo —dijo con firmeza. Tiró las sábanas a un lado y se levantó.

Aunque trataron de detenerla y darle explicaciones, ella bajó la escalera a toda prisa y siguió corriendo como si pudiera escapar de los planes familiares solo por salir de la casa. Una vez fuera, se dirigió al lugar donde se sentía más segura en el mundo: la cabaña donde guardaban sus queridos gusanos de seda.

En la oscuridad oía a sus padres llamándola, pero los ignoró. Oyó también las sabias palabras de su abuela, recomendándoles que la dejaran tranquila un rato. Sus padres la obedecieron y entraron en la casa, mientras doña Elena les prometía que se quedaría a esperarla en el salón y hablaría con ella cuando regresara.

La puerta se cerró y se hizo el silencio, solo interrumpido por lo que parecía una tormenta que se acercaba.

Al fin se quedó a solas, con los gusanos como únicos testigos de sus sollozos.

—¿Qué voy a hacer? ¿Qué voy a hacer ahora? —repetía.

Un trueno seco como un latigazo interrumpió su letanía. Encendió una brasa de carbón y se puso de puntillas para encender una lámpara de queroseno que colgaba de una de las vigas de madera. La rabia le nubló la vista. ¿Cómo era posible que su padre, que la quería tanto, estuviera tan ciego? ¿Cómo podía traicionarla así?

Entonces otro trueno mucho más cercano la sobresaltó, y la lámpara que acababa de encender se le cayó de las manos. Fue a parar sobre una jarra de barro, que se rompió en mil pedazos. Catalina dio un paso atrás mientras el queroseno se extendía por la paja hasta alcanzar los lechos de los gusanos, y una llama prendió de repente, roja, amarilla y azul, hermosa a pesar de todo.

Catalina parecía estar pegada al suelo. Barría el espacio con los ojos, de arriba abajo y de izquierda a derecha, sin perder detalle, pero era incapaz de moverse. Trató de gritar, pero no le salió la voz. Las llamas saltaron de la paja al primero de los lechos, luego a otro y a otro, hasta terminar devorando los tablones de la cabaña desde abajo. El humo, de color rosa pálido como el interior de una concha marina, ascendía en espiral hacia las vigas y el techo de paja de la cabaña. Los gusanos se amontonaban intentando huir del calor, cada vez más intenso. Las llamas empezaron a lamer los tobillos desnudos de Catalina.

Cuando comenzó a toser, se cubrió la nariz y la boca con una mano mientras con la otra se levantaba el camisón. Ya en la puerta y antes de salir, se volvió hacia los gusanos, que se retorcían a escasa distancia. Solo entonces, tras aclararse la garganta, logró al fin pedir ayuda. Cuando llegó a la puerta de la casa llamando a gritos a su padre, se volvió y vio que la cabaña empezaba a desplomarse.

El viento, que había ganado intensidad, hizo volar las centelleantes chispas que saltaban de la cabaña como si fueran estrellas fugaces, y muy pronto se extendieron por el campo, saltando de morera en morera, como si las ramas fueran trampolines. Las copas de los árboles parecían joyas danzando en la oscuridad. En la casa todos se alarmaron al oír los gritos desesperados de Catalina. Su abuela, que seguía esperándola, fue la primera en salir corriendo, pero le fallaron las rodillas y cayó al suelo antes de alcanzar a su nieta. Varios vecinos que vieron el humo acudieron a echar una mano, aunque, para disgusto de Catalina, Juan no estaba entre ellos. Los vecinos se pasaban cubos de agua de mano en mano. Nadie trabajó con más ahínco ni durante más tiempo que don José.

Al amanecer, el fuego solo se extinguió cuando alcanzó la tosca e imponente superficie de la Roca. Ya no quedaba nada verde ni frondoso que quemar. La casa se había salvado porque el viento soplaba en dirección contraria. La madre de Catalina no dejaba de decir que Nuestra Señora de la Candelaria había intervenido para salvarlos. Solo una virgen que llevara un bebé en un brazo y una vela en el otro podía salvarlos de una catástrofe como aquella. Al fuego solo se le detiene con más fuego.

—Los árboles volverán a crecer —le aseguró su padre mientras Catalina sollozaba entre sus brazos pidiéndole perdón.

Don José apestaba a humo y tenía las manos quemadas y ensangrentadas, pero eso no le impidió consolar a su hija, acariciándole el pelo y dándole palmaditas en la espalda.

—No es culpa tuya —le aseguró—. Eres fuerte, pero no lo suficiente para desatar una tormenta y provocar rayos.

—¡Tú siempre dices que eres un hombre afortunado! —exclamó Catalina entre sollozos—. ¿Cómo nos ha podido pasar esto? ¿Cómo ha podido pasarte a ti?

—¡Sigo siendo afortunado! —exclamó él tras apartarla un poco y sostenerla por los hombros—. Mírame. —Le levantó la barbilla—. Hemos perdido unos cuantos árboles y a los gusanos, pero estamos todos vivos y la casa está intacta.

Mientras hablaban, la madre de Catalina permanecía sentada a la mesa, junto a la abuela, que parecía aturdida y confusa. A su alrededor, Simona y Lucía lloraban en silencio. Inés María, cubierta de hollín como el resto de la familia, tenía los ojos rojos y llenos de lágrimas, la melena despeinada y sucia y la ropa destrozada. Las llamas le habían quemado la falda del camisón blanco. Catalina se acercó a ella y le sujetó la cara entre las manos, buscando en sus ojos la verdad: por mucho que su padre tratara de consolarla, el incendio había sellado su destino. Tal vez su padre fuera un hombre afortunado, pero ella no. El fuego no había ido a por él, sino a por ella. Y ahora tendría que pagar accediendo a los deseos de sus padres.

Al día siguiente, por la tarde, don Antonio fue a visitarlos y fue Catalina quien lo recibió en la puerta. Se había enterado del incendio en el pueblo, pero no había podido acudir antes porque había estado en Tenerife, en visita de negocios. No era habitual que una joven soltera le abriera la puerta a un visitante, por lo que Catalina sintió la necesidad de explicarle que su padre no se encontraba bien y que estaba en cama, con mucha tos. Antonio comentó que probablemente se debía al humo que había inhalado mientras luchaba contra el fuego durante buena parte de la noche. Después de la visita, Antonio y Catalina fueron a dar un paseo acompañados de sus hermanas, que los seguían a una distancia prudencial.

Dos días más tarde, durante la cena, una de las hermanas de Catalina comentó que había oído al cura decir que Manuela, la madre de Juan, había muerto a causa de la gripe la misma noche del incendio. Catalina sintió el impulso de salir corriendo hacia él, pero no podía hacerlo. Presionó su cuerpo contra la silla y se obligó a enmascarar sus emociones. Cuando don José se enteró, preocupado por ser el siguiente en sucumbir a la enfermedad, llamó a Catalina a su dormitorio.

—¿Crees que podríais adelantar la boda? —le pidió—. Me gustaría llevarte al altar mientras pueda.

A Catalina ni se le pasó por la cabeza negarse. Inés María le cosió un vestido con la tela de seda color marfil que había tejido años atrás para la ocasión. El sacerdote fijó la fecha para dos semanas más tarde, tras una discreta charla con el médico de la familia en la que este le confirmó la gravedad del estado de don José y el prístino estado del vientre de Catalina.

Mara

Tenerife, julio de 2019

Al salir de la cafetería, una brisa fresca jugueteó con los mechones de mi pelo, que se habían escapado del recogido que me había hecho con ayuda de un bolígrafo. La temperatura ya no podía calificarse de meramente cálida y sentía el sol en los hombros desnudos, señal de que me los quemaría a menos que encontrara refugio pronto. Seguí adelante, dispuesta a cumplir con el encargo de mi madre, y cuando llegué a la esquina le pregunté a Google dónde podía conseguir un certificado de nacimiento del siglo pasado. Al parecer, podía hacerse por internet, pero solo si poseías más información de la que yo tenía, por lo que me dirigí al Registro Civil para informarme. Según Siri, se encontraba a solo diez minutos de distancia.

Santa Cruz de Tenerife, la capital de la isla, era una ciudad alegre que no llegaba al cuarto de millón de habitantes. Me había informado un poco mientras esperaba en el aeropuerto de Madrid, y leí que *The Guardian* lo había calificado como uno de los mejores lugares del mundo donde vivir. Mientras caminaba, lo entendí perfectamente. Las calles estaban limpias y ordenadas, las palmeras se cimbreaban al viento, y el mar, que nunca estaba lejos, relucía bajo el sol. La comida era excelente; la gente, amable y acogedora; algunos edificios interesantes desde el punto de vista arquitectónico rompían la monotonía de la localidad costera y, de vez en cuando, una escultura original llamaba la atención de los paseantes, incluida una de un chicharro, un pez que abunda en estas aguas.

Me llevó algo más de diez minutos llegar a las oficinas, sudada y sin aliento. Por suerte, la empleada se mostró amable y dispuesta a cooperar, a pesar de que era casi la hora de comer, un periodo sagrado, intocable, de dos o tres horas, que divide la jornada de los españoles. Le facilité el nombre de pila de mi bisabuela y los dos apellidos, además de la fecha de nacimiento. Entonces me preguntó:

—¿Está segura de que la persona que busca es de aquí?

—¿Se refiere a Tenerife? —No entendía adónde quería llegar con esa pregunta.

—Sí, es que ha dicho que era de Santa Cruz...

—Ya —la interrumpí—. De aquí, de Santa Cruz, la capital.

—Sí, pero es que en Canarias hay otra ciudad llamada así: Santa Cruz de La Palma, la capital de La Palma, otra de las islas. La llamamos «la isla bonita» por lo hermosa que es. ¿La conoce?

Todo eso era nuevo para mí; me sentía muy poco preparada.

—Un momento. ¿Puede repetirlo más despacio?

La funcionaria, una mujer de una cierta edad con el pelo de punta y teñido de rojo, me miró como si estuviera tratando de adivinar mi edad y estado mental. Decidí hacerle la vida más fácil e investigar un poco más por mi cuenta, que es lo que debería haber hecho desde el principio.

—No se preocupe. ¿No tendría por casualidad un mapa del archipiélago?

—Por supuesto. —Me entregó uno exactamente igual que el que Nina había tratado de mostrarme hacía un rato, y al que no le había prestado atención—. Nos encontramos aquí. —Señaló la isla más grande del mapa con una uña larga y bien cuidada, pero sin pintar—. Y esta de aquí —señaló otra isla, hacia el oeste, con forma de corazón— es La Palma.

Recorrí el contorno de la isla con los dedos y apoyé la mano sobre el archipiélago, medio esperando recibir una señal que me indicara el camino a seguir, pero el mapa no colaboró y permaneció tumbado e inmutable sobre la mesa. Menuda decepción. Repetí el nombre de la isla entre dientes: La Palma... Siempre me he sentido atraída por las palmeras porque me recuerdan a Cuba. ¿Por qué le pusieron a la isla el nombre de un árbol? Sentía curiosidad, pero no lo pregunté.

—¿Podría buscar en sus archivos igualmente y hacerme saber si encuentra algo que me sea útil? Le dejo mi número.

Le anoté mis datos en un papel. Prefiero no usar la tarjeta, porque ver el nombre del periódico siempre hace que se alcen cejas nerviosas y despierta desconfianza entre mucha gente. Además, esto era un tema personal.

Me marché con el mapa guardado en el bolso y, una vez en la calle, lo primero que hice fue llamar a mi madre, que respondió al momento.

—¿Se puede saber de dónde era tu abuela exactamente?

—Ya te lo dije: de Santa Cruz, en las islas Canarias —respondió sorprendida por mi tono de voz—. ¿Así es como tratas a todas tus fuentes?

Suavicé un poco mi actitud, aunque no mucho, y le conté lo que acababa de descubrir en mi incursión al Registro Civil.

—¿Sabías que hay más de una ciudad llamada Santa Cruz?

Mi madre hizo una pausa antes de responder:

—No, no lo sabía. ¿Qué vas a hacer al respecto?

—¡¿Qué voy a hacer YO?! —puse el énfasis en la última palabra, al darme cuenta de que, una vez más, había convertido una de sus crisis en mi problema.

Levanté la vista hacia las nubes, que se movían a toda prisa. Había oído que los cambios de tiempo eran frecuentes y espectaculares en esta zona. El viento estaba ganando fuerza y vi que la gente echaba a correr buscando refugio en coches y bares. La escena me resultaba fascinante, pero me había quedado clavada en el sitio. Detalles, detalles, detalles.

—Voy a esperar a recibir noticias de la amable funcionaria que está tratando de ayudarme. Y si ella no encuentra nada, me olvidaré del tema.

Aun así, en el mismo momento en que pronuncié esas palabras supe que no lo olvidaría: tenía que encontrar el certificado de nacimiento, no solo por mi madre, sino también por mí. No lograba explicármelo, pero había empezado a notar esa familiar sensación en la boca del estómago que me asalta cuando estoy sobre la pista de una buena historia. Solo había una palabra para definir esa sensación que llevaba tiempo rehuyéndome: curiosidad.

—¿En qué isla está la otra ciudad? —inquirió mi madre, pero yo ignoré su pregunta.

—¿Hay algo más que recuerdes de tu abuela? Cualquier cosa, por pequeña que sea.

Había empezado a gritar para hacerme oír por encima del vendaval. Un trozo de cartón pasó por mi lado y estuvo a punto de alcanzarme en la cara, lo que me recordó que debía buscar refugio.

—¿De ella? No, nada —respondió mi madre mientras yo echaba a andar en dirección al hotel, cada vez más alterada—. Nunca hablaba de su vida antes de Cuba.

En el preciso instante en que mi madre pronunció el nombre de Cuba, me pareció ver un anuncio que incluía las palabras CUBA y CENTENARIO. Estaba en el lateral de un autobús, pero pasó por mi lado demasiado deprisa para leerlo bien. En el cielo estalló un relámpago, fuerte y grueso, que lanzó rayos de luz en todas direcciones como si fueran las raíces de un árbol viejo.

—Perdona, ¿puedes repetirlo? No he oído lo último; hace mucho viento por aquí.

—Un trueno... He oído un trueno... —dijo mi madre, que teme al mal tiempo tanto como otras personas temen al cáncer, las guerras o las hambrunas—. Santa Bárbara bendita... —susurró para invocar a la santa que protege de las tormentas a los cubanos devotos.

Aunque no la veía, sabía que mi madre acababa de hacer la señal de la cruz.

A esas alturas estaba ya a dos manzanas de distancia del hotel. Me fijé en todos los autobuses que pasaban por la zona, pero no volví a ver el anuncio. ¿Me lo habría imaginado? ¿Habría sido un cartel arrastrado por el viento?

Cuando por fin llegué al hotel, estaba sin aliento por el esfuerzo vano que había hecho para huir de la lluvia. El olor a lirios del vestíbulo me recordaba a un tanatorio. Cerca de la entrada había una imagen de la Virgen en una vieja capillita de madera como la que Nina me había enseñado en la cafetería. La Virgen sostenía un bebé con un brazo y en la otra mano llevaba un objeto alargado que podría ser una vara o tal vez una vela. En ese punto mis sentidos estaban ya en alerta máxima, como cuando cubría una protesta o una revolución. Temblaba de frío, pero estaba sudando. Al notar un regusto metálico en la boca, como de cobre, me di cuenta de que me estaba mordiendo el interior de la mejilla. Traté de prestarle atención a mi madre, ahora que al fin la oía con claridad.

—Te preguntaba si habías encontrado lo de las moreras. Ya sé para qué se usan.

¡Los árboles, claro! Me había olvidado por completo.

—No, ¿para qué sirven? —Estaba impaciente. Tenía la sensación de estar ante algo importante, pero no entendía por qué.

—Es lo único que comen los gusanos de seda. Al parecer, antes en las islas tejían seda. Valdría la pena investigarlo, ¿no crees?

La respuesta de mi madre me sorprendió y me desanimó un poco. ¿Gusanos? ¿En serio?

Me sentía confusa y estaba empapada. Por los ventanales del vestíbulo vi que el sol trataba de abrirse camino entre las nubes con timidez. La tormenta se alejaba con la misma rapidez con la que había llegado. Fuera todo estaba en calma, pero la zozobra que hervía en mi interior me mantenía en un extraño estado de alerta.

Catalina

La Palma, julio de 1918

Catalina permanecía sola frente al espejo antiguo que colgaba sobre la cómoda en la habitación de sus padres. El espejo tenía manchas negras y marrones en los extremos, como pecas que enmarcaran su hermoso rostro. Le habían peinado su melena pelirroja en un moño tan tenso que el cuero cabelludo le dolía casi tanto como los pies, atrapados en un par de zapatos viejos forrados de seda color marfil para que fueran a juego con el vestido de novia.

Le pareció que el dolor era un complemento muy adecuado para un día como aquel.

El vestido que le había hecho su madre era largo, sencillo, con escote barco alto y ceñido a la cintura con un lazo que se ataba a la espalda. La seda le envolvía el cuerpo como si fuera una nube, suave y vaporosa, pero Catalina no dejaba de pensar que ya no volvería a haber seda en la familia. Sacudió la cabeza para librarse de esas ideas. No quería pensar en el incendio porque, si lo hacía, acabaría pensando en Juan y no podía permitírselo. No en el día de su boda. Pero ¿cómo evitarlo? Juan ocupaba sus pensamientos en todo momento, en cualquier lugar.

Catalina suspiró mientras se ponía los pendientes de perlas de su madre, un regalo de su padre que le había prestado para la ocasión. Luego se puso la delicada cadena de plata con una cruz que había pertenecido a su abuela, y la joya le hizo pensar en ella.

Poco después del incendio, doña Elena había sufrido un ataque al corazón y murió mientras dormía. Ningún miembro de la familia se sorprendió sobremanera, ya que se había debilitado mucho los últimos meses y siempre decía que el corazón se le había roto el día en que murió su marido, treinta años atrás. Catalina echaba de menos su discreta presencia en la casa. Sus manos arrugadas pero suaves, los desayunos a base de plátanos maduros chafados con gofio que les preparaba todos los días... Cuando los preparaba su madre, no sabían igual...

—¡Catalina, abre la puerta! —La voz de Simona interrumpió sus pensamientos. Su hermana parecía harta de esperar, y oyó también la voz de Lucía, que hablaba en susurros igual de impacientes.

—Catalina, ¿estás bien? —preguntaron las dos casi a la vez.

Sin prisa, se dirigió a la puerta y, al abrirla, sus hermanas se abalanzaron sobre ella como si hubieran estado apoyadas en la vieja y pesada tabla de madera, tratando de abrirla a empujones.

—¡Empezaba a pensar que estabas indispuesta! —dijo Lucía mientras se sentaba en la cama de sus padres, cubierta por una colcha que había tejido su abuela e impecablemente hecha, sin una sola arruga, como de costumbre.

Simona también se dejó caer en la cama junto a Lucía,

que había empezado a juguetear con el delicado velo de la novia. Catalina habría preferido rescatar el velo de las manazas de Lucía, echar a sus hermanas de la habitación y alisar las arrugas que habían dejado en la cama, pero permaneció paralizada frente al espejo.

—Madre se está poniendo nerviosa —comentó Simona, que se parecía tanto a Catalina en los rasgos, la edad y el temperamento que a menudo la gente las tomaba por gemelas.

Las hermanas de Catalina habían querido ayudarla a vestirse en una fecha tan especial, pero ella se había negado. Prefirió pasar a solas sus últimas horas de soltera y vestirse sin ayuda de nadie. El resto de su existencia escapaba ya a su control, pero al menos esa decisión era suya.

—No nos demoremos más —le aconsejó Simona con cariño, levantándose y abrazándola por el hombro.

Recogió el velo y empezó a sujetarlo con horquillas en la coronilla de su hermana.

—Qué preciosa estás —suspiró Lucía, soñadora, sin levantarse de la cama. Aún no había cumplido los quince, pero le brillaban los ojos como si fuera ella la que estuviera a punto de casarse—. Vas a hacer muy feliz a Antonio.

Catalina se volvió hacia ella con tanta brusquedad que a Simona se le cayó la horquilla al suelo.

Al ver que a la novia se le llenaban los ojos de lágrimas, Simona —que era la que mejor entendía a su hermana mayor— se sacó un pañuelo de debajo del cinturón y se los secó.

—¿Qué he hecho ahora? —protestó Lucía.

—No te enteras de nada —la riñó Simona, que nunca

perdía la oportunidad de ponerla en su sitio—. Eres una cría. Ve a decirle a madre que estaremos listas enseguida.

Lucía miró a su alrededor, confusa. Una vez más, sus hermanas se amotinaban contra ella. Se levantó en silencio y salió de la habitación. Mientras se alejaba, el sonido de los zapatos de tacón que había heredado de sus hermanas mayores se oía por toda la casa.

—Catalina, mírame. —Simona la sujetó por los hombros—. No tienes por qué seguir con esto...

—Oh, sí. Claro que tengo que hacerlo. El padre Jacinto me está esperando en la iglesia y Antonio ha venido desde Cuba por mí. ¡Por mí! Claro que debo hacerlo.

—Pero ¿crees que lograrás ser feliz? —insistió Simona.

Catalina se quedó mirando a su hermana mientras reflexionaba. ¿Tenía sentido decirle que aquel era el peor día de su vida? A los dieciocho años, sentía que su existencia llegaba a su fin. Estaba a punto de casarse con un desconocido al que no amaba, un hombre doce años mayor que ella al que había conocido apenas un mes atrás, cuando se presentó en la casa para decirle que la había elegido como esposa. Pero ¿por qué ella? Seguía sin entenderlo.

«Porque eres especial», le había dicho su madre cuando Catalina se lo preguntó. Pero es que su madre siempre le decía lo mismo.

—Sí —respondió finalmente.

Simona entornó los ojos, no muy convencida, pero no dijo nada más, era hora de marcharse.

Poco después, Catalina estaba en el salón, vestida de novia, del brazo de su padre y en una especie de limbo: ya no era una niña, pero aún no era una mujer. El velo resultaba demasiado grande para su rostro, pero no le importaba, porque así se notaba menos que había estado llorando.

Inés María, vestida de luto riguroso por la muerte de su madre, se persignó y apartó la vista, sin poder quitarse de encima la sensación de que estaban cometiendo un pecado.

Su padre le dio unas palmaditas en la mano y se inclinó para darle un beso en la frente. Parecía tener mucha fiebre.

—Estás preciosa, mi hijita querida —logró decir sin toser.

—Gracias, padre —murmuró ella.

Incapaz de devolverle la mirada, Catalina buscó a su madre, pero Inés María apartó la vista de nuevo.

—¿Nos vamos ya? —preguntó Lucía, siempre tan práctica—. El padre Jacinto debe de estar preocupado.

Catalina le dirigió una sonrisa lánguida. Bajó la vista y fue dando un paso tras otro. Despacio, en silencio, salieron de la casa y se dirigieron a la iglesia, donde todo el mundo se había reunido para presenciar la boda. Los niños dejaron de jugar y se levantaron del suelo, impresionados al ver a la novia. Las parejas que habían ido a pasear por el polvoriento parque sonreían y saludaban a la pequeña procesión.

Catalina buscó a Juan y a Ana entre la gente. Para su disgusto, pero también alivio, no estaban allí. Juan, Juan, Juan... ¿Dónde se habría metido?

La joven novia y su padre llegaron por fin a la puerta abierta de la pequeña iglesia de piedra, seguidos de la madre y las hermanas. Desde el umbral, Catalina pudo ver a Antonio, que la esperaba solo en el altar. Iba vestido con el mismo traje marrón que llevaba el día en que fue a pedir su mano. Se fijó en que la amplia frente le brillaba de sudor y en que las manos le temblaban un poco.

Por un momento, Catalina sintió el impulso de soltarse del brazo de su padre, darse la vuelta y salir huyendo de la iglesia, de Antonio y de su familia, para ir en busca de Juan y fugarse con él. No sería la primera en hacerlo; había oído historias similares, pero también había oído el desprecio con que sus parientes hablaban de «esas chicas». Era consciente de la vergüenza que suponía huir con un hombre, y tenía que pensar en sus hermanas. Las quería demasiado para cometer una locura que manchara su reputación y las condenara a la soltería. No podía hacerlo. Simona estaba a punto de prometerse con un chico del pueblo, y Lucía, aunque aún era muy joven, no tardaría en seguir sus pasos hacia el altar, estaba segura de ello. Y, por encima de todo, no podría soportar romperle el corazón a su padre.

Como si intuyera lo que le pasaba por la cabeza, don José le apretó el brazo con más fuerza y le dirigió una mirada cariñosa. A ella le pareció ver lágrimas de arrepentimiento en sus ojos, pero, de ser así, fue algo pasajero.

El cura les dio la bienvenida con un gesto, animándolos a entrar. Ellos, sin embargo, permanecieron quietos en el umbral.

Catalina notó un empujoncito a su espalda.

—¡Camina! —le susurró Simona al oído.

Catalina miró a su padre, que parecía inseguro y estaba muy pálido. Entonces le devolvió el apretón en el brazo y sonrió para animarlo. Su gesto le dio fuerzas para seguir caminando y, lentamente, don José llevó a su hija hasta el altar.

El viejo organista tocó la primera nota de la marcha nupcial, pero ella apenas oyó la música. Solo tenía oídos para los fuertes latidos de su corazón y para el largo y triste silbido que parecía llegar desde el bosque. Un silbido familiar que todos oyeron, pero solo ella reconoció.

MARA

TENERIFE, JULIO DE 2019

Estaba sentada en la cama del hotel, con la espalda apoyada en los almohadones mientras buscaba en Google imágenes de moreras, cuando el móvil empezó a vibrar. El nombre que apareció en la pantalla me hizo sonreír. Era mi hijo, el creativo e impredecible Dylan, que, a los diecinueve años y tras un largo periodo de buscarse a sí mismo, había optado por la carrera de actor y estaba haciendo un curso de verano en la Universidad de Nueva York. Su idea era conseguir los créditos necesarios para graduarse lo antes posible. Como siempre, tenía prisa por alcanzar su siguiente meta. Estaba encantada de que al fin hubiera encontrado su vocación y diera pasos para lograr su objetivo... Al menos por el momento.

Antes de decantarse por la carrera de actor, Dylan había hecho sus pinitos en el periodismo y en el cine cuando todavía estaba en el instituto. También había contemplado la idea de estudiar Ciencias Políticas y Derecho para llegar a ser algún día presidente de Estados Unidos. Cada vez que aparecía con una idea nueva yo siempre lo apoyaba. En parte porque me contagiaba su entusiasmo, pero, para ser del todo franca, también porque sabía que su interés no iba a durar mucho. De niño se había apuntado a natación, salto de trampolín, fútbol, claqué, béisbol, surf, vela, equitación, baloncesto, teatro, guitarra, batería y fútbol americano; incluso había sido *boy scout* una temporada, pero nada cuajó. Probaba unas semanas, quizá meses, alguna vez hasta había durado más de un año, pero al final lo acababa dejando todo.

Durante mucho tiempo pensé que tenía algún tipo de déficit de atención o incapacidad de comprometerse. Preocupada, me preguntaba si sería capaz de mantener alguna relación, pero con el tiempo me fui dando cuenta de que, si probaba tantas cosas, era por curiosidad. No necesitaba dominar ninguna de esas disciplinas, simplemente quería probarlas. Cuando se interesó por el periodismo me pareció lógico, porque, ¿qué es el periodismo sino curiosidad disciplinada? Luego, cuando estaba ya en el último año de bachillerato, se apuntó a un curso de producción musical y aseguró que aquel era sin duda su futuro. Al empezar la universidad volvió a interesarse por el teatro, lo que también me pareció normal. Al fin y al cabo, los actores siempre estaban tratando de descubrir la «verdad emocional» de sus personajes y no ponían tanto empeño en la suya. En una ocasión, oí a una actriz decir en una entrevista que tenía muy claro cuáles eran los libros favoritos de los personajes que interpretaba, pero no sabría decir cuáles eran los suyos.

No me costaba imaginarme a mi Dylan diciendo algo parecido algún día. De hecho, me lo imaginaba diciéndolo ya en la actualidad, así que suponía que había hecho bien en dejar atrás lo del periodismo. Para ser sincera, me alegré de que lo dejara. Así no tendría que visitar nunca una morgue para ver el cuerpo de una niñita ni entrevistar a madres que acababan de perder a todos sus hijos.

Sacudí la cabeza para librarme de las imágenes de los últimos días y apreté el botón para aceptar la llamada. La puse en modo manos libres y me tumbé en la cama. La brisa del mar hacía ondear la delicada tela de las cortinas. Inspiré hondo y me pareció detectar aroma de jazmín.

—¿Mamá? ¿Estás ahí?

—Sí, sí, claro.

—¿Estás sola?

—Sí. Disculpa, estos últimos días han sido muy movidos y estoy cansada, nada más. ¿Y tú cómo estás?

Trataba de sonar como debe sonar una madre: siempre disponible y dispuesta a escuchar. Por alguna razón que no acababa de entender, todavía no quería hablarle de la petición de mi madre y de la búsqueda del fantasma de una mujer que, de alguna manera, había formado parte de mi vida. No tenía fuerzas para abrirme a Dylan, así que dejé que fuera él quien hablara.

—Cuéntamelo todo.

Usé la frase que he utilizado desde que era pequeño para hacerle saber que, pasara lo que pasara en el trabajo o en mi vida personal, siempre podía contar con toda mi atención.

—Sí, por eso te llamo. Tengo algo que contarte.

«Oh, no —pensé—. ¿Realmente quiero escucharlo todo?».

Su tono era un tanto alarmante, pero traté de mantener una actitud neutra; todo lo neutra que puede permanecer una madre cubana.

—¿Qué te pasa? ¿Estás enfermo o...?

Él me interrumpió al notar que el pánico iba ganando terreno:

—No, no va de eso, mamá. He tomado una decisión y quería que fueras la primera en saberlo.

«Eso es buena señal —pensé—. ¿O no?». No estaba segura.

—Vale. —Pronuncié la palabra despacio, con cautela y alargando las letras, porque, para ser sincera, ya sospechaba de qué iba la cosa. Lo que no me imaginaba era el alcance del asunto.

—He decidido alistarme en la Marina.

Lo primero que pensé fue que era una buena frase: corta, asertiva, completa. Siempre había sido un buen comunicador, era una de las cosas que más me gustaban de él.

Lo segundo que me vino a la cabeza no fue tan positivo:

—¡¿Te has vuelto loco?! —grité, cogiendo el teléfono con ambas manos, como si así pudiera sujetar a mi hijo por los hombros y darle una buena sacudida.

—Mamá, mamá, cálmate... No es el fin del mundo. Es una buena decisión laboral.

Entonces procedió a contarme que, durante la semana de orientación laboral de final de semestre, había conocido a un reclutador de la Armada que lo había convencido de que la vida en el mar era mucho mejor que un futuro incierto como actor. Le habló de las ventajas laborales y le aseguró que, mientras estuviera allí, podría estudiar Derecho, por ejemplo, y que las Fuerzas Armadas pagarían sus estudios. Así podría ser abogado y cumplir algún día su sueño de ser presidente de Estados Unidos.

—Sería una pasada, ¿no crees? Tu hijo, el hijo de una refugiada cubana, ¡en la Casa Blanca! ¿No me digas que no estarías orgullosa de mí?

—¡Ya estoy orgullosa de ti! —exclamé, consciente del frágil ego de los hombres, en especial de los jóvenes—. Y sabes que no tienes que preocuparte por los estudios. Tu padre dejó el tema cubierto.

—Sí, pero... deja que te lo explique bien.

Y eso hizo. Cuando acabamos de hablar, habíamos regresado a los roles de siempre. Yo volvía a ser la madre/animadora que le aseguraba lo buen marinero que iba a ser y la suerte que tendría la Marina de contar con alguien como él. Dylan, por su parte, me dijo que no sería nadie sin mí.

Al colgar, me sentía exhausta. Solo veía ante mí olas y más olas; gigantescas olas en mar abierto que se tragaban un barco. En la proa, vestido de blanco como un fantasma con gorra, estaba mi hijo, mi precioso hijo, plantándole cara a una tormenta. El barco no tenía nombre, pero a lo largo del casco se leía claramente su origen: U.S. NAVY.

Se me llenaron los ojos de lágrimas. Mi hijo sabe desde siempre que no soy una persona especialmente miedosa, pero que los miedos que tengo son profundos y muy reales. Temo a los ratones y a las motos, y me da miedo la escalada. Siempre se lo he dicho, igual que le he dicho que lo que más miedo me da en la vida es el mar. Sin embargo, para que no le pasara como a mí, que no aprendí a nadar hasta la edad adulta, lo apunté a natación cuando todavía llevaba pañales. Resultó ser un gran nadador, pero, incluso así, cuando íbamos a la playa le rogaba que nadara en paralelo a la costa, no hacia lo hondo.

«Si no tocas el suelo con los pies es que has ido demasiado lejos», solía decirle.

El problema era que aquel niño se había convertido en un joven de metro noventa al que se le había metido en la cabeza adentrarse en lo más profundo del océano, en lugares donde no sería capaz de encontrarlo ni salvarlo.

Catalina

La Palma, julio de 1918-abril de 1919

Durante las semanas posteriores a la boda, Catalina solo se movió de la cabecera de su padre para lavarse o tomar algo, aunque lo que se dice comer, comía poco. Tenía el estómago revuelto y, cuando lograba tragar algo, lo vomitaba de inmediato, por lo que prefería no acercarse a la comida. No quería preocupar a su madre más de lo que ya estaba, así que no le mencionó a nadie sus problemas digestivos. La prioridad de todos los habitantes de la casa era lograr que los pulmones de José Ángel quedaran limpios de humo, de modo que pudiera retomar su vida como cabeza de una familia que claramente lo adoraba.

Pero se estaba consumiendo. Una tos del demonio lo mantenía despierto día y noche, y su cuerpo devastado por la fiebre parecía menguar bajo el peso de las mantas que su esposa apilaba sobre él, para que dejara de temblar.

La madre y las hermanas de Catalina se arrodillaban a rezar ante la Virgen, pidiéndole su recuperación. Incluso el padre Jacinto se unía a ellas en ocasiones. Y un día, de repente, las plegarias parecieron funcionar al fin.

José Ángel se despertó y dijo que se sentía mejor. Se sentó en la cama y pidió que le prepararan su plato favorito: estofado de cabra con papas arrugadas. Aún no tenía fuerzas para sentarse con su familia a la mesa del comedor, pero a nadie le importó. Subieron la cena a la habitación y lo acompañaron mientras él comía con apetito.

Cuando terminó de comer, Catalina se dispuso a recoger la bandeja para llevarla a la cocina y lavar los platos, pero su padre la sujetó del brazo con una fuerza que la sorprendió.

—Tú quédate —le ordenó.

Catalina miró a su madre, que asintió con la cabeza y salió en silencio de la habitación, acompañada de sus hermanas.

—¿Dónde está tu esposo? —preguntó él en cuanto se cerró la puerta.

—Fuera, en los campos —respondió ella mientras remetía las sábanas y mantas alrededor del cuerpo demacrado de su padre.

—Hija, deja eso un momento. Quiero hablar contigo, siéntate, por favor. —Esta vez le habló en un tono más amable.

Catalina rodeó la cama y se sentó en la silla que había junto al cabecero. Él le buscó las manos y las cubrió con las suyas.

—No me queda mucho tiempo —empezó diciendo.

Catalina trató de protestar, pero él se lo impidió.

—Escúchame, por favor. No hay tiempo... —repitió, y esta vez un acceso de tos lo obligó a detenerse.

A Catalina se le llenaron los ojos de lágrimas, que se derramaron por sus mejillas cual perlas de un collar roto. Se levantó de un salto y empezó a aporrearle la espalda a su padre, como si quisiera expulsar la enfermedad que le estaba destrozando los pulmones.

Cuando el ataque de tos cesó por fin, Catalina volvió a sentarse, esta vez todavía más cerca de su padre, en el borde de la cama. Posó la mano en su frente para refrescarlo, mientras él se echaba hacia atrás en los almohadones y trataba de recuperar el aliento.

—Quiero que me hagas una promesa... Quiero que me prometas que, pase lo que pase, te irás a Cuba con tu marido, que no te quedarás aquí.

Esta vez fue Catalina quien lo tomó de las manos mientras acallaba un sollozo.

—No puedo, padre, no puedo... —dijo mientras le apretaba las manos con fuerza—. No pienso dejarte...

Él interrumpió sus protestas antes de que pudiera seguir hablando.

—Lo entiendo. No me refiero a ahora, pero cuando llegue el momento te irás a Cuba y te quedarás allí.

Catalina asintió, pero él no lo vio porque tenía los ojos cerrados.

—Prométemelo —repitió—. Quiero oírte decirlo.

—Te lo prometo —dijo ella antes de romper a llorar y salir corriendo de la habitación.

Ninguno de los dos podía imaginarse que esa promesa iba a alterar el rumbo de su vida.

Al día siguiente, cuando José Ángel exhaló su último aliento, Catalina no estaba a su lado. Estaba en la capital, con Antonio, poniendo sus documentos en regla para viajar a Cuba. Aunque Catalina le había dejado claro que no pensaba marcharse mientras su padre estuviera enfermo, Antonio la había convencido diciéndole que los papeles siempre tardaban mucho en llegar y que más valía poner el proceso en marcha.

Al volver a la granja, vieron que el médico salía de manera furtiva, como un ladrón, cubriéndose la boca con un pañuelo. Intentaron detenerlo, pero el hombre negó con la cabeza sin dejar de andar y se marchó sin que pudieran hablar con él. Catalina entró corriendo en la casa. Su madre y sus hermanas estaban arrodilladas junto a la cama donde yacía su padre con los ojos cerrados, al fin en paz.

Catalina no se podía creer que estuviera muerto. Esa misma mañana, antes de irse con Antonio, le había servido el desayuno. ¿Cómo podía estar muerto? Se había mostrado lúcido y esperanzado; su energía legendaria parecía haber regresado. Sus hermanas le contaron que, poco después de que ella se marchara, su padre había pedido agua. Se sentó, dio un sorbo y volvió a reclinarse en la almohada con los ojos cerrados. No volvió a abrirlos más.

Tuvieron que mandar llamar al doctor para que les asegurara que había dejado de respirar. Se había marchado de un modo tan dulce que no sabían si estaba dormido. El médico les comunicó que don José había muerto de «neumonía fulminante» y que había acabado sucumbiendo a la tos implacable, pero en la familia todas culparon al incendio.

Catalina sabía que había muerto por su culpa. Estaba convencida de que la furia y la angustia que se desataron en su interior, al enterarse de que su padre la había prometido en matrimonio con Antonio, causaron el incendio que destruyó el huerto de moreras. Sí, estaba convencida de ello, porque, ¿dónde se había visto una tormenta sin lluvia? Aquella noche no cayó ni una sola gota. Si hubiera llovido, tal vez se habría podido salvar algo.

Antes de irse, el doctor les indicó que debían quemar el cuerpo y las sábanas. Quemaron las sábanas, pero el cadáver lo dejaron intacto. Enterraron a don José en la parcela que la familia tenía reservada en el camposanto, junto a la iglesia. Su esposa iba a visitarlo todos los días, pero Catalina no fue nunca. No creía que la esencia de su padre estuviera enterrada bajo la hierba, y prefirió guardarla en su corazón. Fue la primera de muchas muertes por las que guardó luto a lo largo de su vida.

Corría ya diciembre cuando sintió un cosquilleo en el vientre, como el aleteo de una mariposa atrapada, y agachó la cabeza en señal de reconocimiento por el milagro que se había obrado en su cuerpo en contra de su voluntad. Habían pasado cinco meses desde la boda, y Catalina estaba embarazada de un bebé al que mucho temía que no iba a ser capaz de amar.

Se encontraba apoyada en la ventana que daba a la parte trasera de la casa, y desde allí podía ver el campo donde, no hacía mucho, se alineaban las hileras de moreras que recordaban a exuberantes parasoles verdes y que recorrían una extensión que parecía infinita hasta detenerse bruscamente a los pies de la Roca. Los tocones de los árboles eran lo único que quedaba en pie de lo que había sido el orgullo de su padre y la principal fuente de sustento de la familia. La zona que rodeaba la Roca había quedado pelada, y carecía del intenso verdor que aportaba un poco de vida al riguroso gris de la piedra.

Catalina suspiró antes de darse la vuelta. Miró la sala de estar con atención, como si fuera la primera vez o la última que lo hacía. Todo en aquella sala le resultaba familiar y extraño al mismo tiempo. La luz del atardecer que entraba por la ventana pintaba la estancia de un tono amarillento. Había una fotografía de sus padres sobre la chimenea, tomada el día de su boda. Su madre estaba seria, como de costumbre. Su padre sostenía la mano de su esposa y tenía el sombrero apoyado en el muslo. Él también estaba serio, pero no podía disimular el aire de triunfo y el brillo de felicidad en sus ojos.

Faltaban solo dos días para la Navidad, y el mundo volvía a estar en paz. Había rumores de que el tráfico comercial entre Europa y América se retomaría en breve y que la economía se recuperaría al fin, pero Catalina dudaba de que los que habían partido hacia América huyendo de la espantosa pobreza de los años de guerra regresaran alguna vez. Prácticamente todas las familias que conocía habían perdido un hijo o una hija, no en el campo de batalla, sino en las Américas.

Desde donde se encontraba, podía oír la charla de Simona y Lucía, que hacían planes para las fiestas. Se respiraba cierto aire de optimismo dondequiera que mirara; un optimismo que Catalina era incapaz de sentir, porque extrañaba demasiado a su padre.

Don José siempre había sido un hombre feliz; se sentía afortunado, y se había asegurado de que sus hijas lo supieran. Se consideraba agraciado en el amor y los negocios, y pensaba que las tres hijas sanas que le había dado la vida eran una bendición. Catalina recordaba su paciencia al enseñarlas a trabajar la tierra, desbrozar las malas hierbas, arrancar las hojas secas y mantener el terreno húmedo y rico en nutrientes.

—La felicidad es como un huerto —solía decirles mientras arrancaba un gusano feo de una hoja a medio comer—. Hay que aprender a cultivarla. Hay que saber qué conservar y qué hay que tirar.

Pero al final, a pesar de su sacrificio, Catalina no había logrado hacer feliz a su padre. Se acercó a la repisa de la chimenea y limpió el polvo de la foto con el bajo del vestido, antes de volver a dejarla en su sitio. Luego se acarició el vientre distraídamente. Su madre le había hecho dos vestidos nuevos, ambos de color negro. El color era el adecuado, reflejaba su luto por algo más que la muerte de su padre y de su abuela; estaba de luto por el fin de su familia tal como la había conocido hasta ese momento.

La muerte prematura de José Ángel había provocado que el resto de la familia se alejara, tambaleándose, en direcciones opuestas. En vez de unirlas, la tristeza las había separado.

Su madre llevaba cinco meses sin salir apenas de su habitación. Simona, que se había prometido con su primer amor el día después de la boda de Catalina, estaba centrada en los preparativos del enlace, que tendría lugar en primavera. Y Lucía, como siempre, cuidaba de los campos. Se reunían a la hora de la comida, que preparaba Simona porque Catalina no soportaba el olor de la carne cruda. Una de ellas, generalmente Lucía, le subía una bandeja a su madre a la habitación, pero a menudo los platos volvían sin que los hubiera tocado.

Cuando se miraba en el espejo —lo que no era frecuente, porque procuraba no hacerlo—, Catalina no reconocía el rostro que le devolvía la mirada. Seguía teniendo la cara llena de pecas, pero su melena pelirroja había perdido lustre y ya no se veía tan leonina como antes de la boda. El médico le había advertido de los numerosos cambios que sufriría su cuerpo, tal vez este era uno de ellos. Tenía los tobillos hinchados, pero seguía delgada. Sus hermanas le decían que de espaldas no parecía una mujer embarazada, que parecía la misma de siempre. Ella deseaba que fuera cierto con todas sus fuerzas, pero no se sentía como la Catalina de siempre; hacía mucho tiempo que no se reconocía.

Se preguntaba qué diría Juan si la viera ahora. Tenía tanto miedo de reconocer en sus ojos tristeza o desprecio que casi no había salido de casa desde la boda. Antonio había regresado a Cuba a ocuparse de sus negocios en cuanto se enteró de que estaba embarazada, pero le prometió que regresaría después del parto para acompañarlos a las Antillas a ella y al bebé. Le había asegurado que, desde Cuba, podría serle mucho más útil a su familia. Catalina no entendía cómo iba a ayudarlas desde tan lejos, pero hacía ya días que había dejado de rebatir sus argumentos. Tras su partida, se sorprendió al darse cuenta de que lo echaba de menos, como uno echa de menos un olor agradable o un vestido favorito cuando es demasiado viejo para seguir usándolo. Aun así, se le pasó pronto, porque Antonio le había dado placer a su cuerpo, pero no había logrado entrar en los recovecos de su alma ni de su corazón; esos lugares pertenecían solo a Juan.

Le costaba entender por qué su cuerpo había respondido con tanto entusiasmo a las caricias de su marido.

¿Cómo era posible que, amando tanto a Juan, su cuerpo se rindiera a Antonio en sus momentos de intimidad? Y lo que más le costaba de entender era que su vientre se hubiera abierto como tierra fértil y le hubiera permitido plantar en ella su semilla. Juntos habían creado una nueva vida.

¡Ahí estaba otra vez! La diminuta mariposa llamándole la atención desde lo más profundo de su cuerpo. Estaba convencida de que era una niña y eso la entristecía aún más. ¿Cómo iba a querer a un bebé que no era de Juan? Durante la confesión, le había dicho al cura que tenía miedo de ser una madre indiferente. Y hasta ahí llegó lo que estaba dispuesta a compartir con el padre Jacinto.

—El amor llegará a su tiempo —la animó él—. Todas las madres quieren a sus hijos. No hacerlo sería contra natura.

Pero Catalina se sintió aún peor después de hablar con el párroco. Ni siquiera rezar el rosario la ayudó. Estaba segura de que sería una mala madre, incapaz de amar a sus propios hijos.

—¡Catalina!

Cuando el grito de Simona la arrancó de sus pensamientos, se dio cuenta de que había estado llorando.

—¡Llevo un buen rato llamándote y no me haces ni caso! —Simona sonaba desesperada.

—Lo siento mucho, no te oía... —Catalina se enjugó las lágrimas con las palmas de las manos antes de volverse hacia su hermana.

—Es una carta de Antonio; acaba de llegar —dijo Simona, muy seca, al entregarle un sobre en blanco sin sello ni remitente.

Su nombre estaba escrito en una caligrafía infantil que reconoció al momento. No pertenecía a Antonio, sino a Juan. El corazón empezó a latirle con fuerza y tuvo que tragar saliva para calmarse un poco.

No le dio tiempo a preguntarle a Simona de dónde había sacado la carta, porque su hermana ya había salido del salón y estaba moviendo ollas de un lado a otro con gran estrépito.

Se escondió la carta a toda prisa en el bolsillo del vestido y corrió a encerrarse en su habitación para leerla a solas. Sentada en el borde de la cama que había pertenecido a su abuela y que ahora compartía con Antonio, leyó:

Mi amor:

Catalina sabía que empezaría así, pero verlo con sus propios ojos la hizo llorar de nuevo, y tuvo que secarse los lagrimones con el ruedo del vestido antes de seguir leyendo.

Llevamos demasiado tiempo sin vernos y han pasado muchas cosas. Mi hermana me ha dicho que en la iglesia oyó a una de tus hermanas decir que pronto ibas a marcharte a Cuba. No lo permitiré. Me da igual que estés casada. Te lo dije una vez y te lo repito: siempre serás mía y yo siempre seré tuyo. Reúnete conmigo a medianoche, ya sabes dónde. No tengas miedo. Con todo mi amor.

Eso era todo, un texto apasionado pero prudente. Aunque no había firmado la carta, Catalina no dudaba de que la había escrito Juan. Estaba tan segura de ello como de que, a medianoche, saldría de casa y se dirigiría a su escondite en la Roca. Dobló la carta en dos y se la guardó con cuidado en el bolsillo del vestido, cerca del corazón.

Las horas transcurrieron lentas mientras esperaba a que se hiciera de noche. Comió un plato de la cena que habían preparado sus hermanas y fue a darle las buenas noches a su madre. Inés María la ignoró, pero Catalina sabía que era importante aferrarse a las rutinas y a las formalidades para mantener a raya la crueldad de este mundo. Aunque su madre parecía no reconocerla, ella reconocía a su madre.

Cuando estaba a punto de salir de la habitación, Inés María habló:

—Él me conocía mejor que nadie.

Catalina se sobresaltó ante la inesperada confesión.

—¿Quién, madre?

—Tu padre, por supuesto. Supo que lo amaría antes de que yo misma lo supiera. —Se apoyó en un codo y clavó sus ojos oscuros en su hija—. ¿Entiendes lo que te estoy diciendo?

—Sí, madre —respondió a pesar de que no era cierto; aún no lo entendía.

—Algún día lo entenderás. La certeza siempre precede al amor verdadero —insistió Inés María antes de volver a reclinar la cabeza en la almohada y de darle la espalda a su hija.

Catalina avanzaba entre los pinos casi a oscuras, a la luz de la luna, cuando oyó el débil silbido que llegaba de un punto algo más allá: al frente, un poco a la izquierda.

Otro habría pensado que se trataba de un búho, pero ella sabía muy bien lo que era. Inspiró hondo, muy despacio.

—Juan —dijo en un susurro.

Una sombra salió de detrás de un árbol antes de que ella llegara a la Roca. Le pareció más alto y fornido, más ancho de hombros y con el pelo más largo. Por un instante, incluso temió haberse equivocado de persona, pero al seguir avanzando le llegó su olor a tierra y sudor, a sol y cebollas.

—Ha pasado mucho tiempo... —dijo ella antes de que Juan sellara sus labios con un beso hambriento.

—¡Catalina! —exclamó en voz baja, reclamándola como si no se hubieran separado nunca, como si no se hubiera casado, como si su cuerpo le siguiera perteneciendo a él y solo a él.

Durante unos instantes, Catalina se perdió en ese beso; rodeó con los brazos a Juan e inspiró su olor, pero entonces él quiso acercarla más... y más, todavía más..., hasta que su vientre redondeado se interpuso entre los dos. Juan se apartó con brusquedad, le soltó la cara y la palmeó en la oscuridad. Al llegar a su vientre, lo presionó con delicadeza.

No dijo nada, pero ladeó la cabeza y la miró fijamente, como si no acabara de comprender la situación, como si quisiera preguntarle algo, pero no se atreviera. Su mirada cambió con el brillo del entendimiento. Y de pronto pareció comprenderlo todo: el silencio, la distancia, la calma de los días, el frío de las noches... Ahora entendía por qué ella había dejado de responder a sus silbidos, por qué la luna llena parecía menos brillante y por qué los grajos guardaban silencio y ya no rasgaban el aire con sus graznidos desde las copas de los árboles. Catalina ya no era suya.

Ella también lo entendió y rompió a llorar. Él le dio la espalda y se puso a andar de un lado a otro.

«Se va a marchar», pensó ella, que sintió el fuerte impulso de rogarle que la dejara explicarse, que el embarazo no significaba nada, que seguía amándolo más que a la vida, pero no le había quedado más remedio. Que tenía que obedecer a su familia, que Antonio las estaba ayudando en todo y que se casó porque se lo debía a su padre después de todo el daño que le había causado por culpa de su amor clandestino.

Al final, sin embargo, no dijo nada porque no fue necesario. Juan la rodeó por detrás con sus fuertes brazos y le dio la vuelta para mirarla a la cara.

—Entrégate a mí. Sé mía una vez más... —susurró con la voz rota de deseo.

Ella permitió que la desvistiera por primera vez. No fue lento, como Antonio, que se tomaba su tiempo para amarla, sino que se apoderó de su cuerpo con ansia, como un lobo hambriento, como si temiera que se volatilizara entre sus brazos.

Aquella noche ella recuperó su cuerpo. No hubo mariposas aleteando en su vientre, advirtiéndole que había otro corazón latiendo en su interior. Era ella la que estaba presente, viviendo el momento, desnuda, libre de culpa y de inhibiciones, amando a Juan y dejando que él la amara como siempre había soñado, como nunca se había atrevido a esperar.

Se perdió en su cuerpo y entre sus brazos encontró un hogar. Logró hacerla sentir especial y, al mismo tiempo, una mujer normal y corriente.

Al amanecer, la despertó y la besó con delicadeza.

—Da igual lo que hagas o adónde vayas, te seguiré —le aseguró mientras le tomaba la cabeza y la acercaba hacia él hasta que sus frentes se tocaron—. Siempre estaré donde tú estés.

Con la vista nublada por las lágrimas, Catalina sintió que el bebé se despertaba y le daba una patada. El golpe le causó un dolor tan fuerte en la espalda que la dobló por la mitad.

—¿Qué pasa? —Juan la atrajo hacia él como si quisiera consolarla con su cuerpo.

—No lo sé. —Catalina le apoyó la cabeza en el hombro mientras el dolor la recorría de arriba abajo—. Serán los nervios... Ya estoy mejor.

Caminaron abrazados hasta la linde del bosque de pinos.

—Te encontraré allí donde estés —repitió Juan, y se marchó en dirección a su casa sin que aún el sol asomara sobre la línea montañosa de color violeta del horizonte.

Ella lo observó mientras se alejaba, y poco después entró en la casa antes de que las demás se despertaran. Tenía los muslos pegajosos, pero pensó que se trataba de sudor o de los restos de la pasión compartida que abandonaban su cuerpo. Solo cuando se plantó frente al espejo para comprobar si los cambios que había sentido eran visibles, se percató de que el vestido negro estaba húmedo y de que un hilo de sangre le recorría las piernas hasta llegar a sus pies.

Se despertó en la habitación de su madre. Con los ojos entreabiertos vio que estaba cubierta con una sábana blanca y rodeada por sus hermanas. Su madre estaba hablando con el médico.

—Gracias, doctor. Lo acompaño a la salida.

Catalina mantuvo los ojos cerrados. No quería conocer los detalles. Recordaba la sangre... lo recordaba todo. La noche junto a Juan, la pálida luna creciente, los pinchazos de la hierba en su piel desnuda. ¡Oh, no! ¿Quién la había desnudado? ¡Debían de haberlo visto todo! Habrían notado los cambios en su cuerpo. Tenía que haberles resultado obvio lo que había estado haciendo. Y a pesar de todo, no se sentía culpable, seguía embargada de felicidad.

Abrió los ojos.

—Gracias a Dios y a todos los santos... te has despertado —dijo Simona—. ¿Cómo te encuentras?

—Creo que bien. ¿Cómo es que mamá se ha levantado y está hablando? ¿Qué ha pasado?

—Estaba preocupada por ti —respondió Simona—. Hemos intentado que descanse, pero se ha negado en redondo.

—¿Qué ha pasado? —Catalina trató de incorporarse.

—No, no, no te muevas. —Lucía la sujetó con sus fuertes brazos y volvió a tumbarla en la cama—. El doctor ha dicho que tienes que hacer reposo hasta el final del embarazo para salvar al bebé.

—¿El bebé?

Catalina se dio cuenta de que había dado por hecho que se había interrumpido el embarazo. Y no solo eso: se había sentido aliviada por la idea.

Sus hermanas cruzaron una mirada antes de volver a observarla como si hubiera perdido el juicio.

—Tu bebé, sí —dijeron a la vez.

—Has de hacer reposo, en cama —repitió Lucía.

—¿Durante cuánto tiempo? —Catalina solo podía pensar en cuándo podría volver a ver a Juan.

—Hasta el final del embarazo. Si hay suerte, serán cuatro meses. El bebé nacerá en abril, ¿se te había olvidado? —comentó Simona.

A Catalina no le entraba en la cabeza no poder ver a Juan durante cuatro meses. Necesitaba que la dejaran a solas.

—¿Tienes hambre? ¿Quieres beber algo? —preguntó Lucía.

Catalina dijo que sí, para que tuvieran algo que hacer y la dejaran a solas con sus recuerdos. Iba a tener que idear un plan para salir de esa cama, escaparse al bosque y refugiarse entre los brazos de Juan una vez más.

Antonio regresó de Cuba antes de lo esperado. Dijo que había tenido el presentimiento de que lo necesitaban y que su intuición no se había equivocado. Fue él quien cuidó de Catalina y se ocupó de sus necesidades y de la finca. Era un hombre eficiente, que realizaba todo tipo de labores sin quejarse nunca. Por la noche, leía en voz alta para entretener a Catalina y por las mañanas le cepillaba el pelo, pero eso no le impidió cerrar tratos con vendedores y contratar a trabajadores para que lo ayudaran a limpiar los restos del incendio.

Se interesó por el negocio familiar. Conocía las historias sobre las moreras y los gusanos de seda y sabía lo orgulloso que se había sentido don José al hacer realidad su sueño, pero Antonio no era un hombre que siguiera las tradiciones sin una razón que lo justificara. Les dijo que el negocio de la seda se había desplazado a otros lugares y que el futuro de las islas estaba en los plátanos. Se negó a reconstruir el cobertizo de los gusanos y a gastarse un céntimo en semillas de morera. En vez de eso, preparó el terreno para plantar bananeras. Cavó agujeros en el suelo, anchos y profundos, y arrancó las raíces de las moreras.

A pesar de todo, la madre de Catalina, que había vuelto a la vida el día en que ella tuvo que encamarse para salvar el embarazo, se aferraba con determinación al pasado.

—Dentro de unos meses podremos tener al menos un árbol —les dijo a sus hijas una mañana en la cocina, mostrándoles un esqueje que había salvado de entre los restos calcinados. Y, como todas ellas sabían, las hojas de una sola morera podían alimentar a mil gusanos.

El 20 de abril de 1919, Catalina se despertó con un fuerte dolor en la espalda, tan fuerte como el que había sentido cuatro meses antes en el bosque junto a Juan. Abrió los ojos y se aferró a la mano de su marido.

—¡Antonio! ¡Ya viene!

Cuatro horas más tarde, con la ayuda de su madre y de una comadrona, Catalina dio a luz a su hija, una niña, tal como se había imaginado. El bebé tenía las piernas largas y los dedos delicados, pero apenas había grasa en su cuerpo y su carita arrugada recordaba a una calabaza. Tenía la nariz chata y las orejas diminutas y traslúcidas como las de un ratón. Catalina agarró el cuerpecillo desnudo de su bebé y se lo puso sobre el pecho. En ese instante, su hija abrió los ojos y la miró fijamente. Ella había oído decir que todos los bebés nacen ciegos, pero al ver cómo la miraba su hija, supo que no era cierto. El bebé también abrió el puño y apoyó la palma en el pecho de su madre, con todos los dedos abiertos como si fuera una estrella de mar.

Catalina inspiró hondo y sintió que una gran ola de amor se precipitaba hacia su corazón y le inundaba el cuerpo de una fuerza pura y completa que llegó hasta el último rincón de su ser, como un río desbordado por una tormenta que inundara los campos a su paso.

—¡Oh! —exclamó—. Aquí estás, mi Carmen. Tu nombre es Carmen.

Aunque no pronunció el resto en voz alta, supo que su hija la oía igualmente cuando pensó: «Carmen Inés de la Candelaria López Quintana, te amaré siempre. Te querré, te protegeré y no te abandonaré nunca».

Catalina nunca acabó de entender qué la llevó a hacerle esa promesa a su hija, pero se arrepintió de haberlo hecho. Esas palabras la perseguirían hasta el fin de sus días.

Mara

Tenerife, julio de 2019

La preocupación que sentía por los planes de Dylan condujo mis pensamientos hasta mi madre, por esos caminos tortuosos en que nuestra mente salta de un ser querido a otro sin regresar nunca al punto de partida. Volví a preguntarme por qué quería pedir la nacionalidad en un país que apenas conocía. Si la memoria no me engañaba, Mima había visitado España un par de veces y le había gustado, pero mudarse a vivir aquí era otra cosa. ¿Habría sentido el impulso de cerrar el círculo regresando a la tierra de sus ancestros? ¿Tan fuerte era la llamada de la sangre y la historia? Y en caso de ser así, ¿sería esa la causa por la que yo también había acabado en España? Lo cierto es que nunca había tenido muy presente a la familia de mi madre. A pesar de que ella mencionaba a menudo a su abuela, estaba segura de que nunca la había visto, ni siquiera en una foto.

Mi progenitora siempre decía que su abuela tenía un miedo ancestral a las máquinas y a todo lo que implicara el uso de la tecnología, ya que lo consideraba «magia negra». Cuando mi madre era pequeña, había familias que se ponían sus mejores galas para que un fotógrafo les hiciera un retrato, pero su abuela nunca lo permitió. Le parecía una ordinariez y consideraba que un hombre que se cubría la cabeza con un trozo de tela para manejar un artilugio no era de fiar. Tampoco entendía la necesidad de dejar una imagen de nuestro paso por la vida si el fin de todos era morir. ¿Por qué cargar con el peso de la memoria a los que vendrían después?

En la única foto que tengo de mi madre antes de que conociera a mi padre, se la ve sentada bajo las ramas de un mango mientras le da el biberón a una cabrita huérfana. Lleva unas zapatillas de lona sorprendentemente blancas y un vestido claro, que podría ser blanco, con el cuello alto. Lo que más me sorprende de esa imagen es que la tierra del lugar donde mi madre nació era roja como la arcilla.

Mi madre debía de tener unos trece años en esa foto. Está mirando a la cámara con una tímida sonrisa que empezaba a adivinarse en el lado derecho de la cara, pero al lado izquierdo no le dio tiempo de ponerse al día antes de que se disparara el obturador. Me dijo que no se acordaba de quién había sacado la foto, pero que su abuela trató de impedirlo. De hecho, en el extremo izquierdo de la imagen en blanco y negro hay una zona borrosa. Mi madre me dijo que se trataba de la mano de su abuela, que había tratado de interponerse entre su nieta y la lente de la cámara.

Como la mayoría de las fotos antiguas, esta se ha difuminado un poco. Mi madre la guarda en su habitación, en un marco de plata. La sombra borrosa de la esquina es la única imagen que conserva de la mujer que la crio, la abuela cuya lejana existencia podría ser la clave para que mi madre obtenga la nacionalidad de un país donde no ha vivido nunca, pero que debe de llevar consigo en el tuétano de sus huesos, como quien lleva la huella de un amor perdido.

Me levanté de la cama del hotel donde me había refugiado, saqué del bolso los mapas y libros que había comprado para la investigación y me instalé en el pequeño escritorio que había bajo la ventana. Tenía que tomarme la petición de mi madre en serio, como si fuera un encargo del periódico, o no la llevaría a cabo nunca. Abrí un libro sobre las islas Canarias para aprender un poco más sobre la variedad geográfica del archipiélago. Leí que había más de treinta volcanes latentes debajo de cada isla, como un cúmulo de venas hinchadas, repletas de polvo, fuego y cenizas. En el siguiente libro que abrí, una especie de memorias de un famoso periodista español, me encontré con esta frase: «El mar es nuestro punto de encuentro, nos rodea y nos define, nos asusta y nos advierte. Nos hace ser lo que somos».

Sus palabras me hicieron pensar en Cuba y en la relación que tengo con mi isla. Ser cubana nunca ha sido fácil, y las dificultades empezaron ya con mi nombre. Mara no es un nombre común en Cuba, y mi apellido, Denis, no es precisamente un altavoz de mi nacionalidad. Aunque es obvio que no tiene origen español, no soy consciente de tener antepasados ingleses ni franceses. En cualquier caso, más allá de las dificultades de mi nombre, no es fácil ser cubano, aunque tal vez debería decir que no es fácil vivir en Cuba, y lo sé porque pasé allí los primeros quince años de mi vida. La represión era tan brutal y la escasez tan generalizada que los cubanos acabaron resumiendo la situación en tres palabras: «No es fácil», una manera optimista de manifestar que la vida en la isla es muy pero que muy difícil. A día de hoy no sé qué es lo que pasa en mi país. Desde mi posición actual en España, estoy más interesada en los refugiados africanos que en los balseros cubanos, pero mi madre comenta a menudo que los años difíciles que pasamos en Cuba —a finales de los sesenta y toda la década de los setenta— se consideran ahora «los años buenos», que las cosas empeoraron cada vez más y que actualmente están peor que nunca.

No recuerdo ni un momento durante mis años en Cuba en que no supiera que algún día nos iríamos de allí. No me resultó fácil crear vínculos sabiendo que todo era temporal, pero lo hice. Fui una niña normal, supongo, si puede considerarse normal crecer en un entorno de miedo y secretos. Tenía instrucciones de no admitir nunca que queríamos irnos de la isla, porque hacerlo nos habría convertido en «gusanos», que era como el Gobierno denominaba a los que querían salir del país o no estaban lo suficientemente involucrados con el «proceso revolucionario».

En cuanto se le presentó la oportunidad, mi padre nos consiguió sitio en una barca y escapamos.

Los marineros dicen que en la oscuridad de alta mar puedes ver todas las estrellas, pero no recuerdo haber visto ninguna. Mi madre y yo íbamos abrazadas, luchando contra el desquiciante balanceo de la barca, mientras mi padre y los demás hombres remaban, porque el viejo motor no aguantó mucho rato. El hedor a vómito y a orina habría sido insoportable de no ser por las olas que barrían la cubierta sin cesar, empapándolo todo, ocupantes incluidos. Milagrosamente, una patrullera del servicio de guardacostas de Estados Unidos nos rescató de madrugada y nos llevó a Cayo Hueso.

Le he contado esta historia a varios médicos y a mi terapeuta, que considera que esa es razón más que suficiente para tenerle fobia al mar. Yo no lo tengo tan claro, porque siento que es un miedo primitivo, cultural. Los cubanos vivimos rodeados de agua, pero tememos a la lluvia. Cada vez que cae un chaparrón de verano —de esos en los que el cielo se abre y parece que va a caer un nuevo diluvio universal—, echamos a correr como si nuestras vidas dependieran de alcanzar un lugar resguardado. Si hacemos caso de nuestras madres y abuelas, es literalmente así. Las historias sobre huracanes devastadores pasan de generación en generación, del mismo modo que en otras culturas se transmiten leyendas o recetas. Nosotros heredamos tragedias y recopilamos historias sobre desgracias, mientras que otros disfrutan con relatos de épocas felices. Crecemos temiendo lo peor, pero ese miedo no está exento de cierta dosis de emoción, y todos sabemos que lo peor suele ir ligado a fenómenos naturales.

En Cuba es muy fácil resfriarse por el relente de las madrugadas, por un chaparrón traicionero o por bañarte en el mar en invierno. De niña iba a menudo a la playa, pero solo en verano, cuando el calor resultaba insoportable. Los cubanos no suelen pisar la playa de noviembre a marzo, aunque tendría mucho más sentido ir en esa época en la que el sol te acaricia la piel, en vez de achicharrarla como hace en los meses de verano.

En realidad, somos isleños que vivimos de espaldas al mar. Cuando nos sentamos en el famoso malecón de La Habana, casi nunca lo hacemos de cara al mar, sino mirando a la ciudad que se alza ante nosotros en todo su desmoronado esplendor. A veces me pregunto si se debe al miedo o a la nostalgia.

Oí que alguien llamaba a la puerta, rompiendo el hilo de mis pensamientos.

Era Nina, que llegaba hambrienta. Aunque apenas alcanzaba los cincuenta kilos de peso, no perdonaba ni una comida; era un tema que se tomaba muy en serio.

—¿Estás lista? —preguntó por preguntar, ya que un simple vistazo le había bastado para llegar a la conclusión de que no lo estaba. Seguía llevando la misma ropa que por la mañana.

—Todo lo lista que voy a estar.

Dejé el libro sobre la cama y saqué un fular de color teja de la mochila que me ha acompañado en mis viajes desde que me hice reportera. Hay pocas cosas que un fular bien puesto no pueda arreglar, y suelen decirme que me los coloco con gracia. Me recogí el pelo, cogí el bolso, que cada vez pesaba más, y me lo colgué del hombro.

—Ese hombro tuyo se merece un Pulitzer —ironizó Nina.

Su comentario me hizo reír, el primer sonido feliz que salía de mi boca en bastante tiempo.

Nos quedamos a cenar en el hotel, aunque las opciones del menú no eran las mejores. Opté por una ensalada y tuve que suplicar para que me trajeran un vaso de agua con hielo. En los restaurantes españoles es más fácil —y a menudo más barato— tomar el vino de la casa que conseguir un vaso de agua bien fría.

—No voy a volver a Madrid —le dije a Nina cuando se llevaron los platos y esperábamos a que nos trajeran los postres.

Alzó una ceja, un gesto que ella usa a menudo para invitarte a seguir hablando sin pronunciar palabra. Así que le conté que la funcionaria del Registro Civil me había llamado para decirme que no había encontrado nada con la información que le había facilitado, y que luego me había sugerido que lo intentara en la otra Santa Cruz, la capital de La Palma.

—Por eso he decidido quedarme y averiguar de dónde era mi bisabuela. Necesito encontrar su certificado de nacimiento y llevárselo a mi madre.

—Tu madre y tú sois tal para cual —sentenció mientras atacaba el postre que acababan de servirle.

Con los ojos entornados, clavé el tenedor en el bienmesabe de mi amiga, un mejunje de almendra dulce que estaba demasiado bueno para que se lo tomara ella sola. Yo no lo había pedido porque, una vez más, estaba a dieta. Riendo, Nina me dio su postre para que me lo acabara y se pidió otro para ella sola, porque no soportaba compartir la comida.

Al día siguiente fuimos en taxi al aeropuerto. Nina regresó a Madrid, pero yo embarqué en un avión pequeño que me llevó a La Palma, situada al oeste del archipiélago. En una guía había leído que La Palma no era de las islas más conocidas por los turistas, que solían decantarse por las más grandes, como Tenerife y Gran Canaria. A pesar de ello, el autor de la guía no escatimaba elogios hacia la belleza natural de La Palma y recomendaba recorrerla a pie para conocerla mejor. Me llamó la atención que mencionara también el Museo de la Seda. ¿Coincidencia? Probablemente no. Tampoco era mucho, pero era un comienzo.

Además, la guía señalaba que La Palma tiene una ley muy peculiar —llamada «el derecho al cielo»— en defensa del cielo nocturno, donde se recogen una serie de normas para moderar la luz artificial en la isla con el objetivo de que todo el mundo pueda disfrutar de las estrellas. Me pareció una idea maravillosa y mi interés por la isla aumentó al instante.

Cuando el avión despegó del aeropuerto de Tenerife, miré por la ventana. Desde el cielo no sentí miedo, sino admiración. Tenerife me recordó a Cuba, verde y exuberante, pero con espacios desérticos y montañas que parecían brotar directamente del océano. Ese es el mayor atractivo de las islas: la forma en que los límites entre el mar y la tierra se desdibujan constantemente, haciendo que los isleños estemos en constante movimiento. ¿Vamos o venimos? ¿Nos vamos o llegamos? En una isla no hay estabilidad, y eso es justo lo que la convierte en un lugar peligroso pero atractivo. Sentí una punzada en el corazón y me pregunté si no habría llegado el momento de regresar a Cuba de visita. Tras cuatro décadas de ausencia, estas islas me estaban recordando a la mía, lo que despertó en mí el dolor por haber tenido que abandonar el único lugar que, hasta hoy, he considerado mi hogar.

Antes de poder acomodarme en el avión, el capitán anunció que íbamos a aterrizar. Solo había pasado media hora; creo que fue el vuelo más corto de mi vida. Intenté distinguir algunos de los rasgos de la isla a la que nos acercábamos. Enseguida entendí por qué la llamaban «la isla bonita». Su belleza saltaba a la vista, en los riscos que emergían del agua, impetuosos, como los colmillos de un lobo, o en el degradado de verdes que brillaban en la distancia. No pude evitar pensar en mi madre. Aunque su color favorito es el azul cobalto, siempre ha dicho que el color más intrigante es el verde.

«La gente cree que todos los árboles son del mismo color, pero míralos bien, ¡mira esas hojas!», solía exclamar. Fue la primera persona que me enseñó a fijarme en los detalles, años antes de que mi editor sureño me inculcara la importancia de percibir bien las cosas. Y eso estaba haciendo ahora, fijarme en cada detalle. Las sinuosas carreteras cruzaban la isla como los nervios de las hojas de los árboles. Cuando una nube rosada se desvaneció a mi derecha, vi la cima del famoso Roque de los Muchachos, donde se encuentra el observatorio astronómico que acoge telescopios de toda Europa con un objetivo común: descifrar los misterios del universo.

Había leído que La Palma era la más verde de las ocho islas principales que forman este misterioso archipiélago, conocido como «las islas afortunadas». Se cree que sus primeros habitantes, los guanches, están emparentados con los bereberes del norte de África. Su herencia genética era una mezcla interesante y su color de piel iba desde un aceitunado claro al marrón más oscuro.

Años atrás, mi hijo me había regalado un test de una web de herencia genética. Tal como se me pedía, escupí en un tubo y lo envié a la dirección que se indicaba en el sobre. Aunque era un tema en el que nunca había pensado, reconozco que abrí los resultados con ilusión. Según mi análisis de ADN, tengo un treinta y ocho por ciento de herencia inglesa —tal vez eso justificaba mi apellido—, un cuarenta y dos por ciento de la península ibérica y un doce por ciento del norte de África, con algunos rastros de sangre judía y senegalesa en la mezcla. En aquel momento, pensé que la herencia genética del norte de África probablemente me venía de algún antepasado español, teniendo en cuenta la ocupación musulmana de España durante setecientos años. Pero esta nueva información acerca de las Canarias me estaba haciendo replantear mi acervo genético. Tal vez mis genes norteafricanos me habían llegado a través de mi bisabuela. Por lo poco que sabía de ella, no podía descartar que fuera descendiente directa de los habitantes originales de las islas.

¿Me revelaría La Palma algo más sobre ella? ¿O tal vez sobre mí? Esa posibilidad me resultaba más intrigante todavía. Lo cierto es que cada vez me preocupaba menos lo de conseguir el certificado de nacimiento que me había pedido mi madre. Lo que me llamaba la atención en realidad era descubrir qué conexión tenía mi familia con estas islas. Por supuesto, si lograba las dos cosas, mejor que mejor.

Cuanto más leía sobre las Canarias, más me preguntaba qué habría impulsado a mi bisabuela a abandonar un lugar tan idílico en dirección a un lugar desconocido al otro lado del océano. ¿Sería el miedo o el hambre? Esos son los dos principales motivos que impulsan a emigrar, al menos en mi experiencia, pero quizá en vez de huir de algo había perseguido alguna cosa, como la promesa de un amor... Eso sería interesante. Recordé que había leído en alguna parte una descripción de La Palma como la isla en forma de corazón que palpitaba con el fuego que le corría por las venas.

Catalina

La Palma, agosto de 1919

Catalina estaba de pie, en silencio, con la espalda apoyada en la pared de la cocina. Su madre, sentada enfrente, ladeaba la cabeza —como siempre que escuchaba con atención— mientras se arrancaba hilos de la raída falda negra de manera mecánica. Catalina forzaba el oído tratando de descifrar la conversación susurrada que tenía lugar al otro lado de la pared, pero solo distinguía algunas frases salpicadas sobre hectáreas de terreno, préstamos, la demanda creciente de plátanos y algo sobre café que no logró entender. Tampoco necesitaba comprenderlo todo para saber que Antonio y el otro hombre, un comerciante venido de Cuba, estaban hablando sobre su futuro, un futuro del que no formarían parte ni su madre ni sus hermanas ni su hogar ni, por descontado, Juan. Inspiró hondo, tal como le había enseñado a hacer su madre en momentos difíciles, y miró por la ventana en dirección a la tierra baldía y la gran roca que se alzaba al fondo.

A pesar de la promesa que su padre le había arrancado en su lecho de muerte, no quería irse a Cuba con Antonio, eso lo tenía muy claro. Su corazón, joven pero lastimado, le pertenecía a otro hombre. Y aunque había permitido que Antonio le hiciera el amor durante unos meses tras la boda, la noche que pasó con Juan en el bosque lo cambió todo; no había vuelto a ser la misma.

Al principio el médico le prescribió reposo absoluto para salvar al bebé, por lo que Antonio no se había atrevido a acariciarle nada más que la frente o la mano. Después de que Carmen llegara al mundo sana, pero delgada y hambrienta, Catalina se volcó en alimentarla y en cuidar de su hija en exclusiva, hasta el punto de pedirle a Antonio que se cambiara de habitación con su madre, para que la ayudara también por las noches.

Dolido, pero de naturaleza optimista, Antonio accedió, en parte porque era evidente que doña Inés era la única capaz de ayudar con el bebé. A solas con su madre y su hija, Catalina se permitía pensar en Juan, recordar su cuerpo en la oscuridad e imaginarse que trazaba el contorno de su espalda. Sus besos no eran como los de Antonio, que la tocaba con cuidado y quería estar siempre seguro de que sus caricias la complacían. Antonio la trataba con mucho tacto y con amor, como si estuviera hecha de porcelana y se pudiera romper entre sus manos rudas. Juan, en cambio, usaba sus poderosos brazos y manos para hacerla sentir deseada. Su impetuosidad encendía la pasión de Catalina, y el deseo que sentía por él no dejaba de crecer.

Algunas noches, mientras amamantaba a su bebé, le parecía oír su silbido desde su escondite. ¿Sería posible que siguiera esperándola? Sin duda sabía que no podía acudir a su llamada, ¿cómo iba a dejar sola a su hija?

Cuando el comerciante de Cuba se marchó, Antonio entró en la cocina.

—Ya está todo arreglado —comentó.

Catalina alzó las cejas para animarlo a seguir hablando.

—Un magnífico barco sale del puerto el veintiuno de agosto, lo que significa que ni siquiera tendremos que desplazarnos a otra isla.

Catalina sintió que se le cerraba la garganta y no podía hablar. Aunque, de haber podido, tampoco habría dicho nada que a Antonio le gustara escuchar.

—¿Tan pronto? —intervino Inés—. La niña es muy pequeña. ¿No podéis esperar a otro barco?

—Ya he comprado los billetes —replicó él con brusquedad, aunque a Catalina le pareció que era su modo de ocultar lo incómodo que se sentía.

Doña Inés, dolida, salió de la cocina a toda prisa.

—A mi madre no le falta razón —soltó Catalina tras aclararse la garganta.

—Catalina, Carmen tiene casi cuatro meses, edad suficiente para viajar. Como he dicho, los billetes ya están comprados, así que, por favor, prepara las cosas. Nos vamos con nuestra hija en dos semanas.

La miró a los ojos de un modo extraño, que a Catalina le resultó difícil de descifrar.

—Menos de dos semanas —se atrevió a replicar ella, antes de seguir el ejemplo de su madre y salir de la cocina.

Ese domingo, durante la cena, Antonio compartió sus planes con el resto de la familia y con el prometido de Simona, un joven amable llamado Ramiro Pérez a quien todos conocían y apreciaban desde que era un niño. Antonio anunció que viajarían a bordo del *Valbanera*, un barco llamado así en honor a la patrona de La

Rioja, la Virgen de Valvanera. Llegaría a La Palma tras hacer escala en Málaga, Cádiz y otros puertos de las islas. La Palma era su última parada antes de zarpar hacia Cuba.

—No hay duda de que el *Valbanera* es el buque más cómodo de la flota de la familia Pinillos —comentó Antonio mientras abría los brazos, como si quisiera abarcar la totalidad de su ego—. La embarcación tiene distinciones de clase muy estrictas en sus camarotes. Incluso la primera clase se divide en lujo, preferente y primera. He reservado dos camarotes de lujo, uno para nosotros y otro más pequeño para el bebé y la nodriza que viajará con nosotros.

Catalina trató de hablar, pero una vez más no le salió la voz. Empezó a sudar. Le temblaban las manos y el corazón le latía desbocado.

«¿Una nodriza?».

—Ya me he ocupado de todo. —Antonio le tomó la mano.

Simona y Lucía se volvieron hacia su hermana para ver su reacción, mientras su madre permanecía con la vista clavada en el plato. Ella tampoco entendía lo de la nodriza; en su familia las cosas no se hacían así. Inés María había alimentado a sus hijas, igual que su madre había hecho con ella.

Sin darse cuenta de la incomodidad que sus palabras estaban generando, Antonio siguió detallando las características más destacadas de la nave, como que la construyeron en unos astilleros escoceses y que, con sus ciento veintidós metros de eslora, podía cargar más del doble de su peso, es decir, doce toneladas y media de mercancías y mil doscientos pasajeros.

Las hermanas de Catalina parecían fascinadas por los detalles de la embarcación, pero su madre no se dejaba impresionar con tanta facilidad.

—¿El *Valbanera* no es el barco donde murió toda aquella gente que venía de Cuba? —preguntó en voz baja, sin apartar la vista de la comida que no había probado.

Alrededor de la mesa se hizo un silencio más denso que la niebla que descendía montañas abajo.

Antonio hizo una pausa, pero finalmente siguió hablando, impertérrito.

—Bueno, sí, pero eso no fue culpa del barco, sino del capitán, y ya lo han sustituido por otro. Y no solo a él, casi toda la tripulación es nueva. Lo sé de buena tinta.

—¿Cómo puedes estar tan seguro? —Catalina se sorprendió al hacer esa pregunta, convencida de que a su marido le parecería muy inoportuna.

—¿Disculpa?

Lucía decidió intervenir:

—Salió en los periódicos —dijo interrumpiendo a su cuñado, y siguió hablando. Les contó que la familia Pinillos había impulsado una campaña de relaciones públicas para restablecer la confianza de los clientes en el *Valbanera*, después de que el buque regresara de La Habana un mes atrás cargado de enfermos contagiados por la pandemia de gripe. Llevaba mil seiscientos pasajeros, cuatrocientos más de los estipulados por ley. Al menos treinta personas murieron a bordo, incluidos los cinco hijos de una mujer cuya triste historia había sido recogida por la prensa en todos los rincones de España. Los supervivientes contaron que las condiciones a bordo habían sido infames, que habían viajado como sardinas en lata y que no había suficiente comida para todos.

Mientras escuchaba, muy seria, Catalina pensó en la terrible muerte de su padre, así como en la de la madre y el hermano de Juan. ¿Sería posible que sus muertes se debieran también a la epidemia de gripe? ¿Habría llegado a la isla sin que se enteraran?

—¿Qué pasó con los cuerpos de los que murieron durante el viaje? —preguntó Catalina.

—Los lanzaron por la borda —respondió Lucía.

Al oírla, doña Inés, que nunca les había contado que el cuerpo de su padre también fue lanzado al mar, se levantó de la mesa y empezó a recoger los platos. Sus hijas siguieron su ejemplo y la ayudaron, excepto Catalina, que permaneció sentada junto a Antonio, al que se veía dolido por la franqueza de Lucía.

El prometido de Simona, sentado frente a ellos, se encendió un puro y le ofreció otro a Antonio, que lo aceptó encantado.

—No me encuentro bien —anunció Catalina antes de levantarse.

Las papas arrugadas que tanto le gustaban le habían caído en el estómago como piedras. La carne, que ni siquiera había probado, estaba fría y sanguinolenta en el plato, y la grasa de los dos trocitos que había llegado a cortar parecía gelatina.

Cuando la asaltaron las náuseas, se excusó.

Antonio hizo ademán de seguirla, pero ella lo impidió sujetándole el brazo con decisión.

—No hace falta —le aseguró antes de subir a su habitación a toda prisa.

Tras echarse agua en la cara, se sentó en la cama y contempló a Carmen, que dormía tranquila en un capazo, sobre la cama, con el pulgar en la boca. Catalina apoyó la frente en el cabecero y cerró los ojos.

Simona llamó a la puerta con cuidado de no despertar al bebé y entró en la habitación. Se sentó junto a su hermana y le rodeó los hombros con el brazo.

—No le hagas caso a Lucía. No habrá problemas con el barco; Antonio hace bien las cosas.

Pero a Catalina no le preocupaba la reputación del barco. Lo que le disgustaba era saber que los acompañaría una nodriza.

—Estoy segura de que su intención es pasar más tiempo contigo. Puede que te siente bien. —Esa era Simona, siempre conciliadora.

—¿En qué crees que va a ayudarme estar lejos de mi hija? —Catalina seguía herida—. Da igual, no tengo elección...

En ese momento, Lucía también entró en la habitación con la cabeza gacha, un poco triste por haber enrarecido el ambiente con sus historias de tragedias en el mar. Abrazó a Catalina desde atrás y le apoyó la cabeza en la espalda.

—Todo el mundo sabe ya que te marchas —dijo en voz baja.

Al entender lo que su hermana le estaba diciendo, Catalina enderezó la espalda de inmediato.

—¿Todo el mundo? —repitió de manera retórica.

—Sí —confirmó Simona—. Esta mañana, en la iglesia, todo el mundo hablaba del tema. El padre Jacinto quiere verte antes de que te marches.

—Ah, ¿sí?

—Y también quiere ver al bebé. Lleva meses sin verla —recalcó Simona con toda intención.

A Lucía se le escapó un ruidito, como si se aclarara la garganta.

—Quiere decir desde el bautismo, claro —agregó enseguida.

—¿Y cuándo quiere verme el padre Jacinto? —Catalina esperaba estar entendiendo bien el mensaje de sus hermanas.

—Mañana, después de la misa —respondieron al mismo tiempo.

—Vale. Decidle al padre Jacinto que ahí estaré.

—Con el bebé —insistió Lucía—. No te olvides de Carmen.

Como si la hubiera oído, la pequeña se despertó y empezó a llorar de hambre.

—Oh, se me olvidaba —añadió Lucía—. El barco no lleva el nombre de la patrona de La Rioja.

—¿Por qué dices eso? —preguntó Simona, aunque se arrepintió al instante; no quería que la conversación volviera a ese barco y a la maldición que parecía perseguirlo.

—Porque no se escribe así. El nombre de la Virgen lleva dos uves, pero el del barco una uve y una be. Está mal escrito, es obvio.

—Ya veo. —Catalina se llevó a la pequeña al pecho con una mano y con la otra guio el pezón oscuro e hinchado hacia su boquita—. ¿Y eso importa?

—No —respondió Lucía con despreocupación—, a menos que seas supersticiosa...

Simona la sacó de la habitación a empujones y cerró la puerta a su espalda. Desde la cama, Catalina las oyó discutir en el pasillo y llegó a la conclusión de que sí, ella era supersticiosa.

Por la mañana, Catalina se arregló un poco más de lo habitual. Se puso uno de sus vestidos negros y envolvió el cuerpecito de Carmen con la mantita más cálida que tenía. Era verano, pero el tiempo era tan imprevisible en la isla que había que salir preparado para cualquier cosa. Cuando bajó la escalera, se alegró al ver que Antonio se había marchado ya a la capital para una de sus reuniones de negocios.

—¿Adónde vas? —le preguntó su madre desde la cocina.

—Voy a la iglesia, madre. El padre Jacinto quiere vernos a la niña y a mí antes de que nos vayamos.

—Sí, eso me dijeron tus hermanas. —Inés entró en el salón secándose las manos en el delantal—. ¿Quieres que os acompañe?

—Oh, no, no, no.

Su respuesta fue tan enfática que doña Inés empezó a desatarse el delantal. Catalina necesitaba pensar en una excusa, y tenía que hacerlo con rapidez.

—Quería decir que no hace falta. La verdad es que tengo que empezar a acostumbrarme a hacer las cosas sola. Pronto estaré lejos de ti y entonces no me quedará más remedio.

Su madre había acabado de quitarse el delantal y permanecía inmóvil y erguida frente a ella.

—De acuerdo, pero os acompañaré de todos modos hasta la iglesia. Necesito varias cosas del mercado y hoy todavía no he ido a visitar a tu padre.

Ante eso, Catalina no supo qué decir.

Madre e hija salieron de la casa juntas y cerraron la puerta antes de alejarse.

El día era espectacular. Probablemente la temperatura subiría a medida que avanzara la mañana, pero en esos momentos el sol estaba medio escondido y su luz apenas atravesaba las enormes nubes, aunque sus bordes brillaban como si hubiera un incendio en la distancia.

La noche anterior había llovido y el aire estaba limpio, como recién estrenado. La brisa balanceaba las ramas de los pinos en lo alto de las montañas, antes de emprender el descenso hacia el minúsculo valle. Las flores silvestres salpicaban los campos de amarillo, azul y blanco hasta donde alcanzaba la vista, y detrás de todo ello, como un ancla que fijara no solo su finca, sino todo su universo, se alzaba la Roca, tan silenciosa e imperturbable como siempre. Los pájaros se daban serenatas unos a otros en lo alto de los árboles, y la grava crujía como un murmullo bajo sus pies mientras ascendían la ligera cuesta que llevaba a la iglesia.

Inés María rompió el silencio.

—¿Estás preocupada por el viaje?

—Un poco —admitió Catalina—, pero también me hace ilusión.

—A tu padre le habría gustado acompañarte hasta el barco, verte dar los primeros pasos de tu nueva vida.

Inés María se esforzó por contener las lágrimas que asomaban a sus ojos cada vez que mencionaba a su difunto marido.

—¿Qué se siente al estar en alta mar? ¿Te acuerdas?

—le preguntó Catalina para zanjar el tema, mientras se cambiaba al bebé de brazo.

—Oh, sí, claro que me acuerdo. Es inmenso. Tan grande e infinito que ni te lo imaginas. El agua está fría, incluso en verano, muy salada y trasparente, pero solo de cerca. Desde lejos a veces se ve azul, verde, gris o incluso negra, dependiendo del tiempo...

Inés María le estaba describiendo el mar de su Cantabria natal, no el que las rodeaba.

—Ya estamos aquí. —Catalina la interrumpió y se quedó inmóvil frente a la iglesia de piedra.

Su madre le dirigió una mirada inquisitoria, pero mantuvo los labios sellados. Se inclinó y acarició la frente de su nieta con cariño, sin apartar la vista de su hija.

—Sí, aquí estamos —subrayó—. Nos vemos luego en casa.

Apretó la mano de su hija antes de alejarse.

Catalina cerró los ojos para concentrarse en el momento. Si había interpretado bien el mensaje de sus hermanas, el hombre al que amaba se encontraba tras las puertas de la iglesia.

Empujó la pesada puerta, que, como siempre, estaba abierta, y cruzó el umbral de madera. Dentro se estaba fresco, casi a oscuras, y Catalina detectó de inmediato la mezcla de olores: sudor, incienso, gladiolos medio marchitos... Aguardó unos instantes a que su vista se acostumbrara a la oscuridad. Unas cuantas mujeres rezaban cerca del altar, con las cabezas inclinadas y cubiertas por mantillas. Ella también llevaba la suya, pero no era fácil mantenerla en su sitio con un bebé en brazos. Avanzó unos pasos, sin saber hacia dónde dirigirse.

A mitad de la nave oyó un silbido casi imperceptible a su espalda, a la derecha. Provenía de una capillita.

Catalina volvió sobre sus pasos, haciendo un gran esfuerzo para no echar a correr hacia Juan. El eco de la nave amplificaba el taconeo de sus pasos impacientes.

No necesitó abrir la puerta. Él la abrió y tiró de ella en cuanto estuvo a su alcance. La abrazó con fuerza, tanta que el bebé se despertó y se puso a llorar. Juan liberó a Catalina, pero siguió sujetándola por los antebrazos. Al bajar la vista hacia el bebé, los ojos se le llenaron de lágrimas. Catalina le acarició la mejilla mientras lo observaba con atención. Le pareció que estaba más triste y que iba más desaliñado de lo habitual. Llevaba el pelo muy alborotado y tenía la mirada cansada y febril, pero sus manos seguían siendo cálidas.

—Siempre pensé que algún día llevaría a tu hijo en mi vientre... —le dijo ella, pero no siguió hablando porque le pareció imprudente rendirse a sus deseos cuando su destino ya estaba sellado.

Juan, sin embargo, se mostró impertérrito.

—Y así será. —Acarició la cabecita de Carmen—. Es preciosa, igual que tú.

La pequeña dejó de llorar y fijó la mirada en Juan, como si quisiera aprenderse su rostro de memoria. Catalina y él compartieron una sonrisa.

—Le gustas —afirmó ella.

—Eso está bien, porque pronto estaremos juntos y yo seré el único padre que conozca.

A Catalina se le aceleró el corazón.

—¿Qué quieres decir, Juan? ¿Qué te propones? Por favor, cuéntamelo...

—Me voy a Cuba contigo —respondió él con calma.

Catalina retrocedió como si la hubiera golpeado con un atizador al rojo vivo.

—Pero... ¡no puedes hacer eso!

—Lo que no puedo es vivir sin ti ni obligarte a quedarte aquí, así que no queda otro remedio. Te lo dije, siempre estaré a tu lado, Catalina.

—Pero, Juan, no puedes dejar sola a tu hermana... Además, ahora soy una mujer casada, soy madre. ¿Qué le diremos a Antonio si te ve? ¿Y si...?

Juan no la dejó seguir hablando. La atrajo hacia él y acarició sus rizos, aspirando el aroma de su pelo.

—Ana me ha dado su bendición. Se irá a vivir con una pariente lejana que necesita ayuda. Y no olvides que podré enviarle dinero desde Cuba cuando empiece a trabajar. Por lo demás, no te preocupes. Sé cuidarme solo.

La acercó más a él y la besó con pasión. Cuando profundizó el beso, Catalina le entregó el deseo que llevaba meses reprimiendo. Juan bajó las manos hacia su espalda y siguió descendiendo hasta palpar las curvas de sus caderas bajo el vestido veraniego. Catalina pensó que se desvanecería de placer, pero la pequeña Carmen se revolvió, inquieta entre sus brazos.

—Tengo que irme, Juan... —Catalina se liberó del abrazo—. Le toca comer y mi madre se preguntará por qué tardo tanto. Se supone que he venido a hablar con el padre Jacinto.

—¿Puedo? —Juan señaló a la niña.

—¿Quieres cargarla?

Él asintió, y ella la depositó en sus brazos con delicadeza. La sonrisa que se dibujó en el rostro de Juan fue tan amplia que sus ojos se le llenaron de arruguitas, y

Catalina volvió a ver en él al niño travieso del que se enamoró.

—¡Qué ligera es!

No dijo nada más, pero a Catalina no se le escapó lo mucho que se esforzaba por controlar sus emociones. Ella también se sentía desconcertada. Quería apartar la vista, pero no podía dejar de mirar a su hija en brazos de Juan. ¡Cómo le habría gustado que esa fuera su familia!

—Voy a quererla siempre como si fuera mía, ya lo verás —dijo con la voz ronca, sin dejar de contemplar a la pequeña. Parecía estar prometiéndoselo a la propia Carmen en vez de a Catalina—. Porque es parte de ti —añadió alzando la vista hacia ella.

Las lágrimas le caían sobre el pecho cuando Catalina volvió a coger a su hija de los brazos de Juan. Le secó la carita con un pañuelo y le alisó los faldones. Intentó decir algo, pero el nudo en su garganta, oprimida por las emociones, era tan doloroso que no se atrevió a abrir la boca. Observó a Juan con detenimiento, como si quisiera memorizar cada detalle: el modo en que sus rizos oscuros caían sobre los ojos, que se le empequeñecían al sonreír; la nariz delineada a la perfección; los labios que tanto deseaba... La frente, amplia y marcada por dos profundas arrugas que aportaban carácter a su rostro aniñado. El torso, duro y fuerte, igual que los brazos, donde tantas veces había encontrado calidez y consuelo...

Se dio media vuelta, con los ojos cuajados de lágrimas, pero Juan la sujetó por el hombro e hizo que volviera a mirarlo.

—Esto no es una despedida, Catalina. Te veré a bordo dentro de unos días —le aseguró.

Catalina iba a decirle que estaba loco, o que era una imprudencia, o que no debería hacerlo, pero no quería que esas fueran las últimas palabras que le dirigiera. Por eso no dijo nada y se alejó a toda prisa, segura de que no volvería a verlo nunca más, pero sin perder la esperanza de estar equivocada.

Los días siguientes fueron un torbellino de actividad y emociones. Catalina preparaba el equipaje, preocupada por la travesía. Sus hermanas iban de aquí para allá y su madre se entretenía en la cocina, preparando platos elaborados y, en especial, el postre favorito de su hija mayor: buñuelos de gofio. La casa entera olía a azúcar, canela y almendras tostadas, pero también a lágrimas, tristeza y desesperación. Lucía se ocupaba de las tareas de la granja, mientras Simona se entregaba a los preparativos de su boda con Ramiro.

Durante la última comida que compartieron, Catalina estuvo casi todo el rato ausente de la mesa ocupándose de Carmen, que no se calmaba ni de noche ni de día. No hacía más que llorar, como si sintiera que estaba a punto de ser desarraigada.

La última noche, tumbada en su cama, Catalina fue incapaz de dormir. En unas horas abandonaría el único hogar que había conocido, quizá para no volver nunca más. El cuerpo le dolía de tanto permanecer quieta, pero su mente no dejaba de ordenarle que se levantara de la cama y echara a correr, correr, correr. Inés María seguía durmiendo a su lado, como llevaba haciendo desde que nació Carmen. Catalina contempló con cariño cómo dormía su madre, con la cara cubierta por un brazo.

Quería tocarla, pero no se atrevió por miedo a despertarla. Se preguntó si volvería a verla alguna vez, y rápidamente apartó la mirada. Era una idea demasiado dolorosa.

No solo le preocupaba el viaje, sino también lo que la aguardaba en Cuba, la isla mítica sobre la que había oído tantas historias. Y su vida junto a Antonio, que se mostraba menos paciente con ella desde el nacimiento de Carmen. No podía evitar preguntarse cómo se comportaría cuando estuvieran en otro país, lejos de su familia. Aunque lo que más la inquietaba era el loco plan de Juan de viajar con ellos. ¿Cómo pensaba hacerlo? ¿De dónde sacaría el dinero para comprar el pasaje y cómo se las iba a arreglar para que Antonio no lo descubriera?

En ese momento, se dio cuenta de que Antonio no conocía a Juan. Sin duda eso facilitaría las cosas, pero ¿cómo reaccionaría ella si se topaba con él en el barco? Catalina sacudió la cabeza como si quisiera arrancarse esos pensamientos de la mente.

Echó un vistazo al moisés que tenía al lado y sonrió. Su hija había dejado de quejarse por fin y ahora dormía profundamente, como solo pueden hacerlo los bebés que se han agotado de tanto llorar. A estas alturas, el simple hecho de pensar que sería incapaz de amar a un hijo de Antonio le parecía inconcebible. Su hija era suya, un trozo de su carne, de su cuerpo, su corazón y su alma. La alimentaba y se ocupaba de todas sus necesidades. Era gracias a ella que tenía esos mofletes rechonchitos y las muñecas rollizas. Ella era la única responsable de su supervivencia, y pensaba hacer todo lo que estuviera en su mano para que las cosas siguieran así.

Y, sin embargo, durante las dos últimas semanas,

cada vez que trataba de darle el pecho a su hija, ella la rechazaba. Cuanto menos mamaba, menos leche producía Catalina y, cuanta menos producía, más hambrienta estaba Carmen. Era un círculo vicioso que no sabía cómo romper. Doña Inés había empezado a alimentar a su nieta con un paño mojado en leche de cabra. Era un proceso laborioso, ya que primero había que hervir el paño para asegurarse de que estaba impoluto. Luego lo sumergía en leche y, gota a gota, lo iba escurriendo en la boca del bebé, como si fuera un pajarillo. Pero Carmen era ya un poco mayor para eso y su apetito no se saciaba con tan poca cosa. Quería más y lo quería con urgencia. Así que habían recurrido a alimentarla con plátanos chafados con leche de cabra enriquecida con gofio, y parecía que a la niña le gustaba, porque lo había aceptado bien. Catalina no tenía intención de contratar a una nodriza, pero tuvo que admitir a su pesar que tal vez la necesitaría. Y quizá necesitaría ayuda con otras cosas una vez se instalara en Cuba.

Suspiró casi sin darse cuenta. Iba a echar de menos a su madre, pero a sus hermanas todavía más. Ellas eran sus confidentes y las guardianas de sus recuerdos. Cuando las miraba, veía su propia vida desplegarse ante sus ojos. Recordaba el día en que se cayó en una zanja y nadie la veía ni la oía, pero Simona la encontró. Dijo que la había localizado por el olfato, y desde ese día la familia había bromeado sobre los apestosos pies de Catalina, que le habían salvado la vida. También recordaba el primer día de clase, muchos años atrás, cuando Juan entró acompañado de su hermana Ana. Pero, sin duda alguna, el recuerdo más valioso que guardaba era el del día en que Juan la besó por primera vez.

Catalina se estremeció. Daba igual en qué pensara; sus pensamientos siempre acababan yendo a parar a Juan. Su madre se movió a su lado y, en un instante, estaba lista para encarar el día, como siempre.

—¿Es la hora ya? ¿Qué hora es?

—No, madre. Todavía es noche cerrada. Sigue durmiendo.

Su madre tiró de ella y la envolvió en un abrazo, cálido e íntimo. Catalina no recordaba la última vez que la había abrazado así.

—Sé que no quieres irte —susurró—, pero eres una mujer casada y tu marido es un buen hombre. Tendrás una buena vida. Mejor que la de tus hermanas, ahora que la finca está hecha un desastre y sin tu padre que ponga orden. Algún día vendrás a visitarnos y, quién sabe, tal vez vaya a verte yo alguna vez.

Inés María no era una mujer que hablara mucho, solo lo hacía cuando era necesario. La calidez de sus palabras y de su abrazo tomó a Catalina por sorpresa y derribó sus defensas. En brazos de su madre, lloró durante un buen rato. Lo último que oyó antes de quedarse dormida fue el sonido tranquilizador de la voz de Inés María animándola a ser valiente y asegurándole que Dios y la Virgen de la Candelaria la protegerían siempre. Con el contacto de la cálida mano de su madre en la frente, Catalina cayó por fin en un sueño profundo.

El canto lejano de un gallo, seguido de la respuesta de su propio gallo, la despertó unas horas después. Luego oyó balar a las cabras y distinguió el sonido inconfundible de la leche al caer en el cubo. Su hermana Lucía debía de estar ordeñándolas. Durante toda su vida esos habían sido los sonidos que la habían despertado cada mañana, pero hoy le sonaban distintos: amplificados y más valiosos. Guardó silencio, esperando oír más. Quería atesorar cada uno de esos sonidos para no olvidar nunca de dónde venía y, tal vez algún día, poder regresar.

Un leve aroma a café y de pan caliente hizo que se diera cuenta de que tenía hambre. Miró hacia el otro lado de la cama, pero su madre ya se había levantado. Carmen empezó a quejarse en el moisés y Catalina trató de darle el pecho. Se abrió el camisón y colocó un pezón en la boca hambrienta de su hija, pero la pequeña lo rechazó. Catalina pensó que su leche se habría agriado por la angustia. Era inútil, su pequeña no quería mamar. Con resignación y algo de tristeza, Catalina volvió a guardarse los pechos. Besó a su hija en la frente, se vistió y bajó la escalera para poner a hervir un poco de leche de cabra.

Las maletas ya estaban preparadas junto a la puerta. Antonio le había rogado que llevara poco equipaje y le prometió que podría comprarse todos los vestidos que quisiera en Caibarién, su destino en Cuba. Le gustaba el nombre del pueblo. No tenía ningún significado para ella, pero su marido lo había descrito con tanto amor y detalle que, a pesar de las pocas ganas que tenía de marcharse, sentía cierta ilusión por ver la casa. Antonio la había descrito como amplia, soleada y situada junto a la iglesia en la plaza del pueblo, y ella se imaginaba cómo sería la vida junto al mar. No podía evitar sentir un poco de emoción, aunque fuera a vivir esa vida con Antonio y no con Juan.

Pensar en él volvió a ponerla nerviosa. Le parecía maravilloso ser amada con tanta pasión y poder devolver ese amor de la misma manera, pero al mismo tiempo le daba miedo porque no sabía hasta dónde sería capaz de llegar. Él no tenía nada que perder, no como ella, que podía perder mucho.

Pero ¿y si no perdía nada? ¿Y si ganaba? ¿Y si al final podía vivir en Cuba con él y con Carmen y ser felices para siempre?

Sus hermanas la apartaron de sus pensamientos al acercarse para ayudarla con la niña, de modo que pudiera terminar de arreglarse. Pero Catalina ya estaba lista o, al menos, vestida para el viaje. En ese momento, Antonio entró en la cocina con una flor de hibisco amarilla que había cortado en el jardín.

—Quiero que te la pongas en el pelo. Te quedará muy bien.

Catalina se ruborizó y le dio las gracias. A pesar de sus salidas de tono ocasionales, era un hombre amable. ¿Por qué entonces no podía amarlo? Llevaba el mismo traje marrón que se había puesto para pedir su mano y el día de la boda, y jugueteaba con el borde del sombrero, nervioso. Se inclinó hacia ella y le dio un beso en la frente.

—¿Has dormido bien?

Ella no respondió, porque, ¿qué iba a decirle? Empezaba a entender que a veces era preferible el silencio a una palabra desagradable.

La familia al completo se reunió para el desayuno de despedida. Debería haber sido una ocasión triste, pero las hermanas de Catalina se aseguraron de que no lo fuera. Mantuvieron la conversación viva y ligera y no dejaron de bromear, así que, cuando llegó la hora de irse, Catalina se sintió casi aliviada. Una vez fuera de casa, ya no tendría que disimular que se sentía morir por dentro.

Catalina las abrazó una por una, aunque a Simona, con la que tenía más trato y confianza, la abrazó con más fuerza. Fue incapaz de decirle ni una palabra. Para sorpresa de Catalina, al llegar el turno de su madre vio que tenía las mejillas empapadas. Solo la había visto llorar una vez, cuando murió su marido. Inés María dibujó la señal de la cruz en la frente de su hija, pero cuando trató de hacer lo mismo con Carmen, el bebé no se dejó.

—Que Dios y todos los santos os protejan y os guíen —las bendijo igualmente.

—Cuida de madre —le dijo a Lucía, que pronto sería la única que quedaría en la casa junto a Inés María.

Catalina se quitó del cabello la flor que Antonio le había regalado y se la puso a Lucía detrás de la oreja. Sin decir más, se dio la vuelta y subió al carro tirado por mulas donde la aguardaba su marido. Antonio había contratado a un mozo de la zona para que los llevara al puerto.

Sus hermanas los despidieron con la mano durante un buen rato, pero su madre permaneció inmóvil, con una expresión de tristeza y temor en el rostro. Catalina iba mirando hacia atrás, contemplando a su familia, los campos que antaño estaban llenos de vida, el lugar donde se alzaba el cobertizo, detrás de la casa y, en la distancia, el bosque donde había conocido el amor. Pasaron frente a la escuela en la que había visto a Juan por primera vez y por la iglesia donde lo vio por última vez.

Y también divisó al pasar el rincón sombrío del cementerio donde su padre reposaba eternamente bajo un abedul. Su familia ya era solo un punto en la distancia. A su espalda, a través de las lágrimas, distinguió el camino que llevaba a la cabaña de Juan, empequeñecida por la siempre imponente presencia de la Roca.

Mara

Santa Cruz de La Palma, julio de 2019

Bajé del avión en una terminal abarrotada de turistas europeos rojos como gambas. Al no llevar más equipaje que mi mochila, pronto los dejé a todos atrás. Por supuesto, nadie me esperaba en el aeropuerto. A estas alturas, ya debería estar acostumbrada, pero no lo estaba. Cuando se abren las puertas y veo todos aquellos rostros emocionados y expectantes, siempre albergo la esperanza de que alguien me reconozca y se acerque a mí con una sonrisa, pero eso solo sucede cuando he tenido la previsión de reservar taxi. En esos casos, me espera un hombre de aspecto solitario —suele ser un hombre—, con un cartel que dice SRA. DENIS o SR. DENNIS o cualquier otra variante de mi género y mi apellido. Suelen sonreír al verme, pero sé que no es una sonrisa de felicidad; es parte de su trabajo. Ese día no me había molestado en reservar un taxi.

Miré a mi alrededor y me pregunté qué probabilidades habría de que alguna de esas caras felices estuviera emparentada conmigo. Todas las personas que veía me resultaban vagamente familiares. Usaban las manos para enfatizar lo que decían, a la manera cubana, y hablaban con la misma cadencia que nos hace aspirar en vez de pronunciar todas las letras de las palabras. Esta gente era bulliciosa, ruidosa, alegre. Incluso sus rasgos me recordaban a los de los cubanos que había conocido en Estados Unidos o a los que conocí antes de salir de la isla. Las mujeres de mi edad llevaban vestidos de verano, sin mangas, y mostraban los brazos flácidos sin pudor. No recuerdo la última vez que me atreví a salir de casa sin mangas o un chal que me cubriera los brazos, que dejaron de estar firmes y torneados hace tiempo. A estas mujeres, sin embargo, no parecía importarles. Los hombres lucían sus buenas barrigas, pero caminaban deprisa, al ritmo que usan muchos hombres jóvenes en Miami o incluso en Nueva York. Algunas personas se saludaban con palmadas en la espalda, pero otras se daban besos y largos abrazos. Estaba fascinada y no acababa de entender la razón. Era una escena que había visto cientos de veces, aunque nunca en Europa.

Parpadeé y me sorprendió sentir que una lágrima me caía por la mejilla. ¡Oh, no! Esto ya era demasiado. Tenía que controlarme. Cogí la mochila, que había dejado en el suelo para descansar un poco la espalda, y salí de la terminal a buen paso en busca de un taxi. Ahí mismo, al otro lado de las puertas, estaba el mar, como si el aeropuerto fuera un hotel de lujo. Aparté la vista con decisión y entré en el primer taxi de la cola.

Para mi disgusto, el taxista estaba escuchando música a toda pastilla. El coche olía a Navidad y a cigarrillos rancios, por mucho que el pino de cartón que colgaba del retrovisor tratara de disimularlo. De pronto, me salió el cansancio acumulado. Eché la cabeza hacia atrás y cerré los ojos.

—¿Quiere dormir?

Me sobresalté al oír la pregunta del taxista. Sin esperar respuesta, bajó el volumen de la radio y me dijo que estábamos a un cuarto de hora de distancia del hotel.

Creo que le di las gracias, no me acuerdo. Lo último que vi antes de quedarme dormida fue el reflejo color aguamarina del océano al dar una curva cerrada a la salida del aeropuerto, y me asaltó la zozobra al tratar de imaginar cómo iba a esquivar el mar en una isla como aquella. Por el momento, prefería mantener los ojos cerrados.

Me levanté descansada, como nueva. Me puse la última camiseta gris que me quedaba limpia —tengo diez, el gris es un color perfecto para viajar— y le entregué la ropa sucia a una mujer muy amable en el *bed-and-breakfast* donde me alojaba. Me dijo que por la noche ya lo tendría todo listo. Me sentí tan agradecida que me vinieron ganas de darle un beso, pero me contuve y tomé nota mental de dejar una buena propina. Ya sé que no es muy habitual dar propina en España, pero para algunas cosas soy muy estadounidense.

Tenía que aclararme las ideas y sabía que, para conseguirlo, lo primero era desayunar. La gracia de los *bed-and-breakfast* es que suelen esmerarse en los desayunos, y este no fue una excepción. La noche anterior, la mujer que me atendió en recepción me preguntó a qué hora pensaba bajar a desayunar. Al responderle que no estaba segura, me dijo: «Cuando lo sepa, avísenos. Así podremos prepararle los huevos a su gusto». En ese momento supe que había elegido bien. No había tomado huevos para desayunar desde que salí de Estados Unidos.

Gladys y Claude, una pareja de franceses que se habían mudado a La Palma para disfrutar de su jubilación como maestros mientras aún eran jóvenes, eran los dueños de la casa donde había reservado habitación para un par de noches, y tenían su propio apartamento al lado de la cocina. Al jubilarse tan pronto, al cabo de unos años echaron de menos un poco de actividad y decidieron convertir su casa en un oasis para viajeros. La casa entera olía a fresas. No sé cómo, pero, de alguna manera, Gladys y Claude habían logrado cultivar sus propias fresas y, cuando llegué por la tarde, estaban preparando mermelada. El delicioso aroma era el mejor recibimiento para los huéspedes que regresaban de sus excursiones por la noche.

Por la mañana, disfruté del fruto de su esfuerzo en el jardín, rodeada de macetas rebosantes de flores. Los huevos venían acompañados de pan crujiente, un vaso grande de zumo de naranja recién exprimido, jamón ibérico y la mermelada casera.

La bonita y acogedora casa de dos plantas se alzaba a mis espaldas, y por un instante sentí que podría vivir en un sitio como aquel. Sí, ¿por qué no? Esta era siempre la primera señal de que me encontraba a gusto en un lugar. Si podía imaginarme viviendo allí, estaba claro que podía disfrutar de unas vacaciones. Aunque en realidad no estaba de vacaciones, porque el encargo de mi madre pesaba sobre mí. Cuando Gladys se acercó para servirme más café con leche, aproveché para preguntarle por la casa, y ella me contó que no era muy antigua, como quitándole importancia, algo que los europeos suelen hacer con cualquier cosa que no haya sido construida antes del Renacimiento:

—Aunque tiene doscientos años y fue una de las primeras casas de La Palma en tener electricidad, hacia finales del siglo diecinueve —añadió con orgullo.

Sorprendida, traté de imaginarme cómo debió de ser para mi bisabuela pasar de tener electricidad y calles pavimentadas en La Palma a vivir en el campo en Cuba. La electricidad aún no había llegado a casa de mi abuelo cuando yo me fui en 1979, casi un siglo después de la llegada de «los isleños», como se llamaba en Cuba a los venidos de las Canarias.

Eché un vistazo al reloj: ya era casi mediodía. Si no llegaba al Registro pronto, podría dar la jornada laboral por perdida.

El día era claro y soleado, de los que invitan a pasear. En cuanto eché a andar, sonó una pequeña alarma en mi cerebro y recordé que aún no sabía si el periódico había publicado el reportaje sobre los refugiados rescatados frente a las costas de Tenerife. Lo encontré en la página cinco. Los editores habían recortado al menos cuatro párrafos, pero lo habían hecho de forma elegante, y yo estaba acostumbrada a los cambios. A lo que nunca iba a acostumbrarme era a las desgarradoras historias de los inmigrantes y los refugiados, y me alegraba de que fuera así. ¿Qué clase de reportera sería si me hubiera olvidado ya de la niñita de la morgue? Supongo que es como ser médico y trabajar en Urgencias. Vas a ver al siguiente paciente porque es tu trabajo, pero eso no significa que te olvides del paciente al que no has podido salvar.

La primera vez que escribí un artículo sobre temas migratorios, en 1987, no fue algo intencionado. Había salido a dar un paseo un viernes por la mañana, día de recogida de trastos viejos, en busca de algo que me llamara la atención. En mi barrio de Miami, la gente tiraba cosas increíbles. Yo era joven, recién casada y pobre. Nelson y yo ganábamos cuarenta y dos mil dólares entre los dos, así que apenas teníamos dinero para comprar muebles nuevos para nuestro primer apartamento, pequeño pero muy mono. Y yo necesitaba un escritorio con urgencia.

Al ir mirando hacia el suelo, me fijé en unas letras grabadas en un trozo de acera quebrada por las raíces de un gigantesco roble, cuya copa cubría media calle. La inscripción rezaba: TE QUIERO ALICIA 1957. ¿Quién sería Alicia? ¿Quién la habría amado tanto como para dejar grabados sus sentimientos a la vista de todo el mundo? Levanté la cabeza hacia la casa que había frente a la inscripción y me pregunté si Alicia seguiría viviendo allí.

Solo había un modo de averiguarlo. Llamé a la puerta y me abrió una mujer elegante que parecía rondar los cincuenta. Una melena negra enmarcaba su rostro, que mantenía su aspecto juvenil. Llevaba vaqueros oscuros y una camisa de manga larga de popelina blanca, todo impecablemente planchado. Parecía una modelo de un anuncio de Carolina Herrera.

—¿Sí? —me preguntó sin acabar de abrir la puerta.

—¿Es usted Alicia? —le pregunté con la osadía que acompaña al que lleva un carnet de prensa y un cuaderno de notas, sin los cuales nunca salía de casa.

Y, en efecto, se trataba de Alicia. Cuando le pregunté sobre la inscripción de la acera, me invitó a entrar y me contó la historia de su vida. Había llegado de Cuba con sus padres cuando tenía veinte años, en 1957, porque sus padres temían, con razón, que la revolución que se estaba fraguando en las montañas acabara apoderándose del

Gobierno para instalar una dictadura comunista. También habían querido mantenerla apartada de cierto tipo melenudo que les parecía muy radical para su hija. Aun así, aquel joven, un tal Carlos, la siguió a Miami y trató de convencerla de que regresara a Cuba con él. La tentación fue grande, me confesó Alicia, pero al final se quedó en casa con sus padres y se negó a abrirle la puerta a pesar de sus ruegos.

Cuando al fin se marchó, Alicia se encontró la pequeña carta de amor escrita en el cemento con el que acababan de pavimentar las aceras de la calle. Sus padres habían querido borrarlo, pero tenían miedo de dañar una propiedad municipal, por lo que el mensaje siguió donde estaba. Alicia no volvió a saber nada de Carlos, pero cada día, al pasar por la acera, el mensaje le recordaba el amor de Carlos y su cobardía. Nunca llegó a casarse.

Desde aquel día, he sido testigo de las tragedias y los triunfos de la historia más antigua de la humanidad. Más antigua que la propia historia o que el propio lenguaje: el impulso que lleva al ser humano a migrar para sobrevivir.

Y una vez más me encontraba ante una nueva historia de emigración, aunque en este caso la protagonista me resultaba más cercana que nunca, porque mi madre había logrado mantener viva la memoria de la bisabuela que no llegué a conocer. Su forma de hablar se había conservado en el lenguaje familiar y sazonaba el vocabulario de mi madre, que también era el mío. Lo mismo pasaba con sus miedos y sus tormentos, que mi madre llevaba en su ADN y, por supuesto, también yo.

Claude, mi anfitrión del hotel, me había dado instrucciones precisas. Tenía que caminar en línea recta unas cuantas calles, tomar la avenida Marítima, girar a la izquierda en el restaurante La placeta y, al final de la callejuela, dirigirme a la derecha. Allí, a mi izquierda, encontraría el edificio de los juzgados. Y una vez dentro, también debía girar a la izquierda para encontrar el Registro Civil. Parecía fácil.

Hacía un día ideal para pasear, aunque, por desgracia para mí, la amplia avenida estaba encarada al mar. Mantuve la vista apartada de la playa de arena negra y me centré en la avenida, salpicada de preciosas casas antiguas con galerías de madera, un tipo de arquitectura que no se parece en nada a lo que me he encontrado en otras partes de España.

Poco después me hallaba al final de una cola no muy larga en el vestíbulo de un edificio blanco y anodino, encajado entre una tienda donde lo tenían todo rebajado al cincuenta por ciento y una casa particular de dos plantas, cuyo remate ornamentado me recordó al glaseado de un pastel de boda.

Cuando llegó mi turno, me costó hablar. Parecía absurdo buscar un certificado de nacimiento expedido hacía más de un siglo, y más cuando lo único que tenía era un nombre, una fecha y una idea aproximada del lugar de nacimiento. Saqué el cuaderno que usaba para mis reportajes y fingí revisar las anotaciones. El simple hecho de tener la libretita en las manos me dio fuerza y determinación, pero el entusiasmo no duró mucho.

La funcionaria que me atendió empezó a negar con la cabeza en cuanto oyó lo que le pedía. Me devolvió la nota que le había pasado, en la que constaba el nombre de mi bisabuela y la fecha de nacimiento, y me dijo que era imposible porque se trataba de una fecha demasiado antigua.

Pocas cosas me incentivan tanto como que alguien me diga que algo es imposible. Me entra un impulso irrefrenable de demostrarle que se equivoca. Mi madre lo llama mi «gen rebelde», pero yo lo llamo mi «gen de haber vivido en un régimen comunista y estar cabreada todo el rato».

—¿Hay alguien con quien pueda hablar? —Acompañé la pregunta con mi mejor sonrisa.

Sin responderme, miró por encima del hombro y llamó a un hombre, más joven que ella, que se acercó al mostrador rápidamente. Noté que mi petición le intrigaba, pero también que no quería dejar en mal lugar a su colega.

—Necesito un poco de tiempo —dijo con cautela—. ¿Podría volver dentro de una hora?

Pensé que podría esperar allí mismo, pero no me pareció prudente mostrarme hostil. Tras anotar su nombre, salí a la calle y me senté en un banco de una minúscula placita sombreada, donde por fin abrí el periódico local que llevaba en el bolso desde el desayuno. El titular en el extremo inferior derecho de la portada me llamó la atención de inmediato, porque mencionaba algo que creía haber visto antes... ¿O tal vez lo había soñado? No es que fuera un titular original, pero cumplía su función: RECORDANDO EL *VALBANERA*. Estaba escrito en mayúscula y negrita, y bajo el titular había un pequeño destacado:

> En el centenario del naufragio del barco frente a las costas de Cuba, invitamos a todos a unirse al acto donde recordaremos a las almas perdidas en la tragedia.

Se añadía una dirección y detalles sobre una exposición, pero no pude seguir leyendo, porque la mente me iba a toda velocidad. ¿Dónde había visto ese nombre antes? No tengo buena memoria para nada, excepto para las palabras. Me concentré y traté de encontrar ese nombre en mi memoria, como si estuviera haciendo girar una de esas viejas agendas Rolodex. Estaba segura de que no solo había visto el nombre, sino que también había leído algo sobre la embarcación...

Y de pronto, ¡lo recordé!

Unos meses atrás, durante un fin de semana en una casa rural en una villa de Asturias, visité el Museo de la Emigración de la Fundación Archivo de Indianos. Cada planta estaba dedicada a un país o una región a la que los españoles habían emigrado. Cuba y Tampa estaban en la primera planta. Quedé fascinada por las fotografías de los barcos y de los miles de personas que viajaban en ellos. La esperanza y la tristeza que se veían en sus ojos no eran muy distintas de las que observaba en las caras de los inmigrantes cada vez que documentaba alguna de sus historias. Era la misma expresión que había presenciado en las imágenes que colgaban del muro de la isla de Ellis: una mezcla de miedo, nostalgia e ilusión. Las siguientes plantas giraban en torno a los que emigraron a México, Chile y Argentina.

En la última planta, en una torre con vistas al pueblo, había una exposición temporal dedicada a los naufragios ligados a la emigración. Y ahí fue donde leí por primera vez el nombre de *Valbanera*. No recordaba los detalles, pero sí que el buque se había hundido cerca de La Habana... ¿O era de Cayo Hueso? También me parecía recordar que había un misterio asociado a ese naufragio en concreto, porque habían muerto cientos de personas, pero no se había recuperado ningún cadáver. Recuerdo haber estado un buen rato frente a las vitrinas, observando las fotografías de los fallecidos y los supervivientes. Me extrañó que nunca hubiera oído hablar de esa historia, a pesar de haber visitado muchas veces Cayo Hueso, donde incluso estuve de luna de miel con Nelson.

En cualquier caso, tras visitar la exposición no volví a pensar en ello. Hasta ese momento. De hecho, aquella pincelada de texto y color que me llamó la atención en el lateral del autobús de Tenerife mientras caminaba contra el vendaval debía de referirse también a esto. Fue un instante, pero me dio tiempo a leer la palabra «naufragio».

Un escalofrío me recorrió la espalda y estuve tentada de llamar a mi hijo y rogarle que reconsiderara su decisión de alistarse en la Marina. Pero no lo hice, porque recordé la multitud de ocasiones en las que había iniciado un proyecto con gran entusiasmo, para olvidarse de él pasados unos meses. Estaba segura de que esta vez sería igual, y aun así se me hacía muy difícil imaginarme a mi hijo en las Fuerzas Armadas. Además, sabía que si Nelson siguiera con nosotros, trataría de hacerle cambiar de opinión.

Una brisa cálida agitó las hojas del periódico que tenía en las manos. Seguí leyendo, guardando los pensamientos sobre Nelson en el lugar donde vivían: en lo más hondo de mi mente y en el centro de mi corazón.

Al parecer, en las islas se habían programado todo tipo de eventos para conmemorar el hundimiento del *Valbanera*: conciertos, una obra de teatro, una lectura conjunta y una conferencia, la inauguración de una exposición que tenía lugar esa misma noche con objetos rescatados del vapor... Intrigada, arranqué la página del periódico, la doblé y la guardé en el bolso. No pensaba faltar a la inauguración. Con suerte, podría cumplir el encargo de mi madre en cuestión de minutos, tomarme el resto del día libre y volver a Santander al día siguiente, vía Madrid. Necesitaba recuperar mi vida y mi rutina y centrarme en el próximo reportaje. Necesitaba dedicarme a temas que me permitieran salir de este círculo vicioso de sueños sofocados por un mar embravecido, y alejarme de las tragedias de la emigración durante una temporada. Otra persona iba a tener que cubrirlas. Necesitaba un descanso.

El sol empezaba a quemarme la espalda, más me valía ir a otro sitio. Justo en ese instante, mi móvil empezó a sonar con aquel trino tan familiar como desagradable.

—¿Hola? —saludé a mi madre en tono neutro, aunque estaba deseando contarle todo lo que había visto hasta ese momento en La Palma.

—¿Tienes ya el certificado?

—Buenos días a ti también. Estoy bien, gracias. ¿Y tú? —repliqué, devolviéndole las palabras que ella me había dirigido en el pasado más de una vez.

Mi madre ni siquiera se disculpó y siguió hablando sobre cómo el plazo para solicitar la nacionalidad española vencía en seis meses. Me pareció tiempo de sobra, pero no se lo dije. En vez de eso, me entretuve en contarle lo bonita que era La Palma, lo bien que se comía aquí y, al final, como quien no quiere la cosa, mencioné que estaba frente al Registro Civil, donde, si todo iba bien, me entregarían el certificado de nacimiento de su abuela antes de las dos de la tarde. Ella reaccionó con alegría, pero enseguida pasó a hablarme de sus dolencias y de otras quejas en general. Al llegar a ese punto la interrumpí.

—Me gustaría hablarte de los sueños que he estado teniendo.

—¿Qué?

—¡Pesadillas! —exclamé.

—¡No grites!

—Pensaba que no me oías. Últimamente tengo pesadillas.

Le conté que, en mis sueños, siempre estoy buscando a un bebé; una niña, al parecer.

Ella guardó silencio un buen rato.

—Yo también tenía esas pesadillas —admitió al fin en voz baja, como si hablara consigo misma.

—¿En serio? Nunca me lo habías contado.

Volvió a guardar silencio unos instantes.

—Tal vez sea como lo de las fobias... —comentó, reflexiva.

—¿Qué quieres decir?

—Que tal vez te haya transmitido las pesadillas, igual que la buena dentadura o el miedo al agua.

Volvimos a quedarnos en silencio. Recordé una frase de un poeta armenio que aseguraba que se dedicaba a trenzar filamentos de trauma para alimentar a su musa. ¿Sería este otro de mis traumas heredados?

—Siempre tenía miedo de perderte —admitió mi madre.

Al momento, se me llenaron los ojos de lágrimas y tragué saliva para controlarme. A mi madre no se le daba muy bien expresar su amor, pero cuando lo hacía, sus palabras o sus gestos llegaban a lo más profundo de mi ser. Cuando era pequeña y estaba enferma, solo necesitaba apoyarme la mano en la frente para que me bajara la fiebre, y oír su voz era suficiente para apaciguar mis miedos.

—¿Perderme? Pero si sigo aquí —dije soltando una risita para aligerar el ambiente.

—Lo sé —admitió en un tono de voz tan bajo que seguía pareciendo que hablaba consigo misma. Me presioné el móvil contra la oreja para concentrarme en sus palabras—. Pero he vivido con ese miedo durante mucho tiempo.

Catalina

A bordo del *Valbanera*, agosto de 1919

Catalina temblaba mientras se dirigía hacia el barco con Carmen en brazos. Su mirada iba de un lado a otro. Buscaba a Juan, sin perder de vista el equipaje y tratando de ver el mar, aunque desde donde se encontraba era casi imposible, ya que el barco era tan grande que ocupaba todo su campo de visión. Había tanta gente moviéndose a su alrededor que empezó a marearse. Antonio la sujetó por el codo.

—¿Estás buscando a la nodriza? —le preguntó—. Ya está a bordo. Te la presentaré en cuanto embarquemos.

Catalina se dio cuenta de que Antonio estaba más atento a sus gestos de lo que ella pensaba. Iba a tener que andarse con cuidado.

—No, no. Es que no puedo dejar de observar todo lo que veo... —Se apoyó en su brazo—. Todo es tan nuevo para mí.

Antes de subir por la rampa, un fotógrafo contratado por la compañía naviera les pidió que posaran para un retrato. Catalina, con el bebé en brazos, posó junto a Antonio, que la sujetaba por el codo. Llevaba un vestido negro con corpiño de encaje que su madre le había hecho para el viaje, y Catalina ladeó un poco la cabeza hacia la derecha, en un gesto típico de Inés María, porque el sol le daba en los ojos. Carmen se despertó y alzó un puño por encima de la mantita de punto de color blanco. Antonio, que se sujetaba el sombrero de lana marrón a la altura del pecho, se dio cuenta de que su esposa no llevaba la flor de hibisco amarilla en el pelo. Cuando se inclinó hacia ella para preguntarle dónde estaba y ella se volvió hacia él para responderle, oyeron el clic de la cámara. A su espalda, en grandes letras rojas sobre fondo blanco, el fotógrafo se había asegurado de captar el nombre de la embarcación: *VALBANERA*.

Durante años, su padre le había prometido que un día la llevaría a ver el mar. Estaba tan cerca de su casa que Catalina podía oler su frescor salado cuando la niebla se levantaba y el viento soplaba en dirección contraria a las montañas que le impedían ver el océano. Pero el trabajo en la granja era duro y no se acababa nunca, y siempre terminaban posponiendo el viaje. Había que cuidar de los gusanos de seda, podar las moreras, arrancar las malas hierbas del huerto, cuidar de los animales...

Y ahora, aquí estaba ella, a bordo de un barco, rodeada de más gente de la que había visto en toda su vida y a punto de embarcarse en un viaje que la alejaría de todo lo que conocía y de todos sus seres queridos.

«Bueno, no todos», se dijo mientras abrazaba a su hija con más fuerza.

De no ser por Carmen, Catalina habría dado media vuelta, habría bajado del barco y se habría montado en el carro tirado por mulas que la había traído hasta el puerto de Santa Cruz. Pero su preciosa hijita dormía en sus brazos. Su encantadora y dulce Carmen, con sus grandes ojos azules y pelo oscuro, se merecía crecer junto a su padre y sentir su amor, igual que Catalina había disfrutado del amor del suyo.

No tenía ninguna duda de que Antonio quería muchísimo a su hija. Recordaba muy bien el día en que, al entrar en el dormitorio, poco después del parto, se había encontrado a su marido inclinado sobre el moisés, acariciándole los piececitos a Carmen. Al oír los pasos de Catalina sobre el suelo de madera, Antonio sostuvo los piececitos en la palma de su mano y buscó la mirada de su esposa.

—Increíble, ¿verdad?

Catalina se encogió de hombros y frunció el ceño, sin entender.

—Sus pies —aclaró él en voz baja—. Me maravillan sus pies. Son tan diminutos que cuesta creer que pronto llevará zapatos y que tal vez algún día serán más grandes que los míos.

Catalina se había echado a reír ante aquel comentario tan extraño, y en ese momento, al recordarlo, sonrió. Antonio se dio cuenta y lo interpretó como un gesto de alegría.

—Sabía que te impresionaría —comentó antes de besarla con delicadeza en la frente—. Espera a ver el camarote. Elegí el mejor para nosotros, estoy seguro de que te encantará.

Catalina no replicó porque, ¿qué iba a decir? Nunca sabía cómo reaccionar cuando Antonio hacía esos alardes de riqueza y estatus. ¿Sería su forma de demostrarle amor? Con él, nunca le quedaba claro. Quizá le costaba aceptar que un hombre que no fuera Juan pudiera amarla, aunque ella no lo amara a él. Sabía que su objetivo era complacerla, pero, en el fondo, en todos sus comentarios presumía de tener más que los demás. A veces Catalina sentía incluso vergüenza, como cuando deleitó a sus hermanas y al prometido de Simona con historias sobre su negocio en Cuba y la gran casa que poseía en el centro de una próspera ciudad.

—¿Grande como la nuestra? —le preguntó Lucía.

Antonio había carraspeado y se había ruborizado un poco. Tomó la mano de Catalina y jugueteó con sus dedos mientras buscaba una respuesta adecuada. Al final, dijo:

—En realidad, no pueden compararse; los estilos no tienen nada que ver.

Y así quedó la cosa. Las hermanas de Catalina la miraron con una mezcla de lástima y vergüenza.

Ahora, a bordo del gran trasatlántico, Catalina se sintió muy sola. Ya no podría contar con su familia cuando necesitara apoyo. Solo podía sonreír y seguir al mayordomo que los guiaba hacia su camarote de lujo por un pasillo engalanado, dejando atrás el bullicio del puerto. Las paredes estaban empapeladas con motivos florales en tonos amarillo y rosa pálido que le recordaban a su hogar. Trató de no pensar en ello y siguió andando. El suelo de tarima estaba tan reluciente que casi se deslizaba sobre él.

Cuando el mayordomo se detuvo al fin frente a una de las puertas, Antonio le dio la mano y se la apretó con suavidad. El hombre abrió la puerta y se hizo a un lado, y Catalina comprobó que su marido no había exagerado: el camarote era más grande que la habitación donde dormía en su casa. Una gruesa alfombra de color azul oscuro cubría el suelo de la estancia, bañada por la cálida luz que desprendía la lámpara de cristal que colgaba del techo. Había dos camas con cabeceros de madera reluciente a ambos lados y un elegante palanganero con un lavamanos de mármol. El sillón y el tocador con espejo y banqueta tapizada daban un toque de elegancia sin perder funcionalidad. Todo estaba en su sitio, incluido un moisés de mimbre. En la pared opuesta a la puerta, las cortinas de terciopelo, del mismo color que la alfombra, impedían que se colara el sol.

Su marido la animó a entrar con un empujoncito. Su equipaje los aguardaba ya en una mesa baja junto al armario de cedro. Antonio se dirigió a la ventana y corrió las cortinas. El sol que entró a raudales la cegó momentáneamente.

Cuando sus ojos se adaptaron a la luz, no vio más que verde. A lo lejos distinguió la línea donde el mar se encontraba con el cielo. Su padre le había contado que se llamaba horizonte y que se trataba de una ilusión. Cuando uno navegaba hacia él y al fin alcanzaba esa línea que parecía tan lejana e inalcanzable, aparecía otra en su lugar, y luego otra y otra... La posibilidad de un horizonte en continua expansión le pareció un buen augurio. Recordó las palabras de Juan: «Mi amor por ti es más alto que el cielo y más profundo que el océano», y sintió una punzada tan intensa en el corazón que tuvo que hacer acopio de todas sus fuerzas para no tumbarse en la cama. ¿Estaría a bordo, tal como le había prometido? Esperaba que no, pero, al mismo tiempo, ansiaba que sí.

El sonido de una bocina la sobresaltó, y Antonio, solícito como siempre, la abrazó y la besó en la sien.

—Significa que zarparemos pronto —le aclaró—. Te gustará la vida a bordo, te lo prometeo.

Antes de que pudieran deshacer el equipaje, alguien llamó a la puerta con prudencia.

—Esa debe de ser María —dijo Antonio mientras abría la puerta.

María, la nodriza contratada para cuidar y amamantar a Carmen, era una mujer menuda, con los ojos oscuros y brillantes y una melena de color castaño claro que llevaba recogida en un moño tirante. Su sonrisa era burlona, incluso un tanto sarcástica. Elevaba solo una comisura de los labios, pero no acababa de sonreír nunca con calidez. Permaneció ante ellos, vestida de blanco, alternando la mirada entre los dos. Ninguno de los tres supo qué decir tras las presentaciones.

—¿Es hora de dar de comer al bebé, doña Catalina? —preguntó María al fin.

En realidad, era buena hora, ya que Carmen había empezado a inquietarse y a buscar un pezón a su alrededor, y Catalina sentía los pechos vacíos e inútiles. Antonio salió con la excusa de ir a saludar al capitán, y las mujeres se quedaron solas en el camarote. Catalina desenredó al bebé del nudo de sus brazos doloridos y se lo entregó a María, y contempló fascinada cómo su hija se enganchaba a un pezón que no había visto nunca antes y succionaba con avidez. Estaba convencida de que le resultaría difícil ver cómo su hija se alimentaba del pecho de otra mujer, pero no fue así. Al contrario, sintió un gran alivio al pensar que su supervivencia ya no dependía solo de ella.

Mientras la pequeña Carmen mamaba, Catalina deshizo el equipaje y organizó la habitación. Era tan liberador que otra mujer se ocupara de su hija que la asaltó una sensación muy parecida a la felicidad. Estaba a punto de dejar atrás todo lo que conocía, pero ante ella se abría una nueva vida. ¿Cómo sería? Justo en ese momento, como si el capitán hubiera leído sus pensamientos, sintió que el barco se separaba del embarcadero con una sacudida.

Corrió hacia la cubierta para echarle una última ojeada a su isla. La ciudad de Santa Cruz de La Palma parecía tumbada sobre una ladera verde, con sus casas blancas de terrados planos arracimadas al pie de la montaña. Al irse alejando de la costa, las casas se convirtieron en puntitos lejanos, pero el verde siguió siendo visible, como una cortina impenetrable que envolviera la isla.

De pronto, el temor a no regresar jamás a su tierra natal se apoderó de ella. Sintió náuseas y se agarró a la barandilla con la cabeza gacha, esperando a que se le pasara el mareo, pero el movimiento del barco era demencial. Desde la ventana del camarote, el mar le había parecido tan plano y calmado que no se le había pasado por la cabeza tener miedo. Ahora, sin embargo, sentía que todo giraba a su alrededor y no sabía cómo detener el movimiento. Trató de recobrar el control de su cuerpo, pero sus miembros parecían haberse vuelto líquidos y resbaladizos, y acabó deslizándose hacia la cubierta.

Un hombre impidió que llegara al suelo y, sujetándola por los brazos, la llevó de vuelta al pasillo, donde ella le indicó cuál era su camarote. Tras darle las gracias, entró y vomitó sobre la alfombra. Aunque se sentía avergonzada, no había podido evitarlo. Todo seguía dándole vueltas, necesitaba tumbarse.

Durante dos días y dos noches, Catalina perdió la noción del tiempo y de sí misma. Sabía que María se ocupaba tanto de ella como del bebé, pero no podía comer ni incorporarse. La cara de su marido aparecía desenfocada ante sus ojos de vez en cuando, aunque ella no entendía lo que le decía. Vino un médico a verla y le recetó un remedio en polvo que se tomaba mezclado con agua hervida. Cuando despertó al amanecer del tercer día, supo que lo peor ya había pasado. Levantó la cabeza de la almohada con cautela y trató de fijar la vista, pero era demasiado pronto y volvió a marearse. Cerró los ojos de nuevo y, a ciegas, alargó la mano hacia el moisés, pero lo encontró vacío. ¿Dónde estaba su hija?

En ese momento, alguien abrió la puerta. Era María, que llevaba a Carmen en brazos. Catalina sintió una oleada de gratitud hacia ella. ¿Qué habría pasado si María no hubiera viajado con ellos? ¿Quién se habría ocupado de Carmen?

—¿Dónde está Antonio? —le preguntó.

—¿Antonio? Ha estado llamando a otro —respondió María, con su característica sonrisa burlona.

Esa noche, Catalina se sintió con fuerzas para ponerse su mejor vestido —uno de seda negra con corpiño de encaje y volantes en la cintura— y acompañar a su marido a cenar en la mesa del capitán. La mesa ocupaba la posición central de un gran salón enmoquetado, de techos altos. La zona reservada a la primera clase estaba rodeada de amplios ventanales con parteluces que la envolvían como si fuera una corona y, a la luz de los candelabros, la cubertería y las copas de vino brillaban como joyas. La comida era extraordinaria. Les ofrecieron carne de venado asada, pasta italiana y fabada, todo ello acompañado de pan crujiente y vinos deliciosos. Luego les sirvieron una tabla de quesos, té y café, además de una suculenta tarta de chocolate adornada con una vela blanca hecha de crema de almendras. Catalina, que llevaba casi tres días sin comer, estaba hambrienta.

El capitán, que ocupaba el cargo en el *Valbanera* por primera vez, entretenía a sus invitados con detalles sobre la embarcación —como el tamaño, la potencia, la elegancia de su porte y sus orígenes—, aunque no ocultó el hecho de que se trataba de un buque mixto que transportaba no solo pasajeros, sino también mercancías hacia América.

A Catalina todo eso le resultaba irrelevante, pero los demás parecían impresionados con las historias del joven capitán. Antonio se mostraba distante y preocupado, y Catalina no dejaba de mortificarse. Si era cierto que había llamado a Juan en sus delirios, como le había dicho María, imaginaba que Antonio debía de estar disgustado. Incluso era posible que empezara a sospechar de ella. Sin saber qué decir ni qué hacer, las sabias palabras de su madre vinieron en su ayuda: «A veces, lo mejor es no hacer nada». Era uno de sus dichos favoritos y Catalina pensó que esta era una de esas veces. Quizá lo mejor sería fingir que María no había dicho nada. Quería creer que Antonio se olvidaría pronto. Al fin y al cabo, ¿cuánto tiempo podría seguir enojado con ella?

Trató de entablar conversación con otros comensales de su mesa: un médico de Madrid que viajaba a Cuba con su esposa para visitar a su hija, que acababa de dar a luz a su primer nieto; una pareja de Tenerife acompañada por sus seis hijos, el mayor de los cuales estaba sentado a la mesa, callado, con modales impecables, como si fuera un adulto en miniatura... Cuando la conversación se fue apagando, Catalina bostezó con delicadeza un par de veces, cubriéndose la boca con la mano. Antonio se levantó y anunció que esa noche se retirarían pronto. Los hombres protestaron con vehemencia, ya que llegaba la hora de encender los puros habanos y esperaban que Antonio se uniera a ellos.

Tras prometerles que regresaría después, acompañó a su esposa al camarote en silencio, la besó en la sien como tenía por costumbre y le dijo que volvería en unas horas. Ella asintió, agradecida ante la posibilidad de estar a solas, y entró en el camarote, que estaba vacío. Supuso que María estaría amamantando a Carmen en el suyo. Con la espalda apoyada en la puerta, se preguntó qué podía hacer. Llevaban ya tres o cuatro días de navegación —había perdido la cuenta— y todavía no sabía si Juan se encontraba a bordo. Probablemente no, porque si estuviera tan cerca de ella, respirando el mismo aire en el mismo espacio, estaba segura de que habría notado su presencia. Pero lo único que había sentido hasta ahora eran náuseas constantes que, por suerte, el médico había logrado erradicar. O eso o su estómago había acabado por acostumbrarse al movimiento del barco.

Había llegado el momento de buscar a Juan. Despacio, como si tuviera miedo de despertar a alguien, abrió la puerta y salió al pasillo. ¿Hacia dónde ir, a la derecha o a la izquierda? Decidió caminar en dirección contraria al comedor. Al final del pasillo, encontró lo que parecía una escalerilla estrecha y solitaria. Miró hacia abajo y vio que conducía a un nivel inferior. Descendió con cuidado, agarrándose a la barandilla. Casi al instante oyó unos pasos que subían rápidamente hacia ella. El corazón empezó a latirle con furia. La escalerilla estaba a oscuras. Oyó el sonido distante de una orquesta que tocaba un vals y... otra cosa, algo que creyó reconocer.

Catalina se detuvo, dudando, pero entonces volvió a oírlo: un silbido discreto. ¿Sería su imaginación? Volvió a oírlo, más cerca esta vez. ¿De dónde venía? Empezó a darse la vuelta, confusa, pero no llegó ni siquiera a girar la cabeza porque alguien le agarró la mano en la oscuridad.

Mara

Santa Cruz de La Palma, julio de 2019

Me había quedado sin habla y no tenía tiempo de ponerme a psicoanalizar el miedo de mi madre a perder a su hija. Me despedí de ella sin rodeos y regresé al edificio. El funcionario educado que me había atendido antes me aguardaba en la puerta, mirando a lado y lado con nerviosismo.

—Señora Denis, la estaba esperando —me dijo en inglés, antes de presentarse con una inclinación de cabeza—: Soy Fernando Suárez Jiménez, a su disposición.

Oh, oh. Debía de haberme buscado en Google.

—Encantada de conocerlo. —Le estreché la mano con fuerza sin apartar la mirada de sus ojos, tal como me había enseñado mi padre años atrás.

—Pase, por favor. Podemos hablar en mi despacho. —Me invitó a entrar haciendo un gesto galante con el brazo.

Se lo agradecí, pero dejé que pasara delante, mientras me planteaba en qué momento debería aclararle que mi consulta era por un tema personal, que no tenía nada que ver con mi trabajo ni con el periódico para el que trabajaba. Decidí dejar que hablara él primero. Al llegar a su despacho, apartó una silla para que me sentara y luego ocupó su lugar tras un impresionante escritorio de madera. Me dijo que era un honor tenerme en La Palma, mientras pestañeaba muy deprisa y golpeaba el escritorio con el bolígrafo, como si estuviera enviando un mensaje en morse.

Hice lo posible para que la situación fuera menos incómoda:

—¿Podría ofrecerme un vaso de agua, por favor?

—Sí, por supuesto. —Se incorporó de un salto de la silla acolchada y me preguntó—: ¿Le apetece también un café?

Estuve a punto de rechazarlo, pero en ese momento me di cuenta de que sí, me apetecía mucho. De hecho, tenía hambre, pero me conformaría con un café.

—Sí, gracias. Con un poco de leche, si es posible.

—¿Un cortado?

—Sí, por favor.

No tardó en regresar y retomar su sitio.

—Debo decirle que soy un gran admirador de su trabajo. —Volvía a tener el bolígrafo en la mano, pero, por suerte, ya no daba golpecitos con él—. Leo su periódico siempre que puedo para practicar el inglés.

—Gracias. Siempre es agradable oír ese tipo de elogios. Es muy amable por su parte, pero...

Me interrumpió antes de que pudiera decirle que no estaba ahí por trabajo.

—Y me gustaría hacer lo que esté en mi mano para ayudarla. Por el momento, he encontrado lo que nos ha pedido e incluso algo más. Con su permiso... —Deslizó hacia mí un sobre blanco de tamaño mediano.

Intrigada, lo abrí de inmediato. Dentro encontré un

documento desgastado y amarillento, protegido por una funda de plástico: el certificado de nacimiento de mi bisabuela. ¡Por fin! Su nombre completo era Catalina de la Candelaria Quintana Cabazas, lo que coincidía con la información que me había dado mi madre, pero su nacimiento estaba inscrito con fecha del 29 de mayo de 1900, un mes más tarde de lo que me había dicho Mima, en una aldea llamada La Peña que formaba parte de El Paso, un municipio de La Palma.

El funcionario mencionó que El Paso era el único municipio de la isla sin acceso al mar.

—Aunque estoy seguro de que el olor del océano llega hasta allí —añadió.

Ladeé la cabeza, porque no entendí la referencia.

Él carraspeó antes de aclarármelo.

—Se dice que la isla es tan pequeña que se ve el mar desde todos sus rincones, por muy remotos que sean, y que, si no se ve, al menos puede olerse.

El señor Suárez siguió hablando, pero yo ya había dejado de escuchar. No podía apartar los ojos del documento que sostenía entre mis manos temblorosas: el registro del nacimiento de una mujer insignificante para la historia, pero no para mi familia; un documento que tenía casi ciento veinte años de antigüedad.

—Muchas gracias por conservarlo en tan buen estado y por su rapidez en encontrarlo —logré decir, a pesar del nudo que tenía en la garganta.

Me había invadido una necesidad urgente de salir de allí y quedarme a solas con mis pensamientos. Uno de ellos no dejaba de dar vueltas por mi cabeza, buscando un lugar donde aposentarse. «Vivía lejos del mar...». Era como tratar de encajar la pieza de un puzle en una imagen a medio pintar. Pero ¿una imagen de qué? Hice ademán de incorporarme.

—No se merecen, señora Denis, pero ¿por qué no le echa un vistazo al otro documento que hemos encontrado?

Volví a sentarme y saqué el segundo papel del sobre. Al principio no sabía qué era lo que estaba viendo, y él debió de darse cuenta de mi confusión.

—Es un certificado de matrimonio —me aclaró, sin poder ocultar su entusiasmo—. Llevamos registrando matrimonios aquí desde hace poco más de un siglo. El suyo es uno de los primeros.

—¿Su matrimonio?

Se me cayó el alma a los pies al percatarme de que se trataba de un error. No era de extrañar que no cuadraran las fechas. Era imposible que el certificado de matrimonio de mi bisabuela estuviera aquí. Estaba segura de que Catalina había conocido a mi bisabuelo —y se había casado con él— en Cuba.

Se levantó y rodeó el escritorio para señalar la casilla en la que estaba escrito el nombre del novio:

—¡Ahí lo pone! —exclamó triunfal—. Se casó con Antonio López González.

Sentí ganas de explicarle que era imposible, pero algo me dijo que no era prudente revelar detalles de mi búsqueda personal a un desconocido. En vez de eso, le pregunté cómo podía estar seguro de que se trataba de la persona que buscaba, a pesar de las distintas fechas de nacimiento.

—En aquella época era muy habitual —explicó él, con el tono de alguien que ha tenido que repetir esas mismas palabras muchas veces—. La gente no se daba prisa en registrar los nacimientos y, cuando el funcionario anotaba la fecha, no se fijaban demasiado en que la hubiera escrito bien. Si no le parece una pregunta impertinente, ¿podría saber por qué es tan importante esta mujer para su periódico después de tantos años?

Ya era demasiado tarde para darle explicaciones, así que preferí cambiar de tema. Me levanté y le pregunté si podía hacer copias de los documentos. Respondió que claro, que por supuesto, y me entregó las copias que ya tenía preparadas. Las guardé en mi enorme bolso, le estreché la mano y me marché antes de que se diera cuenta de mi confusión y vergüenza. Me sentía muy mal por no haberle dicho de entrada que Catalina de la Candelaria Quintana Cabazas era una persona muy importante, pero solo porque era mi bisabuela.

Llamé a mi madre en cuanto volví a la plazoleta.

—¡Lo tengo!

—¿Lo tienes?

—¡Sí, lo tengo! Aunque hay algo que no acabo de entender. La fecha de nacimiento no coincide y... —me quedé dudando un instante, y mi madre se dio cuenta.

—¿Qué? ¿Qué pasa? —me preguntó con impaciencia.

—También me han dado su certificado de matrimonio. Al parecer se casó a los dieciocho años con un hombre llamado Antonio. Antonio López. Pone que se casó en un pueblo llamado La Peña, no muy lejos de aquí... creo.

—¿Casada? No, no puede ser..., se han equivocado de persona. Mi abuela se casó en Cuba. ¿Con quién dices que se casó?

—Con un hombre llamado Antonio López González —repetí despacio, al notar que la información la había dejado preocupada y decepcionada.

—Y ese hombre... ¿quién es?

—No tengo ni idea, Mima.

—Pues mira, aquí la periodista eres tú, así que ve a averiguarlo.

Y dicho esto, colgó. O se perdió la conexión. Con mi madre, una nunca lo tenía claro.

No sabía qué hacer con la nueva información que había obtenido, pero decidí no darle muchas vueltas. Ya tenía lo que había venido a buscar, por lo que podía volver a casa, o al menos relajarme un poco.

Alentada por el progreso que había conseguido en media jornada, comí temprano y después me fui de compras. En una preciosa tienda que se llamaba Berlín me compré un vestido, algo que no había hecho en años. Nada sofisticado, un vestido sencillo, de lino color verde botella, fresco y vaporoso, para ir a juego con el verdor que me rodeaba por todas partes. Lo combiné con unas sandalias doradas y un fular naranja. Y como no tenía nada mejor que hacer y necesitaba un buen corte de pelo, crucé la calle y entré en una peluquería. Dos horas más tarde, me sentía una mujer nueva. El color no me lo había tocado, seguía con mis canas naturales, pero el nuevo corte y el nuevo peinado me hacían sentir más joven y ligera. Incluso me habían hecho la manicura y la pedicura. Estuve tentada de hacerme un selfi para enviárselo a Nina, pero sabía que sería motivo de burla por los siglos de los siglos.

Al atardecer fui a la inauguración de la exposición sobre el *Valbanera*, parecida a la que había visto en Asturias, pero más detallada. Qué sensación tan maravillosa visitar una galería de arte con mi nuevo corte de pelo y el vestido recién estrenado, ¡y sin tener que pensar ni en el trabajo ni en el encargo de mi madre!

Siempre me ha encantado la sensación de estar sola en un sitio nuevo, donde nadie me conoce, donde poder observar sin ser observada. Sin expectativas, sin exigencias. Nadie me esperaba en casa, y esa idea —que aterrorizaba a muchas de mis amigas casadas— me resultaba liberadora. Podía perderme entre la multitud; podía ser la misma de siempre o una nueva versión de mí misma. El caso es que nunca me sentía sola. Al haber perdido tantas cosas al inicio de la vida —mi hogar, mis amigos, mi país, mi esposo, mi padre—, había aprendido a llevar en mi interior todo lo que necesitaba. Las cosas a las que me anclaba estaban en mí. Podía cambiar de casa y de vecindario, eso era lo de menos, porque mi hogar y las personas a las que amaba siempre estaban conmigo.

Como en aquel momento, caminando a mi lado en esa galería de un blanco cegador, donde docenas de hombres y mujeres, vestidos con ropa adecuada para veranear en una isla, se agolpaban alrededor de fotografías que yo ya había visto en un lugar lejano, con un clima distinto, apenas un año y medio atrás.

«Menuda casualidad —me dije— toparme con la misma exposición en dos lugares tan distintos».

En la entrada leí que los actos conmemorativos del centenario del naufragio del *Valbanera* habían empezado meses atrás en Las Palmas de Gran Canaria, la primera escala que hizo el vapor para recoger pasajeros en las islas Canarias. De ahí pasó a Tenerife y, después, a Santa Cruz de La Palma, la última escala antes de zarpar hacia Cuba. En total, iban a bordo mil ciento cuarenta y dos pasajeros —y ochenta y ocho tripulantes— cuando el barco puso rumbo a Puerto Rico, Cuba, Texas y Luisiana el 21 de agosto de 1919.

Al final de una pared, un grupo de personas leía con atención una lista, con ayuda de una lupa.

—¿Qué buscan ahí? —le pregunté a una mujer que se marchaba.

—Oh, es la lista de esa pobre gente que se ahogó en el naufragio. Están todos los nombres, los cuatrocientos ochenta y ocho.

—Pero las letras son diminutas —protesté.

—Sí, es cierto, aunque no hace falta que lo haga como yo. Yo quería ver el formato original, pero puede verlo aquí también —me señaló un extraño aparato que leía los nombres en la pantalla de un ordenador—. ¿Qué nombre busca?

—Ninguno en concreto. Es curiosidad.

—Pues ahí los tiene, van por orden alfabético —añadió antes de marcharse y dejarme a solas con los nombres.

La pantalla del ordenador no me resultaba cómoda, así que al final acabé usando la lupa que colgaba de una cuerda fijada a la pared y empecé a leer el facsímil de las páginas del antiguo periódico, igual que los demás. Movía la lupa arriba y abajo, como un detective en un tebeo. De repente, un nombre me llamó la atención: Antonio López González.

«Imposible», pensé, pero luego me dije que Antonio era un nombre muy común, igual que López y González, y me lo tomé como una coincidencia. Unos instantes después, sin embargo, como si estuviera en trance, solté la lupa y me dirigí al ordenador. Fui descendiendo por la lista hasta llegar a la letra «Q». Y seguí descendiendo. La «U», la «I», la «N»... Y ahí estaba. Catalina Quintana Cabazas. El nombre de mi bisabuela entre los muertos.

Catalina

A bordo del *Valbanera*,
24 de agosto-5 de septiembre de 1919

Catalina cerró los ojos y aspiró el familiar aroma a cebollas, sudor, lavanda y pino que parecía emanar de todos los poros del cuerpo de Juan. Reclinó la cabeza en su pecho cuando él empezó a besarla en el cuello, el pelo, los hombros. Él le soltó la mano para abrazarla por la cintura. Ella sujetó su hermoso rostro entre las dos manos y lo besó con ansia en la boca, como si fuera la primera vez que lo besaba. Fue como la primera vez, un beso infinito y apasionado. ¡Había pasado tanto tiempo desde su último beso y había sufrido tanto pensando que Juan se había quedado en la isla!

Sin pronunciar una sola palabra, Juan la tomó de la mano y empezó a bajar la escalerilla. Ella lo siguió en silencio. Lo habría seguido a cualquier parte. Finalmente, llegaron a un rincón oscuro donde, por fin, mirándolo a los ojos, susurró su nombre.

Al regresar a su camarote, sofocada y preocupada, se alegró mucho al ver que la niña estaba en el moisés y que María daba cabezadas a su lado, sentada en el sillón. Con delicadeza, Catalina le tocó el brazo y le dijo que podía volver a su camarote.

Se alegró también al comprobar que Antonio no había regresado todavía y que Carmen dormía profundamente. Ansiaba quedarse a solas con sus pensamientos para repasar, minuto por minuto, su fugaz encuentro con Juan.

Al principio había creído que encontrar a Juan había sido un golpe de suerte, pero él le aclaró que la suerte no había tenido nada que ver. Había logrado colarse en el barco cuando aún estaba en el puerto y, de momento, seguía sin ser descubierto entre los que habían pagado setenta y cinco pesetas por el pasaje más barato en la clase inferior, la llamada «categoría emigrante», un espacio de carga sin ventilación ni privacidad donde los pasajeros más pobres dormían en camastros metálicos como sardinas en lata.

Catalina se había mostrado horrorizada.

—¿Y si te descubren?

—No me descubrirán —respondió él, aunque ella se dio cuenta de que lo decía con más aplomo del que sentía en realidad.

Juan también le contó que, con el poco dinero que había logrado ahorrar, había sobornado a un joven oficial de bajo rango, que se encargaba de la lista de pasajeros y que le indicó dónde tenía más probabilidades de encontrarse a solas con Catalina.

—Las escalas de popa —le dijo—. Nadie las usa después de que anochezca. Son demasiado estrechas y oscuras.

Y así fue como, noche tras noche, desde el día en que

zarparon de Santa Cruz, Juan se había dedicado a recorrer esa escalerilla silbando hasta que, al fin, ella había acudido a su llamada.

Catalina aún podía sentir el tacto de las manos y la boca de Juan sobre su cuerpo y su respiración entrecortada mientras le repetía sin cesar lo mucho que la amaba y que siempre estarían juntos. Ella no se había atrevido a preguntarle cómo pensaba conseguirlo, pero estaba segura de que él se lo contaría pronto. Antes de despedirse, quedaron en verse al día siguiente, en el mismo sitio y a la misma hora, si Antonio volvía a dejarla sola.

Esa noche, por primera vez desde que salieron del puerto, Catalina durmió a pierna suelta en la mullida cama de su camarote. El balanceo de las olas del mar, en vez de enfermarla, la acunó hasta que se quedó dormida. En sus sueños volvía a estar en su casa, con su madre y sus hermanas, recolectando hojas de morera para alimentar a los gusanos. Todavía era una niña y sus hermanas eran aún más pequeñas que ella. Su padre seguía con vida y todos trabajaban unidos bajo el sol. Su madre cantaba, pero no logró entender la letra porque un bebé lloraba en alguna parte.

Fueron los gritos hambrientos de su hija los que la despertaron. Por instinto, se llevó a la niña al pecho y trató de dormirla otra vez, pero entonces recordó que sus pechos ya estaban secos. Sin hacer caso del dolor que le causaba esa situación, se levantó para ir en busca de María, y fue en ese momento cuando se dio cuenta de que la cama de Antonio seguía sin deshacer. Todavía no había vuelto al camarote. Al mirar de reojo hacia la mesilla de noche, vio que eran las cinco de la mañana. Demasiado temprano para que Antonio se hubiese levantado ya, pensó. Olfateó la habitación como si fuera un perro. Su olfato nunca le fallaba y no detectó ni rastro de su olor intenso, una mezcla de tabaco y colonia.

Tras envolver a Carmen en una mantita, salió en busca de María, y de camino a su camarote vio a Antonio al fondo del pasillo. Su marido se dirigía tambaleándose hacia ella; llevaba la corbata torcida y se había dejado los zapatos en alguna parte. Tenía la chaqueta colgando del brazo y se palpaba el bolsillo del pantalón, buscando algo.

Abochornada al verlo en ese estado, Catalina llamó de inmediato a la puerta de María, que debía de estar esperando a Carmen, porque extendió los brazos hacia ella en cuanto las vio en el umbral.

—Lo siento —se disculpó—. Debí habérmela traído conmigo para que pudiera descansar.

Catalina le quitó importancia al descuido y esperó unos instantes antes de regresar de puntillas a su camarote. Antonio ya estaba en la cama, roncando, con un brazo que le colgaba casi hasta el suelo, como si tratara de acariciar la moqueta con los dedos índice y corazón. En el olor que desprendía su cuerpo, Catalina detectó whisky —el licor favorito de su marido— y otra cosa, un olor agrio y repulsivo que no supo identificar.

Esa mañana se dedicó a pasear por cubierta para dejar pasar las horas y charló con algunas de las personas que había conocido en la mesa del capitán, entre ellas la pareja que tenía seis hijos. Estaban tratando de calmar a una de las niñas, que debía de tener seis o siete años. La pequeña lloraba sin dejar de repetir: «El barco se va a hundir, el barco se va a hundir, el barco se va a hundir». Sus padres, que no sabían dónde meterse, miraban a su alrededor y dirigían sonrisas de disculpa al resto de los pasajeros, pero, aparte de ella, nadie pareció hacerle caso a la pequeña.

A toda prisa, Catalina volvió por donde había venido y se metió en el camarote. ¿Acababa de presenciar un aviso o una premonición? Se le había quitado el hambre de golpe, así que decidió saltarse la comida. Mientras Antonio se arreglaba para ir a cenar, usó como excusa un dolor de cabeza para no tener que acompañarlo. No tuvo que inventárselo, porque el dolor era real. Las palabras de la niña seguían martilleándole las sienes, como si trataran de escapar a empujones. Abrió la boca para pronunciarlas y compartir su miedo con Antonio, pero volvió a cerrarla enseguida y se las tragó. No quería parecer supersticiosa ni ingenua. Antonio le había dicho muchas veces que el barco era seguro.

—Como quieras —dijo él mientras se anudaba la corbata, sin volverse hacia ella—. Si luego te encuentras mejor, ya sabes dónde estaré —añadió antes de salir y cerrar la puerta con delicadeza.

Y fue entonces cuando Catalina entendió que el nuevo olor que había detectado en su marido era el que despide la vergüenza.

—Antonio lo sabe —le dijo Catalina a Juan cuando volvieron a verse a solas bajo la escalerilla.

—¿Cómo lo sabes? —Juan le tomó la cara entre las manos.

—Ya no me mira a los ojos y anoche no vino a dormir. Lo vi volver de madrugada, muy borracho.

Juan la abrazó con más fuerza y le dijo que no se preocupara más por Antonio; que en cuanto llegaran a Cuba, huirían con Carmen y nunca los encontraría.

—Es una isla grande, no como la nuestra. Me han contado que hay ciudades por todas partes, donde siempre buscan gente para trabajar, hombres jóvenes y fuertes, como yo.

Catalina le apoyó la cabeza en el pecho. ¿Cómo iban a escaparse de Antonio? Era imposible. Estaban todos atrapados dentro del mismo barco.

—Hay una manera —dijo Juan, como si pudiera leerle los pensamientos.

Ella se mantuvo en silencio para animarlo a darle más detalles, y Juan le contó que le había escrito una carta a Ramón Fernández, su mejor amigo de la infancia. Catalina lo recordaba del colegio. Ramón había emigrado a Cuba un par de años antes, en un barco parecido al *Valbanera*, y trabajaba para un amigo de su tío en un bar de un pueblo cercano al mar. No cobraba demasiado, pero estaba seguro de que podría conseguirle trabajo en el bar o en alguna de las plantaciones cercanas, donde se cultivaba tabaco. En la carta, Juan le había pedido a Ramón que los esperara a él y a Catalina el 5 de septiembre en Santiago de Cuba, la primera parada que el *Valbanera* haría en la isla.

—Pero no voy a Santiago —lo interrumpió Catalina—. Vamos a La Habana.

El barco tenía previsto continuar navegando hacia La Habana, que era el destino de Catalina y Antonio, porque él quería que su esposa viera por primera vez una gran capital, con sus amplias avenidas y tiendas elegantes, edificios modernos y mansiones señoriales, antes de instalarse en su casa, en el centro de la isla.

Juan ignoró las objeciones de Catalina. Su plan, le explicó, era desembarcar en Santiago de Cuba con Catalina y Carmen, y dejar a Antonio a bordo.

—¿Es que no te das cuenta? Nunca nos encontrará —le aseguró entusiasmado.

A Catalina le pareció que el plan era un poco endeble. Estaba segura de que Antonio las encontraría y, además, ¿cómo iba a escaparse sin que Antonio se percatara de lo que estaba sucediendo?

—No te preocupes por nada; déjamelo a mí —le dijo él, antes de empezar a besarla con tanta pasión que las preocupaciones de Catalina se esfumaron en la oscuridad.

A partir de ese momento, la vida a bordo adquirió una especie de rutina. Catalina salía a pasear cada mañana por cubierta, acompañada de María, para tomar el aire. Durante uno de esos paseos, se enteró de que la joven nodriza había dejado en casa a su hijo de cuatro años para amamantar a Carmen. Era el tercer viaje que hacía a Cuba acompañando a una familia. A veces, si tenía la oportunidad de sacarse un dinerillo extra, se quedaba unos meses más en la isla caribeña, pero en esta ocasión le había prometido a su hijo que regresaría pronto. Ya no era un bebé como para dejarlo con la abuela. Le dijo también que le estaba muy agradecida a Antonio por haberle sacado pasaje en primera clase. Por costumbre y política de la naviera, las doncellas se alojaban en tercera, pero Antonio no la consideraba una doncella, y tampoco Catalina, que nunca había tenido servicio ni había conocido a nadie que lo tuviera hasta ese viaje.

Por las tardes, Catalina jugaba a las cartas con otras mujeres que había conocido durante las comidas o trataba de leer, aunque la lectura le resultaba tan aburrida y difícil como siempre, y lamentó no haber traído aguja e hilo para bordar. Con tan pocas cosas que hacer a bordo hasta que se reunía con Juan por las noches, dormía largas siestas y escribía cartas a su familia con la idea de enviarlas una vez que llegaran a Cuba. Los días se le hacían eternos.

Cada noche cenaba con su marido en la mesa del capitán y luego, cuando él se retiraba al bar con los hombres, ella se entregaba a sus reuniones clandestinas con Juan bajo el hueco de la escalera. En una de esas noches, hacia el final del viaje, se encontró con que Antonio ya estaba en la habitación cuando regresó de su cita. Acostumbrada a sus ausencias empapadas en alcohol, Catalina ni se molestaba en arreglarse el pelo antes de volver al camarote.

Como era habitual, las luces estaban apagadas. Al encender la araña del techo, Catalina vio que Antonio estaba sentado en el sillón, con un vaso de whisky en la mano. Iba despeinado y la camisa no estaba bien remetida en los pantalones, pero la corbata seguía en su sitio, aunque un poco torcida. Esta vez no rehuyó su mirada: la miró a los ojos y se limitó a preguntarle dónde había estado.

—Dando un paseo —respondió ella mientras se peinaba con los dedos los rizos rebeldes.

—No, déjatelos sueltos. Te favorecen.

Antonio se levantó del sillón y se acercó a ella. Cogió un rizo, se lo enredó en el dedo y tiró de él levemente. Catalina hizo una mueca y se estremeció. Antonio estaba muy cerca; tanto que notaba su calor y ese extraño olor que emanaba de su cuerpo. También notó que vibraba, aunque no sabía si de deseo o de rabia. Lo que sí tenía claro era que quería alejarse de él. Cuando trató de apartarse, Antonio la retuvo, sujetándola por la melena. Le acercó los labios al cuello y Catalina pensó que iba a besarla, pero en vez de eso, le susurró:

—Ten cuidado con quién te relacionas; en este barco hay gente de todo tipo.

Luego le colocó el rizo con delicadeza detrás de la oreja y le dio un beso en la sien, como de costumbre.

—Me voy a acostar —anunció con calma. Pero a su espalda, en la mesilla de noche, Catalina percibió por primera vez el brillo metálico de una pistola.

Durante las dos últimas noches de la travesía, Catalina no pudo verse con Juan porque Antonio no se apartó de su lado, así que no tuvo ocasión de avisarlo de que su marido llevaba un arma. No sabía cómo había conseguido subirla a bordo. En un folleto que leyó antes de embarcar, decía que todas las armas debían dejarse a cargo del capitán durante el trayecto, pero si algo estaba claro era que Antonio y el capitán eran buenos amigos.

Mientras hacía el equipaje la noche antes de llegar a Cuba, Catalina pensaba en cómo podría ponerse en contacto con Juan para avisarle de que su plan había fallado. Iba a tener que irse solo, y ella tendría que continuar el viaje con su marido después de todo. Tendrían que encontrar la manera de reunirse más adelante. ¿O tal vez olvidarse de su amor? No, eso no era posible. Su amor era lo único que permanecía inalterable en la vida de Catalina. Ahora que su padre había muerto y que su madre y sus hermanas estaban lejos, ¿quién era ella sin el amor de los que la conocían de toda la vida? Tal vez su hija llegaría algún día a quererla así, pero, en el mejor de los casos, Carmen solo conocería una parte de ella: la Catalina que era madre, no la que había sido de niña, ni la adolescente o la mujer joven en que se había convertido. Solo Juan la había conocido en todas esas facetas de manera cercana e íntima. No se veía capaz de renunciar a él; sería como arrojar al mar una parte de sí misma. Sin él, tendría que transformarse en otra persona, en alguien que no sabía lo que era el amor o la felicidad, en alguien en quien no quería convertirse.

Tras cerrar la última maleta con una fuerza que no era consciente de poseer, se apartó de la cama. Se dirigió a la ventana y contempló la vista. De repente, se sintió triste y muy cansada. Una vez más se preguntó por qué su padre, al que quería tanto, había insistido en separarla de Juan. Fue su decisión de obligarla a casarse con Antonio la que desató la serie de calamidades que habían destruido la granja, la familia y su propia vida. Y seguía poniendo en peligro la vida de Catalina, de Carmen y del hombre al que amaba.

La luna llena se asomó entre las nubes y creó una estela de luz sobre las oscuras aguas del océano. Pequeñas olas, coronadas por espuma blanca, chocaban contra el casco del barco. Catalina permanecía inmóvil, preguntándose qué hacer.

Necesitaba encontrar a Juan. No podía dejar su futuro en manos del destino, tenía que salir a su encuentro. Se puso el vestido que tenía preparado para el día siguiente. Había elegido uno que Antonio no había visto nunca todavía, para que no la reconociera cuando bajara del barco. Como estaba acostumbrado a verla casi siempre de luto desde la muerte de su padre, se puso un vestido de gasa color malva que su madre le había confeccionado pensando en el clima tropical de Cuba. Le sentaba como un guante y hacía destacar los reflejos dorados de su pelirroja melena. Se puso unos zapatos negros y cómodos, y se guardó en el corpiño el pañuelo con los nombres de sus hermanas que había bordado su madre y que le había dado como regalo de despedida. En los pliegues del pañuelo, guardadas como un secreto, había puesto tres semillas de morera.

Antonio le había dicho que se iba a jugar al bridge un rato, y María estaba con Carmen en su camarote. Catalina lo había planeado así para tener una excusa y poder ir a buscar a la niña por la mañana. Esperaba que ese pretexto le permitiera poder escapar con Juan sin despertar las sospechas de Antonio.

Salió del camarote y se dirigió a la derecha. Luchando contra el impulso de echar a correr hacia la escalerilla, se forzó a caminar a paso lento. Tragó saliva. El corazón le palpitaba con tanta fuerza que podía oír sus latidos. ¿Y si ya era tarde? ¿Y si Antonio había descubierto a Juan y habían llegado a las manos? ¿Y si Antonio le había contado sus sospechas al capitán y este había ordenado apresar a Juan? ¿Seguía la pistola en la habitación? No estaba segura. Cerró los ojos con fuerza para borrar todas esas imágenes y, con la respiración agitada, llegó por fin a la escalerilla y miró hacia abajo, donde distinguió una sombra a sus pies. ¡Juan! Bajó los escalones a toda prisa y, cuando estaba a punto de echarse en sus brazos, las nubes se abrieron y la luna iluminó el rostro de Antonio.

Catalina se detuvo tan abruptamente que estuvo a punto de perder el equilibrio, pero Antonio la sujetó por el brazo.

—¿Qué haces aquí? —tartamudeó, pero al instante supo que había cometido un error al preguntar.

—Iba a fumarme un puro. ¿Y tú? ¿Qué haces aquí? ¿Me estabas buscando?

Ella asintió mientras trataba en vano de liberarse.

—Ya me lo parecía. Bueno, pues ya me has encontrado. Será mejor que volvamos.

Antonio tiró de ella por los escalones, como quien lleva a rastras a un niño travieso. Mientras caminaban por el pasillo en silencio, a Catalina le pareció oír un silbido lejano que llegaba desde el piso inferior.

«Demasiado tarde, mi amor», pensó, y dejó que Antonio la condujera hasta el camarote.

Esa noche no pegó ojo y estaba segura de que Antonio tampoco durmió, pero ambos permanecieron en sus camas, en silencio, hasta que por la mañana notaron que el barco atracaba en Santiago de Cuba con un golpe seco. Era el 5 de septiembre de 1919.

—¿Qué es ese ruido? —le preguntó a Antonio.

—La gente que desembarca —respondió él con aspereza. Eran las primeras palabras que pronunciaba desde su encuentro de la noche anterior.

—¿Y baja tanta gente? Pensaba que la mayoría irían a La Habana, como nosotros.

Antonio, que al igual que ella aún llevaba la ropa de la noche anterior, se sentó y pareció ponderar su comentario.

—No lo sé. Será mejor que vaya a informarme; tal vez haya pasado algo.

Se levantó, se lavó la cara y se peinó con esmero, asegurándose de que la raya al lado con la que se peinaba siempre le quedara bien recta. Cogió el sombrero que guardaba junto a la puerta y, sin despedirse de ella, salió del camarote.

Catalina estaba segura de que Juan se encontraba entre los pasajeros que se estaban preparando para desembarcar. Tenía que localizarlo, pero antes necesitaba recoger a su hija, que seguía en el camarote de María. Llevaba horas sin verla.

En cuanto puso un pie en el pasillo, percibió que estaba en un lugar nuevo, distinto. El aire era más denso, cargado. Movida por la curiosidad, se acercó a la galería de cubierta a echar un vistazo. El sol cubría un buen trozo de la galería. En el muelle se había reunido una multitud de gente que venía a recibir a los viajeros, que empezaban a desembarcar a cuentagotas. Los pájaros cantaban y vio decenas de palmeras, tanto cerca como en la distancia. Una luz amarillenta y difusa que Catalina no había visto nunca parecía envolverlo todo, como si fuera una manta cálida, mientras a lo lejos las montañas, verdes y elevadas, se alzaban contra el cielo azul, como las de su isla, con la diferencia de que aquí no había niebla. Los bordes de todos los objetos parecían desdibujarse por el calor que emanaba del suelo.

A regañadientes, admitió que Antonio tenía razón. Podría ser feliz aquí, siempre y cuando...

Alguien la agarró del brazo con fuerza.

—¿Qué haces aquí todavía?

Era Juan. ¡Juan!

Catalina no podía creer lo que estaba viendo. Juan estaba a salvo y había venido a por ella. Sintió un alivio tan grande que se olvidó de las precauciones y del miedo y le echó los brazos al cuello. Él le devolvió el abrazo, pero enseguida se soltó para recordarle que se apresurara.

—¡Vamos, ven conmigo!

Tiró de ella en dirección a la pasarela, llena de familias felices que desembarcaban, pero Catalina se resistió.

—No, Juan. No puedo irme sin Carmen.

—¿Dónde está?

—Con María. Ahora iba a buscarla.

—Pues no te entretengas; vamos.

Juan echó a andar hacia el interior del barco.

—No, ¡iré yo!

Catalina echó a correr, pero Juan la alcanzó enseguida.

—Catalina, el barco está a punto de zarpar otra vez. Si no nos vamos ya, perderemos la oportunidad. Baja a tierra y espérame. Yo iré más deprisa y te llevaré a Carmen.

—Juan, ten cuidado —le rogó, recordando el arma que había visto en la mesilla de noche—. Antonio tiene una pistola.

Como respuesta, él la besó en los labios.

—¿Y si el barco zarpa antes de que puedas bajar? —susurró Catalina, y sus palabras parecieron salir tropezando, enredadas, como hojas al viento, mientras se aferraba a la burda tela de su camisa de trabajo, resistiéndose a separarse de él.

—Si eso llega a pasar, no te preocupes: encontraré la forma de volver y de reunirme contigo. Busca a Ramón, nos está esperando. ¡Búscalo!

La abrazó con fiereza y la empujó en dirección a la

pasarela, que quedaba en el extremo opuesto del barco. Catalina lo vio doblar una esquina y desaparecer, pero entonces se dio cuenta de que iba hacia la derecha, en dirección contraria. Gritó y fue tras él, pero Juan se había perdido en los pasillos del barco.

Catalina corrió hasta el camarote de María. La puerta estaba cerrada y nadie respondió. Buscó en su propio camarote, pero María tampoco estaba allí y el moisés estaba vacío. ¿Dónde estaba su hija? Antonio debía de habérsela llevado para castigarla. Estaba empezando a desesperarse. Sabía que se les acababa el tiempo, pero se obligó a detenerse y respiró hondo para calmarse y elaborar un plan. Decidió esperar a Antonio y, cuando lo viera, le arrebataría a su hija, aunque tuviera que usar la fuerza.

En el silencio que la envolvía, los sonidos se amplificaban. Podía oír el crujido de la madera al resistir los pasos apurados de los pasajeros. Alguien gritaba órdenes y otra persona respondía enfadada. Una niña lloraba por su muñeca y su madre trataba de hacerla callar. El anciano que viajaba en el camarote que quedaba frente al suyo —y que siempre parecía estar de buen humor— reía como de costumbre, y su risa resonaba por el pasillo. El incesante tictac del reloj de la mesilla de noche le recordaba que los segundos se estaban transformando en minutos.

De repente, se dio cuenta de que su plan era absurdo. Nunca lograría imponerse a su marido por la fuerza, ni siquiera pillándolo por sorpresa. Se llevó una mano al pecho para calmar el martilleo de su corazón. La necesidad de estar junto a su hija superaba cualquier emoción que hubiera sentido hasta ese momento. Era incluso más fuerte que su amor prohibido. Sin su pequeña, sentía los brazos como dos apéndices inútiles a lado y lado, como los remos de un bote sin marineros.

—Encuéntrala, encuéntrala, encuéntrala... —se dijo a sí misma antes de abrir la puerta con cautela y salir del camarote como un leopardo en busca de presas.

Echó a correr por los pasillos estrechos y desiertos con los brazos extendidos, controlando a duras penas las ganas de gritar. ¿Dónde estaban? Sintió la calidez del suelo de madera bajo los pies y fue consciente de que no se había puesto los zapatos. Enfiló pasillos y más pasillos hasta regresar al punto de partida. Se asomó al camarote, pero todo seguía igual. Estaba vacío. Volvió a salir y trató de abrir las puertas de otros camarotes cercanos en primera clase. Todas estaban cerradas. Al parecer, todos los ocupantes de esta selecta cubierta habían desembarcado.

Pensó en regresar a su camarote para coger la maleta o, al menos, ponerse los zapatos, pero en ese momento sintió un movimiento y se dio cuenta de que el barco se estaba apartando del muelle.

—¡Esperen! —gritó mientras corría pasillo abajo en dirección a la proa.

Sin aliento, alcanzó la pasarela y bajó corriendo a tierra un segundo antes de que un miembro de la tripulación empezara a levantarla.

El reflejo del sol la cegaba y el calor del suelo le quemaba las plantas de los pies mientras buscaba el rostro familiar de su marido, que no logró encontrar. A su alrededor, la gente se movía apresuradamente, tirando de niños y maletas, al tiempo que formaban una cola para cruzar la aduana.

El llanto de un bebé le atravesó el corazón. Se abalanzó sobre un hombre para arrebatárselo, y en el último instante se dio cuenta de que no se trataba de su Carmen. Tenía unas inmensas ganas de llorar, pero se contuvo. Nadie la ayudaría si perdía la compostura. Se dirigió de regreso al barco, despacio, respirando pausadamente, como le había enseñado su madre, y contando hasta diez para calmarse y evitar volverse loca.

El ambiente era bochornoso, sofocante. A esas alturas del año, en su isla el calor ya empezaba a aflojar. Aquí, sin embargo, notó que el sudor se acumulaba en las axilas y bajo los pechos. El aire olía a pescado podrido y restos de comida en descomposición. Había vendedores ambulantes que gritaban palabras incomprensibles para atraer clientes. También llegaba música de alguna parte. Sonaba muy fuerte, demasiado. ¿Cómo había podido creer que iba a ser feliz en un sitio como este?

Miró hacia el barco y vio que el casco viraba hacia mar abierto. Desde la cubierta, hombres y mujeres saludaban agitando pañuelos blancos. El sonido de la sirena del barco la ensordeció. Una niña que llevaba una chaqueta verde lanzó rosas blancas y rosadas a las aguas aceitosas del puerto, y estas empezaron a cabecear sobre la estela espumosa de la embarcación, como si la persiguieran. Catalina llamó a gritos a su amante y luego a su marido, hasta quedarse sin voz y sin aliento. A su hija no la llamó porque, en lo más hondo de su corazón, sabía que ya la había perdido.

Sus gritos atrajeron la atención de varios pasajeros y de al menos un guardia, por lo que se dio la vuelta y buscó una vía de escape. No tenía la menor intención de cruzar el umbral de entrada a este nuevo país sin su hija.

Volvió una esquina y, a salvo de la curiosidad de desconocidos, se apoyó en un muro y trató de controlar una oleada de náuseas. Un perro famélico y solitario le olfateó los pies, pero siguió su camino. Su cuerpo ya no la obedecía; ignoraba sus órdenes y su voluntad. El último sonido que oyó fue la lánguida sirena del barco al abandonar la amplia bahía. Con el pulso martilleándole en las sienes, se desplomó en el suelo, exhausta, y el vaporoso vestido de gasa color malva se arremolinó a su alrededor como los pétalos de una flor.

Allí la encontró Ramón. Bañada por la tenue luz de la luna llena, que empezaba a asomarse sobre el puerto de Santiago de Cuba.

Segunda parte

Morimos con los que mueren:
¿Lo ves? Se van y nos vamos con ellos.
Nacemos con los muertos:
¿Lo ves? Regresan y nos traen de vuelta.

T. S. Eliot, *Little Gidding*

Catalina

Santiago de Cuba, septiembre de 1919

Se despertó entre los brazos de un hombre que le resultó familiar. Él la estaba llamando por su nombre cuando abrió los ojos.

—Gracias a Dios. ¿Puedes levantarte, Catalina?

Catalina trató de enfocar la cara del hombre que tenía delante. Su mirada era amable, y tenía la nariz larga y el pelo rizado, de color castaño claro.

—Soy Ramón Fernández Cueto, el mejor amigo de Juan —se presentó—. ¿No te acuerdas de mí?

Aunque habían ido al mismo colegio de pequeños, Catalina llevaba años sin verlo. La última vez, ella era más alta que él, pero ahora él era más alto que Juan y llevaba una espesa barba. Sus rasgos endurecidos se parecían poco a los del niño que recordaba. El sol implacable le había oscurecido la piel y tenía una profunda arruga en la frente que le echaba años encima, pero sus ojos, de color azul oscuro, no habían perdido el brillo travieso que recordaba. Al instante, confió en él.

Al darse cuenta de que lo había reconocido, él le apretó la mano.

—Ramón... —susurró ella con un amago de sonrisa.

—Sí. —Él asintió con la cabeza y, de manera inexplicable, se ruborizó al oír su nombre en sus labios—. ¿Cómo te encuentras?

Catalina miró a su alrededor en la penumbra, como si buscara algo o a alguien. Se sentía desorientada, débil y sedienta. Agua, necesitaba agua... Pero entonces recordó lo que había pasado y qué estaba buscando.

—¡Carmen! —gritó. Al principio se le quebró la voz, pero luego recuperó toda su firmeza y claridad—: ¡Mi hija! ¿Dónde está mi hija?

Ramón parecía confuso.

—¡El barco! ¿Dónde está el barco? —insistió mientras lo agarraba con fuerza por la gastada solapa de la americana de color marrón—. Debo de haberme quedado dormida...

—El barco zarpó hace horas, Catalina. Pero, por favor, cuéntame lo que ha pasado. ¿Dónde está Juan? Lo he estado esperando mucho rato.

—¿Juan no bajó del barco? —Catalina tragó saliva con dificultad. Tenía la garganta cada vez más seca.

—No, al menos yo no lo he visto.

—¿Estás seguro? —insistió ella sin soltarle la chaqueta.

—Sí, no me he movido de aquí desde que llegué. Lo habría visto... —Dudó un instante—. A menos que se fuera antes de que yo llegara...

—¿Qué quieres decir? —Esta vez fue Catalina la que lo miró extrañada.

—He llegado un poco tarde... —Ramón volvió a ruborizarse, antes de añadir—: Pero muy poco, y desde entonces no me he movido de aquí. Te vi en el suelo, y pensé que eras...

Ramón dejó la frase a medias para no decir que la había tomado por una de esas mujeres que recorren los muelles en busca de marineros.

—Lo que quiero decir es que no me he percatado de que eras tú hasta que me he acercado a echar un vistazo. Te estabas quejando en sueños...

—¡Tenemos que encontrarlo! —gritó ella mientras trataba de levantarse—. Por favor, llévame con él y con mi hija... ¡Mi hija viaja en ese barco!

—¿Tu hija? ¿Juan y tú tenéis una hija? Pero...

—Te lo explicaré en otro momento —lo interrumpió Catalina—. Pero no, no es hija suya. Es difícil de explicar. Por favor, vamos a buscarlos —logró decir antes de echarse a llorar.

—¿Qué ha pasado, Catalina?

Ramón la ayudó a levantarse y, entre sollozos, ella le contó que pensaba que Juan seguía en el barco, igual que su hija y Antonio, su marido. Ante la mención de su marido, Ramón bajó la vista al suelo, como si aquello le resultara embarazoso. Catalina había estado tan sumida en su aventura amorosa con Juan que había perdido la noción de lo que era decente y lo que no, pero ante la reacción de Ramón se sintió muy avergonzada. Se apartó de sus brazos con brusquedad, y trató de pensar por sí misma y olvidarse de los prejuicios de los demás.

Pero no tuvo que hacerlo, porque Ramón le preguntó:

—¿Qué quieres hacer, Catalina?

Sus palabras la tomaron por sorpresa. Se dio cuenta de que hacía mucho tiempo que nadie se lo preguntaba. Ni siquiera Juan le había pedido su opinión cuando ideó el espantoso plan de abandonar juntos el barco. Sus padres nunca le preguntaron si quería casarse con Antonio.

Solo el sacerdote se lo preguntó durante la ceremonia, aunque no fue más que una formalidad. ¿Qué podía haber dicho ella delante de su padre y de todos los demás?

En ese preciso instante, Catalina solo deseaba una cosa.

—Quiero encontrarlos, estén donde estén.

Ramón la sujetó por los hombros. Catalina tenía los ojos llenos de lágrimas, iba despeinada y su rostro era una mueca de agonía.

—Escúchame, Catalina. El barco ha zarpado hacia La Habana y tardará unos días en llegar. Creo que...

—Pues vamos para allá. —Catalina volvió a apartarse—. Por favor, llévame allí o dime cómo llegar.

Ramón miró a su alrededor buscando su equipaje, pero no vio nada. Bajó la vista hacia los pies descalzos y sucios de Catalina y palpó los pocos pesos que llevaba en el bolsillo, y no tardó en llegar a la conclusión de que era una mala idea. Aun así, no sabía cómo negarse.

—De acuerdo —accedió—, pero antes hemos de conseguirte unos zapatos.

Ramón no le aclaró que, si le compraba los zapatos, no tendrían dinero para el tren que llevaba a La Habana. Apenas podía pagar un hotel para pasar la noche. Todavía no sabía cómo, pero tenía claro que lo conseguiría. En Cuba todo se resolvía de una manera u otra.

Catalina vio a dos chicos muy jóvenes, descalzos igual que ella, que vendían bebidas embotelladas. Por un momento se había olvidado de la sed que tenía.

—¿Podríais darme un poco de agua, por favor? —les rogó con una voz tan ronca que le costó reconocerla.

Los chicos, sin embargo, no tenían agua, solo un colorido mejunje casero que Ramón le prohibió beber. Tras mirar a su alrededor, le dijo que le conseguiría agua, pero que tenía que quedarse allí sin moverse hasta que volviera. No quería perderla en aquel puerto tan concurrido.

Ramón no tenía que preocuparse por eso. Estaba tan agotada que no habría podido irse a ningún lado aunque hubiera querido. Se sentó en el suelo y apoyó la espalda en la sucia pared del muelle. Se sentía exhausta y sin fuerzas, y sus párpados empezaban ya a cerrarse de nuevo cuando Ramón regresó con una taza rebosante de agua fresca.

—Toma, bebe. —Se arrodilló a su lado.

Ella se la bebió de un trago.

—Hace tanto calor... —comentó—. ¿Siempre es así?

Él sonrió y ladeó la cabeza de un modo que, con los años, a Catalina llegó a parecerle encantador, aunque en ese momento lo interpretó como un gesto de burla, como si su pregunta le hubiera parecido un poco infantil.

—En esta parte de la isla a veces es peor, mucho peor —respondió al fin.

Ramón se ofreció a abanicarla con su sombrero de paja, pero ella rechazó el gesto. Su rostro se ensombreció cuando él le contó que había preguntado y que no había ningún tren que partiera esa noche en dirección a La Habana y que, además, todas las tiendas estaban ya cerradas. Le dijo que tendrían que esperar a la mañana siguiente para comprar los zapatos y los billetes, pero que había hoteles cerca y que deberían buscar alojamiento antes de que cerraran la recepción. Además, tenían que cruzar la aduana...

—¡No! —Catalina reaccionó de manera intuitiva—. Nadie debe saber que estoy aquí; no sin mi hija Carmen.

Ramón hundió la mano en el bolsillo del pantalón y sacó un billete.

—Muy bien, pues sígueme. —La tomó del brazo y se dirigió hacia el primer agente que encontraron—. Me la llevo a casa —le dijo en tono hastiado, como si fuera un marido harto de una situación recurrente. Le ofreció el dinero al oficial, que hizo un gesto con la mano para dejarlos pasar.

Y así fue como Catalina pasó su primera noche en Cuba, de manera anónima, en un hotelito cercano al puerto de Santiago y compartiendo habitación con un hombre que no era ni su esposo ni su amante, pero que en aquel momento era la única persona en toda la isla que conocía su identidad.

Los sonidos de la ciudad que se desperezaba los despertaron antes del alba. Ramón había dormido en el suelo, sobre una manta doblada, y Catalina había pasado la noche como había podido, en un camastro metálico pegado a la pared, lo más lejos posible de él.

Durante la noche, mientras Ramón roncaba con suavidad y la luz de la luna entraba por la ventana abierta, Catalina tuvo varias horas para reflexionar sobre su situación. Revisó una y otra vez lo sucedido el día anterior, pero seguía sin entender por qué no había podido encontrar a Carmen en el último momento. Supuso que Antonio se había olido algo y que tomó medidas, sabiendo que ella nunca abandonaría a su hija. Pero, al final, eso era lo que había hecho, ¿no?

Catalina se negaba a aceptarlo. Le daba vueltas y más vueltas, como cuando te rascas una herida que te pica y no le das oportunidad de que cicatrice. Llegó a pensar que, si se torturaba lo suficiente con sus incesantes preguntas, Dios y todos sus santos se apiadarían de ella y le permitirían recuperar a su hija.

Solo había pasado un día sin verla, pero le parecía una eternidad. Desde que Carmen nació, cuatro meses atrás, no se habían separado ni un momento, hasta que embarcó y apareció María en sus vidas. En casa, Catalina la contemplaba incluso mientras dormía, por miedo a que dejara de respirar como castigo por haber pensado al principio del embarazo que no podría querer a su bebé. ¿Cómo podía haber sido tan irresponsable con sus pensamientos? Sabía perfectamente que eran tan importantes como las palabras. El cura del pueblo lo predicaba a menudo, igual que su padre, que solía decirles: «Tened siempre buenos pensamientos, porque estos acaban convirtiéndose en realidad».

Pero Catalina no le había hecho caso y había perdido el control de lo que le pasaba por la cabeza. No fue hasta que vio a su hija, la tomó en brazos y ella extendió la manita sobre su pecho, que el corazón le dio un brinco de emoción. Cuando abrió la boca para pronunciar el nombre de su hija por primera vez y prometió amarla y protegerla, su corazón se había inundado de un amor tan profundo que a veces le dolía. En esas ocasiones, Catalina tenía que sujetarse el pecho, tragar saliva y susurrarle a su corazón desbocado que regresara a su ritmo normal, porque tenía la sensación de que iba a escapársele por la boca, como si fuera un simple sollozo.

Un poco más calmada, paseó la vista por la sencilla habitación del hotel, que casi no tenía muebles. Las paredes estaban pintadas de color verde aguacate. Había un aguamanil con un espejo y una palangana de porcelana; una mesita junto a una silla de madera y varios ganchos en la pared de los que colgar la ropa o el sombrero. En la pared de enfrente de la cama había un cuadro del Sagrado Corazón, en el que Jesús se señalaba el corazón rodeado de llamas y espinas en el centro del pecho. Así era como se sentía ella: con el corazón herido que le abrasaba el pecho, pero, al mismo tiempo, protegida por una inexplicable sensación de esperanza. En ese instante le hizo una promesa a Dios: «Por favor, devuélveme a mi hija y tendré siempre una imagen tuya en mi hogar, no importa adónde me lleve la vida. Te honraré con flores y velas y con mi gratitud eterna».

No esperaba respuesta, ya que sabía que los milagros —de producirse— no siempre se manifestaban al instante. Lo único que oyó fue el sonido de Ramón desperezándose en el suelo, mientras se protegía los ojos de un tímido rayo de sol que se filtraba por las rendijas de la persiana.

Despertarse juntos fue una experiencia incómoda para ambos, pero Catalina ya no estaba para formalidades. Tenía una misión que cumplir, y Ramón era la única persona que conocía en aquella isla. No tenía dinero ni equipaje, y tampoco zapatos; no tenía más que el vestido que llevaba puesto.

—Buenos días —lo saludó.

Ramón le devolvió el saludo, murmurando y con la cabeza baja. Ella estaba sentada en el borde de la cama, como una muñeca rota. Él se lavó la cara y se peinó como pudo, y luego se acercó a la puerta.

—Volveré pronto, con zapatos y billetes —le aseguró, y se marchó sin mirarla en ningún momento.

Catalina se quedó a solas en la habitación, que se iba recalentando por minutos. Abrió la ventana para dejar entrar la brisa que llegaba desde el puerto, y bajo la luz del sol que ya castigaba la ciudad, empezó a comprender cuán lejos estaba de casa.

El modesto hotel en el que se alojaban estaba situado en lo que parecía ser la calle mayor de un floreciente distrito comercial. Desde su ventana en la primera planta, vio una catedral que se cernía sobre las calles como un manto y ofrecía un respiro de sombra a los trabajadores que caminaban junto a sus mulas cargadas, a los carros tirados por bueyes donde se desplazaban familias enteras, y a los hombres, mujeres y niños a caballo. La calle ascendía por una suave colina y, un poco más arriba, le pareció ver el brillo de algún automóvil y de un trenecito —luego supo que se trataba de un tranvía eléctrico—. Ella nunca había visto algo así en La Palma. Allí no había ni coches ni trenes.

Las calles eran ruidosas y desprendían un olor intenso. Olfateó el aire, buscando en vano algún rastro de pino, lavanda o cebolla en la brisa marina —los olores a los que estaba acostumbrada—, pero solo le llegó la peste a basura mezclada con algo más, algo grasiento que olía como a ajo.

Catalina sintió que se le revolvía el estómago. Recordó que llevaba más de un día sin comer, pero no tenía hambre. Permaneció junto a la ventana y se entretuvo contemplando los edificios estucados y adornados con columnas y cornisas. Algunos tenían pórticos, donde personas de todos los colores buscaban la sombra. Estaba tan inmersa en la contemplación que, cuando Ramón llamó a la puerta, ni siquiera lo oyó.

Al final él tuvo que llamarla por su nombre. Catalina abrió la puerta y vio a Ramón con un par de zapatos en la mano. Tenían hebillas forradas de terciopelo negro en los costados, y a ella le parecieron más adecuados para un baile que para recorrer el país. Aun así, le iban bastante bien; podría caminar con ellos.

Habría sido preferible acompañarlo a la tienda para poder probárselos, pero ambos sabían que no era buena idea andar descalza por las calles de Santiago de Cuba, de modo que la noche anterior le habían pedido al recepcionista del hotel papel y lápiz para hacer un molde. En cuanto llegaron a la habitación, ella había apoyado el pie en el papel mientras se levantaba la falda por encima de los tobillos, y Ramón le había dibujado el contorno del pie en un momento que había resultado ser más íntimo de lo esperado y que los había hecho ruborizar a ambos.

Ya calzada, Catalina se sintió más preparada para afrontar el día, y lo primero que hizo fue volverse hacia Ramón para preguntarle por los billetes de tren. En vez de responder, él bajó la mirada y sugirió que comieran algo antes, pero Catalina seguía sin tener hambre. No sabía a qué distancia quedaba Santiago de La Habana, y sentía que ya habían perdido mucho tiempo esperando a que se hiciera de día y comprando zapatos. Cuando Juan bajara del barco con Carmen en brazos, quería estar allí, esperándolos.

Ramón parecía nervioso y sujetaba el borde del sombrero de paja como si fueran las bridas de un caballo salvaje.

—El problema, Catalina, es que no me llega el dinero para los billetes —admitió finalmente.

Catalina dio un paso hacia atrás al sentir un vahído, pero Ramón se dio cuenta y le dio la mano para ayudarla mientras hablaba a toda velocidad, aunque Catalina apenas podía oírlo.

—No, pero escucha, por favor... Lo voy a tener pronto, te lo prometo. Le he pedido a mi tía que me haga un giro postal. Debería llegarme esta tarde. Le he enviado un mensaje esta mañana desde la oficina de correos. Solo hemos de tener un poco de paciencia.

«Paciencia». Catalina retuvo esa palabra. No sabía si iba a ser capaz de ser paciente, pero podía intentarlo. Al menos le quedaba algo a lo que aferrarse: la esperanza.

Los dos pasaron el día caminando sin rumbo por las sucias calles de Santiago. Ramón intentaba distraerla, pero Catalina no mostraba ningún interés. Mantenía la mirada fija en la distancia, en el verde exuberante de las montañas que le recordaban a su hogar, a todo lo que había dejado atrás y a los giros equivocados que había dado su vida en los últimos tiempos. Se sentía cansada y mareada, como si siguiera a bordo del barco.

Sus pensamientos iban de un escenario a otro. Se imaginaba que Juan encontraba a Antonio y le arrebataba al bebé. Pero, entonces, ¿por qué no había llegado a desembarcar? Pensó que tal vez el barco había zarpado antes de que él pudiera cruzar la pasarela. Si ese había sido el caso, ¿qué habría pasado después entre los dos hombres? ¿Se habría vuelto a esconder Juan? ¿Lo habría perseguido Antonio, pistola en mano? Al acordarse del arma, Catalina se dobló por la cintura, presa de las náuseas, pero como tenía el estómago vacío solo pudo vomitar bilis.

—Tenemos que parar a comer algo. Tienes que meter algo en ese estómago o te pondrás peor —insistió Ramón con amabilidad, mientras la ayudaba a cruzar la calle en dirección a un hotel pintado de un blanco luminoso, con un restaurante en el vestíbulo.

Al entrar en la Casa Granda, el interior oscuro y la decoración a base de maderas pulidas y candelabros en el techo le recordaron al barco, por lo que Catalina se echó a llorar y no paró hasta que el metre se acercó y les pidió que se marcharan. Abatidos, se sentaron a la sombra de una marquesina hasta que los sollozos amainaron. Ramón, que no sabía cómo ayudarla, se limitó a darle palmaditas en la espalda, como si fuera una niña.

A las cuatro en punto de la tarde se dirigieron a la oficina de correos. Ramón entró mientras Catalina esperaba en un parque cercano, bajo el árbol más majestuoso que había visto nunca. Más adelante, descubriría que se llamaba ceiba y que en Cuba se consideraba un árbol sagrado. Estaba prohibido talarlos, y por eso la base del tronco era tan grande como una casa. A sus pies, Catalina se sintió protegida. Cuando estaba empezando a respirar con más facilidad, Ramón se acercó a ella con expresión preocupada.

—¿No has conseguido el dinero? —Catalina contuvo el aliento.

—Sí, sí, el dinero lo tengo, pero hay noticias alarmantes... —respondió él mientras examinaba el cielo. El sol se estaba escondiendo tras las nubes de tormenta que crecían sobre sus cabezas y creaban un halo dorado que lo bañaba todo en una extraña luz amarillenta.

—¿Qué pasa?

Hasta ese momento, Catalina no se había dado cuenta de que la gente se iba corriendo del parque, se metía en sus casas o comercios y cerraba puertas y ventanas.

—Se acerca un huracán.

—¿Aquí?

Ramón asintió con la cabeza al tiempo que hacía un sonido con la garganta, con la boca cerrada, que a ella le molestaba mucho, pero que significaba que sí. Un huracán se cernía sobre ellos.

Recordó el barco que navegaba hacia La Habana. No sabía a qué distancia quedaba la capital, pero tenía claro que no estaba cerca. Ella quería viajar hasta allí y esperar a Juan en el puerto, aunque tal vez debería seguir las instrucciones que el propio Juan le había dado cuando le dijo que, en caso de que se separaran por alguna razón, debía buscar a Ramón y ponerse en sus manos. También le había asegurado que él encontraría la manera de regresar con Carmen, y Catalina quería creer, necesitaba creer, que él le devolvería a su hija. No sabía cómo iba a lograrlo, pero Juan nunca le había fallado. Miró a Ramón, que aguardaba frente a ella en silencio.

—Pues esperaremos —le dijo—. Juan nos encontrará.

Justo en ese momento, una gran gota de agua le cayó en el hombro, y Catalina tuvo la sensación de que una rana había caído sobre ella, húmeda y sólida. Alarmada, miró hacia el cielo. El sol había desaparecido por completo detrás de los oscuros nubarrones. Cayó otra gota, y luego otra...

—Será mejor que corramos. —Ramón la agarró del brazo.

Catalina apartó la cara para que él no se diera cuenta del miedo que sentía. Se persignó y salió corriendo con él bajo la tormenta. A su espalda, la lluvia que caía a cántaros formó lo que parecían cortinas impenetrables que se desprendían de las ramas del gigantesco árbol.

Mara

Santa Cruz y El Paso, La Palma, julio de 2019

Al salir de la galería, me golpeó el frío de la noche. No sabía hacia dónde debía dirigirme, pero me puse a andar rápido y sin rumbo fijo para distanciarme un poco de lo que acababa de descubrir y poder pensar con claridad. Era evidente que mi bisabuela no había muerto en el *Valbanera* o yo no estaría aquí, persiguiendo su fantasma. Pero entonces, ¿por qué aparecía su nombre en la lista de fallecidos? Y no solo su nombre, sino también el de su esposo. ¿Quién sería ese hombre con quien se había casado antes de dejar La Palma?

Esto ya no se trataba de conseguir un certificado de nacimiento. El documento ya lo tenía, pero ¿seguro que era el correcto? ¿Sería posible que hubiera dos personas con el mismo nombre nacidas en el mismo año? Tal vez sí. El día y el año coincidían, pero el mes no. Podía deberse a un retraso a la hora de inscribir al bebé, ya que, tal como me había recordado el amable funcionario, antes era normal inscribirlos con retraso. Lo que no parecía tan normal era que hubiera dos Catalinas Quintana Cabazas en una isla tan pequeña.

Solo había una manera de descubrirlo y, por desgracia, no era con una búsqueda en Google. Eso ya lo había probado sin obtener resultados. Tenía que quedarme en la isla y seguir el hilo de esta historia para ver hasta dónde me llevaba. Había empezado a tirar del ovillo casi por casualidad, pero ahora no podía parar. Necesitaba seguir tirando de él con fuerza y decisión.

Entré en un bar, pedí una copa de vino de la casa y llamé a Felicia Garrison, la editora de la sección de viajes del periódico en Nueva York. Había escrito artículos para ella sobre varias ciudades europeas, por lo que confiaba en que recordara mi nombre.

Respondió al primer tono de llamada, a pesar de la hora.

Venderle una idea a una editora de viajes es más difícil de lo que parece. Cuando le dije que quería escribir un reportaje sobre las islas Canarias, me dijo que ya habían publicado uno, sobre Tenerife en concreto. Yo ya lo sabía, porque lo había leído mientras me documentaba para el viaje. Empleando todo mi tacto, le recordé que había otras islas aparte de Tenerife y que el reportaje que mencionaba había sido publicado hacía cinco años. Era un buen momento para un nuevo artículo.

Felicia accedió a publicar un artículo completo además de una columna lateral en la web, pero no de inmediato, ya que en aquellos momentos iba sobrada de reportajes. «¿Dentro de dos meses?», le pregunté tímidamente, a lo que ella respondió: «Que sean tres». Me dijo que me pagarían tres mil dólares más los gastos, lo que era una gran noticia, pero no el motivo que me había impulsado a proponerle el reportaje. El auténtico motivo era que, ahora que tenía un objetivo que justificaba mi estancia en La Palma, ya no sentía que estaba persiguiendo fantasmas. A partir de ese momento, estaría trabajando.

A la mañana siguiente me desperté braceando en la cama, como si tratara de huir nadando del colchón. Tenía un nudo en la garganta y mal sabor de boca, como si me hubiera bebido una botella de vino barato entera antes de acostarme. Miré qué hora era y apenas pasaban cinco minutos de las ocho. Permanecí tumbada en la cama, alisándome la camiseta con la que me había acostado y tratando de respirar hondo para librarme de la ansiedad que me había causado la pesadilla, que en realidad no era tal, sino un recuerdo reprimido que regresaba a mí para torturarme.

Llevo años tratando de no pensar en la última vez que nadé en el mar y, en general, lo logro. No se lo he contado a mi hijo; todavía no. Siempre he pensado que ya ha heredado bastantes de mis traumas, ¿para qué añadirle otro trauma ajeno? Aunque, de un modo u otro, supongo que este le pertenece.

Aprendí a nadar tarde, casi de adulta. De hecho, fue Nelson quien me enseñó. Al conocerlo, me sentí avergonzada de no poder meterme en el agua con él y disfrutar de la playa como las chicas de mi edad hacían con sus novios. Nelson fue un maestro cariñoso y paciente. Consciente de que yo no aceptaría aprender a nadar delante de otras personas, se levantaba al alba y me arrastraba a la playa a una hora en que solo las personas muy mayores nadan en Miami Beach. Cuando ya me sentí lo bastante segura, empecé a frecuentar la playa sola, pero nunca me libré del miedo a las aguas profundas. Siempre nadaba en paralelo a la orilla, por donde podía apoyar los pies con seguridad en el fondo arenoso.

Pero aquella mañana había estado nadando sola cerca de un banco de arena mientras Nelson iba al coche a buscar la neverita con los sándwiches que habíamos preparado. Estaba embarazada de nueve meses y tenía hambre todo el tiempo. Al llegar al final del banco de arena, perdí pie, de manera literal. Logré salir a la superficie, llorando y desorientada, hasta que tomé el sol como punto de referencia; sabía que el sol se ponía por detrás de los árboles de la orilla. No me atrevía a nadar a braza, por lo que me di la vuelta y nadé de espaldas, pataleando con furia hasta que toqué tierra con los dedos. Permanecí en la orilla como una ballena varada, con mi diminuto bikini negro y el agua deslizándose por mi gigantesco y reluciente vientre hasta que Nelson me encontró. No sé cuánto tiempo había pasado, pero fue suficiente para enfriarme y para que la nariz se me taponara de tanto llorar.

—No pienso volver a bañarme en el mar nunca más —le aseguré, entre sollozos, mientras él me abrazaba y me acariciaba el pelo lleno de arena.

Al llegar a casa esa noche, sentí las primeras contracciones. Nuestro hijo nació al día siguiente. Nelson propuso que se llamara Neptuno, porque había llegado al mundo gracias al poder del agua. Me negué, pero estuve de acuerdo en ponerle un nombre relacionado con el mar, igual que hicieron mis padres conmigo. Mi madre quería llamarme Mar, pero mi padre no estaba convencido y, al final, acabaron acordando añadir una «A» al final.

Nelson y yo también negociamos antes de decidirnos

por Dylan, que significa «hijo del mar» o «nacido del océano» en gaélico. En aquel momento, no teníamos ni idea de que nuestro hijo se alistaría en la Marina algún día. Dylan se sumergió por primera vez en una piscina a los siete meses y aprendió a nadar antes que a hablar. Compitió en campeonatos de natación hasta que se marchó a la universidad. Tras la muerte de Nelson, fui yo la encargada de llevarlo a los entrenos y a las competiciones, y aunque lo que me pedía el cuerpo era cerrar los ojos para no ver cómo se lanzaba a la piscina desde el trampolín más alto, no podía hacerlo, porque él siempre me miraba en el último segundo antes de saltar y me sonreía. Y yo tenía que devolverle la sonrisa, por supuesto.

El olor a café que llegaba desde el jardín me devolvió al presente y me ayudó a despejarme. Era hora de ponerme en marcha; tenía grandes planes para ese día y ni un solo minuto que perder.

Tras disfrutar de otro delicioso desayuno, alquilé un coche. Pronto dejé la ciudad atrás e inicié lo que parecía un viaje en una montaña rusa por una carretera de curvas cerradas que ascendía por montañas casi infinitas. Treinta y cinco minutos más tarde, me encontraba en la pintoresca plaza de un pueblecito llamado El Paso. Si el certificado de nacimiento no me engañaba, aquí era donde debía iniciar la búsqueda.

Desde el centro de la plaza, miré a mi alrededor, tratando de situarme. Había una iglesia —siempre hay una iglesia— en lo alto de una rampa, y un edificio de aspecto oficial, donde debían de llevarse a cabo labores administrativas. También había varias casas antiguas de aspecto lujoso que habían sido restauradas con mucho gusto, y varias tiendas. Todo estaba muy tranquilo. Si hubiera venido con la intención de escribir un reportaje, iría a la iglesia y preguntaría. Pero ¿preguntar qué? Supongo que podría indagar si alguien conocía a la familia Quintana. Aunque Catalina Quintana había vivido aquí más de un siglo atrás, sabía que la relación con el tiempo era distinta en Europa. La gente vivía en casas que tenían cientos de años y dejaba pastar al ganado en campos salpicados de ruinas romanas. Seguro que alguien en la iglesia conocía a alguien que conocía a alguien más; por alguna parte tenía que empezar.

Al otro lado de la calle, me llamó la atención un edificio de dos plantas, cuyas paredes estaban decoradas con preciosas ilustraciones de gusanos de seda y grandes hojas verdes. ¡Sin duda se trataba del Museo de la Seda que se mencionaba en la guía! Eché un vistazo rápido, pero estaba cerrado. Mejor así, porque estaba ansiosa por entrar en la iglesia.

El interior me pareció oscuro como la noche, hasta que mis ojos se acostumbraron al contraste entre el resplandor de la calle y el ambiente recogido de la iglesia, que olía a humedad, a incienso y a lirios de agua. Me dirigí al altar, pequeño, sencillo, cubierto por un paño de atril blanco. Tras él, en la pared, dentro de una capillita de color rojo sangre, una imagen de la Virgen brillaba, dorada y bonita. El interior de la iglesia parecía muy antiguo, más que la fachada, que se notaba renovada y pintada de un tono blanco roto, muy elegante. La luz entraba por una única vidriera, pequeña y modesta, situada a la derecha, que creaba arroyuelos de color rosa y magenta en los gastados escalones que llevaban al altar.

Una voz aguda y trémula me sobresaltó.

—¿Puedo ayudarla en algo?

Una anciana diminuta, que parecía tan vetusta como las paredes de la iglesia. Llevaba una mantilla negra sobre los hombros encorvados y levantaba la cabeza con cierta dificultad para mirarme, pero se mantenía firme a la espera de una respuesta.

—Sí, estoy segura de que podrá —respondí en español con una sonrisa, agradeciendo que mis padres se aseguraran de que no olvidara mi lengua materna.

Le dije que estaba buscando a alguien que estuviera emparentado con Catalina Quintana Cabazas.

La anciana se lo quedó pensando durante unos segundos.

—No conozco a nadie que se llame así.

Cuando solté el aire, fui consciente de que había estado conteniendo la respiración sin darme cuenta.

—Pero los Quintana —siguió diciendo— son muy conocidos por aquí. Son un clan muy numeroso. Sé que hubo tres hermanas, hace años, pero yo solo conocí a una de las tres, que murió hará unos diez años más o menos, no estoy segura...

Con la mirada perdida, dejó de hablar.

—¿Y dónde están? —insistí impaciente.

—¿Quiénes? —La mujer pareció sorprendida por mi pregunta.

—Los Quintana. Me ha dicho que eran una familia con muchos miembros.

—Ah, sí, disculpe. Uno de ellos, un hijo o un nieto, tiene un bar por aquí cerca. Bar Alegre o Alegría, algo así. Está al volver la esquina. El dueño se llama Julián. No tiene pérdida... ni él ni el bar.

Volvió a quedarse en silencio, pero ya me había aportado bastante información, así que le di las gracias varias veces y me dirigí a la salida. Desde la puerta me volví hacia ella y vi que se había arrodillado ante el altar, con la cabeza inclinada.

Ya en el exterior, el resplandor me resultó difícil de soportar. Los bancos del parque, hechos de hormigón, parecían desprender el calor del sol. Era la hora en que la gente se iba a casa a comer y a hacer la siesta. Si tenía suerte, el bar estaría abierto para ofrecer comidas.

Busqué en Google «Bar Alegre» y ahí estaba, a menos de cien metros a mi derecha, justo al volver la esquina, tal como me había dicho la anciana. Poco después me encontraba frente a un bar de aspecto anticuado pero entrañable. Empujé la puerta de madera y entré en un lugar que parecía hacer honor a su nombre. Las coloridas baldosas del suelo me recordaban a las de Cuba, y las paredes, pintadas de rojo y amarillo, estaban llenas de fotos de gente feliz que bailaba, se abrazaba o las dos cosas a la vez. Más de la mitad eran pelirrojos, tenían pecas y los ojos claros. Era evidente que estaban todos emparentados.

Estaba segura de haber llegado al lugar correcto, pero no había nadie.

Al fondo vi una puerta que llevaba a un patio y me dirigí hacia allí. En el centro del patio había un viejo árbol de tronco grueso, rodeado de macetas y flores. Docenas de pájaros enjaulados parecían charlar unos con otros y, en una esquina, una fuente añadía el toque final a lo que parecía ser el paraíso personal de alguien muy feliz. Oí una voz detrás de una puerta, pero me pareció que se trataba de una conversación telefónica privada, así que me di la vuelta y volví sobre mis pasos, avergonzada por haber entrado en lo que, ahora me daba cuenta, era una vivienda privada.

Justo en ese momento, una puerta se abrió a mi espalda y una fuerte voz masculina me preguntó:

—¿Quién eres?

«¿Quién eres?». Qué pregunta tan interesante y difícil de responder. Sin embargo, conocía lo suficiente la idiosincrasia española para saber que lo que buscaba con esa pregunta tan franca y directa era saber qué quería y qué estaba haciendo en su patio.

Al volverme, me sorprendió comprobar que su expresión no era brusca ni agresiva. Tenía curiosidad y estaba tan intrigado por mi presencia en su patio como yo por la suya.

—Estoy buscando a Julián —le dije, aunque estaba segura de que ya lo había encontrado.

Él dio dos largas zancadas hacia mí, con la mirada clavada en mi rostro. Al verlo con más claridad, me fijé en que era alto y fuerte, pero no tenía músculos de esos ganados en el gimnasio, sino de los que se obtienen trabajando duro en el campo o, sin duda, en otra actividad manual. Llevaba una camiseta de manga corta, de algodón color azul cielo, y unos pantalones cortos blancos. Se notaba que, en otro tiempo, había tenido el pelo castaño y ondulado, aunque en ese momento la frente le empezaba a clarear y las canas eran abundantes. Mantenía algunos rizos rebeldes en la zona de las orejas y la nuca y debía de tener abundante pelo en el pecho, porque varios mechones asomaban por debajo del cuello de la camiseta, imposibles de contener. Una profunda arruga vertical le partía la mejilla en dos cuando sonreía, y tenía los ojos rodeados de una madeja de arruguitas que lo hacían parecer mayor de lo que era. Por su modo de caminar y el brillo de sus ojos, no debía de llegar a los cincuenta y cinco.

—Si fueras pelirroja, podrías pasar por una de mis primas —comentó al ofrecerme la mano—. Soy Julián Martínez.

No soy de las que tienen siempre una respuesta ingeniosa a punto, pero, por alguna razón, estaba preparada para Julián.

—La pelirroja es mi madre, pero creo que somos primos.

La última vez que me sentí tan alegre y abrumada fue el día de mi boda, y de eso hace ya mucho tiempo o, como a mi hijo le gusta especificar, fue «el siglo pasado». Lo que no deja de ser cierto, porque Nelson y yo nos casamos en mayo de 1987, pocos días después de graduarnos juntos en la Universidad de Miami.

La diferencia era que nuestra boda había sido un acontecimiento deseado y preparado en detalle, con tiempo, por lo que era normal que me sintiera eufórica. Esto, en cambio, era muy distinto: una sorpresa absoluta, fruto de una búsqueda que había emprendido a regañadientes para hacer feliz a mi madre. ¿Quién podía imaginarse que las cosas acabarían así? Rodeada por una familia cada vez más abundante en un bar que celebraba la felicidad con su nombre, en un pueblo que casi nadie sería capaz de situar en un mapa y que yo, desde luego, desconocía antes de conseguir el certificado de nacimiento de mi bisabuela.

Llevaba varias horas sentada junto a Julián, mientras

él iba llamando a parientes que tenían nombres tan entrañables como Cachita, Chucha y Coca y que, como por arte de magia, iban apareciendo con niños en brazos o acompañando a ancianos que caminaban con ayuda de un bastón. Todos decían ser parientes míos, lo que me emocionaba y me confundía a partes iguales, aunque, juntando fragmentos de la información que no dejaba de llegarme por todas partes al mismo tiempo, empezaba a hacerme una idea del tronco central del ramificado árbol familiar.

Esa gloriosa tarde descubrí que Catalina había sido la mayor de tres hermanas. Todo el mundo creía que había muerto durante su viaje a Cuba, junto con su esposo Antonio y su única hija, la pequeña Carmen. Lo que no era cierto, como demostraba mi presencia allí. Las otras dos hermanas habían compensado la manía de la rama de Catalina de tener un solo hijo por generación. Simona había tenido seis hijos, y Lucía, la menor, tuvo nueve. Y uno de esos nueve fue Clara Martínez, la madre de Julián, dueño del Bar Alegre. Lucía había sobrevivido a sus hermanas y, por desgracia, también a dos de sus hijos. Las Quintanas, como las llamaban en el pueblo, habían sido admiradas por su longevidad, su belleza, su chispa y, por supuesto, por sus melenas pelirrojas.

Les mostré fotos de mi parte de la familia, mucho menos numerosa: mi madre, Lila; mi hijo, Dylan, y una foto en blanco y negro de mi Nelson, dos días antes de su muerte. Guardaron silencio ante la foto de Nelson y cambiaron de tema. Comentaron que el parecido familiar de mi rama de la familia era muy evidente, me felicitaron por tener un hijo tan guapo y trataron de que la conversación fluyera, pero me di cuenta de que les costaba entender cómo podía vivir en un mundo con tan poco contacto familiar. Les chocaba que viviera tan lejos de mi madre y de mi ciudad natal. Se mostraron intrigados al saber que no hablaba con mi hijo todos los días y que ni siquiera sabía dónde se encontraba en aquel momento, porque había zarpado ya de Nueva York para su adiestramiento en la Marina.

Su idea de Cuba era tan romántica como anticuada. Soñaban con visitar la isla, pero nunca habían encontrado el momento adecuado. Al parecer siempre tenían algún evento al que acudir —bodas, bautizos, graduaciones, cumpleaños, aniversarios o fiestas navideñas—, lo que les impedía planificar el viaje. Además, ninguno de ellos quería ir solo. O iban todos, o no iba nadie. Me imaginé a la familia al completo a bordo de un crucero con destino a Cuba, y me dije que no querría perdérmelo por nada del mundo. Me encantaría ver sus caras cada vez que una nube de moscas los asaltara en un restaurante al aire libre, o cuando no pudieran tomar vino por culpa de la escasez. Pero entonces me di cuenta de que nunca se quedarían sin vino, ya que viajarían como turistas. ¿Osarían las moscas molestar a los turistas? No estaba segura.

Traté de concentrarme en el presente al percatarme de que mi mente empezaba a divagar. Ya era de noche y estaba cansada. No me veía capaz de saludar a un nuevo familiar ni de brindar de nuevo por los reencuentros. Esta familia era demasiado entusiasta para mí. Necesitaba paz para poder ordenar las ideas y asimilar lo que había pasado. Habían cambiado muchas cosas en pocas horas, teniendo en cuenta que el día había empezado como todos, con un desayuno a base de huevos, pan con mermelada y un zumo de naranja en casa de Gladys y Claude, en lo que ahora me parecía una mañana muy lejana, en otro mundo y en otra vida.

Como si hubiera notado mi incomodidad, Julián miró la hora en su reloj de pulsera y anunció que era el momento de marcharse. Sin más, sin disculpas ni excusas. «Venga, todos a casa —es lo que vino a decir—. Ella está cansada y yo también. Tengo un negocio del que ocuparme, venga, venga...». Todo el mundo se fue, sin entretenerse ni protestar ni molestarse.

Sentí un alivio inmediato.

—¿Dónde te alojas? —Julián rompió el silencio que de repente se había adueñado del bar.

La verdad era que no tenía dónde dormir. Mi plan inicial había sido volver a Santa Cruz, por lo que no llevaba nada encima, aparte del bolso y las gafas de sol.

—Pues no se hable más —siguió diciendo—. Te quedas a dormir aquí; en la parte de atrás tenemos espacio.

—¿Tenemos?

No sé por qué se lo pregunté de un modo tan directo. Parecía como si le estuviera sonsacando información personal, pero acababa de comprobar que los Quintana eran muchos de familia; podía referirse a cualquiera.

—Es un modo de hablar. Vivo solo... con los pájaros —me aclaró con una sonrisa cómplice.

Podría haber aprovechado el momento para obtener más información, pero lo único que me apetecía era darme una ducha y acostarme en una cama limpia.

—En ese caso, gracias. Acepto la invitación.

Menos mal que siempre llevaba ibuprofeno y un cepillo de dientes en el bolso. Con mi trabajo, una nunca sabía dónde acabaría pasando la noche.

Cuando al fin cerré los ojos para dormir, me asaltó un pensamiento: ¿cómo era posible que esa familia conociera la existencia de Carmen? Estaba segura de que mi abuela había nacido en Cuba. Confusa y agotada, decidí no darle más vueltas al tema hasta el día siguiente.

Catalina

Las Villas, Cuba, septiembre de 1919

Dos días después de que Ramón la encontrara, Catalina se instaló en una casita amarilla a las afueras de un pueblo costero en la provincia central de Cuba —llamada Las Villas—, que quedaba a mitad de camino entre Santiago y La Habana. Ramón pensó que lo mejor sería que se alojara en casa de su tía, doña Emilia, mientras esperaba a que Juan y Carmen se reunieran con ella.

Discreta y curtida en las vicisitudes de la vida, doña Emilia era una viuda sin hijos que rondaba los cincuenta. Se había casado con el tío de Ramón, Timoteo Fernández, a los quince años, prácticamente una niña, y él la había hecho venir desde Tenerife. Tras veintisiete años de convivencia en armonía, enturbiada solo por la falta de un hijo, el caballo de Timoteo tropezó en una noche sin luna tras una larga jornada de trabajo en los campos. Alguien encontró a Timoteo a la mañana siguiente, desnucado. Tampoco se pudo hacer nada por el caballo, que tenía las patas destrozadas. El hombre que los encontró mató al caballo de un disparo, subió el cuerpo de Timoteo a su yegua y regresó con él al pueblo. Cuando Emilia lo vio acercarse desde la ventana de la cocina, supo al momento que el bulto que iba sobre la silla era su marido, y que estaba muerto. Cerró la ventana, tratando de mantener las noticias fuera de casa, y se arrodilló a rezar, pidiendo un milagro.

Es probable que doña Emilia hubiera sucumbido a la tristeza si el destino no hubiera intervenido. Poco después de la muerte de su marido, el sobrino de este, Ramón, llegó de La Palma, con un saco en la mano en el que llevaba dos pantalones y tres camisas. Ramón, que tenía catorce años, se sintió desconsolado al enterarse de la muerte de su tío. Tenía los bolsillos tan vacíos como el estómago, pero estaba ansioso por ponerse a trabajar y confiaba en que Cuba lo ayudara a triunfar en la vida. Con solo echarle una mirada a los ojos, del mismo tono azul oscuro que los de su esposo, doña Emilia lo acogió en su casa sin dudarlo. Así eran las cosas entre las familias que se recomponían a lado y lado del Atlántico. Los padres perdían a sus hijos adolescentes, que emigraban atraídos por las posibilidades que ofrecía Cuba, y sus parientes, que se ponían en su lugar, los ayudaban a iniciar una vida de duro trabajo, mientras todos, en ambos archipiélagos, soñaban con reunirse bajo el mismo cielo.

Ramón encontró trabajo enseguida en una planta azucarera, pero siguió viviendo con Emilia hasta que pudo mudarse a su propia casa, un modesto bohío de madera y hojas de palma que construyó gracias a la ayuda de otros recién llegados. Con el tiempo, consiguió trabajo en el bar de unos conocidos españoles, dejó la azucarera y se puso a barrer suelos, una tarea mucho menos agotadora. La economía de la isla iba viento en popa y el dinero corría en abundancia, porque el precio del azúcar se había disparado durante la guerra. Siempre hacían falta manos para recoger la caña. Muchos de los que trabajaban en las haciendas eran «isleños» —así llamaban a los llegados de las Canarias—, jóvenes y fuertes como Ramón. Aunque en el bar le pagaban una miseria, no era dado a quejarse. Cuba era su futuro y, por muy pobre que fuera, nunca se le pasó por la cabeza volver a las Canarias, donde había conocido la pobreza, pero también el miedo. El temor a Dios, a las vírgenes, a los santos y al mal de ojo, a la amenaza de los volcanes y de las tormentas de arena. En Cuba, sin embargo, nadie parecía temer la ira de Dios. La gente era feliz sin una razón clara para serlo. Era una sensación contagiosa, y Ramón se sintió arrullado y protegido por el optimismo casi infantil de los cubanos.

Cuando llevó a Catalina a casa de su tía, doña Emilia reconoció la tristeza que envolvía a la joven y no le hizo preguntas. Al contrario, dedicó sus energías a crear un espacio donde almacenar el dolor que parecía emanar de Catalina. La ayudó a desprenderse del vestido malva, sucio y sudoroso tras llevarlo puesto durante varios días, y le preparó un baño en una tina con el agua casi hirviendo, para que se quitara de encima los olores del viaje y se le aligerara el alma. La animó a comer los platos cubanos que había aprendido a cocinar —frijoles negros con arroz, costilla de cerdo y plátano macho frito—, pero Catalina no probó bocado. Luego lo intentó con algunas recetas que recordaba de su infancia en Canarias, pero tampoco funcionó. Catalina sobrevivía a base de leche, pan y agua.

Al principio, Ramón le dijo que el *Valbanera* llegaría a La Habana en cuestión de días. Se había enterado de que, por lo que fuera, más de setecientos pasajeros habían desembarcado en Santiago, pero todavía quedaban unos quinientos a bordo.

Catalina y Ramón permanecían pendientes de los horarios del tren y de los informes sobre el tiempo. Sabían que un huracán había barrido la costa norte de La Habana, pero Ramón le aseguró que no debía preocuparse. Al ser la isla más grande del Caribe y estar situada, como un centinela, a la entrada del golfo de México, Cuba se encontraba siempre a merced de las inclemencias del tiempo. Los cubanos estaban acostumbrados a las lluvias torrenciales y a las inundaciones, le explicó Ramón, que le hizo notar que en eso se parecía bastante a La Palma, pero sin los vientos endemoniados ni las tormentas de arena que llegaban desde el desierto del Sáhara.

Lo que no sabían aún era que ese huracán en concreto causó más daños de los habituales. Las olas impulsadas por el viento saltaron por encima del muro del famoso malecón de La Habana, y el agua había inundado las calles, y no solo las de primera línea, sino hasta seis manzanas hacia el interior. Los periódicos publicaron fotografías de casas y monumentos que habían quedado anegados, y varios artículos sobre la evacuación de hogares en riesgo. Las comunicaciones entre La Habana y el exterior estaban cortadas, lo que impedía que ellos se desplazaran hasta allí o que Juan viniera a buscarla, incluso en el caso de que el *Valbanera* hubiera logrado llegar a puerto antes de la tormenta.

Habían llegado noticias de barcos pequeños y no tan pequeños perdidos en el mar, pero Ramón le aseguró que entre ellos no había ninguno tan grande como el *Valbanera*, un trasatlántico cuyo tamaño le permitía capear todo tipo de temporales. Además, le explicó que los barcos no podían inundarse porque ya estaban en el agua. Se limitaban a cabecear hasta que el viento se calmaba y la nave podía reanudar su camino hasta el puerto.

Catalina no lo veía tan claro. No podía quitarse de la cabeza al capitán, mientras comentaba orgulloso durante una de sus cenas que aquel era su primer viaje a bordo del *Valbanera* y que nunca había estado al mando de una embarcación de ese tamaño, aunque no tenían que preocuparse por eso, había añadido con una sonrisa con la que pretendía tranquilizarlos. En la intimidad del camarote, Catalina le había dicho a su marido que estaba muy preocupada por la inexperiencia del capitán, pero Antonio había rebatido sus miedos argumentando que una naviera como la de Pinillos no le confiaría uno de sus barcos a cualquiera.

Ansiaba creer en sus palabras, pero se empeñaba en recordar algo que sucedió cuando estaban a punto de zarpar del puerto de La Palma. En el último momento, una de las anclas se quedó encallada en el fondo lodoso y no lograban que se soltara. La cadena que la ataba al barco se rompió, y el *Valbanera* zarpó sin una de sus anclas. Catalina incluso oyó a un miembro de la tripulación comentar que era un mal presagio. También la atormentaba lo que Lucía le había contado el día en que hablaron sobre el viaje a Cuba: que el nombre de la Virgen estaba mal escrito. Pero lo peor, sin duda, era el recuerdo de la niña que no dejaba de llorar, convencida de que el barco se iba a hundir.

Catalina se torturaba tratando de recordar cuándo fue la última vez que había abrazado o besado a su hija, pero no lo lograba. Durante los últimos días a bordo había estado tan obsesionada con Juan y su absurdo plan de huida, que había descuidado a su hija y había dejado que María asumiera su papel de madre. ¿Por qué había permitido que Antonio la contratara? Había delegado por completo su responsabilidad de madre en una mujer a la que apenas conocía. Y cuantas más vueltas le daba, más se horrorizaba al pensar en sus actos.

Un día tuvo una idea. ¿Y si María, Antonio o Juan habían logrado desembarcar con Carmen en Santiago y estaban recorriendo las calles de la ciudad, buscándola? Cabía la posibilidad, ya que Ramón había admitido que había llegado tarde a recogerlos. No podían estar del todo seguros de que Juan no hubiera bajado del barco. Además, aunque hubiera llegado a tiempo, podría haberse cruzado con María o con Antonio sin darse cuenta, porque no los conocía. El terror y la esperanza la mantuvieron en vilo durante horas, hasta que pudo desahogarse con Ramón, quien le aseguró que ya había pensado en ello y había preguntado a varias personas antes de marcharse del puerto. Nadie había visto ni a un hombre ni a una mujer solos con un bebé, y sus nombres no aparecían en el registro de la aduana. Aunque eso no probaba nada, porque el de Catalina tampoco aparecía y, sin embargo, allí estaba. No podía quitarse de encima la espantosa sensación de que su hija estaba en alguna parte, esperándola.

Catalina encendió velas y le rezó a la Virgen de la Candelaria, aunque no pudo encontrar ni una sola imagen suya en el pueblo al que Ramón la había llevado. Decidió entonces encenderle una vela a la advocación de la Virgen venerada por los cubanos, Nuestra Señora de la Caridad, que según se decía había salvado a tres hombres llamados Juan de una tormenta que se había desatado en una bahía en la misma provincia en que había visto por última vez al *Valbanera*. Catalina pensó que, si era cierto que tenía el poder de eludir las tormentas en el mar, no había nadie mejor a quien pedirle ayuda.

Cada día acompañaba a doña Emilia a la iglesia y, de rodillas, confesaba sus pecados. Quería purificarse por su hija, para ser digna de ella. Pero lo que deseaba por encima de todo era recuperarla. Quería regresar a su vida de siempre y estaba dispuesta a hacer lo que hiciera falta, incluso a renunciar a Juan para siempre. Su amor por él le parecía ahora infantil, peligroso, impulsivo. ¿Cómo había podido poner en peligro la vida de su hija después de haber jurado ante Dios que le sería fiel a su esposo toda la vida? Solo había un modo de interpretar lo que había pasado: Dios la había castigado. Y, sin embargo, Catalina seguía rogando y suplicando una segunda oportunidad.

A veces, si cerraba los ojos, casi lograba imaginarse que su familia seguía intacta y que estaba de vuelta en casa, con ellos. Pero nada allí le recordaba a su hogar. El aire de aquellos parajes olía a hierba y a estiércol recocido por el sol implacable, con un toque de algo parecido a las lilas que provenía de las flores silvestres que salpicaban el campo que había detrás de la casa. Las ráfagas de viento del huracán que aún soplaba en algún lugar no muy lejano llevaban hasta allí el olor del océano, salado y ligeramente pútrido por todos los peces muertos que los pescadores habían descartado.

Catalina añoraba terriblemente a su familia. Añoraba los árboles, el jardín y la gran Roca que se cernía sobre todo lo demás. Solía pensar que la Roca los encerraba y limitaba; ahora se daba cuenta de que lo que hacía era anclarlos en el lugar. Ansiaba recuperar el orden y la seguridad de conocer el territorio, de saberse parte de él, de conocer los códigos no escritos de la cultura, el significado de una mirada, una seña, un silbido. En Cuba, la comida le resultaba sosa, las flores parecían no tener color y las estrellas... ¡Cómo añoraba las estrellas de La Palma! En casa, las estrellas parecían estar tan cerca que uno tenía la tentación de ponerse de puntillas, alargar la mano y tocarlas. Todo parecía posible en un lugar donde las estrellas estaban al alcance de la mano. Aquí, en cambio, parecían estar muy lejos, y su brillo era apagado.

Pensó en escribirles una carta a su madre y a sus hermanas, pero ¿qué iba a decirles? ¿Cómo explicarles que había llegado a Cuba sin su hija? Su madre no lo entendería y, sin duda, no podría perdonarla. Aun así, sin poder reprimirse, durante las tardes en las que no había nada que hacer en casa de doña Emilia, se sentaba a la mesa del comedor y le escribía largas cartas a su madre, en las que describía los detalles del día a día, sus remordimientos y la esperanza de un futuro en el que pudiera regresar a casa; una nueva vida con ellos y con Carmen, pero sin Antonio ni Juan. Lo único que necesitaba, se dijo, era a su hija. A su hija y a su familia. Pero nunca envió las cartas. En cuanto acababa de escribirlas, salía al patio, las tiraba a un hoyo detrás de la casa, les prendía fuego y se aseguraba de que ninguno de sus desesperados pensamientos escapara a la furia de las llamas.

Mara

El Paso, La Palma, julio de 2019

Me despertó el aroma del café y el piar de los pájaros enjaulados del patio. Había usado como pijama una vieja camiseta que me había prestado Julián. Era blanca, suave, y mostraba la imagen de un sol amarillo que asomaba como si estallara detrás de una montaña. En gruesas letras rojas se leía BAR ALEGRE. Era un poco excesiva, por lo que me cambié enseguida y me puse lo mismo que el día anterior. Había lavado la ropa interior y el top, que se habían secado durante la noche. No había nada como el calor del verano para que las prendas se secaran rápido.

—Buenos días —saludé al entrar en la cocina, donde Julián estaba preparando lo que parecían albóndigas, pero que en realidad eran bolas de gofio, lo que me transportó de inmediato a mi infancia en Cuba. Allí las tomaba con leche y azúcar, pero Julián las había preparado con miel y almendra. Deliciosas.

Se volvió hacia mí y me sonrió con timidez.

—¿Te apetecen huevos?

—Claro. —Intenté mostrar seguridad, a pesar de estar en un entorno tan poco familiar.

—Personalmente, prefiero dejar los huevos para las comidas principales, pero ya se sabe que al otro lado del Atlántico tenéis costumbres muy raras —comentó mientras cascaba el huevo sobre la sartén con aceite hirviendo.

—Qué bonito día hace, ¿no?

Sí, intentaba cambiar de tema para que el ambiente fuera un poco menos incómodo. Veinticuatro horas atrás no sabía ni que este hombre existía, y hoy me despertaba en su casa tras haberme enterado de que era el primo segundo de mi madre.

—Bueno, ahora sí. Te has perdido la niebla; era espesa, pero ya ha aclarado.

Eché un vistazo al reloj. Eran las nueve, había dormido más de lo usual.

—Debía de estar muy cansada.

Julián se dio la vuelta con la sartén en una mano y una vieja espátula de madera en la otra. Entre el delantal que le cubría la panza y las gafas que llevaba sobre el pecho colgando de un cordel rojo, tenía el aspecto de un chef español. Con la naturalidad que da la práctica, retiró de la sartén dos huevos fritos al punto —con sus puntillitas doradas y la yema temblorosa— y los sirvió en el plato que tenía delante.

—Siéntate —me ordenó—. Come.

Sobre la mesa de madera de la cocina, sin mantel, había jamón, queso, una barra de pan —que me dijo que había preparado él mismo hacía un rato—, zumo de naranja recién exprimido y una humeante taza, donde me había servido el café con leche tal como me gustaba, cargado y con mucho azúcar. Me senté y comí. Tenía hambre y todo estaba delicioso. Julián se sentó frente a mí y desayunamos en silencio, mojando trozos de pan en la yema del huevo. Me sentía satisfecha y descansada tras el sueño reparador, pero también sin rumbo. ¿Qué iba a hacer ahora? Solía fijarme al menos un objetivo al día: terminar un artículo, llamar a Nueva York, pagar facturas, hacer alguna compra... pero hoy no tenía claro cuál era el siguiente paso.

—Quiero mostrarte algo. —Julián hizo deslizar un sobre por la mesa—. Quería enseñártela ayer, pero no me pareció un buen momento.

Sacó una foto del sobre, se acomodó las gafas de leer y le echó un vistazo antes de dejarla frente a mí. Alcé la mano hacia mis gafas, que solía llevar a modo de diadema, y me las coloqué sobre la nariz en un gesto familiar.

—Esta es Catalina, el día en que embarcó hacia Cuba. A su espalda se ve el nombre del barco, ¿lo ves? —Se sentó a mi lado y se inclinó hacia delante para señalar a una mujer alta, joven, pero de aspecto fiero—. Él es Antonio López, su marido, y el bebé que lleva en brazos es su hija Carmen, que debía de tener cuatro o cinco meses cuando se fueron. Eso es lo que siempre me contó la abuela Lucía, que tenía una memoria prodigiosa.

Apenas lo escuchaba, porque no podía apartar la vista del bebé. ¿Quién era? Se llamaba Carmen, como mi abuela, pero Mima siempre me dijo que su madre había nacido en Cuba. De no ser así, me habría pedido el certificado de nacimiento de Carmen y no el de Catalina. Habría sido más fácil conseguir la nacionalidad por el parentesco de la madre y no de la abuela.

Me levanté con tanta brusquedad que Julián me miró sorprendido.

—Esto no tiene ningún sentido.

—¿El qué?

En vez de responderle, le pregunté qué tenía previsto hacer esa mañana.

Con las manos llenas de platos sucios, Julián comentó que tenía una reunión en Santa Cruz con un proveedor de vino para el bar. Lo seguí hasta el lavaplatos y lo ayudé a recoger. Cuando me preguntó si quería acompañarlo, no lo dudé. El día empezaba a tomar forma para mí, e incluía una llamada urgente a mi madre. Entre otras cosas, pensaba en cómo iba a contarle que había encontrado una maravillosa puerta al pasado en esta isla. Y en más de un sentido, porque acababa de desayunar gofio, después de mucho tiempo.

Mientras Julián se reunía con su proveedor, me dirigí a la galería en la que había visto la lista de gente que había muerto en el naufragio del *Valbanera*. Aunque un cartel anunciaba que la galería estaba cerrada, encontré la puerta entreabierta.

—¡Hola! —grité, pero nadie respondió.

Abrí la puerta lo justo para evitar llamar demasiado la atención, y entré en el local de nuevo, pero esta vez sin visitantes. Sentí un escalofrío al ver las imágenes del barco en la pared. Sola en la galería, estas me resultaron más amenazadoras de lo que recordaba. Ya las había visto antes, claro, pero era la primera vez que las contemplaba siendo consciente de mi conexión con el *Valbanera*. Ahora sabía que mi bisabuela había viajado en ese barco y que tal vez había muerto en él. Negué con la cabeza, porque me parecía imposible. Había visto a los descendientes de las dos hermanas Quintana, y el parecido con mi madre era asombroso. Catalina había viajado en ese barco y, de alguna manera, había sobrevivido. La pregunta era ¿cómo? Y la otra pregunta, más enigmática todavía, era ¿por qué no informó a su familia de que seguía con vida?

En la penumbra de la galería me dirigí a la pared del fondo, donde había visto su nombre y el de su esposo, Antonio, entre los muertos. Reseguí con el dedo el cartel plastificado y encontré sus nombres; ahí seguían, como la primera vez que los vi. Luego busqué el de Carmen Fernández Quintana, mi abuela, pero, tal como me imaginaba, su nombre no aparecía entre los fallecidos. Luego probé con Carmen López Quintana, pero tampoco hubo suerte. No habría tenido sentido, me dije. Sin Carmen, yo no tendría madre.

Al oír el taconeo de unos zapatos acercarse sobre las baldosas relucientes, me volví y me encontré frente a la mujer más alta que había visto nunca. Llevaba un vestido amarillo, que la envolvía como si fuera un tulipán, y unas gafas redondas con montura roja a juego con los zapatos.

La combinación del rojo y el amarillo me recordó a la bandera de España, lo que me hizo dirigirle una sonrisa un tanto condescendiente, pero ella me puso en mi sitio al presentarse como Gertrude Siller, la dueña de la galería, de origen alemán y comisaria de la exposición. Aunque hablaba un español casi perfecto, nos pasamos al inglés cuando me di cuenta de que se sentía más cómoda así. También me di cuenta enseguida de que a Gertrude no le hacía ninguna gracia que hubiera entrado en sus dominios.

—Está cerrado —me recordó mientras se subía las gafas con el dedo corazón de la mano izquierda, donde un gran anillo de oro y ónix le abrazaba el dedo como si fuera un implante—. ¿Cómo ha entrado?

Le dije la verdad, que la puerta estaba abierta.

Ella frunció el ceño, pero luego cambió de tono.

—Ya que está aquí, ¿en qué puedo ayudarla?

Le expliqué quién era y lo que estaba haciendo. Dejé caer que era reportera y, aunque le dije que la visita a la galería era personal y no formaba parte del reportaje, su actitud cambió como por arte de magia, como solía pasar en estos casos.

Me invitó a acompañarla a su despacho, que estaba en la primera planta, una salita pequeña y blanca, donde el único toque de color era la propia Gertrude. El efecto chirriaba bastante, pero me recordó a una anécdota referida al escritor francés Guy de Maupassant, de quien se decía que comía cada día al pie de la torre Eiffel porque era el único sitio de París desde donde no se veía la torre. Pensé que Gertrude debía de tener aversión a los colores.

—¿Podría ser que la lista estuviera equivocada? —Fui directa al grano porque, aunque los españoles tienen por costumbre intercambiar frases de cortesía al inicio de cualquier conversación, sabía que con los alemanes no era necesario.

—Por supuesto.

Ella enseguida entendió a qué lista me refería, y me dio una serie de detalles que hicieron que mi mente empezara a dar vueltas en un millón de direcciones a la vez.

Gertrude me contó que la lista había sido elaborada con el registro de billetes comprados con destino a La Habana, y que se contrastó con el archivo de aduanas en

Cuba, pero admitió que ninguna de las dos fuentes era del todo fiable. Como el *Valbanera* se hundió cerca de Cayo Hueso y no había llegado a La Habana, se dio por hecho que habían muerto los viajeros con billete a la capital, pero después se supo que en Santiago habían desembarcado más pasajeros de los previstos. A menos que esos pasajeros hubieran notificado su supervivencia de manera oficial, habrían sido dados por muertos. Hizo énfasis en que ninguno de los pasajeros que permanecieron a bordo del *Valbanera* después del 5 de septiembre había sobrevivido.

—Que se sepa —apostillé, aunque me arrepentí al instante.

A Gertrude le cambió la cara, molesta por mi interrupción, pero me dio la razón.

—Sí, que se sepa, pero no hay constancia de que el barco hiciera ninguna parada tras la de Santiago, ni de que nadie sobreviviera al naufragio.

Estaba claro que Catalina debió de desembarcar en Santiago, a pesar de tener billete para La Habana. Pero ¿por qué? Y, lo que más me intrigaba, ¿por qué había cortado todos los lazos con su familia? ¿Por qué no les había hecho saber que estaba viva? Por supuesto, Gertrude no tenía respuestas para eso, pero comentó que algunos pasajeros bajaron antes porque habían tenido una premonición o porque estaban hartos de estar a bordo, sufriendo mareos. Me habló del caso de una niña que llamó la atención de la prensa, porque desde que embarcó en Barcelona no había parado de llorar y de avisar de que el barco se iba a hundir. Al tocar tierra en Cuba, su familia hizo al fin caso de sus súplicas y desembarcaron en Santiago, lo que les salvó la vida.

No me habría sorprendido enterarme de que Catalina había tenido una premonición. Al fin y al cabo, si la superstición se transmitía de generación en generación, eso explicaría mi fobia al agua, por qué evitaba a los gatos negros y nunca abría un paraguas dentro de casa ni ponía una caja encima de una cama. Había tantas cosas que mi madre me había pedido que no hiciera para apaciguar a los dioses de la superstición, que era un milagro que pudiera volar en avión.

Luego, Gertrude comentó que, además, los polizones no aparecían en ninguna lista ni registro, ya que, técnicamente, no iban a bordo. Lo mismo pasaba con los menores que no pagaban billete, que no figuraban en las listas de fallecidos a menos que alguien comunicara su defunción. Algunas familias lo habían hecho; constaban niños entre los difuntos, pero Carmen no estaba entre ellos.

Tras pedirme que repitiera el nombre, Gertrude comentó:

—No, no he visto ese nombre en ninguna parte. En los archivos no aparece, estoy segura, pero si está dispuesta a denunciar su defunción, investigaré más a fondo.

Dije que no, por supuesto. Que yo supiera, Carmen había sobrevivido y era la madre de mi madre, aunque con un apellido distinto.

Debí de parecer un poco indispuesta cuando Gertrude terminó su explicación, porque se levantó y me ofreció un vaso de agua. Solo entonces me di cuenta de que tenía la boca seca y de que me estaba aferrando con fuerza a los brazos de la silla de oficina de cuero blanco en la que estaba sentada. Bebí con las manos temblorosas bajo la mirada enmarcada en rojo de Gertrude.

A pesar de todo, quería saber más, quería saberlo todo.

—¿Tiene documentación sobre el naufragio en sí?

—¿A qué se refiere?

—Quiero saber qué pasó.

—Ah, bueno. Como sabe, no hubo supervivientes, pero varios historiadores, meteorólogos y marineros expertos nos han ayudado a elaborar un relato sobre lo que pudo haber pasado.

—¿Dónde puedo encontrarlo? ¿Podría leerlo?

Ya no temblaba. Necesitaba leer ese relato.

—Puede, claro, pero también está en vídeo. Hicimos una recreación del naufragio, ideada por los expertos, aunque me gustaría enfatizar que no sabemos con certeza lo que...

—No importa —la interrumpí con cierta brusquedad—. Me gustaría verlo.

—De acuerdo. Está abajo, sígame.

Gertrude se levantó y yo la seguí hasta una sala rectangular equipada con bancos sin respaldo y una gran pantalla en la pared del fondo. Ella apagó las luces y puso en marcha el vídeo con un mando a distancia. Al instante, apareció la imagen de un mar enfurecido bajo un cielo encapotado. Era tan real que, por un instante, creí que el agua iba a inundar la sala y di un paso atrás. Gertrude me puso el mando en las manos.

—Volveré dentro de veinte minutos —me informó.

Al cerrar la puerta a su espalda, me dejó a solas en la oscuridad frente a mi mayor miedo: el bramido del océano.

CATALINA

LAS VILLAS, CUBA, SEPTIEMBRE DE 1919

Estaba ayudando a doña Emilia a poner la mesa cuando Ramón llegó a toda prisa, sin sombrero, sin aliento, y con el cuello almidonado de la guayabera blanca empapado en sudor.

—¿Os habéis enterado? —nos preguntó, sujetándose en el marco de la puerta.

—No, ¿de qué? ¿Qué ha pasado? —Doña Emilia, alarmada, estuvo a punto de soltar la fuente que llevaba a la mesa.

Catalina dio un paso atrás y estuvo al borde de esconderse de Ramón, por miedo a que lo que iba a decir le rompiera la vida en mil pedazos. Lo miró, tentada de pedirle que regresara al bar y la dejara en paz, a solas con sus miedos.

El pánico se había instalado en su corazón hacía días. Daba igual lo que se dijera tratando de tranquilizarse, permanecía allí. Había probado a rezar, a caminar por los campos o a dormir, pero lo único que le calmaba un poco la ansiedad era matarse a trabajar hasta que ya no se notaba los pies.

El amanecer la encontraba todas las mañanas sentada

en una silla, esperando la llegada del sol para empezar con las tareas que la mantenían ocupada: ordeñar la vaca, dar de comer a las gallinas, recoger los huevos, preparar el desayuno, limpiar una casa ya inmaculada, matar una gallina, preparar la comida, lavar ropa en un barreño bajo los árboles y ponerla a secar, ocuparse de los animales, volver a barrer, cuidar del huerto, preparar la cena, lavar los platos, remendar la ropa vieja de Ramón y planchar la colada, incluso las sábanas y la ropa interior de doña Emilia. Y al día siguiente, vuelta a empezar.

Las noches eran lo peor. El miedo, puro e intacto como el primer día, acudía a la cita sin faltar ni una noche. Se le enroscaba alrededor del corazón como una enredadera y tiraba de ella hasta hundirla en un pozo tan profundo que temía no volver a ver la luz nunca más.

El miedo, sin embargo, era preferible al dolor. El miedo implicaba que aún había una rendija de esperanza, pero en el dolor no había más que oscuridad; una solitaria e implacable oscuridad.

El 20 de septiembre de 1919, el día en que Ramón les llevó la noticia de que el *Valbanera* no había llegado al puerto de La Habana, el miedo la abandonó para siempre y, en su lugar, se instaló un dolor punzante, como una herida en un rincón de su corazón.

Toda su vida seguiría siendo capaz de recordar ese momento con todos y cada uno de los detalles, incluso recordaba el sabor de la sangre que brotó al morderse el labio con todas sus fuerzas. ¿Cómo iba a sobrevivir su cuerpo a semejante herida? ¿Cómo vivir con un agujero en el corazón? Hasta el día de su muerte, Catalina siempre se llevó la mano a ese punto en concreto del pecho para conectar con su angustia, como quien va a visitar a un viejo amigo. Con el tiempo, se fue habituando al dolor, y en las raras ocasiones en las que se sentía alegre o tranquila y la congoja parecía disiparse, no tardaba en llamarla para que volviera, acariciando esa zona de su corazón para invocar el familiar tormento de la desesperación. Solo cuando lo recobraba, se sentía completa. Pero eso fue mucho después; ahora el dolor era reciente y le impedía respirar.

Ramón les contó que los vientos huracanados habían golpeado el barco y lo habían apartado lejos de Cuba como si fuera un juguete hasta hundirlo en las aguas poco profundas de los cayos de Florida. Lo único que sobresalía del mar fue uno de los mástiles. El resto del barco permanecía sumergido en el fondo arenoso del océano.

Después del naufragio, las autoridades estadounidenses habían enviado un barco de rescate, pero no se habían encontrado supervivientes, ni siquiera cadáveres.

Doña Emilia se santiguó antes de dirigirse de manera instintiva hacia Catalina, que seguía allí de pie, temblorosa.

—¿Dónde están los cuerpos? —quiso saber Catalina, a pesar de todo.

Ramón hizo una mueca de dolor y agachó la cabeza.

—¿Dónde? —insistió ella mientras buscaba en vano la mirada de Ramón.

Necesitaba saberlo. El dolor, a diferencia del miedo, era curioso, incluso morboso.

—Nadie lo sabe. Supongo que están en el fondo del mar, o más abajo todavía —respondió él al fin, mirándola a los ojos. Los de él estaban llenos de lágrimas; los de ella, completamente secos.

Catalina tardó unos segundos en procesar la enormidad de lo que acababa de escuchar. Y entonces lo sintió: como un pellizco en el corazón, como si alguien hubiera colado la mano por su pecho y le hubiera clavado un puñal. Se quedó sin aire en los pulmones y se le doblaron las rodillas, justo antes de perder el conocimiento al recordar las palabras de Juan: «Mi amor por ti es más alto que el cielo y más profundo que el océano».

Mara

Santa Cruz, La Palma, julio de 2019

El narrador del documental era un científico al que presentaban como el mayor experto en la tragedia. El corto empezaba con su voz, profunda y ronca, hablando como si fuera un viejo superviviente del *Valbanera*.

—Ya no hay horizonte, ni mar, ni cielo... —empezaba diciendo, en un tono de voz apenas audible por encima del bramido de la naturaleza enfurecida que habían recreado en algún estudio de España.

El agua, de un color gris blanquinoso y turbulento, ocupaba toda la pantalla. Por momentos asomaba un fragmento de la nave, sacudida por el oleaje. Una ola enorme, de unos seis metros, pareció levantar al *Valbanera* en el aire para dejarlo caer de nuevo, como si una mano gigantesca estuviera jugando con un barco hecho de piezas de Lego. En el puente de mando, trece hombres protegidos con gruesos chubasqueros luchaban con todas sus fuerzas por recobrar el control de la embarcación. El narrador explicaba que estaban luchando por alejarse de una zona de bajíos pantanosos donde, a juicio de la tripulación, un barco de este tamaño podría hundirse y desaparecer como un zapato en arenas movedizas. De repente, la proa del barco desapareció bajo el mar.

El *Valbanera* vibró, y un chirrido que recordaba al de un ataúd siendo arrastrado sobre la grava acalló la voz del narrador. El barco siguió inclinándose como una caña de pescar que luchara contra un enorme pez. Las luces de la embarcación se apagaron y la pantalla se volvió negra, pero los sonidos no se detuvieron: gritos, metal chocando contra metal, truenos, agua... El ensordecedor bramido del océano inundaba la sala mientras el *Valbanera* se hundía. La última imagen del documental, tras la oscuridad absoluta, era la de un mástil que asomaba sobre la superficie de un mar en calma, la única prueba que quedó de la desgracia que acabó segando las vidas de casi quinientas personas, aunque, al parecer, la de mi bisabuela no fue una de ellas.

Salí de la galería temblando, pero decidida a no llorar. Aunque el breve documental era solo una interpretación del desastre, me había conmovido, hasta tal punto que temía que, si abría las compuertas a las emociones, no iba a ser capaz de volver a cerrarlas.

Julián seguía donde lo había dejado, en el bar del proveedor de vino al que había venido a visitar. La reunión ya había terminado, pero se estaba tomando una cerveza. Tenía la mirada perdida, aunque parecía sonreír con aire relajado. No me vi capaz de contarle lo que acababa de ver, así que traté de borrar el horror de mi expresión mientras me acercaba a él, que no me vio hasta que me senté en la silla que tenía enfrente.

—No me extraña que os hayáis quedado en la isla; seguro que teníais miedo de zarpar —intenté decir en tono desenfadado, aunque Julián no se dejó engañar.

—¿Tan mal ha ido? —comentó, sin borrar del todo la sonrisa de su rostro.

Supuse que me había visto entrar en la galería.

Yo asentí y le pedí un gin-tonic al camarero, para calmarme un poco.

—¿Todavía tienes la fotografía que me enseñaste? —le pregunté.

Él asintió antes de sacársela del bolsillo de la camisa, esta vez sin la protección del sobre.

Contemplé la foto que la familia había conservado con tanto amor durante todos esos años. Los bordes estaban un poco descoloridos y tenía el tinte amarillento de las fotografías antiguas, pero el estado de conservación era muy bueno. Catalina parecía joven, demasiado para estar ya casada y con un bebé en brazos. El hombre, Antonio, la sujetaba del brazo en un gesto posesivo y estaba inclinado hacia ella, como si el fotógrafo lo hubiera sorprendido en el momento en que le estaba diciendo algo. Los dos llevaban ropa oscura, aunque la de Antonio parecía un poco más clara que la de ella. Podría haber sido marrón o gris, mientras que la de ella era negra o azul marino. Catalina no parecía feliz; de hecho, se la veía bastante triste.

Reconocía esa mirada. Aunque habían pasado casi cuarenta años, recordaba con nitidez el momento en que eché el último vistazo a mi país. El día empezaba a clarear y las siluetas de los árboles y arbustos de la costa se iban alejando a medida que remábamos. No podíamos encender el motor para no alertar a la Guardia Costera de Cuba. Vi algunos retazos de tierra verde, una bandera ondeando al viento y una pequeña edificación blanca en lo alto de una colina lejana. ¿Dónde estaban las palmeras, los hermosos edificios de La Habana y las anchas avenidas adornadas con los vivos colores de las flores de los flamboyanes? La costa parecía árida y poco acogedora, un lugar más amarillo que marrón que veía alejarse mientras apoyaba la cabeza en el hombro de mi madre y me echaba a llorar.

La voz de Julián me rescató de las lágrimas que siempre me asaltaban cuando llegaba a este punto de mis recuerdos enterrados. Me estaba mostrando un sobrecito de color ocre. Al mirar en su interior, vi lo que parecía un puñadito de polvo o ceniza. Perpleja y un poco asustada, se lo devolví.

—Mi abuela lo conservó siempre. Era una flor de hibisco amarilla que Catalina le puso en el pelo antes de marcharse. Lo conservó porque fue lo último que tocó su hermana antes de irse.

Esta vez ya no pude seguir conteniendo las lágrimas. Por suerte, Julián fingió no darse cuenta y siguió hablando. Me contó que, durante mucho tiempo, la familia mantuvo la esperanza de que Catalina hubiera sobrevivido a la catástrofe. Esperaban que algún día llegaría una carta diciendo que estaba en Cuba, sana y salva, en compañía de su esposo y de su hija. En aquella época, me explicó, los periódicos publicaron un montón de historias de gente que había sido dada por muerta, pero que había sobrevivido por haber desembarcado —ya fuera por error o por superstición— en Santiago de Cuba, en vez de seguir navegando hasta La Habana. Las hermanas de Catalina, en especial Lucía, se habían aferrado a la idea de que Catalina había sido una de esas personas.

Otros supervivientes del *Valbanera* fueron dados por perdidos durante mucho tiempo o para siempre, porque no sabían escribir o no tenían dinero para enviar un telegrama, siguió contando Julián. Un caso que se hizo muy popular fue el de una mujer que esperaba la llegada de su marido y sus hijos a La Habana. Cuando se enteró de que el barco se había perdido en medio del huracán, se volvió loca. No sabía que habían desembarcado en Santiago, donde permanecieron sin poder comunicarse con ella. Uno de sus hijos, ya adulto, fue a La Habana por negocios. Mientras un limpiabotas le pulía los zapatos, una mendiga se les acercó. El joven la oyó farfullar para sí misma la historia de su terrible pérdida.

—Siempre está así —comentó el limpiabotas, sin levantar la mirada—. Murmurando la misma historia. Nadie sabe si es verdad.

Pero el joven se dio cuenta de que esa mujer sumida en la miseria y la locura era su madre. No se lo confesó de buenas a primeras por miedo a dañarla todavía más en su frágil estado, pero la invitó a acompañarlo a su casa, donde tendría comida y cobijo. Con el tiempo, su hermano y él se atrevieron a confesarle que eran sus hijos perdidos.

Julián respiró hondo y dejó que la historia calara en mí. Era un buen narrador, y me mantuvo en vilo tanto con su voz —profunda y grave— como con sus historias. La tragedia del *Valbanera* estaba resultando ser mucho peor de lo que creía posible. No podía imaginarme separada de mi hijo durante toda su infancia. Me estremecí ante el simple hecho de pensarlo y levanté la mirada hacia Julián, esperando a que continuara.

Me dijo que su familia estaba convencida de que era imposible que ese fuera el caso de Catalina, que era la esposa de un hombre rico y, aunque solo había ido al colegio durante tres o cuatro años —más de lo habitual en las niñas de su entorno—, era muy inteligente y sabía leer y escribir. Pero por encima de todo estaban seguros de que, si hubiera sobrevivido, nunca habría permitido que su familia sufriera durante años pensando que estaba muerta.

—La pregunta entonces es: ¿por qué lo hizo? —reflexioné en voz alta.

Julián pareció no oírme, porque siguió hablando y me contó que, en la familia, se decía que Catalina estaba enamorada de un muchacho del pueblo llamado Juan Cruz, que desapareció más o menos por la misma época en que Catalina y Antonio embarcaron en el *Valbanera*.

—Tal vez la siguió a Cuba, pero nunca lo sabremos —añadió.

Esa posibilidad me resultó intrigante. Volví a examinar la fotografía que tenía entre las manos, tratando de leer la expresión de mi antepasada. En una ocasión, asistí a una visita guiada en el Metropolitan Museum of Art de Nueva York con una mujer especializada en enseñar a observar las obras de arte con atención a profesionales como médicos, periodistas o detectives. La idea era que esa preparación los volviera más competentes en el desempeño de sus funciones, al detectar pistas en gestos, en la ropa o en expresiones faciales que otros podrían pasar por alto. Intenté hacer lo mismo con la foto de mi bisabuela. Aparentemente, lo único que se veía en ella era a una pareja con un bebé delante de un barco. Pero luego, al observarla mejor, me fui fijando en que ella se inclinaba un poco hacia atrás, como si rechazara a su esposo de manera inconsciente. Aunque tal vez me estaba dejando condicionar por lo que acababa de descubrir: que estaba enamorada de otra persona.

En cualquier caso, lo que de verdad estimuló mi imaginación fue el bebé. ¿Quién era ese bebé?

—¿Dónde nació este bebé? —le pregunté a Julián.

—¿Te refieres a Carmen?

Me limité a asentir.

—Aquí, por supuesto. Bueno, no aquí, sino en la casa familiar. Allí ya no vive nadie, pero sigue en pie.

—¿Dónde está?

—En una aldea llamada La Peña, en mitad de la nada.

—Y si quisiera encontrar el certificado de nacimiento de Carmen, ¿dónde tendría que ir?

—No estoy seguro, pero creo que aquí, que es donde está el Registro Civil. ¿Por qué? ¿En qué estás pensando? —Julián me miró por encima de las gafas con la misma expresión que llevaba viendo toda la vida, una que decía: «Oh, oh, se avecinan problemas». Estaba tan acostumbrada que la mitad de las veces ni me daba cuenta, y, si lo hacía, me daba igual. La opinión de los demás nunca había logrado detenerme.

Le aclaré a Julián por qué me parecía importante encontrar ese certificado. La principal razón era que, aunque yo no llegué a conocer a Catalina, sí conocí a su esposo, el hombre que había criado a mi madre en calidad de padre. Para mí era como mi abuelo, pero no se llamaba Antonio López.

—No tiene sentido —comentó él—. ¿Por qué hacer creer a todo el mundo que el bebé había nacido en Cuba?

Me encogí de hombros, aunque empezaba a sospechar que tal vez la causa tenía que ver con el hecho de ser inmigrantes. Era una teoría un poco loca, pero quizá en algún momento a los inmigrantes les habían ido mejor las cosas haciéndose pasar por cubanos. Sabía perfectamente que las cosas habrían sido mucho más fáciles para mí en Estados Unidos si hubiera podido hacerme pasar por nativa del país y haber borrado todas las huellas de mi acento cubano.

Veinte minutos más tarde, Julián y yo llegábamos a la misma oficina del Registro Civil que había visitado dos días atrás. Esta vez veníamos con un nombre nuevo: Carmen López Quintana. Teníamos incluso una fecha de nacimiento, ya que la abuela de Julián tenía un álbum familiar en el que iba anotando las fechas de los nacimientos, bautizos, bodas y defunciones. La pequeña Carmen había nacido el 20 de abril de 1919, casi exactamente diecinueve años después de su madre.

No lograba entender qué conexión tenía ese bebé con mi abuela, cuyo nombre era Carmen Fernández Quintana. ¿Era la misma niña bajo distintos nombres? El *Valbanera* ya no era un misterio para mí, pero mi abuela empezaba a convertirse en uno. Me tentaba la idea de llamar a mi madre, pero la descarté. No quería confundirla aún más. Prefería esperar a desentrañar la historia para poder llamarla con información concreta.

Julián entró para hablar con alguien que conocía y, media hora más tarde, me entregó un sobre. Dentro, doblado por la mitad, había una inmaculada hoja de papel que aún conservaba el calor de la fotocopiadora: el certificado de nacimiento de Carmen Inés de la Candelaria López Quintana.

—Y esto... ¿qué demuestra? —me preguntó.

—Todavía no lo sé —respondí mientras guardaba el sobre en el bolso con un desenfado que estaba lejos de sentir.

Catalina

Las Villas, Cuba, octubre de 1919

Nunca llegó a saber cuánto tiempo permaneció en cama. En algún momento le pidió a doña Emilia que, por favor, cerrara las ventanas. No podía soportar el olor a mar ni la brisa marina que algunos días alcanzaba incluso el interior de la isla, trayendo con ella los susurros de las palmeras y colándose por las puertas y ventanas de la casa. Parecía estar llamándola, casi exigiéndole que se reincorporara al mundo de los vivos. Pero Catalina no tenía fuerzas ni ganas de nada. Doña Emilia se ocupaba de cocinar y de darle de comer como si fuera una niña enferma. La mantenía limpia con una esponja que sumergía en agua tibia, con la que le lavaba la cara, los brazos y las piernas como lo haría una madre. Catalina solo tenía fuerzas para murmurar su agradecimiento.

Cuando conseguía dormir, era pasto de las pesadillas. Soñaba con un barco a oscuras, lleno de cuerpos flotando, atrapados en el océano bajo el casco volcado. Se veía entre los muertos, con la melena pelirroja flotando y alejándose de ella, como si estuviera separada de su cuerpo. Sentía el peso de su hija entre sus brazos, diminuta pero hinchada, y al bajar la vista hacia ella veía pececillos plateados que salían de las cuencas de sus ojos.

La pesadilla era siempre la misma y, cuando Catalina se despertaba, lo hacía siempre gritando. Doña Emilia acudía a consolarla con una infusión de tila. Apoyaba una mano en su frente y le secaba el sudor. Luego la ayudaba a sentarse y la animaba a tomar pequeños sorbos, y Catalina obedecía sin rechistar. Carecía de fuerzas o de voluntad para oponerse. Parecía haberse desconectado de su cuerpo, por lo que permitía que doña Emilia le recolocara las piernas en la cama, con la misma eficacia con que lo hacía todo, pero con una ternura especial. En la intimidad de esos momentos compartidos en mitad de la noche, Emilia nunca le hablaba, ni siquiera para preguntarle cómo se encontraba, y Catalina siempre le agradeció su silencio.

Emilia no preguntaba porque, aunque ella no era madre, creía entender el dolor de Catalina. La pérdida de una hija era algo inimaginable, pero Emilia también sabía, sin que nadie se lo hubiera contado, que Catalina estaba de luto por el amor de su vida. Esperaba que el dolor de esas semanas hiciera que la joven se olvidara de ese hombre al que había amado. Para ella era importante porque, a pesar de ser una mujer muy pía, cada noche rezaba pidiendo que Ramón y Catalina se enamoraran. No sabía si ella sentía algo por su sobrino, pero estaba segura de que él sentía algo por ella; era evidente por el modo en que la miraba cuando Catalina no se daba cuenta. A los veintidós años, Ramón ya tenía edad de conocer el amor y de tener a una mujer en su vida.

Catalina sentía náuseas, como si hubiera vuelto a los primeros días a bordo del *Valbanera*, cuando era incapaz de probar bocado ni de levantarse de la cama. Al ver que cada día estaba peor, Ramón, preocupado, mandó llamar al médico de la ciudad más cercana. Había pasado ya un mes desde que Catalina recibiera la terrible noticia, y su aspecto estaba tan cambiado que Ramón se asustó cuando entró en la habitación con el doctor. Se la veía demasiado delgada y se le caía el pelo a puñados. Tenía las mejillas hundidas, la frente surcada de arrugas y los labios cuarteados, a pesar de las pócimas de aloe vera que le preparaba doña Emilia. Tenía las uñas destrozadas, como si se las arrancara sin darse cuenta. Para darles privacidad, Ramón salió de la habitación y aguardó con su tía junto a la puerta.

Catalina permaneció dormida durante buena parte del examen médico, pero se despertó sobresaltada cuando el estetoscopio se posó sobre su pecho. El doctor se apartó para darle unos segundos; luego le sonrió y le dio palmaditas en la mano, como solía hacer su padre.

—Me han contado que no puede retener nada en el estómago y que ha perdido mucho peso —comentó.

Catalina asintió en silencio.

—No me gusta cómo suena su corazón... —siguió diciendo el doctor. Catalina casi se sorprendió de que siguiera latiendo—. De momento, le encargaré a doña Emilia que le prepare una bebida a base de ruda, melisa y un poco de jengibre. Eso la ayudará con las náuseas y el apetito, aunque tendrá que poner también un poco de su parte... —Se levantó, corrió las cortinas y abrió la ventana antes de añadir—: En esta habitación tiene que entrar la luz y el aire fresco, y usted tiene que comer.

Como respuesta, Catalina se lo quedó mirando, sorprendida de que ese hombre no entendiera el alcance de su dolor. ¿Acaso no le había auscultado el corazón? ¿No había detectado la herida que lo atravesaba?

Iba a tener que aclararle que no podría hacer nada por ella. Se aclaró la garganta para darle una explicación, pero lo que salió de sus labios fue una pregunta.

—¿Qué se siente al morir ahogado?

El doctor la miró frunciendo el ceño.

—¿Por qué? ¿Siente que le falta el aire?

—No, pero necesito saberlo. Por favor, dígamelo —le rogó.

—Ya veo. En ese caso... como pasa en todas las muertes, eso es un misterio que solo podrían aclarar los que han tenido la desgracia de experimentarlo.

El médico acercó una silla a la cama de Catalina y sujetó los bordes del asiento, como si quisiera anclarse a alguna parte antes de responder.

—La muerte por ahogamiento es una de las peores —empezó diciendo—. Cuando una persona se hunde bajo el agua, deja de respirar de manera automática para impedir que el agua inunde sus pulmones. Podríamos decir que el cerebro decide que es mejor no respirar que respirar agua.

Catalina tragó saliva con dificultad, medio esperando que el doctor, al verla angustiada, dejara de hablar. Aunque al mismo tiempo quería que siguiera. Había algo exquisito en su dolor, algo que quería sentir en toda su intensidad. Solo así podría llegar a hacerse una idea de la tortura que había sufrido su hija.

—Sin embargo —continuó el doctor—, llega un momento en que el nivel de oxígeno en el cuerpo es tan bajo que un reflejo involuntario fuerza a la persona a inhalar. Y con eso la muerte está asegurada.

—¿Cuánto se tarda? —se oyó preguntar Catalina, que no estaba segura de cómo había logrado formular esas palabras.

El doctor se levantó y empezó a colocar sus instrumentos en el maletín de cuero negro, pero siguió hablando en tono profesional.

—Se cree que ese momento llega en menos de noventa segundos. Sin oxígeno, el cerebro sucumbe a la oscuridad y la desesperación. Pocos son los que mueren de manera elegante, mientras sus cuerpos se rebelan contra lo inevitable, contra el abismo.

Catalina contuvo el aliento y se cubrió la cara con las manos.

El médico volvió a sentarse a su lado, le apartó las manos de la cara con delicadeza dirigiéndole una mirada cargada de compasión, y añadió:

—Sospecho que ha sufrido una gran pérdida, señora, pero en estos momentos es fundamental que sea fuerte, por el bebé.

El doctor trataba de transmitirle la importancia del mensaje, pero ella no entendía nada. ¿Un hijo? Eso era imposible... Pero entonces recordó las noches de pasión compartidas con Juan a bordo del barco. ¿Cómo iba a traer al mundo un hijo sin padre? ¿Cómo iba a remendar su corazón lo suficiente para ofrecerle a ese bebé el amor que se merecía?

—Bueno, ahora iré a hablar con su marido —comentó el médico, y sus palabras sobresaltaron a Catalina, que se había olvidado de su presencia.

Sin darle tiempo a reaccionar, el doctor se levantó y

se marchó con su maletín, sin volver a mirarla. Ella se pasó la lengua por los labios resecos y se colocó otro almohadón bajo la cabeza, para incorporarse un poco. Bajó la vista hacia su cuerpo, que parecía aferrarse a la vida con tozudez. Otro bebé.

Ramón susurró su nombre y llamó a la puerta, pero entró sin esperar respuesta. Con delicadeza, como si tuviera miedo de arrugar las sábanas, se sentó en el borde de la cama, dándole la espalda, y se quedó observando el campo que se extendía detrás de la casa. El olor a hierba se colaba ahora por la ventana abierta, y una pequeña mariposa blanca revoloteó cerca del marco de madera. Solo el ladrido insistente de un perro interrumpía el silencio.

—No tienes por qué pasar por esto sola, Catalina —se limitó a decir Ramón.

Ella se apoyó en los brazos que, hasta hacía un momento, yacían inmóviles sobre las sábanas y se incorporó un poco más. Se puso una mano sobre el vientre. Todo este tiempo, mientras estaba de luto llorando la pérdida de sus seres queridos, una nueva vida había estado formándose, discreta, en su interior.

Casi podía oír la voz de su padre, dándole una de esas lecciones de vida que impartía mientras se ocupaban juntos del huerto: «Cuando plantas una semilla, la observas y estás pendiente de si crece. Si está a gusto, la dejas donde está. Si no, la mueves un poco; la riegas más o menos; la pones más al sol o más a la sombra...». Pero ¿cómo lograr que broten nuevas hojas o nuevas raíces de un tronco dañado? ¿Cómo librarte de la multitud de malas hierbas que amenazan con destruir la única belleza que has conocido en tu vida? La vida no es como un huerto, como decía su padre, es mucho más cruel, pero sigue siendo la vida. Sintió que el dolor disminuía un poco, muy lentamente, como el agua que empieza a retirarse con la marea baja.

Catalina mantuvo una de las manos en su vientre, aún plano, acariciando por primera vez la posibilidad de un nuevo bebé. La otra mano la apoyó con fuerza en la espalda de Ramón.

Mara

El Paso, La Palma, agosto de 2019

—Sospecho que Antonio murió y ella volvió a casarse y le cambió el apellido a la niña —dijo Julián, pensativo.

Llevaba su delantal favorito, uno que le cubría solo de cintura para abajo, de esos que solo los buenos cocineros se atreven a llevar. Julián cortaba cebolla mientras yo pelaba patatas para la tortilla que me había prometido prepararme el primer día. No cualquiera puede hacer una buena tortilla. Por suerte para mí, Julián era un experto.

Estábamos en la cocina de su casa. Julián ya había cerrado el bar y parecía relajado. Yo, en cambio, estaba más tensa que el cabo de un mástil. No dejaba de sentir ese cosquilleo en el estómago que suele indicarme que estoy cerca de una buena historia, pero que todavía se me escapa.

Lo que Julián había dicho no parecía descabellado, si no fuera porque se suponía que Catalina también había muerto.

—Según el registro, ambos murieron a bordo —le recordé—. Siento como si a esta historia le faltara una pieza. Creo que debería volver a revisar el registro del *Valbanera*, a ver qué encuentro.

—Vale, pero esta noche no —repuso Julián.

Como respuesta, alcé una ceja.

—Esta noche vamos a un concierto —me aclaró él.

—¿Un concierto? —La música era lo último en lo que habría pensado en esos momentos.

Julián me contó que era un concierto al aire libre, uno de los eventos programados para conmemorar el centenario de la tragedia del *Valbanera*. Pensé en Nelson, que adoraba la música, en especial la clásica. Decía que siempre había algún motivo para asistir a un concierto. Estuviera triste o entusiasmado, siempre se refugiaba en la música, igual que hacía yo con la literatura. Tardé un poco en darme cuenta de lo importante que era para él y en comprender que usaba la música para entender mejor el mundo y para procesar sus emociones, pero en cuanto lo hice mi amor por él floreció. ¿Cómo no amar a un hombre que usa la música para expresar todas sus emociones, incluida la ira?

—¿Has oído lo que te he dicho? Eh, ¿hay alguien ahí? —me preguntó Julián con una sonrisa tan ancha que pude ver que tenía la dentadura perfecta y blanca. Debía de ser uno de los pocos hombres españoles de su generación que nunca había fumado.

Dejó la tortilla en la mesa y abrió una botella de vino tinto. Luego cortó una porción triangular de tortilla y la puso en mi plato. Sirvió vino para los dos y, al sentarse frente a mí, se le escapó un gemido que expresaba tanto alivio como dolor. Estaba claro que el pobre hombre pasaba muchas horas de pie todos los días. Tenía la frente sudorosa, y usó un borde del delantal para secársela.

—Lo siento. Sí, estoy aquí. El concierto, claro, me encantará ir —respondí a toda prisa, tratando de huir de los inoportunos recuerdos de mi marido.

Esa noche me puse un vestido blanco que me dejó una de las primas que vivían cerca. Al notar que me quedaba un poco holgado, me pregunté si habría perdido peso. Ese sería un efecto inesperado y muy bienvenido de este viaje de búsqueda de mis raíces. Lo complementé con un fular rojo y me recogí el pelo, porque no tenía tiempo de lavarlo y marcarlo. Mi madre siempre me reñía por no cuidar más de mi apariencia, pero ella no estaba aquí, así que daba igual.

El concierto fue en una playa a tres cuartos de hora del pueblo. Habían montado un escenario de madera sobre la arena y multitud de lamparitas de papel iluminaban el camino para que los asistentes encontraran sus asientos. Los músicos tenían linternitas sobre las partituras para poder leerlas, pero el resto estaba sumido en la oscuridad. La noche no podía ser más cálida y gloriosa. El suave oleaje lamía las rocas de la orilla con delicadeza, como si estuviera plantando miles de besos diminutos sobre ellas. Me recordó a los besos que mi padre solía darle a mi madre por las noches. A menudo me iba a dormir en nuestro piso de La Habana oyendo el sonido de sus besitos. Traté de concentrarme en el recuerdo para no pensar en lo cerca que estaba el océano, aunque lo cierto era que, por alguna razón, el mar no me causaba tanta ansiedad como de costumbre.

El espléndido cielo estrellado de La Palma brillaba sobre nosotros, protagonizando un espectáculo propio ya antes de que la orquesta empezara a afinar. Calculé que habría unas cincuenta personas entre el público, por lo que el evento tenía un aire íntimo y especial. Me llamó la atención que nadie diera un discurso explicando el significado del concierto. El director llegó y la música empezó a sonar. Ya las primeras notas me resultaron familiares y contuve el aliento al reconocer la melodía. Era *La Mer*, de Debussy, una de las piezas favoritas de Nelson, que en su momento me había explicado con gran deleite que el compositor buscaba evocar la furia del mar y el poder de las olas en el tercer movimiento de la que se considera su obra maestra.

Alcé la vista al cielo y busqué la luz más brillante: Venus. Ahí estaba mi Nelson, contemplándome y sonriendo por lo sorprendente que era todo. Nuestro «hijo de las olas» se había alistado en la Marina y yo estaba aquí, sentada junto a un primo lejano, investigando la vida de alguien que había dejado esta isla hacía mucho tiempo para no volver jamás. Una mujer que se había reinventado en otra isla, en mi país natal; un lugar que yo también dejé para no volver, aunque cada vez tenía más claro que regresaría, precisamente para buscar a Catalina.

Cerré los ojos, asustada por el curso que habían tomado mis pensamientos. Me sentí presa de la maldición de los exiliados, siempre deseando regresar al lugar prohibido, buscando el hogar esquivo y escurridizo. Me vino a la cabeza una cita de un escritor sirio: «¿Qué haces cuando no puedes quedarte, pero tampoco puedes volver?».

Sentí una punzada de dolor y añoranza por mi patria perdida, con una intensidad que hacía tiempo que no experimentaba. También sentí dolor por Catalina y por su frustrada historia de amor, porque estaba convencida de que, si Juan la había amado tanto que la había seguido hasta Cuba, ella debió de amarlo con la misma intensidad. ¿Qué había pasado con su historia de amor? ¿Qué ocurre con cualquier historia de amor cuando los protagonistas ya no están? Tenía muy claro que el amor que sentía por Nelson seguía ardiendo, fuerte, brillante, pero ¿y el de Nelson? ¿Se lo había llevado con él o lo había dejado atrás y se había esparcido en el viento como polvo de estrellas, para que me encontrara y me consolara en mi soledad?

Los músicos habían empezado a tocar el segundo movimiento de la pieza, titulado *Juego de olas*. Era fácil sentir el balanceo de las olas, que se mecían con suavidad y, de pronto, el cambio brusco de la corriente con que la música atravesaba la densa penumbra de la noche. El mar, que se encontraba a pocos metros de distancia, parecía colaborar siendo tan silencioso como podía. A ratos, una ola un poco más potente chocaba contra la orilla y su sonido parecía competir con el de la orquesta. El resultado era una delicia, el original amplificado por docenas de violines que trataban de imitar lo inimitable.

Mis ojos se empezaron a llenar de lágrimas, pero no me importó. Dejé que cayeran como si fueran un súbito chaparrón caribeño y no traté de disimular. Julián me cubrió la mano con la suya, grande y llena de marcas de cortes y quemaduras. Apoyé mi otra mano sobre la suya y me gustó la sensación de tener su mano atrapada entre las mías, como si fuera un pájaro.

Cuando la música terminó, Julián no apartó la mano mientras todos los demás aplaudían. Cuando concluyó la ovación, una joven con un largo vestido blanco subió al escenario y leyó un poema dedicado a un naufragio que terminaba con estas palabras:

> *Familiar como el sabor de las lágrimas para mí,*
> *mientras en mis labios, insistente, percibo*
> *los besos salados y amargos del mar.*

Lloré, lloré y lloré.

Catalina

Las Villas, Cuba, diciembre de 1919

A Catalina le costó un gran esfuerzo levantarse de la cama donde se había echado a morir el día que se enteró del naufragio del *Valbanera*. Finalmente, lo logró dos semanas después de la visita del médico. Cuando reunió el valor suficiente para mirarse en el espejo, no se reconoció.

Su pelo rojo se había vuelto cobrizo y un tanto ceniciento, y los rizos habían perdido lustre y elasticidad. Las pecas le habían desaparecido casi por completo y su rostro había adquirido ese aire de luna llena que la acompañaría durante el resto de su vida: cara ancha y blancuzca, labios finos, nariz pequeña y una mandíbula firme y definida que nunca se le descolgó, ni por la edad ni por el peso. Las manos y los pies le habían crecido un poco durante el primer embarazo y todavía parecían más grandes después de los kilos que había perdido. No estaba segura, pero también tenía la sensación de haber ganado algunos centímetros de altura y de que era ya tan alta como su padre, tal vez más. Mientras su alma se encogía, su cuerpo se había expandido.

Durante los días que siguieron, empezó a ocupar más

espacio y a requerir más atención por el simple hecho de estar presente, pero permanecía callada, hablando solo cuando era imprescindible y mostrándose tan poco en público que incluso a los que la veían todos los días en el mercado o en la iglesia les costaba recordar su nombre. Catalina lo prefería así; ansiaba borrar a la persona que había sido hasta entonces y convertirse en alguien sin pasado, sin errores y sin recuerdos que la arrastraran hacia un pozo de dolor tan hondo que temía no poder volver a salir de él.

No ayudaba en nada el hecho de que todos en el pueblo comentaran «la tragedia del *Valbanera*». Daba igual si se quedaba en casa, porque las noticias la perseguían. Meses después del huracán, seguían publicándose historias sobre el naufragio en primera plana de los periódicos. Si doña Emilia los estaba leyendo y Catalina entraba en la habitación, los escondía al instante, pero al final acababa por encontrarlos mientras ordenaba la casa o sacaba el polvo. Aunque los titulares la estremecían, no podía evitar leer los artículos completos: «El naufragio del vapor *Valbanera* podría haberse cobrado 450 vidas», «Los buzos localizan la embarcación a doce metros de profundidad. Solo asoma el mástil», «No se ha encontrado rastro de los pasajeros ni de los miembros de la tripulación».

Este último titular la dejó confusa. ¿Cómo era posible? Se obligó a pensar en distintas situaciones que justificaran la desaparición de centenares de cadáveres, de cientos de personas que lo único que habían dejado atrás era el dolor de sus seres queridos. Algunos días, apenas podía resistir la tentación de levantarse y echar a andar en busca de algo sin forma, imposible de describir; algo que quizá acabaría revelándose cuando ella se pusiera en movimiento. Era consciente de que necesitaba alejarse de esa casa amarilla y de ese pueblo junto al mar donde había sufrido un dolor inimaginable, donde el corazón se le había roto en un millón de pedazos, aunque había logrado recomponerse de alguna manera para mantener con vida al nuevo ser que llevaba en su vientre. Un pueblo donde se había despojado de su antigua piel, igual que los gusanos de seda que cuidaba con tanta devoción. Sabía que, cuando los gusanos abandonaban la crisálida y se convertían en polillas, el ciclo terminaba y la metamorfosis se completaba. Tras siglos de domesticación, las mariposas del gusano de seda no podían volar; sus alas eran demasiado cortas, inútiles. Catalina esperaba que sus propias alas no se hubieran vuelto inútiles también.

Cuando compartió sus pensamientos con Ramón, él pareció confundido. No entendía las metáforas sobre gusanos o mariposas. Aun así, como el hombre pragmático que era, se preguntó adónde podrían ir teniendo en cuenta el «estado» de Catalina. No le gustaba la idea de dejar su trabajo y alejarse de su tía, pero Ramón era un hombre de honor y de palabra, y no olvidaba que le había prometido a Juan que, en caso de que a él le pasara algo, cuidaría de Catalina. Además, desde el mismo instante en que la encontró en el puerto, desaliñada y sufriendo, había sentido el deseo no solo de protegerla, sino también de complacerla. Era lo más cercano al amor que había sentido nunca.

Examinaba sus expresiones con atención para descifrar sus estados de ánimo, y se esforzaba en entretenerla con anécdotas del día a día para que no pensara tanto en la tragedia que había vivido. Cuando terminaba la jornada de trabajo, iban juntos a pasear, siempre en dirección al centro, lo más lejos posible de la costa. Se preguntó si Juan habría tenido la premonición de que iba a morir o si le había pedido que cuidara de Catalina porque es lo que suele hacerse antes de emprender un largo viaje. La travesía del Atlántico había sido el primer viaje de Juan y, por caprichos del destino, también el último. Debía de estar preocupado cuando le envió la carta desde Canarias, incluso era posible que ni siquiera estuviera seguro de poder embarcar en el *Valbanera*. De hecho, cuando los periódicos publicaron la lista de los fallecidos en el naufragio, Ramón se sorprendió al no encontrar el nombre de Juan entre ellos. No lo había comentado con Catalina, y tampoco le había mostrado la lista. No quería que volviera a sufrir al ver su propio nombre y el de su marido en el listado y al comprobar que el de Juan o el de la pequeña Carmen no aparecían.

Por todas esas razones, Ramón accedió a la propuesta de Catalina de dejar atrás la casita amarilla y empezó a entusiasmarse con la aventura. El único riesgo que había corrido en la vida había sido marcharse de La Palma y viajar a Cuba, pero lo consideraba un riesgo relativo, porque al final del viaje lo esperaban parientes y un trabajo. Esta vez, sin embargo, era distinto. Estaba a punto de convertirse en un hombre casado, con un hijo que no era suyo, aunque aprendería a quererlo como propio. Por supuesto, iba a tener que aprender a amar también a Catalina. Había algo en su fuerza interior, en su modo de enfrentarse al sufrimiento, que encendió un fuego desconocido en el alma de Ramón. Y no se trataba de deseo físico. No la deseaba ni le había puesto la mano encima, sin contar alguna caricia amable al retirarle el pelo de la cara o al darle la mano. Y, aun así, a pesar de su fortaleza, sentía una irrefrenable ternura por esta mujer embarazada y triste que estaba sola en el mundo y dependía de él para todo.

Pensó que se debía a que ella lo necesitaba. Hasta ese momento, nadie lo había necesitado nunca, y eso lo hacía sentirse adulto. Tal vez con el tiempo esos sentimientos de dependencia, admiración y necesidad podrían transformarse en amor. Así lo esperaba. Sus vidas serían más fáciles, aunque Ramón era consciente de que la vida nunca lo era. De momento, compartían respeto y dependencia mutua, y eso le parecía lo bastante seguro y cómodo para los dos.

Catalina y Ramón se casaron el día después de Navidad, en una tarde soleada. Ella llevaba un vestido de color rosa con encaje en el cuello que había pertenecido a doña Emilia en su juventud y que le sentaba como un guante, ahora que había ganado algo de peso con el embarazo. Ramón se puso una guayabera de lino blanco y unos pantalones oscuros.

La única testigo de su unión fue Emilia, que les ofreció una vaca negra y un saco de arroz como regalo de bodas. Esa noche, al regresar a la casa amarilla, insistió en prepararles una cena especial. Ella no sabía que Catalina estaba embarazada y tampoco le habían contado su historia de amor con Juan. Solo le habían dicho que querían casarse para poder pasar juntos el resto de sus vidas. A Emilia le sorprendió que ninguno de los dos mencionara la palabra «amor» en ningún momento. No creía haber malinterpretado las miradas que su sobrino dirigía a Catalina, pero al fijarse se dio cuenta de que se comportaban más como supervivientes de un naufragio que se aferraban el uno al otro en busca de apoyo que como una joven pareja enamorada. Tras pronunciar los votos, ni siquiera se habían besado, y tampoco lo hicieron cuando los animó a ello el cura, que se quedó perplejo cuando Ramón permaneció quieto y negó suavemente con la cabeza.

Doña Emilia no entendía por qué habían decidido casarse con tantas prisas, pero aprobó su decisión. Esperaba que encontraran consuelo y compañía en su matrimonio. En la mayoría de los casos eso era preferible al amor, sobre todo tras haber sufrido una tragedia tan tremenda, se dijo.

El día después de la boda, Catalina preparó un hatillo con la ropa de los dos. Tras un desayuno contundente, cogieron sus pertenencias y montaron en la yegua de Ramón. Dejaron atrás el pueblo, la casita amarilla y a doña Emilia, que los despidió con la mano hasta que no fueron más que una mota en la distancia, con la vaca negra siguiéndolos.

A las afueras del pueblo, Ramón se echó hacia atrás y le preguntó a Catalina:

—¿Hacia dónde?

—Lo más lejos posible de aquí. Encuentra un lugar donde no tenga que volver a ver el mar nunca más, ni siquiera olerlo —respondió ella antes de apoyarle la cabeza en la espalda.

Ramón se quedó pensando unos instantes, tomó una decisión y espoleó a la yegua en el vientre. Se dirigieron al sur, hacia el interior de la isla, donde la tierra era húmeda, roja como la arcilla y muy fértil. Ramón esperaba que esto último fuera verdad, porque lo único que tenía en el mundo eran diecisiete pesos, una vaca negra, un saco de arroz y una mujer embarazada que se apoyaba en su espalda mientras cabalgaban a lomos de una tozuda yegua moteada llamada Panchita.

Mara

El Paso, La Palma, agosto de 2019

Al día siguiente fui a casa de Gladys y Claude para pagar la estancia y recuperar mi mochila. No tenía sentido seguir albergándome allí cuando mi nueva familia me había acogido con los brazos abiertos y quería tenerme cerca. Además, Julián me había tentado con mostrarme la casa donde habían nacido Catalina y sus hermanas... y también mi abuela Carmen. O eso parecía.

Tras dejar mis cosas en el Bar Alegre, salí a la calle, donde Julián me esperaba junto al coche. En el asiento de atrás había una cesta de pícnic, y una servilleta de cuadros azules cubría el cuello de la botella de vino que asomaba del canasto. Aunque no hice ningún comentario, sin duda se dio cuenta de que estaba sorprendida y encantada.

—Por si acaso nos entra hambre... O sed —comentó con timidez, como un niño al que han pillado siendo amable—. Es un lugar precioso. Siempre busco excusas para ir, pero todo el mundo está siempre ocupado. Desde que murió la abuela, suelo ir solo.

Sus palabras fueron perdiendo intensidad hasta apagarse, como si se avergonzara de sus explicaciones.

—Bueno, pues hoy has encontrado la excusa perfecta. Me muero de ganas de verlo y, como siempre tengo hambre, las cestas de pícnic son mis mejores amigas.

Julián me sonrió antes de entrar en el coche, un viejo Peugeot cuyo color me recordaba al de los tomates maduros. Lo puso en marcha y partimos en dirección a La Peña, dejando atrás las casas y negocios de El Paso. Pronto llegamos a una carretera que parecía una cinta negra que rodeaba las montañas. En esta parte de la isla, el suelo era seco y tenía un color gris apagado, a diferencia de los ricos tonos marrones y verdes que había visto en la capital. Julián me explicó que lo que estaba viendo eran cenizas volcánicas.

Nunca había estado en un lugar donde los cambios de paisaje fueran tan bruscos como en La Palma. En media hora, más o menos, se pasaba de una preciosa playa llena de gente a una árida carretera que rodeaba cumbres imponentes y antiguos monolitos. Al tomar una curva, podías encontrarte con un torrente impetuoso, una cascada o un frondoso bosque de pinos. Las lazadas de la carretera estaban bordeadas de flores silvestres y arbustos como el laurel, que creaban coronas multicolores sobre las que se alzaban caprichosas formaciones rocosas y montañas tan altas y empinadas que parecían formar una barrera infranqueable entre la carretera y el mundo que quedaba al otro lado.

Debe de haber sido tan glorioso como claustrofóbico crecer aquí, rodeada por estos picos. Mis marcos de referencia eran muy distintos, campo abierto o mar abierto. Las barreras con las que crecí no las imponía la naturaleza, sino el hombre. Eran más fáciles de conquistar: o las derrumbabas o te ibas a otra parte. Nosotros nos fuimos a otra parte y dejamos Cuba, pero estas montañas eran otra cosa. No lograba decidir si inspiraban o encerraban el alma. Al final, Catalina también se había marchado. Tal vez las montañas habían sido demasiado para ella; tal vez también había querido ampliar horizontes en otra isla. Deseaba que hubiera encontrado lo que buscaba en Cuba, que hubiera vivido la vida que escogió y que nunca hubiera añorado estas montañas tanto como yo añoraba mi isla natal.

Últimamente daba igual lo que pensara: siempre terminaba en Cuba. Hacía tiempo que había dejado de obsesionarme con mi isla, pero parecía inevitable en estos momentos en que me sentía vulnerable y cansada, lejos de casa y de mi hijo, al que echaba mucho de menos.

Bajé la ventanilla a la manera antigua, dándole vueltas a la manivela, e inspiré hondo. Me asaltaron aromas de laurel, pino y lavanda, pero echaba algo de menos, algo que no lograba definir. Sentía la nariz seca, como si necesitara algo, y olfateaba el aire en busca de ese olor tan especial que había notado en otras zonas de la isla.

—No, aquí no lo olerás.

Julián pareció leer mis pensamientos, lo que provocó que se me escapara una carcajada.

—¿Qué es lo que echo de menos?

—El mar. Desde aquí arriba no se ve ni se huele, pero volverás a olerlo desde la casa. Ya verás, queda un poco más abajo, más cerca de la costa.

Mantuve la ventanilla bajada para poder contemplar las montañas sin el filtro del cristal. El día era cálido y yo llevaba mi atuendo habitual: pantalones negros, camiseta gris y un fular que combinaba dos tonos de verde y que esperaba que me aportara un toque de color y de glamur en este tercer día de mi visita.

Pasamos el resto del trayecto en silencio. A pesar de ser un tipo jovial, de carácter alegre —como atestiguaba el nombre de su negocio—, Julián era un hombre callado. Tenía la sensación de que estaba tan acostumbrado al ruido que disfrutaba de los momentos de silencio. Y yo estaba encantada, aunque, al mismo tiempo, las preguntas se iban acumulando en mi interior. Quería saber más sobre su vida y sobre las de todos los integrantes de su familia, que ya era la mía. Me habían acogido con los brazos abiertos solo porque me había presentado un día ante ellos y había afirmado ser la bisnieta de una pariente suya fallecida hacía tiempo.

Un brusco frenazo me sacó de mi ensimismamiento.

—Ya hemos llegado. —Julián sonreía, mirando hacia la casa como si la viera por primera vez.

La contemplé a través del parabrisas y abrí la puerta del coche sumida en una especie de trance.

Ante mí se alzaba una réplica casi exacta de la casa donde pasé todos los veranos de mi infancia, en Cuba. Sentí un cosquilleo en la nariz y se me contrajo la garganta, como siempre me pasa cuando las lágrimas amenazan con escaparse, y un escalofrío me recorrió la espalda al ser consciente de que, sin ningún tipo de duda, había encontrado el clan de mi madre y, por lo tanto, el mío.

Catalina

Sabanilla, Las Villas, 1919-1923

Tras tres horas de viaje, Ramón tiró de las riendas de la yegua en una parcela de terreno que le pareció perfecta. Quedaba lejos del mar, tal como le había pedido Catalina, lo que también la apartaba de las carreteras, trenes, tiendas y de la gente en general, pero estaba lo bastante cerca de doña Emilia para poder visitarla. Al principio, a Catalina le pareció que el silencio era absoluto, pero pronto se dio cuenta de lo equivocada que estaba. Oyó el zumbido de los mosquitos, el mugido de las vacas, algún trueno en la lejanía, gallos cantando, cascos de caballo acercándose por un terraplén y el inconfundible ruido de alguien que cortaba leña a machete resonando en el valle.

El caserío en que se encontraban se llamaba Sabanilla, pero nunca se molestó en averiguar el origen del nombre. Para ella, aquello no era un pueblo, sino un montón de casas desperdigadas que no se veían las unas a las otras en esa tierra de extensas llanuras sin accidentes geográficos que marcaran algún tipo de frontera visible.

Ramón negoció la cesión de una cabaña a cambio de trabajo. Catalina nunca había trabajado tan duro como lo hizo durante esos meses. Siempre se había considerado una persona trabajadora, pero aquello era distinto. Desde que se levantaban hasta que apoyaban la cabeza en la almohada por las noches, Ramón y ella luchaban contra los elementos para sobrevivir.

Su nueva casa era un típico bohío de madera con techo de hojas de palma. Cuando llovía, el agua se colaba por todas partes. Para no vivir entre barro, tenían cubos bajo cada gotera. Por las noches, cuando terminaba de cocinar, extendían las cenizas de la cocina en el suelo para tratar de mantenerlo seco. Era una labor ingrata, ya que daba igual cuánto limpiara Catalina, la casa siempre estaba sucia, igual que ellos. La suciedad se aferraba a su ropa y a su pelo y se les colaba bajo las uñas. A veces, Catalina incluso notaba que se le metía en la boca y formaba una película de arenilla sobre sus dientes. No disponían de agua corriente, electricidad ni baño, hasta que Ramón construyó una letrina a unos metros de la casa. Esa noche lo celebraron con una cena especial, y ella preparó ropa vieja, un plato canario a base de carne y patatas que se había convertido ya en parte de la dieta habitual cubana.

Catalina llegó a encariñarse de su bohío y de todo lo que lo rodeaba: la rareza de lo desconocido, los sonidos, el modo en que la luz parecía filtrarse por todas las rendijas a menos que cerraran bien los postigos de las ventanas, y el persistente olor de los mangos maduros durante los veranos. Pero le llevó tiempo y nunca acabó de sentirse en casa.

Al poco tiempo, Ramón fue a visitar a su tía y se encontró la casita amarilla cerrada a cal y canto. Preocupado, se dirigió a la iglesia, donde el párroco le dio la triste noticia de que doña Emilia había muerto mientras dormía. El sacerdote, sorprendido al no haberla visto en misa un domingo, fue a comprobar si se encontraba bien y la halló en la cama, vestida y con las manos cruzadas sobre el pecho, como si hubiera estado esperando a la muerte.

Cuando Ramón se enteró, ya había sido enterrada. Catalina rezó por ella, pero no sintió la necesidad de ir a presentarle sus respetos al cementerio. Todo lo que doña Emilia había significado para ella durante el breve tiempo que convivieron lo llevaba en el corazón, y no tenía el menor deseo de compartirlo con nadie. Nunca fue a visitarla desde que se marchó de su casa. De hecho, no había salido de Sabanilla desde que llegó, por miedo a que algún emigrante recién llegado de La Palma la reconociera.

Tras una breve pausa justo después de la tragedia del *Valbanera*, los barcos habían seguido llegando a Cuba, cargados de emigrantes ansiosos por encontrar trabajo en las florecientes industrias del azúcar y el tabaco. Entre 1919 y 1920 la cosecha había sido la más provechosa hasta ese momento, porque el precio del azúcar alcanzó su máximo. Y allí donde abundaba el trabajo y el dinero, los emigrantes acudían para hacerse con un trozo del botín.

Catalina temblaba solo de pensar que alguien de El Paso la reconociera como la hija perdida de los Quintana o, aún peor, como la viuda de Antonio López. Sabía que su familia y todo el mundo la darían por muerta y enterrada en las pantanosas aguas de Florida junto a su esposo y su hija, y le pareció que lo mejor sería dejar las cosas como estaban. No fue una decisión meditada; el tiempo fue pasando y se dio cuenta de que todo sería más fácil así.

Ramón heredó la casita amarilla de doña Emilia, pero no se planteó volver a vivir allí. En vez de eso decidió venderla y, con el dinero que le dieron, compró el terreno que había arrendado. El día en que firmó los papeles de su nueva propiedad, le regaló a Catalina un ramo de flores y la invitó a una copa. Ella accedió. Sabía que Ramón quería hacerla feliz y ella, aunque no aspiraba a la felicidad, sí deseaba llevar una vida tranquila y productiva. Pero su sufrimiento era tan atroz que casi todos los días llegaba a la noche exhausta. A menudo contemplaba el vientre donde crecía su hija y se preguntaba cómo era posible que siguiera allí. No dudaba de que se trataba de una niña, ya que solo una mujer podía aferrarse a la vida con esa tenacidad.

El 2 de junio de 1920, seis meses después de su llegada a Sabanilla, Catalina se encontraba sola en la improvisada cocina, echando leña al fuego para preparar el desayuno, cuando rompió aguas. No la tomó del todo por sorpresa. La noche anterior había soñado que una paloma blanca salía de su vientre distendido y planeaba sobre ella antes de salir volando por la ventana. Se despertó dolorida y tan segura de que el parto iba a ser inminente que mandó a Ramón a matar una gallina. Él obedeció y le retorció el cuello a su mejor gallina, a una a la que llamaban Colorá por su plumaje brillante. A lo largo de la madrugada, el bebé no había mostrado ninguna señal de querer abandonar el vientre de su madre... hasta ese momento.

A Catalina le lloraban los ojos por culpa del humo, como siempre que prendía fuego a la leña, y por unos instantes se quedó paralizada, medio ciega, notando la humedad entre las piernas, pero sin atreverse a agarrarse a ninguna parte por miedo a quemarse las manos. Sabía que el dolor se volvería insoportable muy pronto; recordaba muy bien su primer parto, pero las cosas habían sido muy distintas entonces. En aquella ocasión, poco más de un año atrás, su madre y sus hermanas estaban a su lado, en su casa y en su propia cama. Además, la comadrona se había quedado a su lado desde la noche anterior.

Aquel parto había sido fácil... y sabía que este no lo sería. Aun así, no tenía miedo. Había dejado de temer las cosas que se escapaban a su control. Ramón no se encontraba en la casa, pero no podía estar muy lejos, de modo que se secó los ojos con el dobladillo del delantal y decidió que iría a buscarlo.

Justo en ese instante, la asaltó una oleada de dolor tan intensa que se le doblaron las rodillas y cayó sobre el suelo de tierra de la cocina. Sintió que el vientre se le desplazaba hacia abajo, provocándole una gran presión entre las piernas.

—No, no, no, no... —iba repitiendo como un mantra, entre gemidos. Apretó las piernas con fuerza y le rogó al bebé que aguantara un poco—. Ahora no, por favor. Aquí no...

Llamó a Ramón, pero no sirvió de nada; tal como imaginaba, él no podía oírla. Catalina miró a su alrededor, horrorizada. No podía traer a su bebé al mundo sobre un suelo de tierra. Logró levantarse apoyando las manos en la pared y, entre contracción y contracción, salió al exterior. Vio a Ramón, que estaba de espaldas a ella, ordeñando a la vaca negra a la que aún no habían puesto nombre.

Antes de que lo llamara, él se volvió, como si hubiera notado su presencia. Echó a correr hacia ella, haciendo que el cubo volcara y se derramara la leche por el suelo. La vaca, sobresaltada, apartó su corpachón de un brinco y se alejó caminando con parsimonia.

Sin palabras y blanco como la leche que acababa de derramar, Ramón cogió a Catalina en brazos y la llevó a la cama que compartían. Ella gemía mientras se mordía los labios para no gritar y apretaba las sábanas con fuerza.

—Voy a buscar a la comadrona... —murmuró Ramón.

—No hay tiempo —gritó Catalina entre contracciones—. Tráeme una toalla.

Él hizo lo que le pedía y colocó la toalla bajo su cuerpo mientras ella se retorcía de dolor.

—Voy de todas formas —insistió ya desde la puerta.

—Por favor, ¡no me dejes sola! —gritó Catalina, pero ya era tarde.

En medio de su agonía, oyó el ruido de los cascos de Panchita perforando la calma de la mañana mientras Ramón se alejaba al galope. Aunque estaba casi sin aliento, Catalina empezó a rezarle a la Virgen de la Candelaria.

Cuando Ramón regresó con Pepa, que era como todos llamaban a la comadrona, una niña yacía fría y ensangrentada entre las piernas de Catalina, que la miraba con los ojos velados por las lágrimas, la frente cubierta de sudor y las manos temblorosas. El cordón morado, grueso como una cuerda y vibrante de vida, seguía conectando el vientre del bebé con el cuerpo de su madre.

Catalina levantó la vista, desesperada. En su cara flácida y pálida destacaban los ojos oscuros y enfebrecidos. Pepa no perdió el tiempo. Murmurando una oración en un idioma que Catalina no entendió, cortó el cordón con un cuchillo que llevaba en el bolsillo del delantal, le indicó a Catalina que se apartara, cogió al bebé, lo puso boca abajo y le dio una palmada en la espalda. El bebé tosió antes de echarse a llorar. A Catalina le pareció que ese llanto desgarrador era el sonido más dulce que había oído nunca.

—¡Oh! ¡Gracias a Dios, las vírgenes y los santos! ¡Gracias, gracias, gracias!

Sin dejar de llorar, Catalina tomó en sus brazos al bebé que Pepa le ofrecía como si fuera un premio.

Era una niña, pequeña y con la piel de alabastro, como la de Catalina, y el pelo negro como el azabache, rizado en las puntas. Cerraba los ojos con fuerza, igual que los puños, que parecían higos maduros. Catalina abrazó a su bebé desnudo y envuelto en una vieja toalla azul y lo mantuvo pegado a su pecho. Le olfateó el pelo e inspiró su olor, húmedo y cobrizo por la sangre, pero en él detectó algo más, un olor salobre y tormentoso como el mar. Cerró los ojos y pensó en su Carmen. Esta vez no hizo ninguna promesa y se limitó a abrazarla.

—Cuídala bien —dijo Pepa—, esta niña es un regalo de los santos.

La única palabra que Catalina distinguió fue «regalo». Sí, lo sabía, su preciosa hija era un regalo. Cuando Pepa se dirigió a la cocina a preparar caldo de gallina para la parturienta, como mandaba la costumbre, Ramón entró en la habitación. Catalina le dirigió una mirada tan cargada de alivio y gratitud que él se inclinó y le dio un beso en la boca, profundo y hambriento, por primera vez en sus vidas.

Ella sintió que el centro de su cuerpo se abría a él como una flor en una mañana de primavera. Al verse aceptado, Ramón se tensó de deseo, pero, en vez de abrazarla después del beso, alargó las manos hacia el bebé, que seguía arropado en brazos de su madre. Con delicadeza, se inclinó sobre la cabecita y le susurró al diminuto oído las palabras que su madre no había querido volver a pronunciar: «Siempre te querré y te protegeré».

La pequeña dormía y su pecho subía y bajaba deprisa con cada bocanada de aire, como si quisiera compensar el que se le había negado tras el corto pero difícil parto, mientras que Catalina estaba bien despierta y lo oyó todo. Sintió que el pecho se le expandía de amor y, tras apoyarle la cabeza en el hombro, susurró:

—Gracias, Ramón.

Como respuesta, él volvió a besarla, pero esta vez con suavidad, en la mejilla. Fue lo más cerca que estuvieron de una mutua declaración de amor, pero nunca necesitaron nada más.

Catalina decidió bautizar a su hija con el nombre de Carmen C. Fernández Quintana. Carmen, en honor a su hija fallecida. La inicial «C» sería siempre un secreto. A todos los que le preguntaban, les decía que era por su devoción a la Virgen de la Candelaria, pero en realidad significaba Cruz, el apellido que hubiera llevado si su padre no hubiera perdido la vida. El apellido Fernández nunca necesitó explicarlo, porque era obvio. A ojos de la ley y de todos sus conocidos, Carmen fue siempre la hija de Ramón, quien mantuvo su palabra hasta que no quedó nadie a quien amar o proteger.

Un día, cuando Carmen tenía ya tres años, Ramón volvió a casa con una carta. Más o menos una vez al mes regresaba al pueblo donde había vivido con su tía para recoger el correo y enterarse de las últimas novedades, tanto de casa como de Cuba. Viviendo tan apartados de todo, les costaba mantenerse al día de lo que sucedía en la isla, más allá de las fluctuaciones del precio del azúcar y de los fenómenos atmosféricos, los únicos temas que les afectaban.

La carta iba dirigida a Juan Cruz y a Ramón Fernández, y la habían enviado a la dirección de la casita amarilla. La oficina de correos se la había guardado, igual que le guardaba el resto de las cartas que recibía. El nombre del remitente le resultó familiar, pero no estaba seguro de quién se trataba, por lo que decidió no abrirla hasta llegar a casa.

La carta era de Ana, la hermana de Juan y amiga de la infancia que Catalina recordaba como una persona leal y cariñosa, que siempre apoyó a su hermano en todo, incluso en su amor clandestino. Abrió el sobre con las manos temblorosas. Era la primera comunicación que le llegaba desde La Palma, aunque no fuera dirigida a ella.

5 de agosto de 1923

Querido hermano:

A pesar de que nunca has respondido a las numerosas cartas que te he escrito, sigo convencida de que el problema es que no llegan adonde tú estás. Sé que estás vivo; mi corazón me dice que sigues con vida.

A lo largo de estos años, algunas personas malintencionadas han tratado de convencerme de que estás muerto, pero creo que, si lo estuvieras, lo sabría. Me dijiste que ibas a seguir a Catalina en el Valbanera, *y sé bien que ese barco se hundió, mi hermano querido. Sé lo mucho que debes de haber sufrido al enterarte de su muerte.*

Por aquí, su familia sigue llorándola, a ella, a su hija y a su marido. He leído la lista de los fallecidos en el naufragio y tu nombre no aparece entre ellos. Mantengo la esperanza de que sigues con vida y que, por alguna razón, no puedes o no quieres ponerte en contacto conmigo. Lo que no entiendo es por qué. Sé que hay otros que no saben escribir, pero tú sí sabes. ¿Te avergüenzas de algo? ¿Tienes miedo? No hace falta que me respondas; solo quiero que sepas que sigues contando con la lealtad de tu hermana.

Te escribo para contarte que tengo un plan. He ahorrado para el pasaje y voy a ir a Cuba a buscarte. Te encontraré.

Te mando todo mi amor, como siempre.

Tu hermana que nunca te olvida

Ana

P. D. Ojalá Catalina y tú pudierais ver la granja de su familia. Está tan bonita como antes o tal vez más. Las moreras han rebrotado.

Catalina se llevó la carta de Ana al pecho y se tambaleó un poco cuando su corazón se desbocó. Oyó que Ramón le preguntaba qué decía la carta, pero no pudo responderle. Sentía el corazón como un pájaro atrapado que batía las alas para escapar de la jaula, y temía que saliera volando en cuanto abriera la boca.

Ramón la había visto sufrir episodios como ese en el pasado, por lo que se dirigió a la cocina en busca de un vaso de agua. La acompañó a una silla para que se sentara y la abanicó con su sombrero. Después, le cogió la carta de las manos y la leyó. Su contenido no era nuevo para él, pero sí para ella, que acababa de descubrir que la habían dado por muerta, mientras que Juan podría estar vivo. Y si ese era el caso, ¿seguiría su hija también con vida?

Fue en ese momento cuando Catalina descubrió que la esperanza podía ser mucho más cruel y despiadada que el dolor.

Mara

La Peña, La Palma, agosto de 2019

Julián se adelantó y estaba ya abriendo la puerta con una de las llaves de su llavero. Ese sencillo gesto me provocó envidia. No se daba cuenta de lo afortunado que era por poder llevar en el bolsillo la llave de la casa de sus ancestros.

Cuando nos marchamos de nuestra casa en La Habana, mi padre se llevó la llave, que se perdió en el mar. Aún puedo sentir su peso exacto en la mano, la suavidad del cordel de cuero del que colgaba, su color cobrizo algo desteñido y los bordes un poco gastados, que encajaban a la perfección en la cerradura. Desde entonces he tenido muchas llaves, tanto de viviendas en propiedad como alquiladas, pero ninguna igual que aquella, que no necesitaba un empujoncito especial para que funcionara, que no era temperamental ni caprichosa, que se limitaba a hacer el trabajo para el que fue creada y lo hacía de manera eficiente, día tras día, año tras año. Algunas noches en las que me despierto preguntándome dónde está mi lugar en el mundo, pienso en esa llave. Tras diecisiete traslados en cuarenta años de exilio, ¿dónde estaba mi hogar?

Julián me esperaba junto a la puerta, aunque tuvo el tacto de no apurarme. La casa era vieja, pero, sin duda alguna, un siglo atrás debió de haber sido una buena casa. De hecho, aún lo era.

Los muros eran gruesos, de piedra. La puerta era una tabla de madera oscura que empezaba a pudrirse por la parte inferior, pero que alguien había pintado del color favorito de mi madre: azul celeste. A ambos lados de la puerta, dos ventanas montaban guardia como dos centinelas. Mientras yo contemplaba la casa por fuera, Julián abrió una de las ventanas y las cortinas de lino blanco se agitaron con la brisa. La oscuridad del interior me atrajo de inmediato. Imaginé que sería fresco y tranquilo, como solía ser la casa donde creció mi madre, incluso durante los días más calurosos de mis veranos en Cuba. Frente a la entrada había un jardín de flores silvestres, donde palomas blancas y negras se fueron agrupando, expectantes. Julián les estaba lanzando migas de pan desde la ventana.

Empecé a pasear alrededor de la casa, porque todavía no me atrevía a entrar. Encontré un lavadero d piedra pulida bajo un mirto, y una cuerda para tende la ropa que iba desde el árbol a un poste. Una fuent seca que parecía haber servido para regar el jardín antes de que se instalaran tuberías modernas estaba cer de la cocina, al lado de la puerta de un corral dond sin duda, habían criado animales. Un murete bajo c piedras desiguales rodeaba el perímetro de la finca, en un rincón se amontonaban cinco cruces antigua casi tapadas por los arbustos. Me agaché para enderezar una que se había caído. ¿Sería un cementerio de mascotas?

El lugar era muy tranquilo. Los pocos ruidos que se oían llegaban desde el interior de la casa, donde Julián iba de un lado a otro abriendo ventanas y, al parecer, moviendo algunos muebles. Detrás de la casa, se extendían varias hileras de exuberantes árboles que llegaban hasta una gran roca, y allí la vista quedaba cortada en seco. Era imposible ver nada al otro lado de esa gigantesca roca. Solo podías mirar hacia arriba. Imaginé que contemplar las estrellas desde un lugar como ese, sin polución ni vecinos cerca, debía de ser un espectáculo, aunque creí haber visto una casita no muy lejos de la carretera, poco antes de llegar aquí. Parecía muy vieja y sin duda estaba abandonada. Un poco más lejos, hacia la izquierda, se distinguía un bosque de pinos. No había visto unos pinos tan formidables en toda mi vida.

Julián había abierto la puerta trasera. Me recibió ese olor a moho tan típico de los hogares deshabitados, aunque quedó mitigado enseguida por el aroma del café que Julián había puesto a hacer en una cocina de aspecto antiguo pero elegante, que se alzaba sola, sin estar empotrada en los armarios, sobre patas curvadas. La cocina era el único electrodoméstico antiguo de esa estancia, donde también se había conservado el suelo original, pero el resto había sido renovado en tiempos recientes. Había una nevera reluciente y un microondas encastrado. Los armarios y la encimera eran de madera maciza y clara, y las paredes estaban decoradas con toques de verde de distintas tonalidades, como las hojas de los árboles que se veían desde la ventana. Se notaba que aquí cocinaba alguien que se tomaba el arte culinario con mucho respeto.

Julián parecía ensimismado, como siempre.

—¿En qué piensas? —me preguntó sin levantar la vista.

—Es curioso. Estaba a punto de preguntarte lo mismo.

Él me dirigió una sonrisa discreta.

—Pensaba en que todo es muy extraño —admitió—. Todavía me cuesta creer que Catalina no se hundiera con el barco. No tiene sentido. Has visto la fotografía; sabemos que embarcó.

Me limité a asentir, porque no sabía qué decir. En mi interior se estaba llevando a cabo una lucha de emociones. Por un lado, deseaba desentrañar la historia real de mi bisabuela, pero por otro me despertaba un fuerte instinto de protección. Si tenía un secreto, ¿quién era yo para sacarlo a la luz? Aun así, ¿qué me lo impedía en realidad? Había pasado mucho tiempo. ¿A quién iba a perjudicar la revelación de ese secreto? Al fin y al cabo, mi madre, mi hijo y yo éramos sus únicos descendientes. Las otras ramas de la familia sabían de dónde y de quién provenían.

Mi madre y yo ya habíamos vivido el exilio una vez; sabíamos lo que era dejar atrás un país, una familia y un hogar. Ahora, al parecer, volvíamos a ser exiliados a causa de los secretos. Quizá si lograba desentrañar al menos una parte de esta historia encontraríamos algo de lo que habíamos perdido por el camino.

Pero a Julián no le mencioné nada de eso. Lo que hice fue señalar la cocina:

—No me puedo creer que ese viejo trasto todavía funcione.

—La cuido bien —dijo pasando una bayeta sobre la impoluta superficie negra, para eliminar una manchita de café—. Aprendí a cocinar aquí, junto a la abuela Lucía.

Julián me sirvió el café en una taza blanca de Ikea que, curiosamente, encajaba bien en ese entorno. Siguió hablando y me contó que sus hermanos y él solían pasar los veranos ahí con la abuela Lucía, que vivió en la casa hasta su muerte. Sus palabras me desconcertaron un poco. Había imaginado que la casa llevaba un siglo vacía, como si la partida de Catalina le hubiera arrebatado el alma. Pero ¿por qué iba a ser así?

—Hasta su último aliento, mi abuela mantuvo la esperanza de que Catalina regresara —dijo Julián—. Siempre insistía en dejar la luz de fuera encendida, para que encontrara el camino.

Al no haber cadáver ni entierro, nunca creyó que su hermana estuviera muerta.

—Y ahora sabemos que tenía razón. —Julián me miró a los ojos.

—Porque estoy aquí —dije, y él asintió.

Me pareció muy cruel que Lucía no hubiera podido hacer realidad su deseo de ver a su hermana con vida. Si mi madre no hubiese tardado tanto en pedir el certificado de nacimiento, habría llegado a conocerla. Y, aunque yo no era Catalina, al menos habría podido conocer a sus descendientes. Cuando el silencio se alargó y cubrió la cocina como si fuera un manto, Julián se levantó para servir más café.

—¿Qué son esos árboles que hay detrás de la casa? —pregunté mientras él volvía a llenarme la taza.

—Son moreras. Solían criar...

—Las moreras han rebrotado —lo interrumpí.

—¿Qué?

—Nada, nada. —Busqué el móvil y lo saqué del bolsillo—. Tengo que hacer una llamada.

Salí a llamar a mi madre, pero no hubo manera. Se niega a activar el servicio de llamada en espera en el teléfono fijo y nunca responde al móvil. Frustrada, volví a entrar, pero la cocina estaba vacía.

—¡Julián! —exclamé genuinamente alterada, porque por un instante tuve la sensación de haberlo soñado todo.

—¡Aquí arriba! —gritó desde un punto indeterminado por encima de mi cabeza.

Seguí su voz hasta el piso superior. Los escalones de madera oscura crujían a mi paso, y tuve que agacharme para no darme un golpe en la cabeza. Estaba claro que un siglo atrás la gente era más bajita.

—¿De cuándo es esta casa?

—No hemos encontrado ningún registro —respondió Julián al salir de una habitación—, pero quizá sea de 1888, que fue cuando Inés María y José Ángel se casaron. Eran los padres de las tres hermanas. Mira, ahí hay fotos. —Señaló las fotografías que colgaban de las paredes del pasillo que llevaba a los tres dormitorios.

Había una foto de boda, amarillenta pero en perfecto estado, de Inés María y José Ángel, otra de las tres niñas juntas, y una tercera de Catalina y Antonio el día de su boda.

Las habitaciones estaban sin amueblar, excepto por las camas. En dos de ellas había camas individuales, de hierro, y en la más grande una cama de matrimonio con un cabezal de madera tallada. La cama estaba hecha y se veía muy pulcra, con las sábanas blancas, la almohada y un cobertor también blanco.

—A veces me quedo aquí —comentó Julián—. Solo —añadió para dejar las cosas claras.

Al final del pasillo había docenas de marcas en la pared, que me recordaban a las que hacía yo para señalar el crecimiento de mi hijo en cada uno de sus cumpleaños. Sin darme oportunidad de preguntar, Julián me explicó que las señales correspondían a cada uno de los nietos y bisnietos. Lucía había tomado medidas de cada uno de ellos, veinte en total, aunque las anotaciones que había junto a las marcas se habían borrado con el tiempo y ahora nadie sabía a quién pertenecía cada una. Habían pintado la casa varias veces desde entonces, pero Julián era demasiado sentimental para borrar las marcas, y ahí seguían. Le pedí que se colocara ante ellas y le hice una foto, pero había poca luz y quedó oscura.

Al regresar a la planta baja, acabé de visitar las partes que me había saltado antes. Una estancia pequeña, con cómodos sillones colocados a ambos lados de una chimenea, conducía a una habitación más grande: el comedor, situado junto a la cocina. Había otro saloncito, que Julián llamaba el cuarto de la costura, porque así era como lo denominaba Lucía. En un rincón encontré un curioso cachivache de madera que parecía un telar manual de los que se usaban para tejer. Julián me lo confirmó. La abuela Lucía le había contado que, en otro tiempo, su familia se había dedicado a la crianza de gusanos de seda, que guardaban en una cabaña, detrás de la casa, hasta que un incendio y los cambios en la economía de las islas pusieron fin a su lucrativo negocio.

—¿Gusanos? —Se me escapó la risa.

—¿Qué te hace tanta gracia?

No me vi capaz de explicarle el significado que tenía esa palabra en mi vida. Acaricié la madera gastada del telar y traté de imaginarme a mi bisabuela y a su madre en esta habitación, pasando las noches junto a un fuego mientras tejían seda.

—Nada —respondí mientras me acercaba a examinar los libros y las fotografías familiares que había en la estantería. Sentí que podría pasarme allí horas y horas descifrando caras, historias, estableciendo conexiones y tratando de entender a esta gran familia que acababa de heredar.

Los muebles del salón no eran tan antiguos como me habría gustado. Parecían de mediados del siglo XX. Julián hizo que me fijara en una mesa de centro. Me contó que era francesa, pero que había llegado de Cuba, regalo de un familiar. Yo no tenía tan claro que la mesa fuera francesa, pero tampoco era experta en mobiliario. Lo importante era el valor que le daba la familia. Era evidente que la cuidaban como un tesoro, porque llevaba más de un siglo ocupando el mismo sitio. Luego me mostró otro mueble que ya me había llamado la atención y que parecía una radio antigua encima de una caja cerrada, aunque en vez de botones para los diales tenía una especie de prismáticos.

—¿Qué es esto?

Cuando me incliné para echar un vistazo, me sorprendió ver una imagen de tres niñas con vestiditos idénticos de colores claros y faldas plisadas. Unas amplias cintas de seda les mantenían las cabelleras rizadas apartadas de la cara. Las tres estaban en la misma postura, con las piernas cruzadas, y se abrazaban por la cintura mientras miraban a la cámara con expresión franca y las barbillas alzadas en un gesto desafiante.

—Son Catalina, Simona y Lucía —comentó Julián.

En esa foto, que Julián dijo que la abuela Lucía siempre había guardado allí porque era su favorita, las niñas debían de tener seis, cinco y tres años. Julián dijo que la caja de fotos también procedía de Francia. El marido de Lucía se la había regalado con motivo de un aniversario de boda. Las fotos se conservaban dentro de un cristal enmarcado en madera. Era imposible recuperar la foto sin dañarla, por lo que podría considerarse que era el único álbum de fotos de la familia, y como tal era venerado. Al conservarse con ese sistema, las fotos podían durar una eternidad. En cierto modo, era una versión primitiva de la nube.

Me sentía abrumada y emocionada, y me debatía entre el deseo de sacarle fotos a todo lo que veía y la necesidad de vivir el momento.

Era consciente de que se trataba de una experiencia especial y mágica, y de que la historia se estaba revelando ante mí de un modo en que ni un libro ni un periódico podrían mostrar jamás.

—Quiero enseñarte otra cosa —dijo Julián—. Creo que te va a interesar.

Me tomó de la mano y me guio a través del comedor y la cocina hasta el huerto de moreras. No protesté porque no lo sentí como un gesto sexual ni intrusivo, sino como una muestra de afecto por parte de un amigo.

Recorrimos el terreno rocoso y cubierto de malas hierbas y me llevó hasta la imponente roca que antes me había llamado la atención. Al llegar, me soltó la mano y empezó a examinar la roca como lo haría un arqueólogo, acariciando los contornos del antiguo monolito como si buscara un botón o una palanca que diera acceso a un pasadizo secreto.

—¿Qué buscas?

—Ya lo verás —respondió—. Es una historia de amor.

Oh, no necesitó más para captar mi atención. Julián era un hombre muy inteligente.

—Aquí está, lo encontré. ¡Mira!

Señaló unas marcas en la roca, apenas visibles. Distinguí una «C», pero Julián insistió en que la «C» no estaba sola; que había una «J» antes, pero que, al estar tan pegada, parecía el reflejo de la «C». Tras su explicación, lo vi: «JC».

—¿Qué significa?

—¿Recuerdas que te hablé de un chico que estaba muy enamorado de Catalina? La abuela Lucía nos contó que él grabó las iniciales de los dos nombres, aunque también podrían ser solo las suyas, como un regalo para Catalina.

—¿Cómo se llamaba? Se me ha olvidado.

—Juan. Juan Cruz Cruz —respondió Julián sin poder contener la risa—. Sin duda el nombre más común de las islas.

Era cierto. Había oído ese apellido unas cuantas veces desde que llegué a Tenerife unas semanas atrás. Algunas personas, como ese tal Juan, llevaban el mismo apellido por ambas ramas de la familia: Cruz Cruz. Era casi tan confuso como los nombres de las islas y sus capitales.

—¿Y ella? ¿Lo quería?

—No lo sé —respondió Julián unos segundos después, con la cabeza ladeada—. Creo que nunca se lo pregunté a la abuela Lucía. Solo sabíamos que él estaba enamorado de Catalina.

—¿Y qué fue de él?

Como ya me había contado, Juan había desaparecido más o menos al mismo tiempo que Catalina. Unos años después de la tragedia del *Valbanera*, su hermana viajó a Cuba para buscarlo y nadie había vuelto a saber nada más de ella.

—¿No vivirían los Cruz por casualidad en la casita que se veía desde la carretera? —le pregunté, aunque, por alguna razón que no sabía explicar, ya conocía la respuesta a esa pregunta.

—¡Sí! —exclamó él—. Me sorprende que te hayas dado cuenta. La mayoría de la gente ni se fija. Ahora solo la usan los granjeros para escapar del sol cuando trabajan estos campos. La familia de Juan era muy pobre. Su padre los abandonó, y el hijo mayor y la madre murieron en la epidemia de gripe de 1918.

—¿En serio?

—Bueno, al menos eso fue lo que nos contó la abuela Lucía. ¿Quién sabe? Ha pasado tanto tiempo.

—¿Cómo se llamaba la hermana? —Algo me impulsaba a preguntárselo, aunque ni siquiera sabía por qué.

—¿Qué hermana?

—La que se fue a Cuba en busca de Juan.

—Oh, creo que se llamaba Ana, no estoy seguro.

Durante el camino de vuelta a la casa, dejé que Julián se adelantara. Quería quedarme a solas para volver a llamar a mi madre. En esta ocasión respondió al primer timbrazo e hizo lo que hacía siempre: tratar de hacerme sentir culpable por no llamarla todos los días. Esta vez no se lo permití. Tomé la iniciativa en la conversación y le conté lo que había descubierto sobre el *Valbanera*, la reunión con los primos y el paseo por el bosque de moreras. Al terminar, mi madre guardó silencio durante unos instantes.

—Di algo —le ordené, porque empezaba a preocuparme. No era normal en ella no tener una respuesta preparada para cualquier cosa.

—Estoy en shock, la verdad sea dicha —murmuró.

Aunque siempre había sabido que su abuela había llegado a Cuba en un barco, nunca había conocido los detalles, y nunca se le había ocurrido preguntar.

—En aquella época, la gente no hacía preguntas sobre el pasado —dijo mi madre—. Siempre había demasiadas cosas que hacer y los recuerdos no servían para nada; al contrario, eran una molestia.

En cualquier caso, el hecho de que su abuela pudiera haber sobrevivido a un naufragio y que pudiera haber estado casada con otro hombre antes de zarpar hacia Cuba era inaceptable para ella. En su mundo, la gente llevaba vidas tranquilas y ordenadas. No se reinventaban ni cortaban los lazos con sus familias por el simple hecho de cambiar de país.

Recordé el momento en que llegamos a Estados Unidos sin nada, ni siquiera un certificado de nacimiento o cualquier otro documento oficial, y los agentes de inmigración nos preguntaron cómo nos llamábamos. Antes de que pudiéramos responder, un hombre que hablaba español fluido nos dijo que no teníamos por qué dar nuestro nombre auténtico, que podíamos elegir cualquier otro.

—Van a empezar una nueva vida y aquí pueden ser quienes quieran ser —declaró.

Mi padre lo miró primero a él y luego a nosotros. Al volverse de nuevo hacia el agente, le dio nuestros nombres completos, y se los deletreó para que no hubiera confusiones.

—Nos quedamos con nuestros nombres —dijo—. Es lo único que nos queda: los nombres y los recuerdos.

Al parecer, Catalina no pensaba como él. Aunque conservó el nombre, se olvidó de su vida anterior, o al menos de su familia, y decidió cambiarle el apellido a su hija.

—Me cuesta creer que la persona que aparece en ese certificado de nacimiento sea la misma, porque me consta que mi madre nació en Cuba —insistió Mima—. Solo hay una Carmen Fernández Quintana y esa es mi madre, nacida en Sabanilla, en la antigua provincia de Las Villas, en la misma casa y la misma cama donde nací yo.

De hecho, siguió diciendo mi madre, le habían contado la historia del parto de mi abuela Carmen muchas veces: que estuvo a punto de morir, que la rapidez de reflejos de la comadrona le salvó la vida, que sacrificaron a la gallina favorita de Catalina para preparar un caldo. Mi madre se negaba a creer que esa historia fuera falsa.

—Recuerdo el certificado de nacimiento de mi madre; estaba en casa, pero allí se quedó, con todo lo demás. No sé, la verdad, no lo entiendo.

Finalmente, se detuvo y respiró hondo. Seguía sonando insegura. Yo mantuve el móvil pegado a la oreja. Me dolían los dedos, pero me resistía a colgar. Sentía que estaba batallando con sus recuerdos, que se estaba preguntando por su identidad y la de su madre. Me dio un poco de pena y se me despertó el instinto protector. La llamada no estaba saliendo como esperaba. Lo que quería era alegrarla con la noticia de la gran familia que había encontrado, pero lo único que había conseguido era convertir ese final feliz en una inquietante historia de identidades confusas.

Y entonces me acordé de la historia de amor. Esperando que le resultara bonita, le hablé de Juan Cruz y de su amor por Catalina.

—¡Ese es el nombre que aparecía en el sobre! —me interrumpió mi madre.

—¿Qué sobre? —pregunté. No entendía nada.

—¿Te acuerdas que te dije que había encontrado una carta?

—Sí, claro. La carta en la que se hablaba de las moreras.

—Iba dirigida a mi abuelo Ramón y a un tal Juan Cruz. Lo recuerdo porque era un nombre que no había oído nunca antes.

—¿En serio? ¿Y por qué iba tu abuela a tener una carta dirigida a Juan Cruz en Cuba si él vivía en La Palma?

—¿No me has dicho que la siguió a Cuba? —me recordó mi madre, siempre sensata.

—Es verdad.

Estaba cada vez más confundida.

Cuando entré en la casa, Julián había empezado ya a cerrar los postigos de las ventanas y lo ayudé a terminar. El sol se estaba ocultando tras la inmensa peña que se alzaba en el campo de moreras. Los bordes de la roca parecían brillar a la luz del crepúsculo y las hojas de los árboles se ondulaban como las olas del mar bajo la luz dorada. Cerré el postigo y lo aseguré con una barra metálica, a la antigua usanza. Al volverme hacia Julián, solté lo primero que me pasó por la cabeza.

—He tomado una decisión. La historia de Catalina ya no está en esta casa. Está en Cuba, y allí es donde debo seguir buscando.

Tercera parte

Si el dolor no hubiera sido tan preciso, me habría preguntado a cuál de mis penas rendirme primero.

Hisham Matar, *El regreso*

Catalina

Sabanilla, Las Villas, 1924

Saciado, Ramón la soltó y se acostó de lado para dormir. Catalina buscó a ciegas el camisón y se sentó antes de ponérselo. Ramón la agarró del brazo y murmuró algo que ella no entendió.

—Solo voy a buscar un poco de agua; ahora vengo.

Él retiró la mano y mostró su aprobación con un gruñido un instante antes de dormirse profundamente. Para ella, en cambio, el sueño era tan escurridizo como el placer. Ramón la deseaba de un modo que a ella le parecía antinatural. Daba igual lo agotado que estuviese, la buscaba todas las noches que pasaban juntos, como si tuviera miedo de que se marchara o, más bien, como si temiera que ya se hubiera ido y quisiera devolverle el alma a base de besos y caricias. Ella se dejaba y, a veces, como esa noche, fingía que disfrutaba, aunque no era cierto. Nunca estaba presente.

Durante años, sintió que su alma se había perdido en algún rincón del mar y que trataba de reunirse con ella, pero no lo lograba. Daba igual el amor o la pasión que recibiera de Ramón, no era capaz de perdonarse. La culpabilidad y el amor perdido le habían dejado el alma lisiada, pero a su lado tenía a un hombre que, al igual que su padre, nunca se rendía, y que noche tras noche se esforzaba en rescatarla del abismo.

En la oscuridad, Catalina se dirigió a la cocina, donde encontró las cerillas con las que encendió la lámpara de queroseno. Fuera llovía, y la lluvia siempre la ponía nerviosa. Fue a ver cómo estaba su hija, que dormía en su cama. Luego se paseó por la casa habitación por habitación en busca de goteras. Al encontrar una, colocó un cubo debajo. El ploc-ploc de las gotas interrumpió el silencio de la noche hasta que, poco a poco, al irse llenando el cubo, el sonido se fue apagando.

Durante los últimos cinco años, Catalina había aprendido a amar a Ramón, aunque no del modo en que amaba a Juan. Aquel primer amor había sido inmaduro y apasionado, y había estado a punto de destruirla. Lo que sentía por Ramón no se parecía en nada a esa pasión. Y tampoco podía compararlo con la relación con su esposo; por Antonio nunca llegó a sentir nada. Había sido su primer amante y se había limitado a dejar que él la amara. Con Ramón las cosas eran distintas; era su marido y su guía en un país desconocido, un auténtico padre para Carmen y esperaba que fuera también el padre de los otros hijos que tendrían algún día. Ramón lo era todo para ella.

No estaba segura de cómo había sucedido. No recordaba que Ramón le hubiera declarado su amor y, por supuesto, ella tampoco se lo había confesado nunca, pero sí sabía en qué momento se había dado cuenta de que lo suyo sería un amor duradero.

Sucedió poco después del nacimiento de Carmen. El bebé, que mamaba a sus horas y dormía durante el día, empezó a llorar todas las noches después de la cena. El llanto de su hija, tan parecido al del bebé que había abandonado en el mar, le provocaba un gran rechazo. Una noche, en vez de ocuparse de las necesidades de su hija, se tapó los oídos y, tras suplicarle ayuda a Ramón con la mirada, salió corriendo de la casa para no tener que oír lo que, en su cabeza, era un grito de auxilio de su hija desaparecida.

El primer impulso de Ramón fue detenerla, pero se contuvo y la dejó marchar. Tomó a la pequeña Carmen en brazos, la acunó y dejó que succionara su dedo meñique hasta que se calmó y se quedó dormida, con la carita escondida en el hueco que formaba su codo. Se acercó a la ventana y buscó a Catalina en la oscuridad. No podía verla, pero sí podía oír sus silenciosos sollozos y, con lágrimas en los ojos, se fue a la cama sin esperarla.

Cuando Catalina regresó a la casa, todo estaba en silencio. Se acercó a la habitación de puntillas y, a la luz del candil, vio que el bebé dormía sobre el torso desnudo de Ramón, chupándose el dedo y satisfecha con el colchón de amor que le proporcionaba su padre. Él estaba despierto, y Catalina le tomó la mano y se la besó. Esa noche los tres durmieron formando un nido de amor, con Carmen en medio de los dos, separándolos pero uniéndolos al mismo tiempo.

Su historia de amor floreció a partir de entonces.

Catalina volvió a la cocina y hundió el cazo de hojalata en el tinajón de barro, donde mantenían limpia y fresca el agua del pozo. Se sirvió un jarro de agua y se la bebió de un solo trago. Lo hizo con tanta ansiedad que se le formaron dos riachuelos en las comisuras de los labios y el agua se posó en su camisón blanco como flores frescas.

Se pasó la lengua por los labios mientras miraba a su alrededor. En la mesa de la cocina, que servía también como comedor, había mazorcas de maíz. Tenía previsto pelarlas al día siguiente, una tarea pesada que solía realizar una vez por semana, porque a Ramón le encantaban las frituras que la tía Emilia le había enseñado a preparar. En vez de regresar a la cama, Catalina se sentó en un taburete, se colocó un balde entre los pies y se arremangó el camisón por encima de las rodillas. A la luz del candil, arrancó las hojas de las mazorcas y los hilos sedosos que se aferraban, obstinados, a los granos.

«Ya basta», se dijo.

Por la mañana desgranaría el maíz, lo molería y lo transformaría en gachas. Limpió los restos que habían quedado en la mesa y después barrió el suelo con la escoba nueva que le había hecho Ramón con hojas de palma.

Sintiendo de repente el cansancio acumulado, Catalina suspiró. Era absurdo meterse en la cama a esas horas.

La vida de Catalina dio un vuelco cuando descubrió que tenía el don de la sanación. Fue algo accidental que sucedió el día en que cumplía veinticuatro años, cuando una vecina llamada Teresa llamó a la puerta y se quejó de un empacho.

—¿No tendrás algún remedio? —le pidió con el rostro contraído en una mueca de dolor—. Lo he probado todo; no sé qué hacer.

Catalina buscó en su improvisado botiquín. Tenía tinturas para el dolor de cabeza, las uñas encarnadas y la congestión de nariz, y también algún que otro ungüento para piojos y otros parásitos, pero no vio nada para el dolor de estómago. Y, sin embargo, sentía la necesidad de ayudar a esa mujer; como si al hacerlo fuera a ayudarse a sí misma. Recordó a su abuela Elena, que de niña le había curado todos los males con una oración a Catalina de Siena, la santa en cuyo honor la habían bautizado.

—¿Por qué no te tumbas un rato? —le propuso mientras se quitaba el delantal sucio y la invitaba a entrar en un dormitorio—. Tal vez pueda ayudarte.

Teresa, que apenas podía hablar debido al dolor, hizo lo que Catalina le indicaba y se levantó la camisa para mostrarle el vientre distendido.

—Ahora vuelvo.

Catalina se dirigió a la cocina y cogió un bote de manteca de cerdo, una vela y una caja de cerillas. Luego regresó al dormitorio donde Teresa se aferraba a las sábanas con los puños apretados.

Encendió la vela, se untó las manos en manteca y se frotó las palmas para calentarlas y que quedaran bien suaves. Entonces colocó las manos sobre el vientre pálido de la mujer y empezó a murmurar las palabras que doña Elena recitaba cuando alguien tenía algún problema de salud:

—Mi poder no se ha debilitado ni puede debilitarse porque proviene del todopoderoso. Puedo, quiero y sé cómo ayudar a los que me necesitan. Puedo, quiero y sé. Soy poderosa pero humilde. Te imploro que guíes mis manos para poder hacer tu trabajo. Puedo, quiero y sé.

Con los ojos cerrados y concentrada en sus manos, Catalina empezó a masajearle el estómago con delicadeza. Teresa gimió de dolor, pero Catalina siguió con el masaje, presionando con más firmeza y sin dejar de repetir las palabras alzando la voz poco a poco. Ya no pensaba en lo que decía. Dejaba que la plegaria circulara por su cuerpo y manifestara el milagro a través de sus manos.

—Dios nos ha dado un puente para remediar muchos males. Cruza el puente, Teresa, para no ahogarte en el río o el mar embravecido que es la vida.

—¡Para! —gritó la mujer antes de levantarse y salir corriendo hacia la ventana, donde vomitó apoyada en el alféizar.

Catalina la esperaba con una toalla y un vaso de agua.

—Muchas gracias, querida amiga. —Teresa tiró de su camisa para volver a cubrirse el estómago—. Me encuentro mucho mejor.

Catalina le dijo que se quedara en la cama tanto rato como quisiera y, mientras su vecina descansaba, le preparó una infusión de clavo y orégano de su propio huerto. Cuando fue a llevarle una taza humeante minutos más tarde, se la encontró dormida, con las rodillas dobladas casi hasta el pecho. Dejó la taza en la mesilla de noche, se alejó de puntillas y fue a ocuparse de Carmen, que desde la puerta había estado observando cómo su madre se transformaba en una sanadora. Tres horas después, Teresa —que era madre de seis hijos—, muy recuperada gracias a la siesta y agradecida por la cura, abrazó a Catalina y proclamó que tenía el «don».

A partir de ese día, Teresa volvió a menudo a visitarse, y trajo a otras personas con ella, como a su hija mayor, que sufría menstruaciones dolorosas. Para tratarla, Catalina usó manzanilla y jengibre. Para los dolores y espasmos musculares no había nada como la ruda y la lavanda. Para prevenir que los resfriados bajaran al pecho, empleaba una tintura de orégano y miel. Cuantas más combinaciones probaba, más fuerte y segura se sentía. Su jardín florecía al mismo tiempo que ella, que sentía como si el nubarrón que la seguía a todas partes estuviera escampando al fin.

Mientras Ramón trabajaba lejos de casa durante la cosecha de la caña de azúcar entre junio y diciembre, Catalina se fue ganando la fama de ser la curandera del pueblo. Curaba dolores —especialmente los de estómago—, y era capaz de ayudar incluso a los aquejados de mal de ojo. Para las insolaciones, colocaba un vaso boca abajo sobre la cabeza febril; tenía una oración especial que hacía desaparecer los sarpullidos, y a los que sufrían de insomnio y pesadillas les daba un vaso de agua bendecida por ella para ponerlo debajo de la cama. La oración que utilizaba para combatir el mal de ojo era secreta y nunca la pronunció ante nadie.

Esas curas, sin embargo, casi siempre la hacían llorar, y acababa hecha un mar de lágrimas. Era como si absorbiera todos los males que aquejaban a los que habían sufrido una maldición. El llanto la dejaba agotada y asustaba a Carmen, que se abrazaba a su madre como si quisiera hacerla volver a su antigua versión a pura fuerza de voluntad. Aunque la Catalina de antes apenas sonreía, se desvivía por su hija, que le devolvía su amor con todo su corazón. En esos momentos, solo las lágrimas de Carmen rescataban a Catalina de las suyas.

Aunque Catalina se negaba a cobrar, casi todo el mundo insistía en pagarle algo en la medida de sus posibilidades. Uno le traía una gallina, otro un lechón, otro un saco de arroz o un quintal de frijoles de sus campos... En una ocasión, un vecino le regaló una mula de color chocolate que Carmen reclamó enseguida y a la que llamó Nieve por el color blanco de sus patas.

A veces, Catalina se preguntaba qué dirían su madre y sus hermanas si pudieran verla ahora. Estaba segura de que su madre se llevaría un gran disgusto si se enterara de las condiciones tan duras en las que vivía, pero al mismo tiempo se habría alegrado de que hubiera encontrado su vocación. Cuando se agachaba para realizar tareas que su madre y su abuela habrían considerado un «trabajo de hombres», a Catalina se le escapaba una sonrisa. Estaba convencida de que esto no era lo que su padre tenía en la cabeza al asegurarle que tendría una vida mejor en Cuba.

Siempre había cosas que hacer y nunca faltaban molestias y dificultades a las que enfrentarse: mosquitos, lluvia, barro, calor insoportable, repentinas tormentas eléctricas y lluvias torrenciales cada verano.

Por las mañanas, antes de que el sol asomara sobre las colinas que rodeaban la casa, daba de comer a las gallinas moviendo el brazo de lado a lado, como formando un arco, para esparcir los granos de maíz y las migas de pan en el patio, frente a la puerta de la cocina. Luego le daba la vuelta a un cubo y se sentaba en él para ordeñar a la vaca y poder llevarle leche recién ordeñada a su hija a la cama, y entonces volvía a salir para alimentar a los cerdos con las sobras de la cena y conducía a las vacas y a las cabras hacia una zona donde la hierba estuviera más fresca, tirando de las cuerdas que llevaban atadas al cuello. Después de desayunar, empezaba a preparar la comida del día. Ella misma se encargaba de arrancar las patatas o los boniatos de la tierra, y de matar a alguna gallina o incluso a una cabra de vez en cuando. Antes de comer, arrancaba malas hierbas del jardín junto a Carmen, cuyas manitas eran ideales para sacar los brotes más pequeños. La pequeña trabajaba con delicadeza y orgullo, al igual que lo había hecho su madre cuando era una niña encargada de cuidar y alimentar a los gusanos de seda.

Las tardes las dedicaba a los que acudían a verla en busca de ayuda, que cada vez eran más a medida que se extendía la fama de sus manos milagrosas y su talento con las hierbas. Si no tenía visitas, cosía o bordaba mientras contemplaba a Carmen, que jugaba en el jardín o cazaba mariposas con un bote de cristal. Solo se permitía un rato de descanso después de cenar y de haber recogido la cocina. En esos momentos, se sentaba a la luz del farol y le contaba cuentos a Carmen, acurrucada en su regazo. Cuanto más fantasiosas eran las historias, más le gustaban.

Su vida era dura, pero agradecía las dificultades como castigos. Gracias al dolor de espalda, le parecía que le dolía menos el corazón. Tenía las piernas hinchadas, llenas de marcas de picaduras y de arañazos de los animales o de la afilada valla del potrero donde guardaban el ganado. Sus manos, llenas de callos, se habían vuelto más fuertes gracias al duro trabajo de la granja. Todo lo agradecía como si fuera una bendición. Su cuerpo, que aumentaba de volumen día tras día, era capaz de todo. Se sentía fuerte y poderosa.

Porque en su vida había algo más: un secreto que había empezado a iluminar sus días como el suave brillo de una vela en la oscuridad. Quería conservar ese brillo y esa calidez para ella sola antes de compartirlo con Ramón.

Lo único que pedía era que, en esta nueva vida que había creado junto a Ramón, nada ni nadie le arrebatara a Carmen.

Mara

Sabanilla, Cuba, octubre de 2019

Nunca había visto La Habana desde el aire. Había visto muchísimas otras ciudades, sobre todo Nueva York, pero seguía sintiendo una punzada de emoción cada vez que la silueta de un lugar querido empezaba a divisarse desde la ventanilla del avión e iba tomando forma a medida que nos acercábamos al aeropuerto, hasta que desaparecía y ya solo se veía la pista de aterrizaje o, dependiendo del aeropuerto, una valla, árboles, montañas en la lejanía o algún paisaje con tan poca personalidad que el aterrizaje perdía buena parte de la gracia.

Pero no fue el caso en Cuba. Debería haber sabido que todo en este viaje, el primero desde que me marché cuatro décadas atrás, sería distinto y especial. Desde el cielo, Cuba era como una colcha hecha de retazos verdes y marrones, rodeada de una franja de distintos tonos de azul. Una vez en tierra, sentí como si todos mis órganos ocuparan por fin su lugar. Y al parecer no fui la única que lo notó, porque los pasajeros, casi todos cubanos que viajaban desde España para visitar a sus parientes, saltaron de sus asientos sin hacer caso de los ruegos de los asistentes de vuelo y aplaudieron entusiasmados. En general, no me gustaba esa tradición, pero esta vez me hizo sonreír; comprendía y compartía su entusiasmo. No estaban dándole las gracias al piloto por un aterrizaje perfecto; se estaban aplaudiendo a sí mismos por volver a estar en casa.

En cuanto salí del avión, sin embargo, las complejidades de Cuba me golpearon con saña. El aeropuerto era caótico y faltaba personal. El agente del control de fronteras que examinó mi pasaporte y mi visado tardó siglos en dejarme pasar, ya que quería asegurarse de que estaba allí en calidad de visitante y no como reportera. También quería dejarme claro que, aunque viajara con pasaporte estadounidense, para él seguía siendo y siempre sería ciudadana de Cuba. O, dicho de otro modo, si me pasara algo durante mi estancia, el Gobierno de Estados Unidos no tendría jurisdicción para hacer nada por mí.

Acababa de regresar a la boca del lobo.

Esta era la razón principal por la que no le había contado a mi madre que iba a venir. Quería ahorrarle preocupaciones y, de paso, ahorrarme yo la culpa. Solo había un lugar en el mundo que habría logrado preocupar a mi padre si se hubiera enterado de mi visita, y ese lugar era Cuba. Nunca me prohibió venir de manera explícita, porque sabía que debía ir adonde me llevara mi trabajo, pero, por lo que fuera, el periodismo nunca me llevó de vuelta a mi isla natal.

Finalmente, sin embargo, la llamada de la sangre de mi familia había conseguido llevarme hasta allí. Estaba en medio de una cruzada personal, y confiaba en que mi padre, de seguir con vida, habría admitido que esta misión era incluso más importante que cualquier encargo de trabajo.

Volver a Cuba no había resultado fácil. Nunca habría imaginado que dejar atrás a Julián, a mis primos y, sobre todo, a la casa de La Peña, me resultaría tan desgarrador. A lo largo de una semana regresé a la casa todos los días, con Julián, y dediqué ese tiempo a recabar información para escribir el reportaje que me había comprometido a entregar a mi editora. Luego volví a mi vida y mis rutinas en Santander, mientras esperaba a que se tramitara el visado y el pasaporte cubano que todos los nacidos en Cuba deben obtener, aunque tengan la ciudadanía de otros países, como es mi caso.

Las gestiones me llevaron un par de meses, tiempo más que suficiente para lavar la ropa, escribir y entregar el artículo para la sección de viajes, y conseguir dinero en efectivo, ya que en Cuba no se aceptan las tarjetas de crédito de Estados Unidos. Además, quería cargar pilas para la nueva etapa del viaje. Sabía que la estancia en Cuba me iba a desgastar emocionalmente, y necesitaba prepararme. Comí bien, dormí a pierna suelta, y traté —sin mucho éxito— de apartar cualquier imagen de Catalina y del *Valbanera*.

Pero ahora todo eso me resultaba muy lejano. Eso fue en España. Esto era Cuba.

Me senté al volante del coche de alquiler y puse rumbo a la habitación que había alquilado en una mansión del barrio residencial de Miramar. Mantuve una conversación mental con mi padre, donde fuera que estuviese, y le di las gracias por habernos sacado de Cuba. Me habría gustado poder darle las gracias en vida, para que supiera lo mucho que valoro su previsión y los sacrificios que hizo.

No me resultaba fácil concentrarme en conducir. En

la plaza de la Revolución, me salté una salida y seguí recto. Iba perdida, pero me daba igual, porque estaba ansiosa por verlo todo y comprender al país que había dejado atrás. En los años que viví aquí, era demasiado pequeña para aventurarme sola fuera del barrio, y mis padres eran muy protectores. Ahora, con cincuenta y cinco años y mucha experiencia viajera en mi arsenal, lo observaba todo como si lo viera por primera vez. Sin duda, La Habana era una ciudad bien diseñada y con una plétora de estilos arquitectónicos. No se limitaba a los arcos y pórticos que suelen aparecer en tantas imágenes. En un radio de unas cuantas manzanas, podías encontrar joyas del *art déco* y del *art nouveau* al lado de chalets con poca gracia de los años cincuenta y de imponentes edificios neoclásicos.

Algunas de las casas estaban tan bien conservadas y pintadas de colores pastel tan variados que parecían *petits fours* atrapados en el escaparate de una pastelería francesa, aunque muchas otras —la mayoría— estaban en un estado ruinoso. Sesenta años de ineficiencia habían transformado esta elegante ciudad en una montaña de ruinas. La vegetación asomaba por huecos en las fachadas de lo que habían sido hogares llenos de encanto. Abundaban las grietas, que recorrían los muros de las casas como si fueran ríos secos, y había tantos tejados caídos que algunos edificios parecían bocas abiertas llenas de caries. Perros abandonados deambulaban por las calles y sus excrementos se apilaban por doquier.

El estado de las personas no parecía mucho mejor que el de las calles. Algunos colegiales de uniforme se perseguían corriendo por las avenidas cercanas al famoso malecón, como hacen los niños en cualquier parte del mundo, pero también vi a otras personas que parecían abrumadas por la vida. Hombres y mujeres con zapatos viejos y ropa andrajosa caminaban con la espalda encorvada y una expresión de amargura en el rostro. Parecían haber sido aplastados por las tribulaciones del día a día. Casi todos ellos llevaban bolsas, como si esperaran encontrar algo por el camino que pudieran vender o llevarse a la boca; lo que fuera. Otros, muy jóvenes, se vendían a sí mismos apoyados en poses sensuales contra los muros y vestidos con ropa que no costaba mucho de apartar para un encuentro apresurado.

Al detenerme en un semáforo, vi a un anciano montado en bicicleta que transportaba lo que parecía ser un pastel de bodas con una mano, mientras sujetaba el manillar con la otra. Giré el volante para dejarle todo el espacio posible y, justo antes de entrar en el túnel que me llevaría a Miramar —el barrio donde iba a alojarme—, vi a un hombre sentado en la hierba, con aspecto perdido. La imagen no me habría llamado la atención de no ser por las bolsas abarrotadas que mantenía cerca de él, con gesto protector.

Aparté la vista, frustrada. Sabía lo que iba a encontrarme al regresar a Cuba o, mejor dicho, pensaba que lo sabía, pero lo que estaba viendo era catastrófico, como si una bomba hubiera arrasado la ciudad, dejando a la población aturdida y demacrada. Pestañeé con fuerza para mantener las lágrimas a raya al darme cuenta de que me estaba acercando a la casa. Había memorizado las instrucciones que Airbnb me había enviado por correo electrónico. Ojalá la habitación estuviera tan limpia y fuera tan acogedora como parecía en mi portátil. Necesitaba un refugio donde escapar del agujero negro en que se había convertido La Habana. No había investigación previa ni preparación emocional que pudiera haberme protegido contra lo que estaba viendo. Aunque, en parte, lo prefería así; solo el horror que se extendía al otro lado del parabrisas me distraía de los pensamientos que me asediaban, tanto dormida como despierta, desde que aterricé en La Palma, hacía ya más de dos meses.

Llegué a la casa sin complicaciones. La habitación que había reservado tenía vistas al mar. No fue una sorpresa, pero sí una coincidencia. No tenía previsto continuar con mi terapia de exposición en Cuba. Tenía claro que no sería muy prudente añadir una fobia a las emociones del regreso después de tantos años, pero cuando el dueño me escribió: «Está de suerte. La única habitación que me queda es la que tiene mejores vistas», sentí que era cosa del destino y la reservé.

El dueño —que se llamaba Alberto, pero se hacía llamar Al, como Al Pacino, según me aclaró él mismo— no dejó de hablar mientras me enseñaba su precioso hogar. Era una típica mansión de Miramar construida en los años cuarenta, un periodo de gran creatividad arquitectónica en Cuba. Al me contó que había heredado la casa de su madre. A ella se la había regalado Celia Sánchez, una de las fundadoras del movimiento que llevó a la revolución cubana, y de quien se rumoreaba que había sido amante de Fidel Castro. No le pregunté a Al de qué modo su madre había arriesgado su alma para conseguir esta casa como regalo. Me pareció imprudente y, total, solo pensaba pasar dos noches allí.

A diferencia de la mayoría de las mansiones de Miramar, que se encontraban en la Quinta Avenida, la casa de Al se alzaba en la Primera, pegadita al mar. Las paredes exteriores pintadas de color rosa palo, con molduras blancas alrededor de las ventanas y de la azotea, le daban un aspecto bonito y ornamentado, como si se tratara de un pastel de varios pisos cubierto de merengue. Tenía seis dormitorios —dos en la planta baja y cuatro en la primera— y siete cuartos de baño. Los suelos estaban revestidos con las típicas baldosas hidráulicas. Aunque ya no estaban muy de moda, eran tan típicas de Cuba que, cuando vivía allí, ni me daba cuenta de que estaban bajo mis pies. Sin embargo, esta vez les presté atención. Las baldosas de esa casa eran cuadradas, mates, con arabescos de color azul cielo; se veían espectaculares, iluminadas por la luz que emanaba de las lámparas relucientes que colgaban, como lágrimas de diamante, de los techos altos. Al comentó que su primo era arquitecto, como si eso explicara por qué esta casa se mantenía impecable mientras el resto del país se caía a trozos.

No me creí ni una palabra de lo que me contó esa noche. Era evidente que Al vivía en una realidad alternativa, pero yo estaba buscando la mía. Aun así, teníamos algo en común: ambos vivíamos de espaldas al presente. No vi a ninguno de los demás huéspedes y luego, mientras trataba de reconstruir los detalles de mi estancia en Cuba, llegué a preguntarme si Al y su casa habían existido o habían sido fruto de mi imaginación.

La noche de mi llegada, sin embargo, estaba encantada pero exhausta. En otras circunstancias habría agradecido una visita detallada de la casa para conocer hasta el último rincón. Adoro las casas antiguas y me gusta que me cuenten historias, pero estaba cansada y abrumada, y el rugido del océano que llegaba desde la oscuridad del jardín trasero me disparó los nervios. Me dolía la cabeza y lo único que quería era una ducha y una copa de vino, a solas, con los pies en alto o en remojo, en un baño de sales de Epsom. Noté que también se avecinaba el dolor de espalda, que me avisaba siempre con un cosquilleo en la nuca, justo donde empezaba a crecer el pelo. Me llevé las manos al cuello y me sostuve la zona formando un andamiaje de carne y hueso alrededor de la cabeza. Al se dio cuenta.

—¿Qué pasa?

—No es nada, un dolor que me viene a veces.

Al permaneció pensativo unos instantes, me examinó de arriba abajo y se acercó tanto a mí que me hizo sentir incómoda. Cuando al fin se apartó, dictaminó que mi problema quizá se debía a Yemayá, la diosa que representa al mar en la religión afrocubana.

—Debes de haberla hecho enfadar —concluyó mientras alzaba una ceja depilada.

Yo me eché a reír.

—No creo, debe de ser cosa de la edad.

Él volvió a acercarse.

—¿Me permites?

Sin darme tiempo a responder, me colocó una mano fría sobre la frente y otra en el cuello, encima de la mía. La piel, suave, le olía a plátano frito, y el aliento, a frijoles. Debía de haber comido hacía poco. Susurró una oración que no retuve, aunque recuerdo que terminaba con las palabras «purifícame, nútreme, sostenme». La oración me pareció inofensiva, por lo que no protesté. Con eso y un vaso de vino tal vez mejorara.

—Debes de haberla hecho enfadar —insistió él.

—¿Yo? Lo dudo. En todo caso, soy yo la que debería

estar enfadada con ella. —Pensé en mi miedo al mar, heredado de mi madre, y en el destino de Catalina.

Antes de acostarme, me acordé de mi hijo Dylan y me di cuenta de que hacía casi tres semanas que no hablaba con él. Por si fuera cierto que Yemayá estaba enfadada conmigo, me arrodillé en el suelo y recé, algo que no había hecho desde hacía muchos años y, para asegurarme de que mi rezo llegara a sus oídos, repetí las palabras de Al: «Purifícame, nútreme, sostenme».

Por la mañana, el mar se veía glorioso y en calma desde mi ventana abierta. El rugido enfurecido que había oído al anochecer había desaparecido por completo, y bajo el sol de la mañana el agua brillaba como si alguien hubiera desplegado rollos y más rollos de lamé plateado. La nuca ya no me dolía y me sentía fuerte, con la cabeza despejada, tal como había llegado al aeropuerto. Estaba lista para emprender la misión que me había traído al fin de vuelta a casa: desentrañar la historia de Catalina, una mujer que sin duda era real porque mi madre y yo existíamos, aunque para el resto del mundo no era más que un recuerdo lejano... o un fantasma.

Fui directa a la piscina, situada en el jardín trasero, donde Al me había asegurado que podría desayunar hasta las once. Eran las diez, se me habían pegado las sábanas, pero por desgracia eso no significaba que hubiera disfrutado de un sueño reparador. Había tenido pesadillas durante buena parte de la noche. De la mayoría no me acordaba, pero una había sido tan vívida que la anoté al despertarme.

Una vez más, había soñado que estaba buscando a mi

hija, una niña pequeña. Estaba en un túnel, o tal vez fuera un pasillo, no podía estar segura. Todo estaba oscuro y yo corría. Al final conseguía encontrarla, aunque estaba atrapada en un hueco de la pared. Le colgaban las piernas, pero el resto del cuerpo quedaba al otro lado, de modo que yo no podía verla bien. La agarré de las piernas y tiré de ella hacia mí, pero la niña empezó a llorar y a gritar porque alguien tiraba también desde el otro lado. Y cuanto más fuerte tiraba yo, más lo hacía también la persona del otro lado. Al final me detuve, consciente de que, si seguíamos tirando de ella, la acabaríamos matando. El dolor de dejarla ir fue tan devastador que me desperté de un brinco. Me quedé sentada en la cama, y estuve llorando un buen rato.

En noches como esas, echo mucho de menos a mi marido. Si él hubiese estado conmigo me habría arropado entre sus brazos y me habría calmado hasta que me hubiera vuelto a dormir. Es una falacia afirmar que no necesitamos a nadie más en nuestras vidas para sentirnos completos. Podemos querernos a nosotros mismos; yo me quiero, pero no puedo envolverme entre mis brazos cuando tiemblo de miedo.

El desayuno me esperaba en un imponente jardín que llevaba a la piscina y, un poco más allá, al mar. Mientras me dirigía a la mesa de hierro forjado engalanada con un mantel blanco, me llegó el aroma de las flores de un rosal que quedaba a mi izquierda. Fue el propio Al quien me sirvió el desayuno saludable que me había prometido: zumo verde, huevos, jamón, un brioche delicioso y frutas tropicales. Con la escasez y limitaciones de Cuba, no pude imaginarme de dónde habría sacado semejante botín, y preferí no preguntar. Seguro que tenía un primo chef. Además, el café era excelente. Me pregunté de dónde... No, no pensaba ir por ese camino.

Limítate a disfrutarlo, me dije, y seguí desayunando de espaldas al mar.

El móvil me avisó de que acababa de entrarme un mensaje de texto y lo abrí enseguida, con la esperanza de que fueran noticias de mi hijo. ¡Sí! ¡Era Dylan! El texto que me había enviado era un mensaje en su mínima expresión, pero suficiente para dibujar una sonrisa en mi rostro y calmar mi inquietud. Me había escrito simplemente un número uno. En nuestro lenguaje taquigráfico, que habíamos ideado en la época en que empecé a dejarlo salir solo por Nueva York, un uno significaba que todo iba bien, pero que no podía hablar en ese momento. Aunque no era supersticiosa, elegí creer que el mensaje de Dylan había sido un regalo de Yemayá, una especie de ofrenda de paz. No necesitaba más.

Terminé de desayunar, subí al coche y fui a visitar mi antiguo barrio de Santos Suárez, donde viví con mis padres durante quince años en un piso de una sola habitación hasta que nos fuimos de Cuba. No tenía ni idea de quién vivía allí ahora, pero esperaba que me dejaran entrar a echar un vistazo. Anhelaba tocar esas paredes y salir al balcón, donde pasé buena parte de mi infancia soñando con estar en cualquier otra parte.

Me perdí varias veces por las estrechas callejas de La Habana antes de llegar a la calle sin salida en la que me crie. Me costó reconocerla. En algunos callejones el asfalto se había roto, creando lo que parecían heridas mal curadas que soltaban nubes de polvo y dejaban un ambiente neblinoso, opaco, de un color pardo que se oscurecía a medida que se acercaba el atardecer. La acera estaba tan desmenuzada que me parecía que pisaba cristales machacados. Casi todos los árboles, arbustos y matas de flores que habíamos plantado de manera comunitaria en 1976 habían desaparecido, y los pocos árboles que quedaban estaban secos, quebradizos y sin hojas. Las casas y los edificios estaban sin pintar y, los que tuvieron pintura en su día, la habían perdido. En algunos faltaban trozos de yeso de la fachada, o tenían agujeros que dejaban a la vista las entrañas del edificio. Una permanente nube de polvo se posaba sobre todo.

Me crucé con varias personas, pero no reconocí a ninguna. Tenía la sensación de estar atrapada en una pesadilla. Acababa de pasar la noche en una mansión de ensueño y, en poco más de media hora, me encontraba en otro mundo, un vecindario dejado de la mano de Dios. ¿Cómo era posible? Pasé horas caminando, ausente y como en trance. Busqué la sala de cine donde vi mis primeras películas, pero no la encontré. Alguien me dijo que se había derrumbado. El colegio también había desaparecido. La pescadería estaba cerrada y no se planteaba volver a abrir. José, que en otro tiempo fue el dueño de la bodega de la esquina y que siguió trabajando en ella como empleado cuando el Gobierno le arrebató la propiedad, había muerto. La mayoría de los vecinos con los que había convivido se habían marchado; algunos a España, otros a Miami. Una niña con la que había ido al colegio era ahora doctora, y trabajaba en Venezuela como parte de un programa de intercambio entre gobiernos que canjeaban médicos por petróleo y otros productos. Los referentes de mi infancia habían desaparecido. Era desolador.

Llamé a la puerta del piso donde vivíamos. Me abrió una anciana de aspecto frágil, que me dijo que se llamaba Rita y me reconoció al instante, aunque noté que era ciega. Tenía los dos ojos cubiertos por una capa blanca que le había borrado el color de los iris. No fui capaz de sostenerle la mirada.

—Sabía que algún día volverías —me dijo, y añadió que se notaba que venía de otro país por el olor.

Cuando le pregunté cómo era ese olor, respondió:

—A limpio, como el de un día de invierno.

Tras asegurarle a Rita que no venía a pedirle nada ni a llevarme nada de la casa, le pregunté si podía entrar para echar un vistazo al lugar en el que había pasado la infancia. Ella se mostró hospitalaria y me ofreció café, pero lo rechacé. Tres tazas en una mañana eran mi nuevo límite. Para mi sorpresa, el piso estaba bastante bien conservado y había cambiado poco respecto a lo que recordaba. Sobre el sofá había un cuadro de hibiscos blancos y amarillos que un primo de mi madre le regaló el día de su boda. A los tres años dejé de dormir en la cuna, en la habitación de mis padres, y pasaba las noches en el sofá, bajo ese cuadro. Era lo primero que veía al abrir los ojos por las mañanas y lo último antes de cerrarlos por las noches. Me lo sabía de memoria, incluso la extraña curvatura de la «W» de la firma del pintor, Wilfredo.

—¿Te gusta el cuadro? —me preguntó al intuir dónde estaba.

—Sí, mucho —respondí conteniendo las lágrimas.

—Mi hijo lo pintó para mí antes de irse.

No sabía qué decir. Estaba claro que no podíamos estar hablando del mismo cuadro.

—¿Su hijo?

—Sí, se marchó en una balsa hace años, rumbo a Miami.

Le hice unas cuantas preguntas más, que me bastaron para comprobar que la mujer había perdido el juicio. Al parecer, su hijo se había marchado en una balsa en 1994, cuando tenía diecisiete años, y no había vuelto a saber de él. Al igual que yo, solía dormir en el sofá y le decía a su madre que soñaba con ser artista. Tal vez algún día mencionó que pintaría un cuadro como ese para ella y que se lo enviaría desde Miami. Tal vez.

De repente, sentí que no podía permanecer allí ni un segundo más. Ni siquiera quise ver la cocina ni el patio diminuto con el lavadero de cemento, ni la habitación de mis padres ni el baño donde solía pasar horas encerrada y leyendo. Pasaba tantas horas allí que un día mi padre se hartó y quitó el pestillo.

Dejé un billete de cien dólares sobre la mesa del comedor, bajo su vaso de agua, y me despedí a toda prisa de la pobre anciana ciega, como si temiera contagiarme de su tristeza y desesperación. Fui a buscar el coche y me alejé a toda prisa, con el cuerpo tenso por una mezcla de tristeza, rabia y remordimientos. Los conos de luz débil de color naranja que iluminaban todas las esquinas de La Habana me guiaron durante el camino de regreso a la casa de Miramar.

A la mañana siguiente, temprano, le dejé una nota de agradecimiento a Al y me marché sin despedirme en persona. La realidad de la isla me estaba calando con fuerza y, después de haber conocido a Rita y haberla tenido que dejar en ese piso, triste y sola en su desamparo, no me sentía capaz de lidiar con alguien como él, frívolo y privilegiado.

Era el primer día de octubre y el tiempo había cambiado. El aire estaba cargado de humedad, y bandas de nubes bajas colgaban paralelas al horizonte, como si quisieran besar las agitadas aguas del océano. Mientras conducía por el malecón, a lo largo del famoso rompeolas de La Habana, una ola inmensa se catapultó sobre el muro y se estrelló en medio de la avenida, lamiendo el asfalto con su lengua de espuma antes de retirarse de nuevo hacia el mar. Al verlo, detuve el coche en seco. Con el corazón disparado y la respiración agitada, empecé a sudar. Los coches que venían detrás de mí se pusieron a tocar el claxon, pero yo seguía paralizada. Me temblaban las manos y apenas podía respirar. Estaba sufriendo un ataque de pánico.

En algún momento, los otros coches se dieron cuenta de que no tenía intención de moverme por mucho que pitaran, y empezaron a sortearme. Traté de pensar en algo positivo, tal como me había aconsejado mi terapeuta en nuestras sesiones. Una imagen que me aportara paz y que, por supuesto, no estuviera relacionada con el agua. La mayoría de la gente piensa en el mar cuando quiere relajarse, pero yo pienso en colinas onduladas, en la cara de mi hijo o en la luz de una vela. Pensar en agua —aunque sea en un vaso— en medio de un ataque de pánico, empeora las cosas. Elegí pensar en el hermoso rostro de Dylan, con su pelo rizado y alborotado, aunque ahora, sin duda, debía de llevarlo muy corto. Me lo imaginé tal como era antes de entrar en la Marina: como un adolescente que componía música en nuestro piso del Upper West Side, tocando el viejo piano de pared durante las frías tardes de invierno mientras yo leía. Poco a poco, fui soltando el volante y sentí que volvía a respirar con normalidad.

Me puse en marcha, procurando no mirar hacia la izquierda. Ya había visto bastante agua por ahora. Estaba claro que la terapia de exposición solo funcionaba si miraba el agua desde lejos; si a esta le daba por perseguirme, como acababa de suceder, la cosa se ponía fea. No estaba preparada para algo así. Aún no.

Poco después entré en el túnel de La Habana. Antes de aterrizar en Cuba, había buscado la ruta que debería seguir para llegar a Sabanilla, que quedaba más al este. No había forma de evitar el túnel, y la idea me aterrorizaba.

Subí las ventanillas y pisé a fondo el acelerador. Si hubiera podido cerrar los ojos, lo habría hecho. Recordé una antigua película de Paul Newman en la que le dice a un niño que, para mantener el miedo a raya, tiene que ser valiente durante un minuto. Me había acordado de esa frase en muchas ocasiones, cada vez que necesitaba armarme de valor. Esta vez, confiaba en que solo tuviera que ser valiente durante treinta segundos.

Salí del túnel con los nudillos blancos de tanto apretar el volante. Había dejado ya buena parte de la ciudad atrás. Tras pasar junto a unos cuantos edificios feos, el paisaje se abrió a la izquierda y pude ver las playas a las que solía ir con mis padres de pequeña. Estuve tentada de detenerme, pero seguí circulando hacia Santa María, Guanabo y, por último, Cojímar.

De pronto, alzándose como centinelas de los campos, vi varias palmeras altas y regias a mi derecha y se me llenaron los ojos de lágrimas. Este era el paisaje que siempre me venía a la cabeza cada vez que soñaba con Cuba, extensiones infinitas salpicadas de palmeras de troncos anchos y colinas redondeadas.

Mis pensamientos se deslizaron, como solían hacer, hacia la tragedia del *Valbanera*. Había estado leyendo sobre naufragios y huracanes, y sobre el modo en que los barcos interactúan con las olas y el viento. Una tarea deprimente, pero también fascinante. En un libro de historia de los naufragios, me enteré de que el primer barco que navegó por el Caribe fue la *Santa María*, una de las tres carabelas bajo el mando de Cristóbal Colón, en 1492. Pronto los naufragios se volvieron frecuentes en esta parte del mundo azotada por los huracanes y con un clima imprevisible. Descubrí que hay cientos de barcos hundidos alrededor de Cuba, como si fueran un collar de perlas.

Conduje durante horas, sin tener que preocuparme por el tráfico. De vez en cuando una vaca se cruzaba en mi camino, pero siempre logré frenar a tiempo, consciente de que era yo la que irrumpía en su terreno y no al revés. No puse música en ningún momento, y tampoco el aire acondicionado. Prefería circular con las ventanillas abiertas, empapándome de los ruidos y olores de Cuba. Los sonidos me llegaban amortiguados: niños persiguiendo a un perro, un camión que pasaba, un muchacho silbando, un niño que vendía queso, un hombre que ofrecía cebollas y una mujer que vendía abanicos de papel, el chirrido de las ruedas de un tren lejano sobre las vías... Entre los olores que me llegaban distinguí el de la leche cruda, el de los ajos y el del estiércol de vaca. Y aunque estuve tentada de detenerme y empaparme del momento, seguí adelante.

Avanzada la tarde llegué a Central Ramona, donde tenía previsto dejar el coche y seguir a caballo hasta la casa donde nació mi madre y donde pasé los veranos de mi infancia. Solíamos salir de La Habana en autobús y luego tomábamos un tren viejo y destartalado al que todo el mundo llamaba «el tren lechero». Al final, ni siquiera el tren era capaz de seguir penetrando en la espesa vegetación de la jungla que llevaba a casa de mis abuelos. A partir de ahí, seguíamos a pie o a caballo, y si el atajo estaba intransitable por la crecida del río, alguien nos esperaba para abrirnos camino, machete en mano.

Para mi sorpresa, habían construido una estación de autobuses y, al preguntar, todo el mundo me aseguró que ya no hacía falta ir andando hasta Sabanilla, que podía llegar en coche. La carretera que llevaba hasta allí no era ninguna maravilla, pero era una carretera, y yo había viajado en peores circunstancias. Recordaba muy bien el viaje que había hecho en la parte trasera de una camioneta —cuando me dirigía a un santuario situado en lo alto de una montaña en Ecuador—, que me dejó orinando sangre durante un día. Esto no podía ser peor.

—¿Va usted a la vieja granja de los Fernández? —me preguntó uno de los hombres a los que pedí información sobre la carretera.

Respondí que sí, algo sorprendida, ya que no esperaba que fuera un lugar conocido, y él me contó que sus padres se habían conocido allí, durante un baile, hacía muchos años.

—Pero la casa está vacía, están todos muertos.

Sentí su franqueza como un puñetazo que me hizo tragar saliva. Le dije que ya lo sabía, pero que quería visitarla.

—Hay un vigilante. Igual lo encuentra todavía, a menos que haya muerto y no nos hayamos enterado.

Me habría gustado preguntarle quién era el vigilante, pero su autobús llegó justo en aquel momento y el hombre se marchó. Al mirar qué hora era, vi que no tardaría en hacerse de noche.

Tal como me habían advertido, la carretera era peligrosa y estaba llena de charcos traicioneros que en realidad eran baches profundos, de raíces anchas como troncos y de piedras puntiagudas y animales muertos. Pero era transitable, y yo quería llegar antes de que se hiciera de noche.

Unos veinte minutos más tarde, empecé a reconocer ciertas cosas. El suelo cambió de color y ya no era de un marrón terroso, sino rojizo como la arcilla. Los árboles crecían más juntos y formaban una barrera contra la luz y el sonido. En el cielo, los cúmulos se desplazaban con rapidez, como si tomaran impulso para dejarse caer en forma de tormenta o de cualquier otro fenómeno atmosférico, y el ambiente era tranquilo y gris, tal como lo recordaba cuando, por las mañanas, la niebla parecía brotar de la tierra y se aferraba a las hojas de los árboles, haciéndolas brillar como estrellas cuando el sol finalmente aparecía.

De pronto oí una voz, clara como un trueno, que llamaba desde los arbustos que quedaban a mi derecha.

—¡Azabache! ¡Villanueva!

Y entonces apareció un chirriante carro de madera

con dos ruedas enormes de caucho que aplastaban el suelo reseco a su paso. Iba tirado por dos bueyes que se cruzaron en mi camino. El buey que me quedaba más cerca era negro y tenía unos cuernos afilados de unos treinta centímetros de largo. El otro era de color marrón claro, como el del tofe, con los cuernos más cortos. Detuve el coche y bajé despacio, apoyando el brazo en la portezuela tanto para mantener el equilibrio como para contener mis emociones.

Azabache me clavó un ojo negro como la tinta, y yo le devolví la mirada a ese ojo, que parecía un vórtice, exhausto y ancestral. ¿Cómo era posible? ¿Cuántos años habían pasado? ¿Cuarenta? Era muy improbable que estos fueran los bueyes de mi abuelo, por mucho que se llamaran igual. La carreta se detuvo en seco, los dos bidones de agua que acarreaba se sacudieron y derramaron parte de su contenido. El hombre que llevaba las riendas del carro pareció tan sorprendido al verme como yo al verlo a él. Iba desnudo de cintura para arriba, llevaba un viejo sombrero de paja, pantalones marrones sujetos con un cinturón de cuero desgastado y unas botas también viejas, sin cordones. Tras dirigirme una sonrisa desdentada, me dijo lo último que esperaba oír:

—Eres igualita a tu madre.

Catalina

Sabanilla, Las Villas, 1924

Catalina estaba lavando la ropa bajo un mango tan frondoso y cargado de flores que tenía que irlas apartando del barreño, pero le gustaba ese lugar, tanto por la sombra como por la vista que tenía del valle, que se extendía sin obstáculos hasta donde alcanzaba la mirada. Había puesto a remojar en agua jabonosa las camisas más sucias de Ramón, que se había pasado por casa la noche anterior para dejar la ropa sucia y verlas antes de volver al cañaveral. Se había vuelto a marchar antes del alba porque no podía quedarse mucho tiempo, y ellas lo habían acompañado hasta el límite de la propiedad, Ramón y Catalina abrazados por la cintura, y Carmen de la mano de su padre. Prometió que regresaría en cuanto tuviera ocasión y se despidió de Catalina con un beso detrás de la oreja, un lugar que le parecía muy sensible y que había reclamado como propio. Justo antes de que se apartara, Catalina estuvo a punto de compartir con él su secreto, pero algo hizo que se contuviera.

—¿Qué pasa, mujer? —preguntó Ramón, sin soltar su cintura.

En vez de responderle, ella lo besó.

—Cuídate —le pidió, apartándose de él—. Y vuelve pronto a casa.

El trabajo de Ramón era agotador. Cortaba y cargaba cañas hasta el ingenio azucarero, donde las transformaban en los preciados granos de azúcar, pero el sueldo era bueno y, gracias a eso, podían ir realizando reformas en la casa poco a poco. El dinero de doña Emilia se había acabado poco después de que compraran la tierra. Durante los últimos meses, habían reemplazado las hojas de palmera del techo y ya no tenían goteras. El suelo de tierra prensada había sido sustituido por otro de cemento, tan pulido que relucía, y también habían conseguido reforzar las paredes gracias a la fuerte madera de las palmeras. Incluso habían levantado tabiques para dividir la vivienda en tres dormitorios, y ahora tenían una gran despensa donde colgaban la carne para curarla y guardaban las conservas que preparaba Catalina, junto con los sacos de arroz y de frijoles que producían en su propia finca.

Pero Catalina anhelaba que Ramón pudiera ganarse la vida de una manera menos dura. A pesar de que las visitaba cada quince días, cuando llegaba estaba tan cansado y tenía la piel tan quemada por el sol y lastimada por los cortes de los machetes que su presencia, en vez de ser una ayuda, era un trabajo extra. Catalina le curaba los cortes y heridas, le calmaba las quemaduras con bálsamo de aloe que elaboraba ella misma, le preparaba sus platos favoritos de Canarias y se acostaba con él. Pero las visitas eran escasas y ella se sentía sola sin él.

Estaba pensando en lo tierna que había sido su última visita cuando oyó que los perros se echaban a ladrar, frenéticos, como siempre que se acercaba alguien. Se quedó inmóvil, a medio golpear la camisa contra la tabla de lavar. Carmen jugaba con un gatito cerca de ella, pero la pequeña también levantó la mirada, preocupada. Por aquel camino no venían más que extraños; los vecinos que buscaban sanar a manos de Catalina se acercaban por la parte trasera de la casa, no por delante. Catalina aguzó el oído y ladeó la cabeza en dirección al camino. A lo lejos vio acercarse una figura solitaria. Dejó caer la camisa en el barreño y se aferró el corazón con las manos mojadas, sin atreverse a esperar un milagro.

Caminó unos pasos con Carmen agarrada a su falda, pero al ajustar la mirada se dio cuenta de que la figura no correspondía a un hombre, sino a una mujer, que llevaba un vestido azul marino y un sombrerito que no lograba ocultar su abundante cabellera. Portaba una maleta color burdeos en la mano y caminaba despacio, con precaución, como si no estuviera segura de dónde se encontraba o no supiera si quería estar allí.

Tras secarse las manos en el delantal con movimientos apresurados, Catalina se dirigió hacia la mujer, que le resultaba un tanto familiar. Era alta y esbelta, y tenía el pelo moreno, igual que...

Catalina apresuró el paso cada vez más hasta que acabó corriendo hacia la visitante, que soltó la maleta y echó a correr hacia ella con los brazos abiertos. En apenas unos segundos, las dos mujeres cubrieron la distancia que las separaba, levantando a su paso una nube de polvo. Fundidas en un fuerte abrazo, lloraron la una en el hombro de la otra.

—¡Estás viva! ¡Estás viva! —exclamó Ana entre sollozos—. ¡Estás aquí!

Pero Catalina sujetó a su vieja amiga por los hombros y negó con la cabeza.

—No, no. No estoy aquí. Soy otra persona.

Ana pensó que no la había entendido bien. Estaba contenta porque su viaje desde las Canarias no había sido en vano. Había venido en busca de su hermano Juan y, de manera inesperada, había encontrado a Catalina, a la que había dado por muerta hacía años, igual que todo el mundo en La Palma. Y aunque le parecía algo irreal, se dijo que, ahora que había encontrado a Catalina, pronto vería también a su hermano.

—¿Cómo me has encontrado? —preguntó Catalina, pero Ana sacudió la mano.

—¿Dónde está Juan?

Mientras se secaba las lágrimas, Ana se percató de la presencia de Carmen, que se había escondido tras las faldas de su madre mientras ellas dos se abrazaban. La pequeña se aferraba a la pierna de Catalina y miraba a esa extraña que tenía unos enormes ojos pardos. Unos ojos que, según la luz, se volvían del color del trigo, como los suyos o los de Juan.

Ana se arrodilló ante ella.

—Oh, ahí estás. —Abrió los brazos y la niña se lanzó hacia ella como si la conociera de toda la vida—. Soy tu tía Ana —se presentó, acariciándole los rizos oscuros.

Catalina se estremeció al oír la palabra «tía», pero no hizo ningún comentario. Carmen era demasiado pequeña para entender lo que significaba y, además, no le haría ningún daño a una niña que vivía tan aislada tener a alguien que la quisiera como si fuera de la familia. Por otro lado, Ana era su auténtica tía, aunque Catalina se había jurado que nunca le revelaría a su hija las circunstancias que acabaron por traerla al mundo. Tampoco le había dicho nunca que no era su primera hija ni que su nombre había pertenecido a otro bebé antes que a ella, un bebé que se perdió en el mar. De hecho, nunca le contó nada de su vida antes de llegar a Cuba. Lo único que Carmen sabía era que su madre había llegado de España en barco y que había conocido a su esposo en una casita amarilla, junto a la costa. Que ella supiera, en la vida de su madre nunca había existido un hombre llamado Juan. Ramón era su padre.

La pequeña frunció el ceño mientras intentaba pronunciar las nuevas palabras. Cuando trató de decir «tía Ana», lo que le salió fue «Liana».

Ana se echó a reír.

—Me gusta, me lo quedo.

Mirando hacia arriba por encima de los hombros de Carmen, Ana repitió la pregunta en un susurro.

—¿Dónde está Juan?

Parecía tan ansiosa y esperanzada al mismo tiempo que Catalina sintió que se le rompería el corazón si le contaba la verdad en ese momento. Antes de responder, se llevó la mano al corazón:

—Aquí, siempre aquí.

Se agachó para levantar a su hija y cargársela a la cadera. Las largas piernas de la niña le llegaban a las rodillas. Con la otra mano, cogió la maleta de Ana y la animó a seguirla en dirección a la casa.

—¿Cómo nos has encontrado? —volvió a preguntar.

—No ha sido fácil.

Ana le contó que su hermano le había dejado la dirección de Ramón en Cuba, pero que, al llegar allí, descubrió que no había nadie. Por suerte, los vecinos le dieron instrucciones para encontrar a Ramón en Sabanilla, y había venido para preguntarle si sabía algo de su hermano.

Catalina asintió, pensativa. A pesar de todas sus precauciones, no había logrado ser tan invisible e inaccesible como creía.

Mientras caminaban, Carmen alargó la manita y Ana, con el corazón roto pero esperanzada, la tomó y se la llevó a los labios, donde la mantuvo hasta que llegaron a la casa.

Mara

Sabanilla, octubre de 2019

—Eres Marita, la hija de Lila, ¿verdad?

Al oír el diminutivo de mi infancia, lo reconocí de inmediato. Este anciano era el primo de mi madre, Linito, el hijo de su querida Liana, el niño rubio al que había querido como si fuera su hermano mayor; el que nunca se fue. Era la única persona a la que mi madre desearía poder visitar, si se viera con fuerzas para realizar el viaje que yo había emprendido en nombre de las dos.

—Sí, sí —respondí entre sollozos.

Los bueyes resoplaron y patearon el suelo, pero Linito tiró de las riendas y apartó la mirada mientras yo lloraba junto al coche y el sol estallaba en un desenfrenado despliegue de amarillos, naranjas, lilas y rosas al ponerse tras las lomas de Sabanilla.

Linito entró renqueando en lo que quedaba de su casa, poco más que una cabaña. La mitad de la vivienda estaba en un estado tan ruinoso que ya no se podía habitar. Vivía en dos habitaciones, una que usaba para cocinar y otra en la que dormía. No vi dónde estaba el baño y no me pareció prudente preguntar. La pobreza que se respiraba en esa choza me entristeció. ¿Había sido siempre así y no me había dado cuenta? No tenía recuerdos del interior de la casa, pero sin duda había estado allí. Estaba segura de que Linito debía de haber vivido en mejores circunstancias.

A pesar de su aspecto avejentado, seguía fuerte. Sabía que no era mucho mayor que mi madre, pero se veía achacoso. Me contó que un nervio de la pierna izquierda lo tenía casi lisiado.

—¿Qué te trae por aquí después de tanto tiempo?

Con un gruñido de dolor, se sentó en un taburete casero, forrado de piel de vaca, y se echó hacia atrás para apoyarse en la pared.

No podía contarle lo que había venido a hacer en realidad, al menos de momento, pero tampoco quería mentirle al primo de mi madre.

—He venido a ver la casa; lo que queda de ella.

—Trato de cuidarla, pero lleva tanto tiempo vacía que no es fácil —se excusó, aunque no era necesario, sabía que tenía razón—. Resulta que esos «isleños» sabían lo que se hacían al construir sus casas con piedra. Esas duran para siempre.

No dije nada, porque no sabía qué decir, y tampoco sabía qué hacer con mi cuerpo. Me había ofrecido un asiento, pero estaba demasiado tensa para sentarme.

—Deberíamos sentarnos fuera, antes de que anochezca del todo. —Se levantó de nuevo—. Voy a buscar una linterna. Aquí todavía no nos han puesto la luz.

Ese detalle no me sorprendió. Recordaba perfectamente los veranos pasados aquí y lo oscuro que estaba todo por las noches, tanto que no te veías ni las manos. En la cama, me sentía tan desorientada que en una ocasión desperté a mi padre para preguntarle cuál era la «dirección correcta» para dormir, porque no sabía en qué sentido estaba orientado mi cuerpo.

Linito entró en su habitación y yo permanecí en el umbral, con un pie en la sala y otro fuera, hasta que me decidí a entrar. La sala era pequeña, pero estaba limpia. En la pared, junto a la puerta abierta que daba al dormitorio, había una foto en blanco y negro de una mujer alta, morena, de ojos claros y sonrisa relajada. Llevaba un vestido camisero de manga corta y tenía un libro en las manos, como si la hubieran sorprendido mientras leía. Debajo de la foto había un jarrón con flores de plástico amarillas. Sentí como si una campana me resonara dentro del pecho, algo que suele ocurrirme cuando mi instinto olfatea una buena historia.

Me acerqué a la fotografía, despacio, y allí me encontró Linito.

—¿Quién es? —le pregunté en voz baja, tratando de que no se me notara el entusiasmo porque, ya antes de que pronunciara las palabras, conocía la respuesta.

—Oh, es mi madre. —Su voz adquirió un tono más suave al hablar de ella—. No llegaste a conocerla. Se llamaba Ana. Ana Cruz Cruz.

Cogí uno de los taburetes que había alrededor de la mesa y lo planté con fuerza junto al de Linito. Quería escuchar todo lo que pudiera contarme; la casa podía esperar.

Catalina

Sabanilla, Las Villas, 1924-1934

La llegada de Ana, casi cinco años después del naufragio, hizo que Catalina comprendiera el daño que le había causado a su familia al no contarles que había sobrevivido. Aun así, incluso entonces fue incapaz de ponerse en contacto con ellos, en buena parte porque estaba convencida de que la persona que era antes había muerto en el mar. Otra persona, más fuerte, más sabia, distinta, había ocupado su lugar. Regresar a casa ahora, aunque solo fuera de visita, o escribirles una carta a sus hermanas y a su madre sería reabrir una vieja herida. Lo mejor para todos era asumir que había muerto junto a su hija y su marido, porque saber que había sobrevivido solo porque había intentado escapar con otro hombre, dejando atrás a su hija, sería mucho más doloroso. Catalina estaba convencida de que la mujer que había sido capaz de hacer algo tan insensato estaba muerta y enterrada en lo más hondo del océano, junto a las otras víctimas del naufragio.

Fue fácil encontrarle un sitio a Ana en sus vidas. Las dos mujeres, unidas por su historia en común y su carácter parecido, vivieron juntas a partir de ese día, como si ese hubiera sido el plan inicial. Cuando Ana lavaba la ropa, Catalina barría la cocina. Juntas, recolectaban mangos en cubos para preparar mermelada, y mientras Catalina cocinaba o atendía a los enfermos que llamaban a la puerta, Ana cuidaba de Carmen, que toda la vida la llamó Liana, el nombre que le puso el día en que la conoció y que Ana adoptó como propio.

Ana solía buscar en Catalina signos de tristeza, pero solo encontraba una fortaleza y un estoicismo que la dejaban maravillada.

—¿No echas de menos La Palma? ¿Ni a tu gente? —le preguntó un día mientras las dos pelaban patatas para la cena.

—Echo de menos a mis hermanas —admitió en voz baja—, y a mi madre.

Ana se limitó a asentir y Catalina no dijo nada más. En realidad, no hacía falta contarle a Ana lo mucho que añoraba a su familia. Pensaba en su madre mientras pelaba ajos o podaba las ramas de un arbusto; cuando el canto de los pájaros la despertaba por las mañanas o cuando cambiaba el viento... Su madre tenía la habilidad de detectar el cambio de las estaciones en los detalles más pequeños, sobre todo en otoño y primavera. Podía olisquear un deje de otoño en el aire, incluso en medio de una tardía ola de calor estival, y se ponía nerviosa cuando los alisios empezaban a arremolinarse sobre las montañas que rodeaban la casa.

También pensaba en su madre mientras le bordaba un vestido a Carmen, le cosía el bajo de los pantalones a Ramón o recogía flores. Y cuando le añadía leche condensada a un plátano, cuando se tomaba el gofio con leche por las mañanas y cuando, antes de acostarse, se negaba a rezar como le habían enseñado. Sentía una constante necesidad de contarle que seguía viva, aunque sabía que no podía hacerlo.

Una de esas noches en que Ramón estaba fuera trabajando y Carmen ya se había ido a dormir, mientras las dos mujeres bordaban a la luz de un farol, Ana sorprendió a Catalina con una pregunta que ella se había hecho miles de veces hasta que había dejado de buscar la respuesta.

—¿Qué crees que les pasó?

Catalina no necesitó preguntarle a qué se refería. Para ella, el dolor que le causaba el no saber ya era viejo, había tenido tiempo de acostumbrarse; sin embargo, para Ana la herida era todavía muy reciente. Durante los últimos años había creído que su hermano seguía con vida. Tener que enterrarlo en su mente, sin un cuerpo sobre el que rezar, era algo difícil de sobrellevar, Catalina lo sabía muy bien.

Dejó sobre la mesa la manta que estaba bordando, se levantó y se dirigió hacia la ventana, como si la oscuridad pudiera proporcionarles las respuestas que ambas anhelaban. A Catalina se le empezaba a notar el embarazo. Seguía tan delgada como siempre, con un poco de tripita, pero todavía no había encontrado el momento de compartir la noticia con Ramón. Sospechaba que Ana conocía su secreto, aunque no había hecho ningún comentario al respecto. El aire fresco de la noche primaveral iba cargado de la fragancia de las gardenias que había plantado el verano anterior. Por fin habían florecido.

—No lo sé —respondió de espaldas a Ana, que también se había levantado, expectante—, pero he pensado mucho en ello.

Catalina volvió a la mesa, se sentó y se recogió la falda por encima de las rodillas para estar más cómoda. Luego le tomó las manos a su amiga y se dispuso a expresar en palabras —por primera y última vez en su vida— cómo se imaginaba que habían sido los últimos momentos de Juan y de Antonio y, sobre todo, de su bebé.

—Tras darle muchas vueltas a lo largo de estos años, creo que esto es lo que ocurrió... —Hablaba despacio, como si le costara formar las palabras—. Antonio sabía o intuía lo que estábamos planeando. Lo noté en su modo de mirarme la última vez que me besó. Yo me había citado con Juan bajo la escalera en la que solíamos encontrarnos, pero esta vez era Antonio quien me esperaba allí. Creo que la nodriza que él había contratado para el viaje me delató. Probablemente estaban juntos, no lo sé. En aquella época yo era muy joven e ingenua, pero la insistencia de Antonio en que ella nos acompañara tal vez fue la manera que él encontró de seguir viendo a su amante. Imagino que, si todo hubiera salido como él planeaba, ella habría acabado viviendo con nosotros en la casa y ellos habrían continuado con su relación. Sé que esa joven tenía un hijo. Tal vez fuera de Antonio, pero no puedo estar segura y soy consciente de que ya nunca lo sabré.

Ana le presionó la mano, animándola a seguir hablando.

—Ella era la única que conocía mis rutinas. Siempre estaba pendiente de mis horarios, y yo pensaba que era porque se tomaba en serio las horas de toma del bebé, pero ya no creo que fuera por eso. Por aquel entonces, aunque ya empezaba a sospechar, estaba más preocupada por Antonio, por lo mucho que bebía y apostaba. Jugaba todas las noches. Probablemente había acumulado deudas y seguía jugando, empeñado en recuperar el dinero.

Catalina se detuvo y soltó las manos de Ana para beber un poco de agua del vaso que tenía sobre la mesa. Era la primera vez que compartía con alguien sus sospechas sobre el carácter de Antonio. Aunque tenía la sensación de estar traicionándola una vez más, se sintió liberada al confesar al fin las dudas que llevaba tanto tiempo guardando en su interior.

Ana ni siquiera se atrevió a moverse. Llevaba años esperando una respuesta. No le importaba esperar un poco más, hasta que Catalina reuniera fuerzas para continuar.

—Creo que la mañana que llegamos a Santiago, Antonio le ordenó a María que se escondiera en alguna parte con el bebé para que yo no pudiera irme. Ni le pasó por la cabeza que yo fuera a marcharme sin mi hija. Y a mí tampoco, la verdad.

Catalina volvió a levantarse y se dirigió de nuevo a la ventana, aunque era como contemplar un rectángulo negro. La luna todavía no había salido o, si lo había hecho, estaba escondida tras una nube. Oía a los animales moverse mientras buscaban un sitio cómodo donde pasar la noche, pero no veía nada. Una brisa fresca se coló en la casa y las hizo estremecer. Catalina cerró la ventana y regresó a la mesa.

—Supongo que, en algún momento después de que el barco zarpara de nuevo, María regresó al camarote con el bebé. O Antonio volvió antes que ella. O tal vez se habían escondido juntos... Probablemente imaginaban que me encontrarían allí, esperándolos, pero se encontraron con Juan. Tuvo que haber algún tipo de confrontación, una pelea. No estoy segura, pero imagino que Antonio le pegó un tiro a Juan y lo mató o lo dejó malherido. Antonio llevaba una pistola encima, a pesar de que, en teoría, debería habérsela dado al capitán al subir a bordo.

A estas alturas de la historia, Ana no pudo seguir conteniendo las lágrimas. Se cubrió la boca con una mano, pero Catalina ni siquiera se dio cuenta, porque tenía la vista perdida en algún punto mucho más allá del salón.

—Quizá estaban preguntándose qué hacer con el cadáver cuando notaron las primeras ráfagas de viento. Supe que el viento había llegado de manera repentina e implacable, y que había levantado olas inmensas, altas como edificios. Ni siquiera pudieron acercarse al puerto de La Habana. El barco fue avistado por última vez no muy lejos de aquí, frente a la costa de Caibarién, el mismo lugar donde se suponía que Antonio y yo íbamos a formar un hogar. La última comunicación llegó al anochecer del nueve de septiembre. Con un foco del puente de mando, enviaron un mensaje en morse, avisando de que aguardarían en alta mar hasta que pasase la tormenta. Las autoridades dijeron que otros barcos vieron al *Valbanera* virar, como si fuera un barco de juguete a merced de las olas.

Ana se encogió en la silla y se abrazó para protegerse de la crudeza de la narración. Sentía cada detalle como un nuevo asalto.

Catalina suspiró antes de continuar.

—Fue un huracán devastador. Dicen que alguien trató de lanzar un mensaje desde el *Valbanera,* el doce de septiembre, pero nadie lo recibió. No sé qué creer. Lo que se sabe seguro es que, cuando el temporal amainó, la Guardia Costera de Estados Unidos salió a buscarlos. Durante días no encontraron nada, pero al final descubrieron el mástil que asomaba sobre la superficie, más cerca de Florida que del puerto de La Habana. Buscaron supervivientes, pero no encontraron a nadie, y tampoco vieron ningún cadáver. Ni uno. Fue como si el barco hubiera viajado sin pasajeros y sin tripulación.

—Como un barco fantasma —susurró Ana.

—Como un barco fantasma —repitió Catalina.

La luz del candil parpadeó antes de que la mecha se apagara y dejara a las dos mujeres sumidas en la oscuridad. Mejor así, pensó Catalina. No quería tener que mirar a Ana a los ojos esa noche, justo después de haber descargado el peso de sus miedos y remordimientos ante esa mujer que podría haber sido su cuñada.

Aunque ya no lloraba, Ana también agradeció la oscuridad, aferrada a la esperanza de que Catalina tuviera razón. Prefería creer que Juan ya estaba muerto en el momento en que el océano se tragó el barco, que nunca supiera que había quedado enterrado en un lugar tan profundo y oscuro que nadie había podido llegar hasta él.

Mejor así, pensó.

Se levantó, fue a buscar una vela y la encendió para acompañar a Catalina a su habitación. La ayudó a meterse en la cama y la arropó, como si fuera una niña o una madre afligida. Luego le dio un beso en la frente y le apoyó una mano en el vientre.

—Debemos seguir adelante —le dijo—, y no hace falta que volvamos a hablar de esto nunca más.

Ahora Ana sabía que ya no podría regresar a La Palma sin su sobrina. La pequeña le recordaba mucho a Juan, y había empezado a quererla tanto que sintió que había encontrado su lugar en el mundo. Carmen era alta para su edad. Tenía el pelo negro y rebelde, y una expresión pícara que la hacía parecer más mayor y más traviesa de lo que era en realidad. De hecho, Carmen era una niñita dócil que pasaba los días jugando con una botella envuelta en un trapo, como si fuera su bebé, igual que Catalina y Ana cuando eran niñas en La Palma. Allá donde iba Ana, Carmen la seguía, como Ana solía hacer con su hermano Juan.

Catalina empezó a sufrir pérdidas de sangre y tuvo que guardar cama durante el cuarto mes de un embarazo que todavía no había tenido la oportunidad de anunciar a su marido. Ana se ocupó de la casa y del cuidado de Carmen. Fue Ana quien la ayudó a dar a luz a los gemelos, que nacieron muertos. Y también fue ella la que les puso nombre —Mariano y Mario— porque, como le dijo a Catalina, todas las almas necesitan un nombre para ser reconocidas y recordadas. Guardó la ropita que habían cosido entre las dos y enterró los cuerpecitos, envueltos en tela blanca, detrás de la casa, en un lugar sombreado donde nunca dejaban que se acercaran los animales. En menos de una semana, las tumbas estaban cubiertas de flores silvestres blancas y amarillas.

Ana ayudó a Catalina a levantarse de la cama, apuntalándola con su propio cuerpo, y la llevó al jardín para que le diera el sol y el aire, procurando que no se acercara a las tumbas. Sin prisa pero con decisión, rescató a Catalina de la tristeza a base de calditos calientes y la promesa de que la vida seguía.

El proceso se repitió una y otra vez, ya que Catalina, igual que su madre, perdió tres de los bebés que esperaba en menos de dos años. Finalmente, su cuerpo, exhausto por el dolor y la decepción, dejó de sangrar todos los meses antes de los treinta años. De todo esto, Ramón nunca se enteró.

Ramón y Catalina se sentían agradecidos por la presencia de Ana, que hacía que se sintieran como una auténtica familia. Era un nexo que los unía a su pasado en común y una luz que iluminaba su futuro. Su presencia los liberó del miedo a que Carmen se quedara sola si a alguno de los dos les pasaba algo. Sabían que la pequeña siempre tendría una madre en Ana, pasara lo que pasase.

Durante esos años, y con la ayuda de Ana, se habían centrado en mejorar sus condiciones de vida. Con prudencia, compraron más animales, aumentaron las cosechas y empezaron a construir la casa de los sueños de Catalina: una casa de piedra igual que la que tenían en La Palma, pero de una sola planta y sin chimenea, porque el dinero era escaso, ¿y quién necesitaba chimenea en Cuba? Al no haber moreras en la isla, Catalina las sustituyó por guayabos. En Sabanilla encontraron un pequeño y solitario árbol de guayabas en la linde del terreno. Ahora, filas de árboles florecidos formaban un guayabal, que le recordaba a las moreras alineadas de la casa de su infancia. En época de cosecha, en julio y agosto, los frutos colgaban de las ramas como si fueran adornos navideños: amarillos, rojos y verdes, brillantes y abundantes. Algunas tardes, cuando habían acabado de realizar las tareas básicas, Catalina, Ana y Carmen jugaban al escondite en el guayabal y volvían a casa con los bolsillos llenos de fruta, que convertirían en mermelada y cascos de guayaba.

Por primera vez en mucho tiempo, Catalina empezó a sentirse contenta.

El año en que Carmen cumplió los trece, el país se vio sumido en el caos. De la noche a la mañana, los trabajadores perdieron sus empleos porque muchos ingenios cerraron. El precio del azúcar se desplomó y el presidente, un déspota llamado Gerardo Machado, tuvo que huir del país con sus colaboradores más cercanos. Tanto en La Habana como en otros lugares la gente salió a la calle pidiendo a gritos una revolución. Saquearon tiendas y destrozaron edificios. Pero a Catalina y a su familia todo eso les quedaba muy lejos. Lo importante era la cosecha, el tiempo y la salud de los animales. Lo que les preocupaba era saber si llovería lo suficiente para que creciera el arroz, que los animales no tuvieran parásitos, que la leche se mantuviera fresca y que el tejado estuviera bien sellado para protegerlos de los elementos.

En Sabanilla, la vida siguió adelante, tal como Ana había predicho. Las gallinas se multiplicaban y las vacas daban buena leche. A pesar de la crisis del azúcar, al principio Ramón logró conservar el empleo, que alternaba con el trabajo en la finca. Se esforzaron en aumentar la producción de arroz y de frijoles, más allá de lo que sería estrictamente necesario para el consumo propio. Mientras el resto de la isla sufría huelgas e incluso una revolución, la mayor preocupación de la familia era cómo lograr ser autosuficientes para no depender de las veleidades del precio del azúcar.

Un día, Catalina tuvo una idea. ¿Y si abrían una bodega en la parte de atrás de la casa? No había nada parecido en Sabanilla. Si alguien necesitaba comprar algo, la única opción era un trayecto de dos horas a caballo. Era engorroso y complicado. La mayoría de sus vecinos cultivaban la tierra y comían de lo que les daban el huerto y los animales, pero había otras necesidades. No se podía vivir a base de arroz, cerdo, patatas y pollo.

Ana se entusiasmó enseguida con la idea. Fue al pueblo a caballo y se llevó a Nieve, la mula de Carmen, para que la ayudara a cargar provisiones. Compró harina, galletas dulces y saladas, cola, papel, lápices, libretas, azúcar, sal, especias, cerillas, velas y jabón. Mientras Ana hacía los recados, Catalina se dedicó a despejar parte de la despensa. Sacó una mesa alta al exterior y la colocó bajo una ventana, como si fuera un mostrador.

Poco después, las dos fueron de casa en casa para informar a sus vecinos de que habían abierto un nuevo negocio. El primer día ganaron cincuenta centavos, insuficiente para compensar el esfuerzo realizado, así que pasaron un buen rato buscando la manera de atraer a más clientes. Decidieron preparar empanadas de carne y venderlas a veinte centavos, con refresco incluido.

No tardaron ni una semana en recuperar la inversión inicial. A finales de mes, habían ganado veinte pesos. Esta vez enviaron al chico de unos vecinos a hacer la compra. Cuando el ingenio en el que Ramón trabajaba cerró y él regresó a casa, el negocio de las dos mujeres iba viento en popa. Lo pusieron a despachar con Carmen, mientras ellas preparaban empanadas, croquetas y patatas rellenas de picadillo. El olor y el chisporroteo del aceite hirviendo impregnaba sus vidas, y muy pronto las horas pasadas en la cocina les dejaron marcas en las manos, los brazos e incluso el torso.

Pero Catalina y Ana no se conformaron con eso.

Una noche, mientras sazonaban la carne picada para el relleno de las empanadas y las patatas, Catalina se puso a recordar la vida en La Palma. Ya no caía en la nostalgia a menudo, pero esa noche lo hizo, tal vez porque la luz del fanal iluminaba menos de lo habitual y Catalina echó de menos una luz más brillante, como la que tenían en casa. Su padre había hecho instalar electricidad en cuanto llegó a la isla, años antes de que ella naciera.

—¿Lo sabías? —le preguntó a Ana, como si su amiga tuviera la capacidad de leerle los pensamientos.

—No, pero cuéntamelo —respondió Ana, sorprendida, ya que Catalina no era muy dada a charlar por las noches.

—La Palma fue la primera de las islas en tener electricidad.

—Ah, ¿sí?

—Sí, mi padre no se cansaba de repetirlo. Recuerdo lo orgulloso que se sentía.

—Tu padre decía muchas cosas —replicó Ana en tono desdeñoso.

—Sí. —Catalina guardó silencio, pensativa, pero poco después, movida por una sensación que se parecía a la felicidad, le contó a Ana que su padre siempre comparaba la felicidad con un jardín.

—¿Y eso? —Ana alzó una ceja.

—Pues porque hay que trabajarla.

—Es verdad —dijo Ana para animarla a seguir hablando, porque notó que Catalina le estaba dando vueltas a algo en la cabeza.

Y así era. Catalina le contó que llevaba días pensando en expandir el negocio abriendo un salón de baile en la terraza que había junto a la bodega. Lo llamarían «El Salón de la Alegría». A Catalina le brillaban los ojos mientras le contaba su plan, y Ana tuvo que darle la razón, tanto en que era una buena idea de negocio como en que no les vendría nada mal un poco de felicidad. Y ya que no parecía dispuesta a llegar por propia iniciativa, ¿por qué no crearla ellas mismas?

En un par de días, tenían listo el folleto en que se anunciaba la noche de la inauguración. Ana lo llevó a una imprenta para que hiciera copias, que el hijo de unos vecinos se encargó de repartir por todo el valle. Mientras tanto, barrieron y fregaron la terraza hasta que quedó reluciente y el cemento pulido parecía agua bajo sus pies. También idearon un menú. A sus productos habituales añadieron arroz con pollo a la chorrera y tostones, lo que era delicado de preparar porque tenían que freír los plátanos al momento para que no se pusieran duros.

En la noche de la inauguración acudieron unos cuantos vecinos, pero pocos se atrevieron a bailar. Había más hombres que mujeres, y más niños y ancianos que parejas jóvenes. No se parecía en nada a lo que Catalina y Ana se habían imaginado. Algunos de los hombres ni siquiera se molestaron en descabalgar. El ambiente era incómodo y más bien tristón, justo lo contrario de lo que pretendían conseguir.

Ramón regresó tras un nuevo intento fallido de encontrar trabajo en la recogida de la caña, y las mujeres le contaron lo que habían hecho. Aunque no le gustó que se hubieran embarcado en algo así sin él, Catalina le explicó en detalle la oportunidad de negocio. Si les salía bien, Ramón ya no tendría que volver a buscar trabajo fuera. Podría olvidarse de los campos de caña, quedarse en casa y centrarse en la granja. Los dos se estaban haciendo viejos, y ella no podía seguir cuidando de los animales si también tenía que ocuparse de la bodega y del salón de baile los fines de semana.

Ramón, que llevaba tiempo queriendo dejar el trabajo de jornalero, dedicó un rato a pensar en ello y, al final, le dio la bendición al proyecto. También aportó sus ideas. Si querían que el negocio funcionara, tenían que traer chicas. Los hombres jóvenes vendrían a gastarse el dinero solo si sabían que podrían bailar con chicas. En el valle no había sitios donde hombres y mujeres pudieran conocerse y bailar. El Salón de la Alegría ofrecería esa posibilidad en un ambiente familiar. Ramón insistió en que debía ser un lugar limpio y decente; no quería borrachos en su casa.

Y así fue como, a los treinta y cuatro años, Catalina se convirtió en la dueña y anfitriona de su propio salón de baile. Su hija, que ya había cumplido los catorce, adornaba la terraza bailando sola con sus nuevos zapatos blancos y el vestido amarillo bordado con flores blancas que Catalina le había hecho. Aunque no bailó sola por mucho rato. Desde lo alto de su caballo, un mozo de granja de dieciocho años con la nariz torcida a causa de una coz se había fijado en ella y la estaba observando con atención. Antes de que acabara el baile, se acercó y anotó su nombre en el carnet de baile de Carmen a cambio de cincuenta centavos. Le contó que se llamaba Orlando Martín, pero que todo el mundo lo llamaba Macho. Tras echarle un vistazo a los ojos grises de párpados caídos y a los labios carnosos de ese muchacho, Carmen guardó el carnet de baile y no volvió a bailar con nadie más, ni esa noche ni nunca.

Mara

Sabanilla, Las Villas, octubre de 2019

Al principio, el zumbido de los mosquitos me resultaba muy molesto y no paraba de ahuyentarlos a manotazos, pero al cabo de un rato, sentada junto a Linito a la puerta de la casa, dejé de oírlos y de notar las picaduras. Me abracé y me incliné hacia delante, como hago siempre que quiero escuchar con atención, e ignoré todo lo que no fueran sus palabras.

Me fascinaba la cadencia de su voz, alta y apresurada. Se tragaba el final de algunas palabras y otras las pronunciaba mal, al estilo típico de los guajiros, pero pronto comprendí que Linito era un gran narrador, con una vida llena de experiencias remarcables que, aunque a él le parecían normales, para mí eran mágicas y muy reveladoras.

En algún punto de la narración, empecé a darme cuenta de que lo que me estaba contando iba a cambiar todo lo que sabía de mi familia hasta ese momento y, por lo tanto, el modo de percibirme a mí misma. Varias veces estuve a punto de pedirle que se detuviera, pero, por supuesto, no lo hice. Tenía miedo hasta de moverme y mucho más de interrumpirle, por si cambiaba de opinión y dejaba de hablar.

Cuando terminó, ambos permanecimos en silencio durante un buen rato. Abrumada por todas aquellas revelaciones, llevaba tanto tiempo inmóvil sobre el taburete que se me habían dormido las piernas. Esa noche me enteré de que Ramón, el amable anciano que pensaba que era mi abuelo, no lo era; ni siquiera era mi bisabuelo. Mi auténtico abuelo era un hombre al que apodaban Macho, que no ocupaba ningún lugar en la familia ni en la historia. Lo que ya no me sorprendió tanto después de haber hablado con Julián en La Palma fue que mi bisabuelo hubiera sido Juan Cruz Cruz, quien no llegó a enterarse de que había engendrado una hija junto a la única mujer a la que amó.

—Mi madre siempre me lo contaba todo. De niño era tan callado que me decía que era el oyente perfecto —confesó Linito medio avergonzado—. Además, ella lo escribía todo. Tenía una caligrafía muy bonita. En otra vida podría haber sido una mujer instruida y tal vez habría llegado a ser escritora.

Se levantó y fue a su habitación, de donde regresó con una enorme bolsa roja de plástico de El Corte Inglés. La bolsa, que para él era como un tesoro porque había llegado desde España con un regalo de una de sus hijas, contenía docenas de viejos cuadernos.

—Yo no los he leído, pero tú deberías hacerlo —me dijo al entregármelos.

Acepté la bolsa con las dos manos, como si se tratara de un objeto delicado y valioso.

—¿Nunca habías hablado de esto con nadie?

—No, de todo no. Nadie me lo había preguntado. No es que fuera un secreto, pero nunca hablábamos de ello. ¿Qué sentido tendría?

Se me ocurrían un montón de respuestas para esa pregunta. Estuve a punto de decirle que el sentido podría ser tan sencillo como decir siempre la verdad, pero ¿lo creía en serio? Ya no estaba tan segura. La vida de mi abuela Carmen fue relativamente corta. ¿Qué habría ganado si se hubiera enterado de quién había sido su verdadero padre? Y el amor que mi madre sentía por Ramón, el hombre que había sido para ella como un padre además de un abuelo, ¿habría cambiado si hubiera sabido que no había sido él quien había plantado la semilla, por decirlo de alguna manera? Él había hecho todo lo demás. Había estado allí desde el principio, incluso antes del parto. Había cuidado de una joven viuda embarazada que, en cuestión de horas, perdió no solo a su marido y al amor de su vida, sino también a su hija de pocos meses. Resultaba difícil imaginar lo destrozada que debió de quedarse y lo mucho que tuvo que trabajar para reconstruirse juntando las piezas de su vida. Aunque, en realidad, lo que hizo fue desprenderse de esa vida rota y empezar una nueva, lejos de todos los que la conocían y la querían.

Un escalofrío me recorrió de arriba abajo. Estaba cansada y tenía la nuca rígida. Eché la cabeza hacia atrás y me di un breve masaje que me alivió un poco, pero no conseguí mitigar el dolor de cabeza que me seguía como un nubarrón.

Como siempre que empiezo un reportaje, necesito distanciarme para procesar la información antes de ponerme a escribir. Y eso fue lo que el cuerpo me pedía, aunque sabía que no era justo para Linito ni para el resto de la familia que estuviera llevando a cabo la investigación como si se tratara de un encargo periodístico. Pero no sabía hacerlo de otra manera. Si mantenía una cierta distancia, podía pensar con más claridad. Si me implicaba en la historia, mi mente funcionaba desde lo emocional, y eso no le resultaría útil a nadie. Estaba llegando al final de la investigación y había encontrado lo que había venido a buscar. Además, ahora tenía una bolsa llena de cuadernos, y esperaba que me revelaran todavía más información sobre Catalina y sobre Ana Cruz, una mujer a la que no llegué a conocer, pero a la que mi madre se refería como Liana, la esposa del «gallego», famoso por ser el único comunista en una familia de «gusanos». Nunca se me pasó por la cabeza que Liana no fuera su auténtico nombre ni que se hubiera criado junto a la abuela Catalina en las Canarias. Y estaba segura de que mi madre tampoco lo sabía.

Era demasiado tarde para regresar a la ciudad. Estiré el cuello y distinguí la silueta de la casa de mi abuelo, separada de la cabaña de Linito por un camino de piedras que solía estar bordeado por un huerto de plantas medicinales muy bien cuidado. Aunque las malas hierbas se habían apoderado del terreno, el camino seguía en su sitio.

Siempre la había llamado «la casa del abuelo», como si nunca hubiera vivido nadie más allí. El abuelo Ramón —que murió seis meses después de que nos marcháramos de Cuba— llevaba ya mucho tiempo viviendo solo en esa casa cuando yo era pequeña. En aquella época me había parecido suficiente, pero ahora ya no. Esa noche quería recuperar a todos los fantasmas de la familia que habían quedado atrás.

—¿Hay alguna cama en la casa? —me oí preguntar, lo que me hizo darme cuenta de que estaba planeando quedarme a dormir.

—Sí. Siempre tengo una cama preparada. Mi madre me pidió que lo hiciera, por si algún día volvía alguien del otro lado.

Me quedé unos instantes pensando en sus últimas palabras: «El otro lado». Los cubanos viven con tanto miedo del Gobierno que han desarrollado su propio vocabulario para evitar que alguien los denuncie a las autoridades por antirrevolucionarios. Costaba saber a qué se refería. ¿A La Palma? ¿A Miami? ¿El más allá? Preferí no preguntar.

Linito me acompañó a la casa con la linterna. Llevaba también un farol y un vaso de agua, que dejó en el dormitorio antes de retirarse. Me sentí tentada de explorar la casa a la que llevaba tanto tiempo sin volver, pero lo descarté. Mi madre solía decir que todo se ve mejor por la mañana, y quería que el reencuentro con la casa después de cuatro décadas fuera agradable. Me senté en la cama y contemplé las sombras amorfas que la tenue llama del farol proyectaba en la pared de enfrente.

La última vez que estuvimos aquí fue en el verano de 1978. Mis padres todavía no habían cumplido los cuarenta y yo debía de tener catorce, porque fue un año antes de que nos fuéramos de Cuba. Esta era la habitación donde solían dormir mis padres. Recordaba la cama en la que estaba sentada, con su armazón de hierro y su colcha de chenilla azul. Sobre el cabecero colgaba una imagen de la Virgen María y en otra pared había un calendario de 1983, abierto por la página de septiembre. Me pregunté quién habría sido la última persona que durmió aquí. La habitación olía a cerrado, pero estaba limpia. Sobre la cómoda de madera oscura había un jarrón de cristal verde con rosas secas. A su lado, una muñeca desnuda me miraba con el único ojo que le quedaba, hasta que la guardé en uno de los cajones.

Sabía que no iba a ser capaz de dormir, así que me quité las botas, me apoyé en las almohadas y me cubrí las piernas con la colcha. Abrí la bolsa, saqué uno de los cuadernos y me puse a leer.

Catalina

Sabanilla, 1936-1953

Durante uno de los bailes de El Salón de la Alegría, Ana conoció a un «gallego» rubio y robusto llamado Aquilino Canal, siete años menor que ella. Al igual que Ramón, trabajaba en un cañaveral durante la zafra. El resto del año era carpintero, según le contó mientras le mostraba los cortes y cicatrices de las manos callosas. Incluso el vello de sus brazos era dorado, como el sol. Tenía la cara pecosa y unos ojos azules que centelleaban como estrellas. Había huido de España después de que varios miembros de su familia hubieran sido asesinados durante la Guerra Civil. Él también había luchado, y la contienda le había dejado una cicatriz, larga e irregular, que le recorría la pierna de arriba abajo y que lo hacía cojear. Aquilino había logrado escapar de una muerte segura escondiéndose en un túnel que sus hermanos y él habían construido bajo la casa, antes de que estallara la guerra. A Ana su historia le resultó fascinante; incluso la cojera le pareció entrañable. Le daba un aire de vulnerabilidad, y Ana era de naturaleza cuidadora.

Aquilino se autodenominaba comunista, pero Ana no tenía ni idea de qué significaba eso. A ella las únicas cosas que le interesaban eran su amplio torso, sus manos cálidas y su forma de besarla, que la derretía por completo. Al mes de conocerse, anunciaron su boda. Ana, que no tenía pelos en la lengua, les dijo a los suyos que llevaba ya demasiado tiempo esperando a que llegara su noche de bodas. En aquel momento, acababa de cumplir los treinta y seis. Era guapa, con las piernas bien torneadas y una cintura estrecha. Tenía los ojos pardos, las pestañas oscuras y una mirada melancólica, pero antes de conocer a Aquilino se había dado cuenta de que los hombres que la miraban —los pocos que aún lo hacían— la descartaban por solterona.

La boda se celebró un sábado por la noche en El Salón de la Alegría. La pareja no tardó en marcharse para iniciar su luna de miel en Playa Panchita, un pueblo costero. Fueron a lomos de Candela, una yegua a la que habían llamado así por su pelaje cobrizo y su temperamento irascible, y que había sido el regalo de bodas de Ramón y Catalina. La fiesta siguió sin ellos y, cuando al fin se marchó el último de los invitados, Catalina se percató de que llevaba todo el día sin pensar en ningún momento en la pérdida de su bebé y del hombre al que amó. No supo determinar si era un síntoma de curación o una nueva maldición. Por si acaso, antes de acostarse en las horas más oscuras justo antes del amanecer, se arrodilló a rezar con la mano sobre el pecho izquierdo, el lugar donde el dolor se había escondido a ojos del mundo, pero no de los suyos. Un dolor al que temía, pero que la ayudaba a estar siempre alerta ante lo que pudiera pasar.

Nueve meses después de la boda, Ana dio a luz a un niño rubio y larguirucho que prácticamente no dejó de llorar desde que nació hasta los doce meses. Al cumplir el año, pasaron varias cosas: dejó de mamar, empezó a hablar y a caminar y se convirtió en una personita jovial que apenas volvió a llorar y que no sabía cómo reaccionar cuando los demás lloraban delante de él. Lo llamaron Aquilino, como su padre, pero para la familia siempre fue Linito.

Ana y Aquilino se construyeron una pequeña cabaña de madera al lado de Ramón y Catalina, porque Ana no podía concebir vivir lejos y ellos tampoco querían que se alejara. Catalina se había acostumbrado a su presencia, a su risa y a sus platos, sobre todo cuando preparaba la especialidad de su tierra, que siempre elaboraba con cariño: el gofio tibio con leche y plátanos. Para ella, Ana ya no era un recordatorio de todo lo que había perdido, sino una hermana que había llenado el hueco que había dejado su familia.

Aquella fue la mejor etapa en la vida de Catalina. Ana y ella trabajaban más duro que nunca, ocupándose de las casas, los animales, la granja, el huerto, la bodega y El Salón de la Alegría, todo al mismo tiempo y sin quejarse nunca.

Carmen las ayudaba a regañadientes. Prefería pasar el rato leyendo bajo un guayabo o soñando con estar en cualquier otra parte; le daba igual dónde fuera, mientras estuviera lejos de casa. De niña, Carmen solía decirle a su madre que estaba segura de que la cigüeña se había equivocado de casa y decidió rectificar el error tan pronto como pudiera. Catalina se culpaba de ello. Tal vez si no le hubiera contado tantos cuentos fantasiosos de castillos rodeados de nieve, ciudades donde mujeres sofisticadas llevaban sombreros y guantes, lugares lejanos cubiertos de flores silvestres, donde había volcanes gestándose bajo la superficie, a Carmen le habría costado menos aceptar sus circunstancias.

Pero no fue el caso. A los dieciséis años, Carmen se había convertido en una hermosa mujercita. Su pelo color azabache se había aclarado hasta convertirse en cobrizo y, según le diera la luz, se distinguían mechones pelirrojos. Era alta y tenía el porte de una reina. Había heredado el carácter indómito de Juan, y por mucho que Catalina tratara de domarlo, nunca lo consiguió.

Tendría unos doce o trece años cuando les pidió a sus padres que la dejaran ir a la escuela de secundaria, lo que habría significado tener que mudarse a una ciudad con otra familia, pero Catalina no se podía imaginar la vida lejos de su hija. Luego se arrepintió, porque le quedó claro desde el primer día que Carmen se había enamorado de Macho a primera vista. El joven acudía todos los fines de semana al salón para bailar con ella, y Catalina se esforzó en no criticarlo al recordar su historia de amor prohibido con Juan, pero había algo en ese chico —que aún no terminaba de ser un hombre— que la repelía. Estaba convencida de que su hija se había equivocado en su elección.

Y tenía razón.

Una mañana, Carmen no apareció en la cocina a la hora del desayuno. Catalina supo enseguida que algo no iba bien. Al entrar en la habitación de su hija, vio que la cama estaba sin deshacer, tal como la había dejado el día anterior.

—¡Carmen!

Aunque sabía que su hija no la oía, siguió llamándola mientras la buscaba, primero por toda la casa y después por toda la finca. Haciendo visera con la mano, inspeccionó los campos hasta donde alcanzaba la vista. Al no encontrar ni rastro de ella, corrió hasta la casa de Ana.

—¿Has visto a Carmen? —le preguntó, frenética.

Ana, que había acudido a la puerta al oír los pasos de Catalina, bajó la vista.

—¿La has visto? ¡Por favor, dímelo, dímelo!

—No —respondió al fin—. No la he visto, pero cálmate, por favor. Te vas a poner mala.

—No te preocupes por mí y dime la verdad. Sé que sabes algo que no me estás contando.

—Candela no está —dijo Ana.

—¿La yegua? ¿Y eso qué tiene que ver con Carmen?

—No estoy segura, pero sospecho que se la ha llevado. —Se sacó algo pequeño del bolsillo del delantal y se lo puso a Catalina en la mano—. Encontramos esto cerca de donde guardamos el caballo de Aquilino. Esta mañana lo ha visto en el suelo.

Catalina se miró la palma de la mano. El objeto perdido era una peineta, la favorita de Carmen, que Ramón le había hecho usando un cuerno de toro.

—¡Por Dios, la Virgen y todos los santos!

Catalina apretó el puño con fuerza y, aunque la peineta le pinchó la palma de la mano, no lo sintió, porque el dolor real estaba en su corazón. Mareada, la asaltaron las náuseas.

Al darse cuenta, Ana entró a buscar un vaso de agua. Cuando volvió a salir, se encontró a Catalina sentada en un taburete, con la cabeza agachada entre las piernas.

—Solo tiene dieciséis años... —murmuró.

Ana se arrodilló a su lado.

—Tú también te casaste joven, no lo olvides —dijo Ana, que se arrepintió al instante de haberlo dicho.

—¡Exacto! —replicó furiosa Catalina, levantando la cabeza con brusquedad y fulminando con la mirada a Ana, que ahora quedaba a sus pies—. Yo me casé; ella se ha ido con el primero que le ha hecho caso.

—Tal vez sea amor, verdadero amor —insistió Ana. Sentía lástima por Catalina, pero también una gran lealtad hacia su sobrina.

Catalina se quedó callada unos segundos antes de hablar.

—Ya veremos, pero lo dudo mucho; les doy un mes.

Tardó mucho más de un mes, pero al final Carmen regresó a lomos de Candela, sola y embarazada de cinco meses. Les contó que Macho no quería un bebé y, al parecer, tampoco la quería a ella. Y eso fue lo último que dijo sobre el hombre al que había amado con tanta pasión.

Volvió con un hombro lastimado y un rastro de tristeza en la mirada, pero sana y salva. La suya era una historia muy habitual en el campo, aunque Catalina había confiado en que su hija quedara al margen de esas cosas.

El 21 de octubre de 1939, Carmen dio a luz a una diminuta niña prematura. La comadrona pensó que no llegaría con vida al día siguiente, pero Catalina era una mujer testaruda y había decidido que la muerte no les arrebataría a ese bebé. Luchó por su nieta día y noche, calentándola con su cuerpo y alimentándola como a un pajarillo cuando quedó claro que Carmen, destrozada por la soledad y un embarazo difícil, no producía suficiente leche. Catalina recordó que su madre había hecho lo mismo con su primera hija, y sintió que, de algún modo, el círculo se cerraba. Esta era su redención; su oportunidad de retribuir el milagro de la maternidad que se le había concedido dos veces. No deseaba otra cosa: una vida por otra.

Catalina se aisló del mundo para centrarse en su batalla personal contra el destino. Un mes antes se había preocupado por las noticias de una guerra lejana, al recordar los desoladores días de su juventud, por culpa de la Primera Guerra Mundial, pero ahora lo único que le importaba era este bebé. Declaró que El Salón de la Alegría cerraba para que ella pudiera dedicar todas sus energías y oraciones a su diminuta nieta, a la que cargaba pegada a su cuerpo hasta que empezó a notar los pechos pesados, como si se estuvieran preparando para producir leche para un bebé que no había nacido en su vientre.

Pasaron seis semanas hasta que Catalina tuvo claro que había ganado la batalla. La pequeña empezó a ganar peso, y parecía tener un carácter fuerte y decidido. Carmen comprendió que ya era hora de buscarle nombre, pero Catalina se le había adelantado, porque, ¿cómo criar algo que no puedes nombrar?

—Se llama Lila —dijo Catalina, y a Carmen le gustó cómo sonaba.

Pero como la vida de su hija había sido una sorpresa y un milagro, decidió llamarla así de segundo nombre: Milagro. En cuanto al apellido, no hubo discusión: llevaría el de su madre. La pequeña era idéntica a Carmen, excepto en una imperfección que la acompañaría toda la vida: tenía el dedo meñique de la mano izquierda doblado y casi formando un ángulo recto, igual que los meñiques del abuelo que nunca conoció. Carmen siempre se preguntó por qué habría nacido con un dedo deformado, pero el resto de la familia tuvo claro que Juan se estaba manifestando a través de la pequeña.

La llegada al mundo de Lila hizo que Carmen madurara y se convirtiera en una mujer de golpe. Al principio se mostró reacia a demostrar afecto; en parte porque se sentía muy débil después del parto, pero también porque no estaba segura de que aquella criatura diminuta que se aferraba al pecho de su abuela como si fuera un murciélago fuera a sobrevivir.

El día en que Lila cumplió un año, Ana le preparó un pastel y Catalina le cosió un vestido usando una pieza de encaje amarillo que había guardado. Mientras Carmen sostenía a su hija para que soplara la vela, la pequeña acarició la cara de su madre con su manita gordezuela y dijo:

—Mamá.

Carmen se quedó sin aliento. Los demás aplaudieron entusiasmados y declararon que Lila era el bebé más listo del mundo, pero Carmen supo que Lila había reconocido la herida que llevaba por dentro y había tratado de sanarla. En ese momento, empezó a amar a su hija con locura, un amor que duró hasta el día de su muerte. Fue un amor correspondido. Lila siguió adorando a su madre toda su vida.

Los Fernández y los Canal criaron juntos a sus hijos, como dos familias españolas lejos de sus casas que criaban a sus niños cubanos en terreno fértil de su propiedad e incrementaban sus ingresos con la bodega y el salón de baile que reabrieron. Entre los siete lo hacían todo y no necesitaban más.

Catalina, que todavía no había visitado las tumbas en las que Ana había enterrado a sus bebés muertos, plantó rosas donde debería haber habido lápidas, y el lugar se convirtió en su refugio secreto, el santuario al que acudía para cultivar su dolor, cuidándolo con ternura. También se convirtió en el lugar al que acudía para dar las gracias. Lila y Linito habían traído tanta alegría a su vida y a las de los demás que costaba recordar lo que había pasado antes de su llegada. Las tumbas servían para mantenerla en alerta, con los pies en el suelo.

Cuando tenían cinco y siete años, Lila y Linito iban cada día a pie hasta la escuela de Sabanilla, un edificio de una sola sala donde los niños aprendían a leer, recitar poesía y a hacer operaciones matemáticas básicas. Con suerte, terminaban educación primaria. Lila tuvo suerte, pero Linito lo dejó en tercero, alegando que no tenía cabeza para las letras y que los números no le interesaban a menos que pudiera contarlos con los dedos de las manos y de los pies.

Los dos primos pasaban las largas tardes de verano persiguiendo gallinas y perros, buscando ranas en los bananeros, o leyendo con los vientres desnudos apoyados en el cemento del portal para buscar algo de frescor. Lila leía libros; Linito hojeaba tebeos.

Las familias —ligadas por recuerdos que no se mencionaban y por un camino pavimentado con piedras de río y bordeado por matas de orégano, ají cachucha y hierbas medicinales— vivían en una especie de vacío, aislados del resto del mundo. Fuera, gobiernos, presidentes, caudillos y revoluciones iban y venían, pero para sus vidas tenían muy poca relevancia. Mientras lloviera para que las plantas crecieran y pudieran engordar a los cerdos, eran felices en su aislamiento, desconectados del resto de la isla.

Pero su relativa paz no duró demasiado. Todo empezó a cambiar el 26 de julio de 1953, día de la festividad de Santa Ana, la madre de la Virgen María, y el día en que Ana cumplía cincuenta y cuatro años.

—¡Pon la radio! —gritó en cuanto asomó un pie en la cocina de Catalina, jadeando por la breve carrera desde su casa—. Hombres armados se han sublevado contra el Gobierno y están atacando Santiago.

Catalina se apartó de los fogones, donde estaba hirviendo leche y friendo trozos de pan para el desayuno. Se limpió las manos en el delantal y se plantó frente a Ana, sin saber cómo reaccionar. Una palabra se había quedado resonando en su cerebro: «Santiago», la ciudad donde, treinta y cuatro años atrás, su primera vida había terminado.

Ana se dirigió a la esquina del salón donde se encontraba el gran receptor de radio a pilas, casi sin usar desde que Ramón lo llevó un día a la casa, hacía ya varios años. Catalina la había cubierto con un mantel y había colocado encima un jarrón con flores; no se fiaba de las voces de hombres a los que no podía ver. Ana lo apartó todo y trasteó con los botones, pasando de largo las interferencias y el ruido estático hasta encontrar una voz que pudieran entender.

La información era confusa al principio, pero poco a poco la historia fue tomando forma. Un grupo de hombres, en su mayoría estudiantes universitarios de La Habana, habían atacado un cuartel militar en Santiago de Cuba. Era imposible determinar el número de muertos y heridos de bando y bando, pero una cosa estaba clara: veinte años después de la última revolución, el pueblo cubano volvía a alzarse contra el Gobierno.

—¿Qué va a pasar ahora? —le preguntó Catalina a Ana, que permanecía de rodillas frente a la radio.

—No lo sé, pero nada bueno.

Catalina volvió corriendo a la cocina al oler a leche quemada. El desayuno se había estropeado. En ese momento recordó que era el cumpleaños de Ana.

—¡Feliz cumpleaños! —exclamó y se acercó a Ana para ayudarla a levantarse.

Las dos mujeres se abrazaron con devoción y temor.

—Gracias, mi querida Catalina... —Su voz no sonó demasiado convencida.

—¿Qué pasa? —Catalina dio un paso atrás para mirarla a la cara. Ana parecía preocupada.

—Creo que esto va a ser el principio del fin.

—¿El fin de qué?

—De la vida tal como la conocemos. Los rebeldes no se conformarán con esto, ya lo verás.

A pesar de la revuelta y de las preocupaciones de Ana sobre el futuro, la vida siguió su curso en Sabanilla: los hombres trabajaban los campos, las mujeres hacían todo lo demás, los niños crecían.

La vida se encargó del resto.

Mara

Sabanilla, Las Villas, octubre de 2019

Los cuadernos que leí durante toda la noche eran las típicas libretas de colegio, parecidas a las que usaba yo en Cuba, pero con las cubiertas verdes y de cartón grueso.

En el cuaderno que tenía en las manos alguien había escrito las fechas 1939-1945, los años de la Segunda Guerra Mundial, pero no había ninguna referencia al conflicto. Solo hablaba de mi madre y de Linito, de la granja, el trabajo y los detalles domésticos de los Fernández y los Canal en Sabanilla.

«Lila es una niña curiosa que ha heredado los rasgos de su madre y los rizos pelirrojos de su abuela», empezaba diciendo. Entre otras cosas, mencionaba que mi madre siempre se encariñaba con los animales de la granja y que lloraba cada vez que su abuelo mataba un cerdo. Supongo que, si en la década de los cuarenta las chicas hubieran podido declararse vegetarianas, mi madre lo habría hecho.

Por lo que leí en ese y otros cuadernos, llegué a la conclusión de que la infancia de mi madre estuvo marcada por las constantes dolencias de su propia madre.

«Carmen tiene un dolor constante, a menudo se la ve

doblada sobre sí misma. Ella dice que es el estómago, pero Catalina no lo ve claro», escribió Ana.

De su relato se desprende que la opinión de Catalina tenía mucho peso en la familia por su condición de sanadora, capaz de curar a la gente con una oración y una toalla caliente sobre el estómago. Era un detalle que me parecía interesante, aunque difícil de creer. Sus vecinos, sin embargo, le llevaban regalos como pago a sus servicios. Una vez le ofrecieron una preciosa gallina colorada, que a Catalina le recordó a la que había matado Ramón cuando nació Carmen. Declaró que, si Colorá había regresado en forma de regalo después de tantos años, debía de ser por algo. En vez de matarla para preparar la cena, dejó que procreara. Llegaron a tener sesenta pollos de esa gallina, y Lila trató de ponerles nombre a todos ellos por orden alfabético, pero cuando llegó a Zoila, se rindió. Eran demasiados y tuvieron que venderlos, empezando por la «A».

Me enteré de que habían usado el dinero de la venta de los pollos para llevar a mi madre al dentista por primera vez, a los trece años. Se le había astillado uno de los incisivos delanteros, y estaba tan desconsolada que su abuelo la llevó a Quemado de Güines, el lugar más cercano donde había un dentista. El tratamiento duraba más de un día, de modo que Ramón la dejó en casa de unos conocidos. Al parecer Ana no sabía sus nombres, porque se refería a ellos como «los chinos de Quemado». Esa familia chino-cubana llevó a mi madre a ver el mar por primera vez. Y aunque se limitó a contemplarlo, la impresionó mucho. Al regresar a la granja, mi madre se lo contó todo a Ana con detalle. Le habló del mar y de lo bonito y calmado que estaba, verde y azul al mismo tiempo. Le habría gustado bañarse, pero no tenía bañador y ahora quería uno.

«La agarré por los hombros y la miré —escribió Ana—. Lila era casi tan alta como yo. Le dije que no se le ocurriera mencionar el mar delante de su abuela. Cuando me preguntó por qué, no le di una explicación. Le dije que el mar era muy peligroso y que jamás debía entrar en él. Hice que me lo prometiera. Ella temblaba, con los ojos como platos. Creo que la asusté lo suficiente como para que no volviera a sacar el tema nunca más».

Tras leer esas palabras, tuve que soltar el cuaderno. Mi madre nunca me había contado nada de eso. Sabía que le daba miedo el mar, claro, y me había explicado muchas veces que esa era la razón por la que había decidido llamarme Mara. «Tienes que ponerles nombre a tus miedos para poder conquistarlos», solía repetir. Lo que no sabía era que sus miedos provenían de viejos traumas familiares, heridas del pasado que mi madre desconocía. Recibir un mensaje así siendo tan joven debió de afectarla mucho.

En sus escritos, Ana también relataba chismes jugosos sobre los vecinos de la zona. Su don para la escritura me hacía sonreír. Escribía, por ejemplo, sobre el borracho del pueblo, un hombre llamado Emilio que frecuentaba El Salón de la Alegría. Pedía una cerveza tras otra y no permitía que nadie retirara los botellines vacíos. Una vez, Ana contó dieciséis cascos.

También escribió sobre una mujer llamada Hortensia, que amaba a un hombre pero se casó con otro después de que su cuñado, que estaba enamorado de ella en secreto, apuñalara a su novio y lo dejara al borde de la muerte. «Y eso que Hortensia ni siquiera es guapa», añadía Ana. Más adelante hablaba de Teresa, una vecina que se prendió fuego cuando su marido se fue con otra, y de un hombre que se amancebó con su cuñada tras la muerte de su esposa. Sus hijos, horrorizados, se fueron de casa. Años más tarde, encontraron a la pareja desnuda y muerta en la cama. Las ratas, que habían sido las primeras en descubrir sus cuerpos, habían empezado a mordisquearles los pies.

¡Cuántos dramas y cuántos horrores! No por primera vez, pensé que si la gente idealizaba la vida rural era porque nunca había vivido en el campo. La vida en estos lugares era difícil, despiadada.

Tenía sueño y la tristeza empezaba a abrumarme, pero abrí un nuevo cuaderno. En la cubierta de este había una sola fecha: 1955.

El doctor vino ayer. Estaba muy pálido, pero no dijo nada, al menos a Lila, que me confesó que a veces siente que vive en una casa llena de secretos y susurros. A veces yo me siento igual, pero sé que Catalina solo trata de protegerla, igual que yo protejo a Catalina. Yo también guardo mis propios secretos.

—¿Cómo? ¿Qué secretos? —exclamé, acercándome el cuaderno a la cara para hojearlo con detenimiento, como si así pudiera lograr que los secretos cayeran en mi regazo como frutas de un árbol.

Catalina

Sabanilla, Las Villas, 1955

Catalina se dejó caer al suelo de rodillas y, al momento, se dio cuenta de que esta vez no iba a poder ayudar a su hija. No había tintura ni poción, ninguna oración ni santo, que pudiera curar lo que la aquejaba. No sabía con exactitud qué le pasaba, pero había tenido un presentimiento cuando vio que su hija se retorcía de dolor como si estuviera poseída por un demonio.

—¡Sácamelo! —gritó—. ¡Sácamelo!

Ramón corrió hacia ella, colocó los brazos, aún fuertes, bajo su cuerpo y la levantó del suelo. Lila, que tenía casi dieciséis años, había apoyado la espalda en la pared del dormitorio, como si quisiera desaparecer. La crisis de su madre no la había tomado del todo por sorpresa. Dormían juntas y a menudo la oía gemir de dolor o pedir a Dios y a los santos que la aliviaran. Un médico había venido a visitarla hacía poco y parecía preocupado, pero nadie le había contado nada.

De su abuela había aprendido a poner un vaso de agua debajo de la cama para purificar el tormento de su madre y permitirle dormir tranquila, pero el agua no había funcionado. Y ahora, esto.

Ramón llevó a su hija a la cama con delicadeza y regresó junto a Catalina, la ayudó a levantarse y sostuvo el peso de su cuerpo. Estaba pálida y tenía una película de sudor sobre el labio superior, como si ella también fuera presa del dolor.

—¿Qué está pasando? —le preguntó Ramón a Catalina, que siempre tenía respuesta para todo.

Pero esta vez ella frunció los labios y negó con la cabeza. Despacio, se aproximó a la cama de su hija y le cogió la mano para tomarle el pulso. Demasiado acelerado. Acercó la oreja a su nariz y le llegó el calor de su aliento y un olor agrio que la hizo retroceder. Se armó de valor para tocar el bulto que había notado en el estómago de su hija antes de que se desplomara en el suelo. Estaba en el lado derecho y parecía pulsar, duro, contra la piel distendida. Se dio cuenta, una vez más, de que su hija había perdido una cantidad de peso considerable y de que su semblante había adquirido un tono amarillento.

—Ramón, ensilla el caballo. Tienes que llevarla al hospital ahora mismo —le ordenó.

—Será mejor que vaya a buscar al doctor... —dijo él.

—¡No! —insistió Catalina—. Ese médico no sabe nada. Te digo que esto es otra cosa. Tienes que llevarla al hospital.

En ese momento, Ana entró en la casa y se dio cuenta de la gravedad de la situación. Sabía que Catalina nunca salía de la granja y que Ramón no iba a ser capaz de afrontar solo el viacrucis que se les venía encima, por lo que se ofreció a ensillar su caballo y a acompañarlos a la ciudad.

—Todo irá bien —dijo mientras sostenía la cara de Catalina entre las manos.

Catalina tenía la frente fría, como si la sangre se le hubiera retirado de la cara y se le hubiera acumulado en las puntas de los dedos, con los que acariciaba el vientre de su hija mientras recitaba la oración de doña Elena: «Cruza el puente, querida hija mía, para que no te ahogues en el río ni en el mar tormentoso que es esta tenebrosa vida».

Aunque Catalina había oído a su abuela pronunciar esas palabras infinidad de veces y ella misma las había repetido otras tantas, nunca hasta ese momento había acabado de entender su significado: que la salvación está en ser capaz de caminar sobre las aguas en vez de hundirse en ellas. Pero ¿quién podía caminar sobre las aguas, aparte de Jesús?

Comprendió que ese era su castigo. Finalmente, el agua que debería habérsela llevado tiempo atrás junto a su primera hija había acudido en su búsqueda. Pero en vez de llevársela a ella como debería, le estaba arrancando a su otra hija de las manos. ¿Por qué? ¿Acaso no había sufrido bastante? ¿Su jardín lleno de bebés muertos no era suficiente prueba de las cruces que había tenido que cargar? ¿Qué más quería Dios de ella? Catalina levantó las manos del cuerpo de su hija y se las llevó al pecho formando un puño, como si estuviera invocando el sagrado corazón de Jesús. Alzó los ojos al cielo y rezó en silencio, con fervor: «Por favor, por favor, por favor... No te lleves a esta Carmen también. Por favor, por favor, llévame a mí...». Al darse cuenta de que estaba cuestionando la voluntad de Dios, retiró sus palabras al instante. La vida le había enseñado que era mejor no provocarlo. Se postró en el suelo con las piernas cerradas y los brazos abiertos, formando una cruz, y con la cabeza agachada declaró: «Hágase tu voluntad, así en la tierra como en el cielo».

Justo en ese momento, Carmen gimió y vomitó. Catalina se puso de rodillas para limpiarla, pero Ramón entró en la habitación y la levantó de la cama en volandas. Catalina corrió tras ellos, y él colocó a su hija en la parte delantera de la silla de montar para poder sujetarla a ella y a las riendas al mismo tiempo. Ana ya estaba montada en su caballo. Se volvió hacia Catalina y trató de dirigirle una sonrisa de ánimo, pero, por primera vez en su vida, fue incapaz de hacerlo. Ya le había pedido a su hijo que fuera a buscar a su padre, dondequiera que estuviera.

Catalina, con Lila a su espalda, permaneció en la puerta de la cocina mientras se alejaban. Tras su partida, se preguntó cómo era posible que no se hubiera dado cuenta de lo enferma que estaba su hija. Lo cierto es que, cuando Carmen había regresado a casa por vez primera, avergonzada y embarazada, una parte de ella, la favorita de Catalina, se había evaporado como un charco al sol. Su alegría, su curiosidad y su espíritu animoso habían desaparecido. Catalina se había sentido decepcionada y Carmen debió de notarlo. Ahora se percataba de que su mansedumbre se debía a la vergüenza. Ni siquiera el inmenso amor que Catalina sentía por su hija podía repararla y lograr que volviera a ser la que fue. En eso se parecían mucho, pensó. Deseó que hubieran podido conectar más gracias a sus pérdidas. Debería haberse dado cuenta de que el corazón de su hija estaba tan roto como el suyo. ¿Cómo había podido estar tan ciega? ¿Cómo podía haber ignorado a su hija durante tanto tiempo? Las dos se cruzaban por la casa como dos barcos en alta mar, siempre ocupadas, siempre haciendo algo o cuidando de otra persona, pero sin hablar de verdad. Sin conectar como lo habían hecho antes de que Carmen se escapara de casa para estar con Macho.

El nacimiento de Lila las separó aún más. Catalina había volcado todo su amor en el desvalido bebé y su hija había quedado en segundo plano, aunque eso no significaba que hubiera dejado de quererla. Por supuesto que no. Pero ¿lo sabría Carmen? ¿Cuándo fue la última vez que le dijo a su hija que la quería? Y ahora era demasiado tarde, ya solo podía rezar...

Ramón regresó a casa solo. Los médicos habían detectado una masa en el hígado de Carmen y le habían dicho que debía quedarse allí para recibir tratamiento urgente. Para Catalina, aquello era como estar atrapada en una pesadilla de la que no podía despertar. Fue a su habitación, cerró las ventanas y encendió velas. Se puso de rodillas, le rogó a la Virgen de la Candelaria que la ayudara y empezó a rezar una novena. En todos los años que llevaba en Cuba, apenas le había rezado a esa virgen que pertenecía a su vida de antaño, al viejo mundo. Pero ahora no sabía qué más hacer. Aunque había dejado la vida de su hija en manos de Dios, no entendía por qué iba a querer Dios llevársela tan pronto.

Habría dado gustosa su vida a cambio de la de su hija si hubiera sabido cómo hacerlo. Montaría a caballo y no se detendría hasta llegar al pueblo donde vivió cuando llegó a Cuba, hasta la casita amarilla que con tanto esmero cuidaba la tía de Ramón. Buscaría la playa más cercana, la que olía desde su ventana pero que nunca había llegado a ver. Estaba dispuesta a adentrarse en el océano hasta que el agua le cubriera el cuerpo y la cara. Quería ofrecerse al mar. «Llévame a mí, en vez de a ella», le rogaría. Entonces sus pulmones explotarían y llegaría al lugar del que había escapado hacía treinta y seis años. Se haría justicia al fin. Pero estaba convencida de que ni siquiera eso lograría salvar a su hija.

Catalina permaneció en casa, pero al día siguiente Ana volvió para buscar ropa y otras cosas que necesitaba para su estancia en el hospital. Fue ella la que animó a Lila, que cumplía años ese día, a visitar a su madre. En menos de dos días, Ana regresó con Lila y le comunicó que Carmen había muerto, pero Catalina ya lo sabía. Mientras su hija moría, el rugido del mar embravecido la había despertado en plena noche.

Catalina se negó a acudir al entierro de su hija. Se quedó en casa, sentada en el porche trasero, acunándose el corazón y pensando en su madre. Se preguntó si seguiría con vida y si habría sufrido tanto con su desaparición como estaba sufriendo ella ahora la ausencia de Carmen. Pensaba que, a estas alturas, ya estaría acostumbrada, pero luego se dijo que no. ¿Cómo puede un corazón soportar tanto dolor?

Una vez más, sintió el impulso de echar a andar en dirección al océano, lanzarse al agua y sucumbir. Sí, eso era lo que tenía que hacer. Se levantó y fue en busca de una de las yeguas. ¿Se ponía las botas de montar? ¿Qué se pone uno para morir en el mar?

Justo en ese momento, vio aparecer en la distancia la procesión que regresaba del cementerio. Abriendo la comitiva, distinguió la silueta inconfundible de su nieta, con la cabeza gacha y el andar desgarbado. Y entonces supo que no podía marcharse; todavía no. Tenía que quedarse un poco más, por Lila. Y, lo que era más urgente, tenía que preparar la cena para todos.

Suspiró antes de agacharse y atrapar, en un movimiento rápido y armónico, a una de las gallinas que picoteaban por el suelo. Acercó la cabeza del animal a su cara, lo suficiente para asegurarse de que no la picaría, y la miró a los ojos durante un par de segundos, como hacía siempre que mataba por la necesidad de alimentarse. Luego agarró a la gallina por el cuello, extendió el brazo y trazó círculos abiertos en el aire, retorciéndole el pescuezo hasta que el ave quedó colgando sin vida y sus plumas revolotearon antes de asentarse en la tierra arcillosa. Solo entonces entró en la cocina, se puso un delantal y echó agua a hervir para preparar una sopa. Tenía los ojos secos, pero sus manos, ensangrentadas, no dejaban de temblar.

Mara

Sabanilla, Las Villas, octubre de 2019

Me quedé leyendo hasta la madrugada, hasta que las palabras de Ana se volvieron borrosas y se me durmieron las manos de sostener el cuaderno con tanta fuerza.

El 22 de octubre, un día después de que Lila cumpliera dieciséis años, Carmen murió entre sus brazos. Tenía solo treinta y cinco años. El día antes, me había pedido que llevara a Lila al hospital para poder darle su regalo de cumpleaños en persona: una polvera dorada, con espejo, que era su mayor tesoro y que Carmen me pidió que le llevara. A Lila le dijeron que su madre había muerto de cáncer, pero yo sé que murió de pena y de remordimientos. Ningún otro hombre volvió a fijarse en ella. A ojos de la mayoría, era una mujer dañada, juzgada por un único error que cometió en la adolescencia. No volvió a conocer el amor. De hecho, estoy segura de que la pobre Carmen nunca conoció el amor verdadero, porque, ¿cómo iba a abandonar un hombre a la mujer que ama de verdad? Sé que mi hermano, si hubiera sobrevivido, nunca habría abandonado a Catalina. Aunque solo tenía cincuenta y cinco años, tras la muerte de Carmen, Catalina me confesó que se sentía como una anciana exhausta.

Al darme cuenta de que mi madre nunca me había contado las circunstancias exactas de la muerte de la suya, fui incapaz de seguir leyendo. El corazón me dolía y los ojos se me llenaron de lágrimas. De repente, me embargó una inmensa ola de amor hacia mi madre y una gran necesidad de protegerla.

El año en que yo cumplí los dieciséis, mi madre estaba convencida de que iba a morirse. Recuerdo que me desperté el día de mi cumpleaños sintiendo que alguien me acariciaba el brazo. Abrí los ojos y me la encontré sentada a mi lado, llorando en silencio.

—¿Qué pasa? —le pregunté mientras me incorporaba de un salto con el corazón acelerado.

Fue la primera vez que noté que el corazón me latía como un caballo desbocado.

—Nada, Mara, nada. No te preocupes. —Apartó la mano de mi brazo.

—No, cuéntamelo.

«Bum-bum-bum-bum».

Me llevé las manos al pecho y me eché hacia delante.

Debió de notar que estaba afectada, porque me respondió enseguida.

Lo que me contó me dejó helada. Era lo último que esperaba oír:

—Es solo que mi madre murió el día después de que yo cumpliera dieciséis años, y hoy es tu cumpleaños.

Aparté la sábana de una patada y me levanté. Eché a andar de un lado a otro de la habitación, masajeándome la zona del corazón para que se calmara. No podía creer que mi madre me hubiera estropeado el cumpleaños de esta manera. Era yo la que cumplía dieciséis años, ¡pero ella solo podía pensar en su dolor! Preocupada, me trajo un vaso de agua e hizo que me sentara. Se sentó a mi lado y permaneció en silencio, esperando a que se me pasara el ataque de pánico. No volvimos a hablar del tema nunca más, pero ese día mi corazón aprendió una cosa: a partir de entonces, siempre reaccionaría así cuando me faltaran las palabras.

Cumplí los dieciséis en 1980, el año después de que nos marcháramos de Cuba. Durante la travesía, mi madre me abrazó todo el rato. Tenía miedo de perderme arrastrada por las olas que se colaban en nuestra pequeña embarcación, dejando un rastro de agua, salada como las lágrimas. Aunque ahora pienso que tal vez tenía miedo de ser ella la arrastrada por las olas; miedo de morir y dejarme huérfana en una tierra extraña.

De hecho, mi madre tenía tanto miedo que una de las primeras cosas que hicieron mis padres al llegar a Miami fue comprar una parcela en un cementerio. Fue ella la que insistió, y mi padre aceptó. Aunque ninguno de los dos había cumplido aún los cuarenta, querían controlar su destino final. Ahora sé que mi marido Nelson tenía razón cuando me decía que tras el carácter fuerte y brusco de mi madre se escondía una niña asustada.

Dentro de poco, Mima iba a cumplir los ochenta, y le pedí a la vida que me concediera tiempo para ayudarla a superar sus viejos traumas. Tal vez leer los cuadernos de Ana la ayudaría. Ojalá pudiera leerlos como lo había hecho yo, con curiosidad, pero manteniendo una cierta distancia, aunque suponía que eso sería pedir mucho. A fin de cuentas, para mí las historias en esos cuadernos eran anécdotas sobre gente que no llegué a conocer, pero para mi madre era la historia de su vida.

A su manera, Mima me había estado protegiendo del

pasado. Empezaba a entender que muchos de los «defectos» de su carácter eran fruto de una infancia vivida a la sombra de los secretos, la vergüenza y el miedo a la enfermedad y a la muerte. Ahora entendía mejor por qué se había opuesto con tanta firmeza cada vez que había tomado una decisión que reafirmaba mi independencia. Si mudarme a Nueva York había sido una batalla, el traslado a España había supuesto una guerra. Esperaba con impaciencia a que se hiciera de día para poder llamarla o, mejor aún, volar a Miami, hablar con ella en persona y abrazarla.

Dejé los cuadernos a un lado, me quité las gafas de leer y me cubrí la cabeza con la almohada, tal como hacía de niña. Me quedé dormida casi al instante, pero, antes de dejarme vencer por el sueño, me acordé de que lo único que se había llevado mi madre de Cuba cuando nos marchamos había sido una polvera dorada, gastada. En la tapa, todavía se leían claramente las iniciales de su madre: CFQ.

Catalina

Sabanilla, Las Villas, octubre de 1963

Octubre siempre había sido su mes favorito en La Palma. Los días eran templados, lo peor del verano había pasado ya y una brisa agradable solía agitar las hojas de los bananos que se veían desde la ventana de su habitación. Al atardecer, los pinos del bosque parecían murmurar y la fragancia de las magnolias invadía toda la casa. Y apenas llovía.

Pero de eso hacía ya mucho tiempo; eso era antes de que octubre se convirtiera en el mensajero que traía los dolorosos recuerdos de la muerte de Carmen, de la que hacía ya ocho años, y antes de que su mundo cambiara de un modo que nadie habría podido imaginar. Ahora todos los meses le parecían iguales; no eran más que una manera de marcar el tiempo que pasaba hasta que llegara lo inevitable.

Tal como predijo Ana, los rebeldes que atacaron el cuartel militar en 1953 continuaron la lucha en las montañas, hasta que, seis años más tarde, instauraron un nuevo gobierno. El presidente Batista, que parecía tan fuerte, acabó huyendo con los mandos militares de su gobierno en plena Nochevieja, dejando tras él un país herido y dividido. Un país que acabó entregando en bandeja a un grupo de jóvenes barbudos con rosarios colgando de sus sucios uniformes color verde oliva y sin ninguna experiencia de gobierno, para que se hicieran con el poder y experimentaran con el comunismo.

Catalina hizo lo que pudo para permanecer aislada del mundo exterior, pero la vida se había vuelto tan dura para su familia durante los últimos cuatro años que le resultó imposible. No había pilas que hicieran funcionar la vieja radio y, al no tener todavía electricidad, no les llegaban las noticias; solo las que traían los vecinos, que nunca eran buenas. Desde que los rebeldes habían tomado el control, mucha gente había huido del país, y muchos otros habían perdido no solo los negocios y las casas, sino también a sus familias. Era doloroso reconocer que un gobierno que había llegado al poder con tantas promesas hubiera resultado ser un auténtico fiasco. La comida estaba racionada y era difícil encontrar incluso artículos de primera necesidad. Catalina y Ana aprendieron a fabricar su propio jabón y a cocinar con los pocos ingredientes de los que disponían.

Pero Catalina estaba exhausta. Vivía atemorizada y temía a los «alzados», gente que se escondía en las colinas para luchar contra el Gobierno. A veces, por la noche, oía disparos y veía sombras correr a lo lejos. Otras veces desaparecía un animal, o dos. Habían tenido que esconderlos y encerrarlos bajo llave en el cobertizo. Nadie sabía quiénes eran los ladrones, pero habría sido inútil denunciarlos a las autoridades; solo habrían conseguido despertar sospechas sobre la granja, que sería sometida a un duro escrutinio.

Sola en casa, con la única compañía de Ramón, Catalina empezó a recordar el pasado cada vez con más frecuencia. Se preguntaba qué habría sido de sus hermanas. Lucía, que tanta prisa tenía por crecer, debía de ser ya una anciana, igual que ella. ¿Y Simona? ¿Habría sido feliz en su matrimonio? ¿Habría tenido hijos?

Este tipo de pensamientos y otros más oscuros empezaron a atormentarla. Pensaba mucho en el mar y en cómo se había escapado de él de milagro. Podría haber estado a bordo del *Valbanera* cuando se hundió, azotado por el viento, tan lejos de Cuba y tan profundamente que tardaron días en encontrarlo. De hecho, debería haber estado allí, junto a sus seres queridos, pero no fue así. De haber seguido a bordo, no habría conocido a Ramón, Carmen no habría nacido y Lila no existiría. Era absurdo dejarse arrastrar por ese tipo de pensamientos. Sobrevivir le había permitido ser útil de muchas maneras. Había creado una nueva familia, aunque fuera sobre las cenizas de la antigua.

¿Quién podía culparla por haber vuelto a amar y por dejar que la vida siguiera su curso? ¿Quién iba a culparla por permitir que la gracia de Dios la bendijera con una nueva hija? Era cierto que se la había llevado demasiado pronto, pero les había dejado a Lila, que había llenado sus vidas de alegría. ¿Quién sabía qué le tendría reservado Dios a su nieta? Catalina no creía que llegara a conocer a sus bisnietos. Deseaba verlos algún día, pero sabía que era pedir demasiado. Era consciente de que no le quedaba mucho tiempo.

La muerte la andaba buscando. Llevaba más de cuatro décadas rondándola, cada vez más cerca. Primero se llevó a su abuela y a su padre con pocas semanas de diferencia; luego a su marido, a su amante y a su bebé al mismo tiempo. También a los gemelos, arrancándoselos del vientre cuando eran del tamaño de una patata... Y aún hubo más pérdidas. Y, por supuesto, la más reciente, la de Carmen, tan joven, que dejó a su hija sin madre.

Ramón percibía que Catalina estaba triste. Cada atardecer, se sentaban juntos después de cenar para terminar el día tal como lo empezaban: tomando café con leche, un ritual sagrado desde hacía años. Él trataba de darle conversación, pero Catalina parecía estar muy lejos de allí, sumida en sus pensamientos. Se imaginaba que estaba triste porque Lila ya no vivía con ellos. Se había enamorado y se había ido a vivir a La Habana con su marido. Cuando le preguntó si la apenaba la ausencia de Lila, ella asintió con la cabeza y le dirigió una sonrisa débil pero cómplice. Ambos sabían que era más fácil dejar las cosas así. Catalina se notaba el corazón cansado. A veces se daba cuenta de que se saltaba un latido o que latía más despacio de lo habitual, como si la avisara para que estuviera alerta. En esas ocasiones se detenía y se apoyaba en la pared, el respaldo de una silla o el tronco de un árbol, porque se sentía débil y mareada. Temía desmayarse, pero nunca lo hizo; no era más que un aviso.

Así que lo único que hizo fue escucharlo. ¿Cómo se prepara uno para la muerte? ¿Qué podía pedirle a Dios? ¿Otro año? ¿Seis meses? ¿Para qué? Cada noche se dormía entre los brazos de Ramón, con la esperanza de que, si llegaba durante la noche, la muerte no la encontrara sola.

Al amanecer, cuando oía el canto del gallo y olía el café que Ramón estaba preparando en la cocina, sentía una mezcla de sorpresa y decepción. Un día más.

Mara

Sabanilla, Las Villas, octubre de 2019

Al oír ruido en alguna parte de la casa, me di cuenta de que no estaba sola. Quería seguir durmiendo, pero el olor del café —intenso y delicioso— me obligó a abrir los ojos. Por un momento, me sentí desorientada; como si hubiera viajado hacia atrás en el tiempo y el abuelo Ramón estuviera en la cocina preparando el pan tostado con mantequilla y el café con leche para el desayuno. Mi padre estaría fuera, afeitándose con cuidado frente al espejo roto clavado en el tronco de un árbol, como hacía todos los días cuando veraneábamos aquí. Pero no, era Linito; reconocí cómo arrastraba la pierna mientras se movía de un lado a otro.

Lo encontré en la cocina, donde estaba preparando el desayuno con su sonrisa ladeada de siempre. Señaló hacia el retrete exterior y el viejo aguamanil con la palangana de metal esmaltado en el que de pequeña me lavaba la cara cada mañana bajo la mirada de los bueyes, Azabache y Villanueva, la primera pareja que llevó esos nombres. Volví a hacer lo mismo esta vez, mientras los bueyes actuales pateaban el polvo con las pezuñas, igual que hacían los demás. El agua estaba bastante fría. Linito me ofreció una toalla limpia. Solo eran las seis de la mañana. Una fina neblina flotaba sobre el suelo y el rocío se aferraba todavía a la hierba.

Di una vuelta alrededor de la casa, familiarizándome de nuevo con un terreno que en otro tiempo me resultaba tan mío. Sabanilla no podía ser más distinto a La Peña. En La Palma los bosques frondosos enmarcan un cielo cambiante, que pasa del azul celeste en los días claros a un gris plomizo las mañanas de niebla. Aquí, las palmeras perforaban una tierra llana como una sábana, como si fueran velas en un pastel de cumpleaños. Colinas bajas punteaban la monotonía del horizonte y me recordaban a cascos militares, un revoltijo de verdes y marrones que contrastaba con el cielo, de un azul difícil de igualar. El suelo de esta parte de la isla siempre ha sido caótico, lleno de arbustos, malas hierbas y enormes enredaderas que crecían a lo loco y solo perdían terreno a golpe de los machetes que los hombres llevaban siempre colgados de los cinturones. A lo lejos, vi las lomas que mi abuelo había transformado en terrazas con su esfuerzo, donde cultivaba el arroz y los frijoles que nos enviaba cada año tras la cosecha. Para nosotros ese trozo de terreno era «la loma», sin más.

—¿Qué pasó con la loma? —le pregunté a Linito al volver a entrar en la cocina.

Eran las primeras palabras que pronunciaba esa mañana, y noté la garganta áspera y dolorida, como cuando murió Nelson y lloraba incluso mientras dormía.

—Ahora es del Gobierno —contestó él—. Ramón no tuvo herederos y la confiscaron.

—Pero tú seguías aquí.

—Sí, pero no soy familiar directo. Al menos, no de manera oficial.

—¿Qué quieres decir?

—¿Leíste los cuadernos?

—No todos, ¿por qué?

—Vamos, desayuna un poco. Se te va a enfriar —fue lo que respondió antes de marcharse.

Tras acabarme los deliciosos huevos fritos y el café con leche que me había preparado, regresé a la habitación en busca de la bolsa roja con los cuadernos y me dispuse a leer en el patio, bajo el mango. Despejé el terreno con la bota, me senté donde me pareció que el suelo estaba seco y cogí el cuaderno con fecha de 1959.

Sin contar al padre de Linito, Aquilino, en esta familia nadie había aguardado con ansia el triunfo de la revolución cubana, como había sido el caso de tantas familias de la isla. Y, a excepción de Ana, tampoco nadie había apoyado a Fulgencio Batista, el dictador que huyó de la noche a la mañana, dejando el terreno abonado para que los rebeldes encabezados por Fidel Castro declararan la victoria el 1 de enero de 1959. Gracias al diario de Ana, sé que todos se acostaron temprano la última noche de 1958, como de costumbre, y que por la mañana oyeron los gritos de alegría de algunos vecinos. Uno de ellos se acercó a su casa a caballo para anunciarles que Batista había huido y que los rebeldes se habían impuesto.

Esto es lo que Ana escribió ese día:

Ramón se sentó, dio un puñetazo en la mesa de la cocina y dijo: «Esto es el comunismo. Ya veréis». Nos dijo que escondiéramos los objetos de valor y, aunque no teníamos gran cosa, también escondimos el dinero. Aquilino pensó que estábamos exagerando, se enfadó y luego desapareció. La ver-

dad es que no sé adónde va cuando sale de casa, pero creo que esta vez se ha ido a celebrarlo, y sabe que eso no lo voy a consentir.

Ana no volvió a hacer comentarios sobre el nuevo gobierno, pero, en agosto, anotó que Ramón había llevado a mi madre a La Habana.

Lila se ha ido hoy a La Habana para pasar unos meses con unos parientes lejanos de Ramón. No me enteré de que tenía parientes en Cuba hasta que los vi en el funeral de Carmen. Ramón cree que será bueno para Lila conocer la capital. Yo también lo creo, aunque todos la vamos a echar de menos, sobre todo Linito. Es mucho más que mi sobrina; es como una hija para mí.

Unas páginas más adelante, aparece el nombre de mi padre por primera vez:

Hoy he recibido una carta de Lila. Ha conocido a un joven. Alto, dice, y muy delgado, como ella, con el pelo negro y ondulado, la nariz larga, ojos oscuros, pequeños pero penetrantes, y las manos grandes, con las uñas limpias. Lo único que no le gusta de él es que sea un año menor que ella. Aunque ella no lo menciona, yo sé que va a casarse con él. Se llama Ernesto Denis y su familia no vive lejos de aquí. A diferencia de la nuestra, su familia está completa. Tiene seis hermanos. Yo, en cambio, perdí a mis dos hermanos hace tanto tiempo que a veces se me olvidan detalles de sus caras o el sonido de sus voces. Y aunque Catalina nunca habla de ello, sé que ella también añora a sus hermanas.

En otro cuaderno, contaba que Ernesto Denis acudió a Sabanilla para pedir la mano de mi madre. Ramón se mostró encantado. Catalina, aunque apenas abrió la boca, también se alegró por su nieta. La fecha de la boda se fijó para el día 28 de octubre de 1962. Mi madre comentaba a menudo que su luna de miel había quedado interrumpida por lo que los estadounidenses llamaron «La crisis de los misiles» y los cubanos bautizaron de manera eufemística como «La crisis de octubre», como si el mundo no hubiera estado al borde de una guerra nuclear. Desde la ventana de su hotel en La Habana, vieron pasar una hilera de tanques mientras el país se preparaba para la guerra contra Estados Unidos.

Pero Ana no escribió nada sobre eso, ni sobre el anterior intento de derrocar el régimen castrista durante la invasión de Bahía de Cochinos en 1961. Tal vez ese tipo de acontecimientos le resultaban difíciles de entender desde el aislamiento de su vida en el campo, alejada de los lugares donde se tomaban las decisiones que trastocaban la existencia de las personas. En cuadernos posteriores, encontré referencias a lo duro que se había vuelto el día a día tras la revolución y, en especial, a lo mucho que le había cambiado el carácter a Aquilino, que siempre estaba enfadado y buscaba consuelo en sus «escapadas al monte».

«Aquilino estaba seguro de que el nuevo gobierno traería paz, prosperidad e igualdad al país, pero incluso él se da cuenta de que eso no está sucediendo», escribió Ana. Me di cuenta de que sus textos se volvían cada vez más imprecisos y evasivos, por razones obvias, pero tuve la sensación de que su marido estaba involucrado en lo que en aquel tiempo llamaron «actividades contrarrevolucionarias». Era un delito grave. Si te descubrían, el castigo era la cárcel o, dependiendo del grado de implicación, la pena de muerte frente al pelotón de fusilamiento. No estaba del todo segura de qué implicaban esas «escapadas al monte» de las que hablaba Ana. Parecía que estuviera refiriéndose a excursiones para relajarse en comunión con la naturaleza, pero me extrañaba mucho, ya que había leído bastante sobre el tema y sabía que, hasta 1965, había habido insurgentes en las montañas de Escambray, no muy lejos de aquí, que planeaban derrocar a Castro. Esos conatos de revuelta fueron aplastados por el Gobierno, que no mostró compasión. Si, tal como sospechaba, Aquilino se había involucrado, no podía negarse que había sido un hombre muy afortunado, capaz de esquivar a la muerte dos veces, primero a manos de los hombres de Franco y luego de los de Castro.

En el diario del año 1963 encontré lo siguiente:

Siento que Catalina se está apagando. Ramón no parece darse cuenta o prefiere no demostrarlo. Fue su cumpleaños, pero, por supuesto, no quiso celebrarlo. Dijo que, a los sesenta y tres años, era demasiado vieja para un pastel. Traté de encontrar gofio para prepararle alguno de los platos que le gustan, pero es imposible encontrar gofio hoy en día. Ni gofio ni ninguna otra cosa.

Después de esto, había unas cuantas páginas en las que Ana empezaba a escribir, pero enseguida parecía perder el hilo o el interés.

«Hoy ha llovido», escribió el 15 de septiembre de 1963.

«Ramón ha dicho que podemos perder la cosecha de arroz. Que llueva es bueno, pero no si llueve tanto», añadió el día 20.

«Lleva una semana lloviendo sin parar...», ese texto ni siquiera estaba fechado.

Tras una página en blanco, llegaba esto: «Catalina murió anoche».

Fueron las últimas palabras que escribió. Y no encontré ninguna libreta con fecha posterior a 1963 en la bolsa roja.

Catalina

Sabanilla, Las Villas, 4 de octubre de 1963

Un día más.

Se levantó y abrió las ventanas para que el sol se llevara las sombras nocturnas y los miedos, que se resistían a marcharse. El mayor de ellos era dejar solo a Ramón, pero no sabía cómo prepararlo para vivir sin ella. Él había aparecido en su vida cuando más lo necesitaba. De algún modo, había sido el mayor regalo que le había enviado Dios, una persona íntegra y sin defectos que había sido su pilar y su fortaleza, su amor eterno y verdadero. A veces, en plena noche, cuando la abrazaba y le acariciaba la espalda mientras recuperaba el aliento después de hacer el amor, le susurraba al oído lo mucho que la necesitaba y lo importante que había sido para él. Nunca hablaba de amor; no era necesario. Catalina sabía que todo lo hacía por ella y su pequeña familia, tan pequeña que ya casi había desaparecido. Carmen ya no estaba y Lila había seguido adelante con su vida. Ya solo se tenían el uno al otro y ya no quedaba gran cosa de ella.

Le dolían los huesos, el pelo se le caía a puñados, tenía la piel seca y arrugada, y las pecas de la juventud, que desaparecieron hacía tiempo, habían regresado en forma de verruguitas que le cubrían la cara, el cuello y se colaban incluso debajo de los pechos. En ocasiones, se miraba al espejo y se preguntaba adónde habría ido a parar la Catalina joven. ¿Cómo puede un cuerpo estropearse hasta tal punto en solo sesenta y tres años? Se sentía anciana, más vieja que los árboles y que las colinas donde Ramón seguía deslomándose todos los días para cultivar su comida.

Hoy se encontraba fuera, contemplando el cielo de octubre, claro y luminoso como siempre. Toby, un perro viejo que había aparecido en la puerta de la casa poco después de la muerte de Carmen, descansaba a sus pies, y su vientre subía y bajaba con cada respiración. Catalina no había dormido bien. Estaba cansada de la lucha diaria por eludir la muerte y entendía que su corazón también lo estuviera. Se apoyó la mano en el pecho y se masajeó el corazón, no para animarlo a seguir latiendo, sino para decirle que no pasaba nada si quería descansar.

Ana se acercó en silencio y su voz tomó a Catalina por sorpresa. Toby se levantó de un salto y meneó la cola al oír a Ana, que se agachó a acariciarlo.

—Los vecinos dicen que se acerca un huracán; deberíamos prepararnos.

—Prepararnos... ¿cómo? —Catalina no se volvió hacia su amiga—. ¿Qué podemos hacer?

Ana se echó a reír.

—No lo sé, pero quedarnos mirando al cielo no arreglará nada.

—¿Tiene nombre?

—¿Quién?

—El huracán. Si le ponen nombre, es que es malo. Si no le han puesto nombre, no hay de qué preocuparse.

—Se llama Flora.

—Entonces, más vale prepararse. —Catalina se volvió hacia ella.

Tenía el rostro demacrado y macilento. Ana notó que había perdido peso. ¿Se alimentaba bien? No recordaba la última vez que su amiga había tomado algo que no fuera un tentempié. En los últimos tiempos, todo el mundo tenía tanto miedo de salir de casa cuando se ponía el sol que Ana se encerraba en la suya al atardecer y no volvía a salir a menos que su amiga la necesitara. Aunque era un año mayor que Catalina, no había perdido fuerza ni agilidad. Llamaba la atención su melena rizada, que permanecía negra como siempre, sin una sola cana. Solo su rostro dejaba ver los estragos causados por el paso del tiempo y por los años vividos bajo un sol de justicia. Rodeó a Catalina con un brazo y la condujo hacia la casa, donde prepararon algo para merendar.

Mientras su amiga hacía un poco de café, Ana cortó un trozo de dulce de guayaba en tiras, puso trozos de queso casero por encima y preparó unas timbitas. Las sirvió en una bandejita azul y se sentó junto a Catalina en el comedor. Por las ventanas abiertas vieron cómo el cielo se oscurecía. Las palmeras dejaron de danzar al ritmo de la brisa y las hojas del resto de los árboles se quedaron inmóviles. El ambiente se volvió denso y el aire, aunque en calma, ya no era invisible. Todo adquirió una tonalidad amarillenta, como si estuvieran viendo el mundo a través de un filtro.

Un relámpago sacudió el cielo e hizo que a Ana se le cayera la timbita de guayaba y queso que tenía en la mano, pero la recuperó enseguida y se la comió antes de que lo hiciera el perro.

—Será mejor que me vaya a casa —dijo levantándose, y después de juntar la mejilla a la de Catalina a modo de despedida, salió corriendo mientras los primeros gotones de lluvia golpeaban el techo como si fueran canicas.

Ramón estaba llevando a los animales hacia el establo cuando empezó a llover. Al principio era una lluvia normal, como un aguacero de primavera, pero enseguida empezó a cobrar fuerza y Ramón corrió hacia la casa, donde Catalina lo ayudó a secarse con una toalla.

Había estado lloviendo a ratos desde hacía dos días. Cansada de estar encerrada en casa, Catalina abrió una ventana. La lluvia caía como un telón: gruesa, opaca y meciéndose con el viento. Sin soltar la toalla, Ramón se acercó y cerró la ventana.

—¿Qué haces? ¡Te vas a empapar! Aléjate de la ventana, mujer —le ordenó.

Catalina contemplaba la lluvia, fascinada. El agua castigaba el tejado como si hubieran soltado una manada de caballos salvajes sobre la casa y taladraba el jardín con la fuerza de un pico, y el viento zarandeaba las puertas, como rogando que lo dejaran entrar. El viejo Toby, asustado, se escondió debajo de la cama.

—Esto es demasiado —murmuró Ramón, que iba de un lado a otro en busca de alguna señal de goteras o filtraciones.

Aunque no había ninguna, Catalina empezó a sentir que se ahogaba y comenzó a toser, como si se le hubiera quedado algo atascado en la garganta. Alarmado, Ramón acudió en su ayuda y le masajeó la espalda.

—¿Has comido algo?

Ella negó con la cabeza y se sentó en su taburete favorito, el de las patas pintadas de naranja. Era tan viejo que la piel de vaca que cubría el asiento se había recubierto de una pátina brillante y los pelos ya no se le clavaban ni le provocaban picor en las piernas, como los otros. El corazón empezó a dolerle al latir, un dolor que conocía bien, y se sentía tan débil que, si hubiera tratado de levantarse, no lo habría conseguido. Ramón se arrodilló ante ella.

—¿Qué te pasa? Dímelo —le exigió Ramón al ver que ella se sostenía la cabeza con las manos.

Sentía un dolor punzante en las sienes y tenía la mandíbula trabada por el dolor. Los labios se le estaban poniendo azules y le castañeteaban los dientes, como si tuviera frío o fiebre. Le costaba respirar y enfocar la mirada al mismo tiempo, pero eligió enfocarla porque quería ver a Ramón por última vez. Le tomó la cara entre las manos y le acercó los labios a la oreja, como si quisiera susurrarle un secreto, pero le faltaban las fuerzas. Dejó caer las manos sobre sus hombros y la cabeza se le quedó colgando de lado.

Recordó lo que el doctor le había contado tantos años atrás, cuando le preguntó qué se sentía al ahogarse. Ahora sabía que había acertado en todo, aunque lo que sintió al hundirse en las oscuras aguas de su muerte y sumergirse hasta las profundidades con el brazo extendido en busca de la manita de su hija no fue desesperación, sino paz.

—¡Catalina! —gritó Ramón, pero ella ya no podía oírlo.

Solo oía el latido desbocado de la sangre en los oídos y el sonido lejano de la sirena de un barco. Ramón hundió la cara en su regazo y sus lágrimas le empaparon los muslos. Fue lo último que Catalina sintió: algo húmedo y fresco como el agua que le corría entre las piernas.

El viento abrió una ventana y la lluvia empezó a entrar a raudales. El agua corrió como un río por los suelos de cemento agrietado hasta asentarse en la parte baja de la casa, el comedor, donde Ramón y Catalina permanecieron fundidos en un abrazo torpe mientras el agua iba empapando sus pies.

Mara

Sabanilla, Las Villas, octubre de 2019

Permanecí sentada a la sombra del mango durante horas con las libretas desparramadas a mi alrededor. Una cabra se acercó y empezó a mordisquear la hierba. Oí el relincho de un caballo, el cloquear de las gallinas, el crujido de las hojas del banano sacudiéndose al viento, el zumbido de los insectos y el insoportable estruendo de las cigarras, chirriante como carne en aceite hirviendo. Por fin sentí que me encontraba en Cuba y me di permiso para sentir, solo sentir, sin que los pensamientos se interpusieran entre las emociones y yo, porque todo a mi alrededor me resultaba familiar. Esta seguía siendo mi casa.

Algo que llevaba mucho tiempo atascado en mi pecho pareció liberarse y desplazarse hacia la garganta, que se estrechó. Luego siguió subiendo hasta llegar a mis ojos, colmados de lágrimas. Tenía muchas razones por las que guardar luto, muchísimas, pero también otras tantas por las que estar agradecida. Di las gracias por la fortaleza de esas mujeres, en particular de Catalina, por haberse atrevido a volver a vivir, por haber sobrevivido a lo inimaginable para seguir creando vida, para vivir enamorada y rodeada de amor; para criar con cariño a una hija y luego a una nieta, mi madre. Mi madre, que había sabido elegir a un hombre extraordinario y que me había enseñado cómo ser una buena madre para un hijo maravilloso. Porque al final de la cadena se encontraba Dylan, y no podía sentirme más agradecida por el modo en que las cosas habían sucedido para que yo acabara teniendo precisamente a este hijo, mi Dylan.

Oí acercarse a Linito antes de que él me llamara y me preguntara si tenía hambre. No se dio cuenta de que estaba llorando o, si lo hizo, prefirió no mencionarlo. Me eché a reír, porque eso era lo que me habría preguntado mi padre si me hubiera visto triste. Los cubanos lo arreglan todo con comida. Y el caso era que, sí, estaba hambrienta; famélica, de hecho. Por eso extendí los brazos y Linito me ayudó a levantarme con esfuerzo, pero fingiendo —Dios se lo pague— que seguía siendo tan liviana como la niña a la que solía llevar a caballito.

Tras volver a guardar los diarios en la bolsa entramos en la casa, donde Linito me ofreció un auténtico banquete, con los mejores frijoles con arroz y carne de cerdo que he comido nunca, todo acompañado de unos buenos tostones de plátano. Aunque tenía mil preguntas que hacerle, permanecí en silencio y dejé que me hablara de su familia. Después de la muerte de su madre, Ana, su padre se había sentido perdido sin la compañía de la única mujer a la que había amado, pero, como suele pasar con los hombres que tienen una gran dependencia de sus esposas, Aquilino no tardó en encontrar sustituta. Se casó con una viuda de otro pueblo y vivió feliz con ella hasta que murió en la cama, de viejo.

Linito, sin embargo, se había quedado. Consideraba

que su lugar estaba allí, cuidando de Ramón, de las dos casas, los animales y, aunque no lo mencionó, de los recuerdos de las dos mujeres que lo habían criado: su madre y Catalina. Se casó, tuvo dos hijas y era abuelo de cinco nietos a los que nunca había visto, ya que sus hijas hicieron uso de su ascendencia española y emigraron al pueblo de Galicia del que su padre había escapado años atrás.

Después de comer, mientras él lavaba los platos con delicadeza y yo los secaba, Linito me contó cómo había muerto su madre. Dos meses después de la muerte de Catalina, Ana fue a visitar su tumba y le pidió a Aquilino que la dejara allí, a solas, mientras él iba a hacer recados. Se tumbó en el suelo junto a la tumba y, al parecer, se quedó dormida. Al despertar, Ana no sabía quién era ni dónde estaba. Después de aquello tuvo algunos momentos de lucidez, pero breves y cada vez menos frecuentes. Preguntaba por Catalina y, cuando le decían que había muerto, lloraba sin consuelo. Al cabo de unas horas, volvía a preguntar y el ciclo se repetía. Al final, Linito y su padre decidieron que la única solución era mentir. Le decían que Catalina estaba en su casa, o en el guayabal, o que se había ido a hacer un recado con Ramón. Cualquier cosa con tal de evitarle la tortura de recordar que Catalina estaba muerta. En enero de 1965, Ana murió en su cama, con el cuerpo atrofiado y encogido como el de un feto en un vientre.

—Creo que quería estar con su hermana —concluyó Linito.

Permanecí en silencio mientras procesaba lo que acababa de escuchar. Estuve a punto de pedirle que me lo repitiera, pero me di cuenta de que lo había oído bien y de que ese era el secreto al que se había estado refiriendo desde el día anterior.

—Con su hermana —repetí, para evitar hacerle una pregunta directa.

—Sí, eran hermanas, medio hermanas. Pero al final pasaron más tiempo juntas del que habían pasado con sus hermanos y hermanas; y estoy seguro de que se querían más de lo que quisieron a nadie más en el mundo.

—No lo entiendo.

El problema no era el habla guajira, es que lo que decía no tenía ningún sentido.

—El padre de Catalina era también el padre de mi madre —me aclaró con la mirada fija en las lomas lejanas, verdes y doradas bajo el sol del mediodía.

Por fin una frase enunciativa completa. Pero seguía confusa. O tal vez no quería creer lo que había oído. En La Palma me habían contado tantas cosas sobre el padre de Catalina —don José, que era como todos llamaban al patriarca de la familia— que me hice a la idea de que era un santo, un hombre sin vicios ni defectos, sabio, inteligente, con una paciencia y un optimismo inagotables. La vida, y sobre todo mi trabajo, me habían enseñado que no existe el ser humano perfecto, pero seguía sintiendo que necesitaba alguna prueba. ¿Cómo lo sabía Linito? ¿Cómo podía estar seguro?

—¿Me perdí algo al leer los diarios? —le pregunté.

—No. Era su secreto mejor guardado. No lo sabía nadie, ni siquiera mi padre y mucho menos Catalina, pero mi madre me lo contó y me pidió que no lo compartiera con nadie —al terminar de hablar, se volvió para mirarme.

—Pero, entonces, ¿por qué me lo cuentas?

—No lo sé. Supongo que porque creo que ya no puede hacerle daño a nadie. Como te dije ayer, ya están todos muertos, y yo también lo estaré pronto. Creo que alguien debería saberlo.

De repente, empecé a ver las cosas mucho más claras.

—¿Juan también era hermanastro de Catalina? —pregunté horrorizada.

—No, solo mi madre.

Linito me explicó que Tomás y Juan tenían el mismo padre, un borracho cantamañanas que los abandonó, tal como me contó Julián en La Peña. Al parecer, eso era verdad, pero el resto me sorprendió. Por lo visto, cuando su madre se quedó sola, con dos niños pequeños, don José empezó a visitarla por las noches. Nadie lo sabía y, en principio, nadie salía perjudicado por su arreglo, hasta que se quedó embarazada, sin marido, y poco después Ana llegó al mundo. Nadie en el pueblo sabía quién era el padre, excepto José Ángel.

—Por eso se opuso tanto a la relación entre Juan y Catalina —siguió contando Linito—. Mi madre siempre se culpó de ello, como si su existencia fuera el motivo que impedía que ellos dos se amaran sin complicaciones. No fue un peso fácil de llevar.

—¿Crees que estaban enamorados?

—¿Quiénes?

—La madre de Juan y don José.

—No lo sé. Lo más probable es que fuera una de esas cosas... Una mujer sola, un hombre sin escrúpulos... El problema estuvo en que no tomaron precauciones, y mi madre cargó con el estigma de su pecado durante toda su vida.

—Pero no fue culpa suya. En todo caso, sería culpa

de sus padres, sobre todo de don José, por aprovecharse de una mujer tan vulnerable.

—Ya, pero las cosas entonces eran distintas. Mi madre era una mujer muy religiosa y enfocó su devoción en Juan y Catalina. Pensó que era la manera de expiar y reparar su nacimiento.

Me sentía dividida entre el horror y el enfado, pero también un tanto aliviada por haber averiguado al fin la verdad.

Me marché poco después, con una bolsa llena de cuadernos, un buen dolor de cabeza y una profunda tristeza en el corazón. Sabía que no volvería jamás a Sabanilla. Linito me acompañó al coche y, de camino, me enseñó a acariciar el lomo de los bueyes sin asustarlos: con delicadeza y de costado, sin perder nunca el contacto visual. En el último momento, cuando estaba ya a punto de entrar en el coche, Linito me dio un beso en la frente, como solía hacer mi abuelo Ramón.

Mientras me alejaba, miré por el espejo retrovisor y lo vi en medio de una nube de polvo, saludando con la mano, como la gente que se despide de los barcos que zarpan. En ese momento me di cuenta de que no había sacado ninguna foto. Todo lo que me llevaba de estos últimos días en Cuba lo guardaba en mi alma y en mi corazón.

Epílogo

Pero se supo que la sexta luna huyó torrente arriba,
y que el mar recordó ¡de pronto!
los nombres de todos sus ahogados.

Federico García Lorca,
Fábula y rueda de los tres amigos

Mara

Cayo Hueso, Florida, 8 de octubre de 2019

Cuando salí de Cuba y aterricé en Miami, lo primero que hice no fue visitar a mi madre como me pedía el cuerpo, sino alquilar un coche y dirigirme hacia el sur, a Cayo Hueso, a cuatro horas de distancia.

Desde que me enteré de que llamaban al *Valbanera* «el *Titanic* de los pobres», se me despertaron las ganas de venir hasta aquí. La comparación no era descabellada, ya que casi todos los pasajeros del barco eran migrantes sin recursos que habían tenido que deslomarse y ahorrar durante mucho tiempo para reunir las setenta pesetas que costaba el pasaje, una fortuna en aquellos tiempos, pero poco dinero a cambio de lograr sus sueños. Los paralelismos entre las historias de estos emigrantes y la mía eran demasiado grandes y relevantes para ser ignorados. Sesenta años después del naufragio que segó las vidas de mi bisabuelo y de tantos otros, yo había salido huyendo de la isla que ellos habían visto como su salvación. Y aquí se habían quedado para siempre, bajo estas aguas que, para mí, no habían sido un final, sino un comienzo: me habían conducido a una vida de paz y prosperidad en Estados Unidos.

En algún lugar bajo la superficie, a unos sesenta kilómetros de aquí, los cuerpos de Juan y del bebé de Catalina habían quedado enterrados en el fondo del mar, donde reposaban desde hacía un siglo junto a los de otros cientos de personas, sepultados en un banco de arenas movedizas tan profundo que nadie había intentado recuperarlos para darles un entierro digno.

No tenía muy claro qué podría hacerse para dignificar su lugar de reposo, pero mi idea era ir hasta el lugar donde el *Valbanera* seguía medio enterrado. Como regalo de despedida, Julián me había dado un libro, *El misterio del Valbanera*, un tesoro que me habría gustado leer antes. Desde entonces, había estado leyendo y marcando el libro, así que ahora sabía que, para llevar a cabo mi misión, necesitaba un marinero experimentado, un barco sólido, pastillas contra el mareo, un buen ansiolítico —a poder ser acompañado de un buen vaso de vino—, todo el valor que pudiera reunir y una sesión de doscientos dólares con mi terapeuta al terminar.

La temperatura exterior era de veintitrés grados, por lo que apagué el aire acondicionado y bajé las ventanillas. El cielo despejado tenía ese tono azul cerúleo que inspira a los poetas, y la brisa del mar que se colaba en el coche —un KIA de color verde— ayudaba a que el ambiente fuera muy agradable. El agua brillaba a ambos lados de la carretera y parecía extenderse hasta el infinito. Lo más curioso era que no sentía miedo ni aprensión, sino una sensación de libertad y una euforia que hacía mucho tiempo que no experimentaba, como si estuviera a punto de abrir los regalos de Navidad, o de vestirme para ir a una fiesta. La terapia de exposición debía de estar funcionando, me dije.

El móvil sonó justo en aquel instante con el sonido distintivo de una llamada de WhatsApp, lo que me sacó de mi ensimismamiento. Respondí con una sonrisa al ver quién era.

—¡Nina! —exclamé apresurada, como si se me hubiera pasado el plazo para realizar una tarea y acabara de darme cuenta.

Ella notó la ansiedad en mi voz.

—¡Tranquila, mujer! Solo llamaba para saber de ti.

Sonaba relajada. Me la imaginé tomándose un vino y unas tapas. Miré la hora en el reloj. Eran las seis de la tarde en Madrid. Sí, sin duda una buena hora para una copa.

—Estoy bien, Nina, pero han pasado tantas cosas que, si te las cuento, no te lo vas a creer.

—Soy toda oídos.

Las dos nos echamos a reír a la vez, porque, de hecho, tenía unas orejas muy grandes para su cara, muy chiquitita.

Le hablé del *Valbanera*, de Julián y de la familia que había encontrado. Le expliqué el viaje a Cuba y se lo conté todo, excepto el secreto que Linito me había confiado en el último momento. Aún no sabía si llegaría a compartirlo con alguien alguna vez, ni siquiera con mi madre.

Estaba ya cruzando el puente de las Siete Millas —el punto más característico del viaje a los Cayos—, lo que significaba que ya solo me faltaban cincuenta minutos para llegar al hotel.

Nina tardó unos instantes en reaccionar.

—Dime que te acompañó un fotógrafo a Cuba, aunque no fuera yo.

—¡Por supuesto que no! —Me puse a la defensiva, porque no sabía adónde quería llegar.

—Pues dime que, al menos, sacaste fotos con el móvil.

Permanecí en silencio.

—¡Maldita sea, Mara! ¿Cómo se te ocurre?

—No era ese tipo de viaje —es todo lo que pude decir, un mensaje que era tanto para ella como para mí.

Al darse cuenta de que me había disgustado, Nina aflojó.

—Bueno, ¿y cuándo piensas volver a España?

—Dentro de dos semanas como muy tarde. ¿Por qué?

—Me ha llegado un encargo en Tailandia y necesito una reportera. Es para *National Geographic*. Puedo hablarles de ti a los editores, si te interesa.

—Sería fantástico, gracias. Justo lo que necesito para quitarme de la cabeza a Cuba, mi madre y todo lo demás. Envíame un correo con los detalles, por favor. Te llamaré pronto, te lo prometo.

—Vale, hasta pronto —se despidió ella antes de colgar.

Antes de poder procesar la llamada, el teléfono volvió a sonar y presioné el botón de responder sin apartar los ojos de la calzada.

—¿Qué? ¿Me llamas para disculparte por la bronca que me has echado?

—Mara. —Era una voz masculina.

—Julián... Lo siento, pensaba que eras otra persona.

—Pues solo soy yo.

Su voz grave inundó el coche y me provocó una inexplicable sensación de felicidad. Quería conocer los detalles de mi viaje a Cuba. Había estado contando los días y las horas, admitió, porque sabía que en aquella zona de Cuba no encontraría cobertura. Quería conocer mis impresiones.

—Pues no lo sé, Julián. Todavía tengo que procesar muchas cosas, necesitaré ponerlas por escrito.

—¿Puedes darme algún adelanto? —insistió.

—No suelo dar información gratis —bromeé—. Voy a necesitar un poco de vino y por lo menos uno de tus maravillosos platos; tal vez incluso un pícnic en la casa. Te recuerdo que no llegamos a compartir aquella botella de vino.

—La casa también es tuya; puedes venir cuando quieras. De hecho, acabo de hacerte una copia de la llave.

Me quedé sin habla, pero él no había terminado.

—Y, por supuesto, me encantará hablar contigo en persona sobre lo que sea; me encantaría volver a verte.

¿Su voz se había vuelto más grave, o era yo que la oía diferente porque el corazón se me había detenido por un instante? El silencio empezaba a volverse incómodo; tenía que poner fin a la llamada.

—Julián, estoy conduciendo y tengo que colgar, pero te prometo que te llamaré. —Colgué sin darle ocasión de responder.

Me llevé la mano al pecho para que mi corazón se calmara. Ya no estaba acostumbrada a que me trataran con ternura y consideración. ¿O se trataba de otra cosa? Agarré el volante con más fuerza, usando las dos manos, y negué con la cabeza, como si quisiera que los recuerdos de Julián salieran por la ventanilla como una columna de humo. Era mejor dejar eso para más adelante.

Aparqué enfrente de la vieja y destartalada posada donde Nelson y yo pasamos nuestra luna de miel, y donde siempre me alojo desde entonces. Ya me conocen por mi nombre. Tras saludar con besos a todo el mundo, dejé las maletas en la recepción y me fui a dar un paseo. Hacía un tiempo demasiado bueno para malgastar un solo minuto en la habitación.

La primera vez que vi Cayo Hueso, acababa de llegar de Cuba. Nos llevaron en autobús desde el muelle hasta el centro de inmigración. Por la ventana del autobús, la ciudad me pareció pequeña y provinciana. Vi casas de madera en ruinas, y gallinas que se habían adueñado de la carretera. Me costó creer que estuviera en una ciudad estadounidense. ¿Dónde estaban los rascacielos que había visto en las películas, los metros que iban a toda velocidad, la gente sofisticada, vestida de negro? ¿Dónde estaba la nieve? Me sentí engañada y creí que nos habían devuelto a Cuba, a alguna zona rural que no conocía y donde, por alguna razón, la gente hablaba un idioma que no entendía.

Pero, con el paso de los años, mis gustos fueron cambiando, o tal vez el cayo evolucionó, porque ahora me parece un lugar encantador y coqueto, a pesar de los turistas que lo abarrotan. La obsesión con Hemingway es palpable y abundan las tiendas de camisetas horteras, pero los espectaculares atardeceres lo compensan todo. Además, cuando estoy aquí y paseo por algunas de sus callecitas escondidas, tengo la sensación de estar en Cuba. Sé que es una ilusión, pero ¿qué es la vida a esta edad sino una gran ilusión?

Para cenar, me di un gustazo: langosta, que estaba regular, y media botella de vino blanco, que resultó excelente. Me metí en la cama hacia las nueve, acompañada de una colección de relatos de Hemingway que había comprado en la casa museo del autor, que visito cada vez que vengo. Buscaba un relato que escribió inspirado en el naufragio del *Valbanera*. Se titula «Después de la tormenta» y se publicó por primera vez en 1932, solo trece años después de que el océano se tragara al barco. Es la historia de un pescador que descubre los restos del naufragio y se zambulle en las aguas con una llave inglesa, tratando de encontrar algún tesoro. A través del cristal de un ojo de buey, ve una mujer con su larga melena flotando alrededor. Le ve la cara de cerca; ve incluso los anillos que lleva en los dedos, y trata de romper el cristal, una, dos, tres veces, pero no puede. Sale a la superficie sin aliento y con la nariz sangrando por la presión del agua, pero vuelve a intentarlo. Al final se rinde, exhausto y derrotado, y se va con las manos vacías.

Las mías temblaban cuando dejé el libro en la mesilla de noche. Bebí un poco de agua y me acosté de lado para dormir, sin atreverme a apagar la luz.

La imagen de la mujer flotando al otro lado del ojo de buey fue lo último que vi antes de quedarme dormida.

Por la mañana, me salté el desayuno y recogí las cosas que iba a necesitar para la jornada que me aguardaba: las pastillas para el mareo y una botellita de gel hidroalcohólico para que me reanimaran si me desmayaba. Por costumbre, toqué el marco de la puerta y murmuré una oración, aunque aquí no había *mezuzá*. Había contratado a un joven pescador llamado Ernie para que me llevara hasta el bajío de la Media Luna, el lugar donde se había hundido el *Valbanera* empujado por los vientos del huracán. Como Ernie es un diminutivo de Ernest, tenía la esperanza de que su barco se llamara *Pilar*, como el de Hemingway, pero no hubo suerte. Se llamaba *Say Yes*, es decir, «Di que sí», y me pareció un buen nombre. Yo sentía curiosidad por saber qué se escondía detrás de ese nombre, y Ernie quería saber por qué insistía en ir al bajío de la Media Luna.

—¡Está muy lejos! Nos va a llevar más de dos horas llegar hasta allí, y eso si el tiempo coopera —me advirtió, mientras observaba el cielo radiante con los ojos entornados—. Pero es tu dinero, no el mío.

Yo había mirado y remirado la previsión del tiempo. Ni por casualidad iba a subir a un barco sin estar segura de que la travesía sería tranquila.

—El tiempo se portará bien —le aseguré.

No me apetecía compartir con Ernie la historia de mi familia, así que no dije nada más. Me senté y escondí las manos bajo los muslos. Ya me había puesto mi gorra de los Miami Heat, para que la visera me cubriera los ojos y disimulara mi nerviosismo. Pero no había razón para estar nerviosa. El agua estaba tan tranquila que parecía que nos deslizáramos sobre un espejo.

La última vez que había subido a un barco, en las islas Canarias, me desvanecí delante de Nina, de la tripulación y de los refugiados que acababan de rescatar. Esperaba que hoy las cosas fueran distintas. Traté de concentrarme en las vistas, que me resultaban agridulces. Sentía una gran angustia cada vez que miraba hacia el horizonte donde se encontraba Cuba, tan cerca y tan lejos al mismo tiempo; solo a noventa millas náuticas, que parecían miles. Me dolía el corazón, y no era una metáfora poética. El músculo del corazón también puede doler de tristeza. Ernie empezó a silbar —supongo que al darse cuenta de que estaba tensa—, pero el potente ruido del motor ahogaba el sonido. Incluso hablar resultaba imposible, cosa que agradecí bastante. Al cabo de un rato, Ernie redujo la velocidad y el ruido se moderó hasta tal punto que volví a oírlo silbar. El sonido me irritaba.

—¿Por qué le pusiste ese nombre al barco? —pregunté, esperando que así dejara de silbar.

—¿Y por qué no? —respondió con brusquedad.

—Bueno, tampoco importa —contesté. Volví la cara hacia el sol, que aún no quemaba demasiado. Pasaban unos minutos de las nueve y, de repente, tenía la sensación de que llevaba demasiado tiempo haciendo preguntas.

—No es una historia interesante —añadió Ernie en un tono más suave—. Se llamaba así cuando lo compré, y decidí no cambiarle el nombre.

Me sentí obligada a decir algo, pero solo logré responderle con el pulgar hacia arriba. Estaba exhausta, nerviosa y un poco mareada. Tragué saliva con fuerza, para que la cosa no fuera a más mientras mi mente daba vueltas y vueltas en un bucle infinito y calculaba los minutos que faltaban para llegar. ¿En qué momento se me ocurrió que esto era buena idea? Al borde del ataque de pánico, bebí un poco de agua, inspiré hondo y visualicé la cara de Dylan, luego la de Nelson, una montaña, una vela encendida... «Todo va bien, todo va bien», me repetía, como un mantra. Me concentré en relajar todos los músculos del cuerpo y me recordé que solo tenía que ser valiente durante un minuto.

Para concentrarme en otra cosa, le conté a Ernie la razón por la que lo había contratado para que me llevara al arenal. El joven marino resultó ser un buen oyente, que me escuchó sin interrumpirme hasta el final.

—Entonces, para ti esto es un cementerio —declaró solemne—. Has venido a visitar a los muertos.

—Sí, algo así.

Bajé la vista, porque era verdad: había venido a llorar a mis muertos.

Ernie apagó el motor, se acercó a mí y me ayudó a ponerme de pie. Habíamos llegado.

—¿Ves esa sombra rojiza en el fondo? —me preguntó en tono amable.

No la veía, pero asentí. Imaginaba que la sombra rojiza sería parte del casco del barco, pero las lágrimas me cegaban. El sol había ganado fuerza y tenía la cabeza muy caliente, a pesar de la gorra.

—¿Dónde están las flores que traje?

Ernie me miró como si no supiera de qué le hablaba.

—Estaban en la bolsa que te di...

Era inútil. Las azucenas que había comprado de camino al puerto se habían quedado en el muelle. Iba a tener que conformarme con una oración. Mientras trataba de recordar alguna, Ernie me interrumpió.

—Voy a tirarme al agua. —Al quitarse la camiseta azul de manga larga de un tirón, vi que llevaba puesto un bañador rojo—. ¿Vienes? —Me señaló con la barbilla.

—¿Yo?

Tenía la boca seca y las palmas sudorosas. Si no podía lanzar flores al agua, ¿bastaría con mi cuerpo?

—¿Sabes nadar? —me preguntó con los ojos entornados.

—No mucho. Antes nadaba, pero ya no.

Volví a tragar saliva con esfuerzo.

—Vamos. No te dejaré sola. Y aquí no es muy hondo.

—No he traído bañador —repuse alejándome de él, caminando de espaldas y agarrándome a un grueso cabo que quedaba detrás de mí.

—Tengo toallas, pero con este sol te secarás en un momento.

—¿Tocaré el fondo con los pies?

Ernie se echó a reír.

—No, no hay tan poca profundidad, pero es mejor así, porque en el fondo hay arenas movedizas. No te preocupes, no te dejaré sola. Vamos, dame la mano.

Hacía un día precioso, perfecto para un baño en el mar, como solía decir Nelson. El agua estaba trasparente y lisa como si fuera una piscina infinita color turquesa. De vez en cuando un pez plateado saltaba sobre la superficie, y los pelícanos hambrientos se sumergían en busca de comida. A lo lejos, el mar se veía interrumpido por diminutos estallidos de verde intenso, como malas hierbas en un prado de césped cortado al milímetro. El sol se acercaba a su cénit, bañando el paisaje en su luz dorada, y a nuestro alrededor todo estaba en silencio, excepto por el suave sonido de las olas que, como si fueran los delicados besos de mi padre, acariciaban el barco de Ernie.

Pensé en mi bisabuela, que había muerto con miedo al mar; en mi abuela, que murió sin verlo nunca; en mi madre, que se bañó en una playa por primera vez durante su luna de miel y que nunca aprendió a nadar. Pensé también en mi hijo, que disfrutaba del agua desde bien pequeño y que probablemente estuviera ahora en mitad del Atlántico, realizando algún entrenamiento. Yo era el eslabón perdido. Mi madre me había puesto el nombre de Mara por una razón, y esa razón se encontraba ahora mismo ante mí: era algo tan hermoso y plácido que ya no podía entender cómo lo había temido tanto.

Necesitaba honrar a mis muertos, y también hacer honor a mi nombre.

—Mara, venga, dame la mano.

Ernie extendió una mano que me llamó la atención por lo hermosa que era y por el pequeño tatuaje en forma de concha cerca del pulgar. Al sonreír, dejó a la vista una hilera de dientes blancos e impecables. El pelo, de un rubio aclarado por el sol, le caía como una cortina sobre la frente y vi en sus ojos azules un brillo de ánimo y complicidad.

Pero no acepté su mano. Me quité las sandalias blancas, respiré hondo y me lancé sola al mar.

Nota de la autora

La historia del *Valbanera* es un hecho histórico que se detalla en varios libros, tanto de ficción como de no ficción. La verdad es que no habría podido escribir este libro de no ser por la inspiración que supuso encontrarme por casualidad en 2006 con *El misterio del Valbanera*, escrito por Fernando José García Echegoyen, quien, años después, accedió a conversar sobre su libro y el *Valbanera* conmigo desde su casa de Málaga, en España. El libro es, al mismo tiempo, una investigación profunda y una historia muy amena sobre el naufragio y las circunstancias que llevaron al hundimiento del *Valbanera* frente a las costas de Cayo Hueso.

Escribí esta novela sin haber visitado ninguna de las islas Canarias. De hecho, no visité La Palma ni Tenerife hasta enero de 2025, cuando el manuscrito estaba ya en manos de los editores. Durante el viaje, seguí las huellas de los personajes que había creado y visité lugares que me había imaginado tras leer guías de viaje y varios libros sobre las islas. El que más útil me resultó, de lejos, fue *Viaje a las islas Canarias: Una historia cultural*, escrito por el renombrado periodista Juan Cruz Ruiz. Su descripción de la topografía, flora, fauna, gastronomía, cultura y hechos históricos significativos sirvieron para enriquecer mi novela con ese tipo de detalles tan valiosos para un escritor. Pero mi novela es una obra de ficción y, como tal, me he tomado la libertad de cambiar algunas cosas para que encajaran mejor en el relato. El pueblo de La Peña, por ejemplo, es imaginario, pero me gusta pensar que mi narración refleja cómo eran y qué ambiente se respiraba en los pueblos de la isla a principios del siglo XX. El *bed-and-breakfast* de Gladys y Claude, donde se hospeda Mara durante su estancia en La Palma, se encuentra en realidad en Chardonne, Suiza, pero me apeteció recordarlos en este contexto.

Algunos lectores encontrarán elementos de mi vida en la novela, pero esta no es mi historia, aunque podría haberlo sido. Al igual que Mara, soy periodista y he escrito reportajes sobre temas de inmigración durante mucho tiempo. Como ella, salí de Cuba en un barco y me instalé en Miami. De hecho, parte de la historia ficticia de Mara cuando era niña en Cuba y de su viaje a Estados Unidos se publicó por primera vez en mis memorias, *Finding Mañana*. También tenemos en común el nombre de mi abuela materna, Catalina Quintana. Su padre, Antonio Quintana, procedía de las Canarias, pero no sé de qué isla. Conozco muy poco sobre la vida de mi abuela. Sé que tuvo cinco hijos, de los cuales mi madre era la mayor; que murió de cáncer de estómago a los cuarenta años, un día después de que mi madre cumpliera los dieciséis, y que sufrió mucho durante toda su vida. Al igual que la Catalina de ficción, mi abuela fue una mujer valiente y emprendedora, respetada por sus vecinos por su don para la sanación. Mientras su marido —Juan Muñoz, mi querido abuelo— estaba fuera cortando caña de azúcar, mi abuela abrió una bodega en su casa y, poco después, un salón de baile —El Salón de la Alegría—, igual que la Catalina ficticia.

Durante mi infancia y adolescencia en Cuba fui todos los veranos a Sabanilla, a la casa donde vivió y murió mi abuela. Las historias que me contaba mi madre entonces y las que me siguió contando hasta el último día de su vida, el 7 de noviembre de 2021, son la columna vertebral que sostiene este libro, dedicado, por supuesto, a ellas dos.

Mirta Ojito
15 de abril de 2025

Agradecimientos

Sin duda alguna, para mí esta es la mejor parte de escribir, cuando al fin llega el momento de poder dar las gracias a todos los que me han ayudado en este empeño tan solitario como es escribir un libro. En primer lugar, quiero expresar mi gratitud eterna a Leslie Nolan y al Canterbury Shaker Village, donde a finales de 2021 terminé el primer borrador de este libro como autora residente. Poder retirarme en un lugar así me proporcionó —aparte de un entorno idílico— la paz mental que necesitaba para terminar una historia que había ido arrastrando desde 2006, cuando compré por diez euros un libro ilustrado en edición de lujo llamado *El misterio del Valbanera*. Debo dar las gracias a su autor, Fernando José García Echegoyen, por su excelente trabajo de investigación y por aceptar de tan buen grado hablar sobre sus descubrimientos y compartir su archivo fotográfico conmigo.

Gracias también a Armando Correa, por creer en la historia desde el principio y por ayudarme a sacar tiempo para poder escribirla. Todo escritor debería tener un amigo como Armando, un autor de *best sellers* generoso como pocos, que ha estado a mi lado en todo momento durante este largo camino y que incluso llegó a leer uno de los primeros borradores de la novela.

También estoy en deuda con Carmen Lamas, por darme la idea que desbloqueó la escritura y por ser una lectora —junto a Kristina Arriaga— tan minuciosa y considerada. Gracias a Carlos Verdecia, por su entusiasmo ya desde el primer borrador y por su habilidad como editor. A mi hermana, Mabel Junco, y a mis amigas Ana Rabel y Fabiola Santiago, por leer el manuscrito tal como debía ser leído, no como editoras, sino como lectoras. Y a Andrés Reynaldo, que se demoró, pero al final me ayudó infinitamente, como siempre. Estoy en deuda también con Elaine Colchie, que editó el último borrador antes de entregarlo y logró que la novela adquiriera más fuerza con su visión afilada, sus comentarios amables y su experiencia de la vida en general. Su generosidad y buen humor son inagotables.

Quiero enviar también mi gratitud a los que ayudaron desde el otro lado del Atlántico. En las islas Canarias, gracias a mi querido Javier Sordo Letang, por responder a todas mis preguntas sobre las islas y por facilitarme un material tan valioso para mi investigación. Gracias a Víctor J. Hernández, de Santa Cruz de La Palma, por compartir conmigo su pasión y conocimientos por esa porción de paraíso que él llama hogar. Gracias a Carlos Verdecia —hijo— y a su esposa Naty, por corregir mis errores. Y a toda la gente cálida y acogedora de las islas afortunadas que compartieron conmigo su tiempo y experiencias.

A este lado del mar, tengo una gran deuda de gratitud con mi perspicaz agente, Johanna Castillo, quien aceptó representarme cuando solo llevaba dos capítulos escritos de *La memoria de las olas*. Sus sabios consejos y su amistad me orientaron y pusieron rumbo hacia Union Square & Co., el mejor puerto donde podría recalar mi primera novela.

Gracias a mi editora, Claire Wachtel, una mujer sabia con la que ha sido un placer trabajar; inteligente, amable, siempre dispuesta a responder mis preguntas, que parecen no tener fin. Quiero destacar la profesionalidad y el apoyo del equipo al completo de Union Square, y dar las gracias en particular a Mika Kasuga, directora editorial del Departamento de Ficción; a Alex Serrano, directora de publicidad; Chris Vaccari, directora de marketing para escuelas, bibliotecas y librerías; Juliana Nador, asistente editorial; Barbara Berger, editora ejecutiva; Christina Stambaugh, directora de proyecto editorial; Patrick Sullivan, director de arte; Jared Oriel, diseñador de la cubierta; Rich Hazelton, por el diseño del interior, y a Sandy Noman, gerente de producción. Gracias a la correctora de estilo Hayley Jozwiak y a la correctora Margaret Moore que, con su sentido de la narrativa y su mirada afilada, acabaron de pulir el fruto del trabajo de tantas personas.

Y no puedo dejar de agradecer la labor de amor y entusiasmo por mi novela del equipo entero de Planeta en España y en Estados Unidos. Estoy en deuda, especialmente, con Elena Ramírez, visionaria directora editorial; Inés Planells, editora cálida como pocas; Lara Agnelli, excelente traductora; Jaume Gayetano, minucioso corrector de estilo; María Martínez Bellido, Domènec Casals, Ivonne Bonsfills y Carolina Montoto, equipo de edición de mesa y corrección de pruebas con el ojo de águila y la mano ligera que son el sueño de todo escritor, y Patricia Jiménez, extraordinaria jefa de prensa. En

Nueva York, Cristóbal Pera, director editorial de Planeta USA, por su apoyo desde antes de conocernos, y la entusiasta y capaz Astrid Harders, directora de *marketing* y comunicación.

Todo escritor es un coleccionista de historias, experiencias y frases cazadas al vuelo. En esta novela me he tomado la libertad de citar frases de otros, cuyas ideas se me habían quedado grabadas. Las palabras que atribuyo a un editor ficticio sobre la importancia de los detalles fueron pronunciadas por un antiguo editor de la sección nacional de *The Miami Herald*, Bill Rose, que me enseñó a prestar atención. La cita que Mara encuentra en un libro de memorias sobre la importancia del mar para los isleños proviene del libro *Viaje a las islas Canarias*, de Juan Cruz. La primera vez que escuché a alguien describir las migraciones como el impulso más viejo de la humanidad fue en una conferencia del profesor José C. Moya, un reconocido historiador de la Universidad de Columbia. La frase «filamentos de trauma» es del poeta Peter Balakian. La descripción de cómo pudo ser el naufragio del *Valbanera* aparece en el libro de Fernando José García Echegoyen: *El misterio del Valbanera*. Para la descripción del médico sobre la muerte por ahogamiento, me inspiré en la excelente investigación que realizó Sebastian Junger en su libro *La tormenta perfecta*. La frase de las memorias de un escritor sirio pertenece a *El regreso*, de Hisham Matar. El precioso verso que Mara escucha durante la noche del concierto junto al mar pertenece al poema «Tide Water», de la poeta canadiense Kate Seymour MacLean. Las oraciones que pronuncia Catalina las encontré en *El diálogo*, un libro sobre las enseñanzas de santa Catalina de Siena.

Nunca es fácil escribir y publicar un libro, pero todavía resulta más difícil para los que trabajamos a jornada completa. Los ánimos y el apoyo de mis colegas de la NBC News y Telemundo fueron cruciales durante las últimas etapas del proceso, en especial la respuesta entusiasta de Brian Caravillano, exdirector del Departamento de Standards de la NBC, y de Luis Fernández, presidente de Telemundo Enterprises.

Hubo días a lo largo del camino en que estuve a punto de dejar el libro, pero mis hijos —Juan Arturo, Lucas y Marcelo— no me dejaron. Tengo la suerte de vivir rodeada de artistas y de compartir mi vida con un hombre pragmático, que me apoyaba cada vez que pensaba que no iba a terminarlo nunca. Les estoy muy agradecida por regalarme una vida tan interesante y llena de amor.

Y, por último, tengo que darle las gracias a mi madre, quien, de niña, solía trepar al viejo naranjo de la pequeña granja familiar y, sentada en sus ramas, soñaba con ser escritora. Aunque no llegó a escribir un libro, fue una gran lectora. Mi única pena es que no haya vivido lo suficiente para encontrar sus historias entre estas páginas. Mima, este libro es para ti.

Bibliografía

Barry, John M. *The Great Influenza: The Story of the Deadliest Pandemic in History*. Nueva York: Penguin Books, 2004. [Hay trad. cast.: *La gran gripe. La pandemia más mortal de la historia*. Traducción de Amelia Pérez de Villlar. Madrid: Capitán Swing, 2020]

Cruz Ruiz, Juan. *The Canary Islands: A Cultural History*. Nueva York: Duckworth Overlook, 2017. [Hay ed. cast.: *Viaje a las islas Canarias. Una historia cultural*. Madrid: El País Aguilar, 2013]

Dillon, Paddy. *Walking on La Palma*. 2.ª ed. Cicerone, 2011.

Feltwell, John. *The Story of Silk*. Nueva York: St. Martin's Press, 1990.

Ferrer, Ada. *Cuba: An American History*. Nueva York: Scribner, 2021.

Fornés-Bonavía Dolz, Leopoldo. *Cuba Cronología: Cinco Siglos de Historia, Política y Cultura*. Madrid: Verbum, 2003.

García Echegoyen, Fernando José. *El misterio del Valbanera (desaparición y naufragio)*. Madrid: Agualarga Editores, 1997.

García Ramos, Juan-Manuel. *El Zahorí del Valbanera*. Tenerife: Baile del Sol, s.f.

Gjelten, Tom. *Bacardi and the Long Fight for Cuba*. Nueva

York: Viking, 2008. [Hay trad. cast.: *Bacardí y la larga lucha por Cuba*. Traducción de Suleiman Artiles. Madrid: Principal de los Libros, 2011]

HEMINGWAY, Ernest. *The Complete Short Stories of Ernest Hemingway*. Prefacio de John, Patrick, y Gregory Hemingway. The Finca Vigía Edition. Nueva York: Scribners, 1987.

JUNGER, Sebastian. *The Perfect Storm*. Nueva York: W.W. Norton & Co., 1997. [Hay trad. cast.: *La tormenta perfecta*. Traducción de Eduardo Jordá. Barcelona: Libros del Asteroide, 2023]

LARSON, Erik. *Dead Wake: The Last Crossing of the Lusitania*. Nueva York: Crown Publishers, 2015. [Hay trad. cast.: *Lusitania. El hundimiento que cambió el rumbo de la historia*. Traducción de Ana Herrera. Barcelona: Editorial Ariel, 2021]

LA SALLE, Gadifer de, y Jean IV de BÉTHENCOURT. *Le Canarien: Crónicas francesas de la conquista de Canarias*. Introducción y traducción de Alejandro Cioranescu y Elías Serra Rafols. Santa Cruz de Tenerife: Ediciones Idea, 2004.

LÓPEZ, Calixto, y Rosalía ROUCO. *Valbanera, 1919*. Columbia, SC: 2020.

LÓPEZ ISLA, Mario Luis. *Valbanera: Naufragio, Misterio y Leyenda*. Miami: Editorial Primigenios, 2020.

LÓPEZ ISLA, Mario Luis. *Valbanera: Requiem por un naufragio*. Gran Canaria: Tepemarquia Ediciones, s.f.

LÓPEZ PÉREZ, Alessandro, Mónica PAVÍA PÉREZ e Iván DÍAZ PELEGRÍN. *Cronología de los Naufragios de La Habana Colonial*. La Habana: Ediciones Boloña, 2011.

STONE, Olivia M. *Tenerife and Its Six Satellites or The Canary Islands Past and Present*. Vol. 2. Londres: Marcus Ward & Co., 1889. [Hay trad. cast.: *Tenerife y sus seis satélites*. Tomo 2. Traducción de Juan S. Amador Bedford. Las Palmas de Gran Canaria: Ediciones del Cabildo Insular de Gran Canaria, 1995]

STONE, Peter. *The Canary Islands: A Cultural History*. Óxford: Signal Books, 2014.

SANTA CATALINA DE SIENA. *El Diálogo*. Traducción al inglés de Ivory Falls Book, 2015. [Hay trad. cast.: *El Diálogo. Oraciones y soliloquios*. Traducción de José Salvador y Conde. Madrid: Biblioteca de Autores Cristianos, 1996]

SÁNCHEZ, Orlando Martín. *El éxodo canario: Una historia real de los inmigrantes canarios en la Cuba del siglo* XX. 2016.

YÁÑEZ GALLARDO, César. *La emigración española a América (siglos* XIX *y* XX*)*. Colombres, España: Fundación Archivo de Indianos, 1994.